JUSTE TOI ET MOI
NE JAMAIS DIRE TOUJOURS

Volume 2

Du même auteur aux

Éditions Addictives

Tout pour lui, volumes 1 et 2

Juste toi et moi, volume 1

MEGAN HAROLD

JUSTE TOI ET MOI
NE JAMAIS DIRE TOUJOURS

Volume 2

Éditions Addictives

À J. & J., sources d'inspiration intarissables...

« Dans la peinture, il s'établit comme un pont mystérieux entre l'âme des personnages et celle du spectateur. »
Eugène Delacroix

TABLE

I

JUSTE AVEC LUI

1
LA FAMILLE ROLLINS

Je m'assois sur le canapé de mon atelier, encore sonnée par mon récent enlèvement et la bosse qui domine mon front, mais surtout par les mots de Noah. C'est un Rollins…

Le docteur Law, Noah Law, l'illustre chirurgien esthétique, est un Rollins !

Rollins… L'Arts Company, Alfred Rollins, l'homme qui a créé de toutes pièces la plus belle et la plus grande compagnie d'art à travers les États-Unis, voire le monde.

Noah est son petit-fils ?! Comme Ian Rollins ?

– J'ai changé de nom, pour ne plus rien avoir à faire avec cette famille qui n'était plus la mienne, souffle Noah, les yeux toujours rivés sur le magazine.

Je sens de la douleur dans sa voix. De la colère aussi.

Contre quoi ? Contre qui ?

– Tu es un Rollins, répété-je, incapable d'en dire davantage.

Noah se tourne enfin vers moi et plonge son regard dans le mien. Et quel regard ! Intense, profond. Mon beau milliardaire m'a avoué ses sentiments, mais a toujours gardé pour lui son histoire personnelle. J'ai senti sa part d'ombre, et Luke, son meilleur ami, l'a évoquée devant moi. L'atmosphère de mon atelier vient de changer, et sans y faire réellement attention, je suspends ma respiration. Le temps des révélations est venu. Je le sais, Noah aussi. Ses yeux parlent pour lui. Pour la première fois, leur bleu est limpide, un voile s'est levé.

– Je t'ai toujours parlé très brièvement de ma famille, commence-t-il, la voix sourde. Mais en réalité, c'est un peu complexe.

Noah s'arrête et me rejoint sur le canapé. Le regard fixé devant lui, visiblement plongé dans son passé, mon beau milliardaire s'ouvre enfin :

– Mes parents ont divorcé alors que je n'avais que 5 ans. Très vite, m'ont père s'est remarié avec une autre femme et ma mère est partie vivre très loin de moi. Ma belle-mère m'a jeté littéralement hors de chez moi, poussant petit à petit mon père à me placer en pension, très jeune. Je n'étais même plus invité aux fêtes de famille. Mes grands-parents ont pris le relais. Alfred, le célèbre Alfred Rollins, a toujours pesté contre la conduite de mon père et de sa nouvelle femme. Je sais qu'il y avait des tensions entre mon père et lui. Un jour, mon grand-père est rentré à la maison, il m'a regardé et m'a dit : « Je préférerais que tu sois un Law plutôt qu'un Rollins. » Je n'ai pas compris tout de suite. Law était le nom de jeune fille de ma grand-mère, et c'était une perle. Mon aïeul est mort d'une crise cardiaque quand j'avais 12 ans. Ma grand-mère s'est occupée de moi comme une mère. Mais les personnes que l'on aime sont toujours les premières à partir. J'avais 19 ans quand elle s'est éteinte. Je me suis alors retrouvé seul… Et mon père est mort deux ans plus tard. Je n'ai rien reçu de lui en héritage, son autre fils a tout eu. J'ai vu ça comme un signe. Et j'ai fait comme mon grand-père m'avait soufflé à l'époque : je n'avais plus de lien avec cette famille Rollins, je me sentais d'ailleurs davantage un Law, j'avais grandi aux côtés de la meilleure grand-mère au monde. J'ai changé de nom pour me défaire complètement de ce passé familial sordide.

Je n'ai pas quitté Noah des yeux pendant son discours. J'ai vu son regard se troubler à l'évocation de son grand-père. J'éprouve immédiatement un élan d'affection envers lui, qui ne ressemble pas à de la pitié mais à de l'amour. Je comprends mieux maintenant pourquoi il a tellement de mal à accorder sa confiance. Ses parents l'ont abandonné, chacun à leur façon, le laissant grandir seul…

– Ton histoire est triste, soufflé-je en posant ma main sur la sienne.

Aussitôt, Noah se redresse et retrouve sa force habituelle, son aura naturelle.

– Malgré tout, je n'ai manqué de rien et surtout pas d'affection. Mes grands-parents se sont occupés de moi, j'étais toujours le bienvenu chez eux. Tu aurais adoré ma grand-mère, me glisse-t-il avec beaucoup de douceur dans la voix. Mon demi-frère, l'enfant que mon père a eu avec cette… femme, n'a pas eu cette chance. Ma belle-mère a tout fait pour le tenir éloigné de mes grands-parents. Il n'a pas pu les connaître comme moi, je le regrette, pour lui et pour eux. Ils avaient tellement envie de connaître leur second petit-fils. Ma belle-mère a empoisonné toutes ces relations familiales…

Sur ces derniers mots, je le sens se crisper, son poing se serre sous ma main. Je ne sais pas quoi répondre et me mets à détester à mon tour cette belle-mère ignoble qui a éloigné sciemment un père de son fils.

Moi qui ai toujours été si proche de mes parents, je ne comprends même pas comment un père peut laisser faire ça !

– Ton père n'a jamais cherché à tenir tête à ta belle-mère ? À garder contact avec toi ? lui demandé-je, écœurée. Tu étais son fils !

– Non, me répond Noah d'une voix glaciale. Dès que la compagnie de mon grand-père a prospéré, mon père n'en a plus eu que pour l'argent. Plus rien ne comptait à ses yeux.

– Et ta mère ? Pourquoi est-ce que tu n'es pas parti avec elle, alors ?

Noah hausse les épaules.

– Ma mère a décidé de partir à l'autre bout du monde. Elle n'a pas cherché à m'avoir auprès d'elle non plus. Après tout ce que lui avait fait subir mon père… C'était sans doute mieux comme ça, pour elle. Avec l'argent du divorce, elle a pu se refaire une nouvelle vie, tout recommencer, m'explique patiemment Noah, sans une once d'émotion dans la voix.

Comment une mère peut-elle laisser son propre enfant ? Est-ce que l'argent pourrit tout à ce point ?

Mon beau milliardaire semble moins affecté à l'évocation de sa mère qu'à celle de ses grands-parents. Ils devaient être les seuls à vraiment compter pour lui, les seuls à s'être occupés de lui, d'ailleurs…

Tout ça est si étrange… Pourquoi le pousser à changer de nom ?

Perdue dans mes pensées, je ne vois pas Noah reprendre le magazine et relire l'article sur l'Arts Company.

– Je suis étonné de voir qu'ils s'installent ici, à Miami. La compagnie a toujours été basée à New York, je ne comprends pas ce changement, murmure Noah, perplexe.

D'un coup, tout s'éclaire dans ma tête.

– Je comprends mieux pourquoi tu montres une vraie sensibilité à la peinture. Tu as grandi dans cet univers, toi aussi ! m'exclamé-je. Avec Alfred Rollins comme grand-père…

Noah esquisse un léger sourire.

– Alfred était un passionné d'art. Il était si fier de sa compagnie, de tel ou tel artiste… Avec ma grand-mère, nous l'écoutions toujours avec plaisir. Nous allions à des expositions ensemble. Je pense qu'il aurait aimé que je reprenne l'Arts Company, mais quand les choses ont commencé à mal tourner avec mon père, je crois qu'il a surtout cherché à m'en éloigner. Ce que j'ai fait en optant pour la médecine, un monde radicalement différent.

Noah rayonne quand il parle de son grand-père. Cet homme a énormément compté pour lui, je ressens l'amour qu'il lui porte toujours dans sa voix. Je connais Alfred Rollins pour son œuvre, son travail pour l'art et pour la création de cette prestigieuse compagnie pour laquelle je travaille aujourd'hui. Et soudain, je frissonne.

Je travaille pour cette compagnie !

– Je ne sais pas ce que Ian compte faire ici, à Miami, avec la compagnie, continue Noah, la voix grave. J'espère au moins qu'il respecte l'héritage de notre grand-père, même s'il l'a très peu connu.

Ian... Ian Rollins... C'est donc ça ! Ian serait ce demi-frère dont Noah parle ?

– Ian Rollins... Il est quoi pour toi ? lui demandé-je, pour en avoir le cœur net.

– C'est lui, mon demi-frère. Il y a une éternité que je ne l'ai pas vu. Je pensais m'être éloigné d'eux en m'installant ici. Voilà le clan Rollins de retour ! Cette nouvelle ne m'enchante pas, s'agace Noah.

J'avale péniblement ma salive. Ma douleur à la tête commence à se réveiller.

Ian Rollins, le directeur de l'Arts Company, l'homme pour lequel je travaille, l'homme dont les avances me mettent mal à l'aise, cet homme si arrogant...

– Tu vas bien, Alice ? s'inquiète Noah en posant délicatement sa main sur ma joue. Tu es pâle. Je sais que ces révélations sont assez lourdes à digérer, je comprendrais que tu aies besoin de temps pour tout assimiler... Je ne voulais pas te cacher ce passé, je t'en aurais parlé un jour ou l'autre mais...

– Non, ce n'est pas ça, l'interromps-je d'une voix blanche.

L'angoisse me vrille le ventre. Comment Noah va-t-il prendre le fait que je travaille pour Ian ?

– J'ai moi aussi quelque chose à te dire, commencé-je.

Je me lève et, dans mes papiers posés sur le bureau de l'atelier, je cherche mon contrat à l'en-tête de l'Arts Company. Une fois trouvé, je le tends à Noah. D'abord surpris de voir ce papier, je vois sa mâchoire se crisper au fil de sa lecture. Je ne lui laisse pas le temps de prononcer une parole.

– J'allais t'en parler. J'ai passé un entretien avec Ian Rollins il y a quelques semaines et il était intéressé par mon travail. Quel rêve pour moi d'avoir la chance d'intégrer la compagnie de ton grand-père, moi, la petite artiste. Mais tant que rien n'était signé, je ne voulais pas m'emballer. Et puis, il y a eu ton absence, les histoires avec Léna, l'enlèvement, Joshua… Je suis désolée de ne pas te l'avoir dit. Je peux rompre ce contrat si ça te pose un problème. Avec tout ce que tu viens de me révéler…

J'attends une réaction de Noah, le cœur battant. Est-ce que je serais vraiment prête à interrompre mon rêve pour lui ?

Oui, sans aucun doute… Il serait plus long de me faire connaître, mais tant pis.

Noah ne dit rien. Il s'est levé à son tour, son visage s'est fermé, ses yeux bleus se sont assombris. Son regard se porte à nouveau sur mon contrat, puis sur moi. Je frémis, j'ai l'impression de subir un examen. Je ne tiens absolument pas à ce que ce Ian Rollins soit un obstacle entre nous !

– Explique-moi, se contente-t-il de me dire, le regard pénétrant.

Je lui raconte tout, l'entretien, tous mes échanges avec Ian, mes commandes de toiles, les projets de l'Arts Company dans la découverte de nouveaux artistes afin de les promouvoir. Je lui montre même mon travail en cours, mes peintures sur les Everglades. Je lui dis tout, absolument tout. Même ma rencontre avec Judy Rollins, sa belle-mère.

Je comprends mieux mon aversion instinctive pour elle ! Je devais déjà sentir à quel point elle est mauvaise !

– Je ne savais pas que l'Arts Company tendait à s'occuper des jeunes artistes. C'était un souhait d'Alfred, mais il n'a pas eu le temps de le réaliser. Ian est peut-être plus humain que notre père… ou que sa mère, commente Noah, toujours aussi fermé.

– Ian m'a parlé de votre grand-père en des termes très élogieux. Il semble très investi, en tout cas…

Mon beau blond ténébreux se contente de hocher la tête, perdu dans ses pensées.

– Dis-moi si ce contrat te gêne, je ne tiens pas à ce que tout ça se mette entre nous. Ta famille…

– Ce n'est plus ma famille depuis très longtemps ! me coupe Noah, presque cinglant.

La véhémence de ses mots me fait reculer. Noah se reprend aussitôt, s'apercevant de ma réaction, et me dit, en s'avançant vers moi, d'une voix plus adoucie :

– Pardon… Si tu as rejoint l'Arts Company, c'est que tu le mérites. Je ne suis pas le seul à avoir remarqué ton talent. Ian a peut-être hérité ça de notre grand-père. Ne change rien pour moi… C'est très étrange de te savoir liée à cette compagnie, il faut que je me fasse à cette idée.

Noah m'attire doucement contre lui. J'imagine le bouleversement qui se joue en lui : son passé le rattrape, ici, à Miami et je suis en contact direct avec cette famille sur laquelle il a tiré un trait… Je pose ma tête contre son torse musclé. Rassurée qu'il ne soit pas parti en courant, l'idée de me retrouver impliquée dans ce qui pourrait lui causer du mal me met mal à l'aise.

– Et alors, comment va cette chère Judy ? me demande-t-il, amer.

– Je ne supporte pas cette femme, lui avoué-je, toujours contre lui. Depuis le premier jour, je n'aime rien chez elle. Même Ian me gêne.

– Comment ça ? m'interroge Noah en m'écartant de lui, le regard inquiet.

– Disons qu'il est plutôt du genre… arrogant. Je ne sais pas s'il le fait avec tout le monde, mais je le trouve très insistant, expliqué-je, un peu gênée d'évoquer les avances de son demi-frère.

– Il s'est mal comporté avec toi ? insiste Noah, à deux doigts de se mettre en colère.

– Non ! Non, je ne l'aurais pas laissé faire. Mais il a une fâcheuse tendance à imaginer que je pourrais succomber à son charme…

J'ai répondu d'une traite, espérant que mon beau milliardaire ne déchaîne pas ses foudres.

– Je ne suis pas sûr d'apprécier ce que j'entends, finit-il par dire entre ses dents. J'aimerais savoir quand tu le rencontres et surtout, s'il se montre encore incorrect envers toi…

– Ne t'inquiète pas, je saurai me défendre, Arts Company ou pas, rassuré-je Noah avec un léger sourire.

Il m'attire de nouveau contre lui. J'entends son cœur battre. Je respire son odeur. Il suffirait de quelques mots de Noah pour que je m'éloigne de Ian, que je lui fasse comprendre une bonne fois pour toutes que ses avances ne servent à rien. Je ne veux pas être la cause d'un autre conflit, ni réveiller d'anciennes douleurs chez l'homme que j'aime.

– Tu es conviée à la soirée d'inauguration dont parle l'article ? me demande-t-il.

– Non, je n'en ai pas entendu parler.

La douleur bat à mes tempes. Je sens que mes nerfs en ont trop enduré. Je viens de me faire enlever par Léna Chaze, l'assistante de Noah, jalouse de ma relation avec mon beau médecin, qui espérait obtenir du milliardaire une rançon. Mais tout a mal tourné et j'ai reçu un coup de crosse sur la tête qui m'a fait perdre connaissance. Et Noah qui m'annonce maintenant qu'il est un Rollins et que Ian est son demi-frère…

Mes jambes lâchent et si Noah ne m'entourait pas de ses bras solides, je serais tombée au sol.

– Oh, Alice… Il est temps que tu te reposes. Nous reparlerons de tout ça plus tard, d'accord ? Je te ramène chez moi.

Son ton est sans appel. Noah m'aide à rassembler mes affaires et me porte comme une princesse pour monter l'escalier. La tête posée contre son épaule, j'éprouve une terrible envie de rester dans ses bras forts, à l'abri.

Dans la voiture, sur la route qui nous mène à la villa au bord de l'océan, Noah reste extrêmement silencieux. Je voudrais lui montrer qu'il peut compter sur moi, que je peux être là pour lui comme il l'est pour moi. Mais j'ai besoin de reprendre des forces. Aussi bien physiques que morales.

Une fois chez lui, Noah est aux petits soins. Il m'entraîne directement dans sa chambre et décide de me faire couler un bain. Je me délecte de cette eau, mais aussi du massage que m'offre Noah, juste après. Je sens peu à peu tout mon corps se détendre. Malgré cette fatigue physique que je ressens, ma peau à son contact s'électrise… Il me laisse un instant dans son grand lit, me sommant de me reposer pendant qu'il s'occupe de nous rapporter une petite collation. J'ai dû m'endormir car quand je me réveille plus tard, il fait déjà nuit noire et Noah dort contre moi, m'encerclant de ses bras, comme pour protéger mon sommeil.

***

– Je préférerais que tu restes ici pour te reposer ! déclare Noah en apprenant mes projets du matin. Après ce que tu viens de vivre, tu as besoin de rester au calme.

Ce n'est pas du tout mon avis mais mes plans de travailler à l'atelier n'enchantent pas mon nouveau garde du corps.

– Je me sens bien, je t'assure, soufflé-je au-dessus de mon petit déjeuner. Léna et son copain ne risquent pas de se montrer. Ils sont en cavale, recherchés par la police, ils ne vont pas prendre le risque de revenir ici. Et je dois avancer sur mes commandes. Regarde, ma bosse est déjà moins importante.

Noah jette un coup d'œil sur ma tête. Pas besoin d'une auscultation plus avancée, il sait que j'ai raison.

Tiens, jouer au docteur… C'est une idée à garder !

– Bien, mais fais attention à toi ! Au moindre signe de fatigue, tu arrêtes, m'ordonne Noah en m'embrassant délicatement.

Notre baiser est doux. J'aimerais prouver à Noah que je ne suis pas en sucre et lui montrer l'effet qu'il me fait dans son costume si impeccable, mais je sais que ses consultations l'attendent.

***

Noah a mis à ma disposition une voiture avec chauffeur, malgré mes protestations. Sa décision est sage, je dois bien l'admettre. Ma légère commotion pourrait encore me gêner et je pourrais être prise d'un autre malaise, comme hier. Autant que ça ne se produise pas au volant !

Avant de me rendre à l'atelier, je demande gentiment au chauffeur de faire une petite escale à la salle de sport. Je ne compte pas y suivre un cours, j'espère juste y croiser Andrew, mon meilleur ami. Je m'étais promis de ne pas faire le premier pas, d'attendre ses excuses après son comportement envers moi à sa soirée. Andrew, ivre, avait essayé de m'embrasser ! Mais après l'enlèvement et les révélations de Noah sur sa famille, je me rends compte qu'Andrew me manque et que sa présence m'est précieuse. Je considère Andrew comme mon frère, moi qui n'ai plus de famille depuis la mort de mes parents. Je ne tiens pas à perdre pour des broutilles celle que je me suis créée.

L'Andrew que je retrouve à la salle de sport est méconnaissable. Amaigri, les joues creuses, le teint gris, ce n'est plus du tout le même homme. Il cumule deux emplois pour survivre : coach de sport la journée et barman la nuit. Cette cadence infernale commence à l'affecter physiquement. J'attends la fin de son cours pour m'approcher de lui. Je veux oublier ce qui s'est passé entre nous, enterrer la hache de guerre et retrouver mon ami. Je perds vite mon sourire quand nos regards se croisent. Si Andrew est content de me voir, il le cache bien !

– Salut, lancé-je dans un semblant d'enthousiasme.

– Salut, se contente-t-il de me répondre, la voix caverneuse.

Il range ses affaires mais finit par se redresser et se tourne vers moi :

– Je suis désolé pour l'autre soir, j'avais bu. Je voulais t'appeler mais je n'ai pas trouvé le temps, dit-il, sincère.

– Oublions, l'autre soir, OK ? Tu as l'air épuisé… Est-ce que ça va ?

– Oh ! oui, t'inquiète, me répond Andrew, visiblement soulagé de ma réaction face à ses excuses. Je suis juste fatigué, c'est tout.

– Tu ne crois pas que tu devrais lever le pied ? Tu as une mine affreuse. Tu manges bien, au moins ? m'inquiété-je.

– Mais oui, je vais bientôt avoir un peu de repos et ça ira mieux, tu verras…

Andrew a le regard fuyant, je le sens mal à l'aise. Il n'est pas comme d'habitude, je sens bien qu'il feint l'enthousiasme et que son sourire est forcé.

– Bon, tu m'excuses, j'ai un cours privé à donner, on s'appelle ?

Mon ami part comme un courant d'air, je n'ai même pas le temps de lui répondre. Je n'aime pas du tout ça. Andrew n'est plus que l'ombre de lui-même.

Conseil de guerre avec Molly, on ne peut pas le laisser comme ça !

Molly, mon autre meilleure amie, saura quoi faire. Elle a un don pour nous materner. Dès qu'elle apprendra l'état dans lequel se trouve Andrew, nous agirons.

Il file tout droit vers le burn-out !

***

Je récupère le courrier dans la boîte aux lettres de l'atelier. Une enveloppe, large et longue, attire mon attention. Elle provient de l'Arts Company. Je l'ouvre sans attendre et tombe sur une invitation.

La soirée d'inauguration…

Je suis donc invitée… Cette nouvelle ne me fait pas du tout sauter de joie. Même si ce sera sans doute l'occasion de me montrer en tant qu'artiste, l'idée de retrouver Ian et Judy Rollins, après tout ce que je sais sur eux maintenant…

J'essaie immédiatement de joindre Noah mais je tombe sur sa nouvelle assistante. Je lui laisse un message et lui précise bien qu'il n'y a pas d'urgence à déranger le docteur Law dans ses consultations. Mais Noah me rappelle presque aussitôt, sa voix est inquiète.

– Alice, est-ce que tout va bien ?

– Oui, ça va, le rassuré-je. Tu n'avais pas besoin de me rappeler aussi vite !

– Sans doute, mais j'ai préféré m'en assurer. Qu'y a-t-il ?

– J'ai reçu une invitation pour la soirée d'inauguration de l'Arts Company, dis-je dans un souffle.

Silence.

– Le directeur de la clinique m'en a donné une ce matin, c'est un féru d'art, lui aussi et il était très enthousiaste. Je l'ai mise directement à la poubelle, me répond Noah froidement.

– Je pensais ne pas y aller, je ne vois pas…

– Tu dois y aller, Alice, pour ta carrière, m'interrompt Noah. Tu dois te montrer, c'est important.

– Oui, mais…

– Écoute, je change d'avis. Je viendrai aussi. Je ne pourrai pas les fuir éternellement de toute façon, Miami n'est pas une si grande ville…

– Tu es sûr ?

– Il est temps que j'affronte mon passé, Alice, et je suis assez curieux de voir ce que devient l'entreprise de mon grand-père. Je n'ai pas peur de recroiser Ian, encore moins sa mère. Je me demande d'ailleurs s'ils savent que je vis ici moi aussi. Cette soirée est idéale pour ce genre de retrouvailles, souffle Noah, sarcastique.

– Et si Ian me voit à ton bras, peut-être cessera-t-il ses avances ? espéré-je tout haut.

– Je le souhaite ! déclare vivement Noah.

Cette conviction dans sa voix me fait sourire.

Noah serait-il un peu jaloux ?

– À ce soir, Alice, j'ai une consultation qui m'attend, reprend Noah. Si tu te sens mieux, je nous ai prévu une petite soirée…

– Je me sens mieux ! m'exclamé-je.

– Je devrai d'abord m'en assurer, c'est mon devoir de médecin ! me taquine-t-il d'une voix sensuelle qui éveille tout de suite mon désir.

– Mais…

– À ce soir !

Mon tendre et sexy médecin me raccroche littéralement au nez.

Il ne perd rien pour attendre !

2
ROLLINS VS LAW

Noah a été aux petits soins avec moi ces deux derniers jours. Occupé par ses consultations à la clinique et quelques opérations de nuit à l'hôpital, il a quand même toujours trouvé le temps de m'appeler pour savoir comment je me sentais. Notre dernière soirée a été idyllique. Après s'être assuré que ma bosse se résorbait normalement, mon milliardaire a organisé un dîner aux chandelles, sur le sable. Je ne me lasse pas de cette proximité avec l'océan. Encore moins quand, sous les étoiles, nos corps se retrouvent pour assouvir leurs désirs.

J'ai bien avancé sur l'une des toiles commandées par Ian. J'évite de trop en parler à Noah, je ne suis pas encore à l'aise avec le fait qu'ils aient des liens de famille. Et je sais surtout que tout ce qui a trait à l'Arts Company lui rappelle des moments difficiles. Nous n'avons même pas reparlé de la soirée qui s'annonce. J'appréhende la confrontation entre Noah, son demi-frère et sa belle-mère.

Et moi au milieu de tout ça... Enfin, mon camp est tout choisi.

Je souffle devant ma dernière toile, représentant l'un des marais des Everglades. Et je me secoue aussitôt. Il est temps pour moi de me rendre chez Joshua pour préparer avec lui son projet scolaire, comme il me l'avait demandé. Je n'ai pas revu le petit garçon depuis notre enlèvement. Je range rapidement dans mon sac un peu de matériel de peinture et referme consciencieusement la porte de mon atelier.

Assez de mauvaises surprises !

Dans la rue, je ne peux pas m'empêcher ces derniers temps de regarder partout autour de moi et d'éviter les ruelles désertes. Au cas où Léna ressurgirait...

***

Quand je sonne à la porte de Joshua, j'ai une boule au ventre. Il était avec moi quand le complice de Léna Chaze est venu m'enlever. Il était à mes côtés dans cette sordide chambre d'hôtel. Il a vu, entendu les menaces et a dû paniquer quand je me suis évanouie. Je m'en veux toujours de lui avoir fait vivre un tel traumatisme, je me sens tellement responsable... J'imagine la crainte qu'Amanda, sa mère, a dû ressentir quand elle a compris que quelque chose n'allait pas.

Cette angoisse de l'inconnu, cette possibilité de perdre à jamais les êtres que l'on aime...

Mais Amanda m'ouvre avec le sourire, comme à son habitude. Nous nous saluons rapidement, échangeons quelques banalités. Mais avant de rejoindre Joshua dans sa chambre, j'ai besoin, encore une fois, de m'excuser.

– Amanda, je suis vraiment désolée pour ce qui s'est passé. J'ai essayé de convaincre cet homme de ne pas prendre Joshua, mais il n'a rien voulu entendre, expliqué-je tristement.

– Joshua nous a tout raconté, ne vous excusez pas, Alice, vous avez fait ce qu'il fallait, me rassure Amanda avec beaucoup de bienveillance dans la voix. L'essentiel est que tout se soit bien terminé.

– Et comment va Joshua depuis ? Est-ce qu'il est perturbé ?

– Un peu… Mais il voit une psy tous les jours pour discuter de ses cauchemars, de ses souvenirs. Il extériorise beaucoup. La spécialiste est confiante.

– Bon, tant mieux. Je vais le rejoindre maintenant, nous avons du travail, lancé-je, rassurée par l'attitude chaleureuse d'Amanda à mon égard.

– Oui, il vous attend là-haut, à tout à l'heure !

Je retrouve Joshua dans sa chambre, assis à son bureau et visiblement très concentré. Le sourire qu'il m'offre quand il me voit passer la porte finit d'effacer mes dernières craintes. Ce triste épisode n'a pas entaché nos relations, notre complicité est intacte et, comme sa mère, Joshua ne semble pas m'en vouloir. Dans un élan de tendresse, je le serre contre moi. Je me suis tellement attachée à lui…

Mon petit frère… C'est ça, lui aussi fait désormais partie de ma famille.

Joshua est extrêmement bavard. Il me parle de son projet d'arts plastiques. Comme il a raté l'année scolaire du fait de son séjour à l'hôpital, il tient absolument à participer à l'exposition de fin d'année organisée par son école. Ce retour à la vie scolaire est doublement une fête pour lui.

Nous nous mettons aussitôt au travail. Je laisse l'imagination de Joshua guider son projet, à lui de réaliser sa propre toile. Je lui propose juste mon aide « technique », lui apprends quelques bases en peinture. Très attentif, Joshua se révèle un élève très sérieux.

Je pourrais proposer à sa mère de lui donner des cours de dessin…

Mon téléphone vibre. Tout en gardant un œil sur le dessin qu'esquisse Joshua, je prends connaissance du message qui vient d'arriver. C'est Noah.

[J'ai terminé mes consultations. Où es-tu ? Noah]

[Chez Joshua, nous travaillons sur son projet. Tu veux nous rejoindre ?]

Noah est le bienvenu chez les Keller. Une visite à l'improviste devrait ravir le petit garçon.

[J'arrive. La police vient de m'appeler. J'ai des nouvelles. À tout de suite]

Est-ce que Tim et Léna ont été arrêtés ? Si ça pouvait être ça…

Il ne faut pas longtemps à Noah pour nous rejoindre. Une vingtaine de minutes plus tard, il sonne à la porte. J'ai prévenu Amanda de cette visite, mais gardé la surprise pour Joshua.

– Salut champion, fait la voix de Noah dans notre dos.

Nous nous retournons ensemble. Noah nous observe, sourire aux lèvres, adossé au chambranle de la porte, bras croisés. Dans cette posture, il est si sexy, si… désirable. Je ne peux pas m'empêcher de me mordre la lèvre, alors que Joshua se précipite dans ses bras. Mais aussitôt, devant le froncement de sourcils amusé que m'adresse Noah, je retiens mon tic. Ce n'est effectivement ni le lieu ni le moment de penser à ça…

Et vu l'effet que ça a toujours sur Noah…

– Je dois parler à ta maman et à Alice, en bas. Tu nous attends ici ? demande Noah au petit garçon en le reposant au sol.

Sans difficulté, Joshua accepte et se remet aussitôt, très motivé, à son dessin. Je rejoins Noah, le cœur battant. Impossible de décrypter le regard bleu sombre qu'il pose sur moi.

Il ne dira rien devant Joshua.

Amanda nous attend dans la cuisine, elle nous a préparé du café, et les tasses fumantes nous attendent déjà. Une ride s'est dessinée sur son front et son visage est tendu. Noah a dû la prévenir qu'il avait du nouveau.

Pourvu que ce soient de bonnes nouvelles !

Amanda et moi nous asseyons côte à côte, Noah nous faisant face. Mon beau ténébreux remplit toute la pièce de sa simple présence. Ce magnétisme qu'il dégage est tellement puissant !

– La police m'a appelé ce matin, commence-t-il de sa belle voix grave. Léna et l'homme, ce Tim, ont été arrêtés.

La mère de Joshua ne peut s'empêcher de pousser un soupir de soulagement. Je retiens le mien, mais je sens aussitôt qu'un poids sur mon cœur vient de s'envoler.

– Ils vont être poursuivis pour enlèvement et séquestration, poursuit Noah, nous regardant tour à tour. Ils risquent une peine assez lourde. En kidnappant Joshua, ils se sont mis dans une très mauvaise position.

– Ce n'est pas faute de les avoir prévenus, grincé-je entre mes dents.

– Ce Tim Marcos n'a pas l'air de briller par son intelligence, acquiesce Noah. Il est déjà connu des services de police pour de nombreux vols avec violence. *A priori*, Léna aurait déjà tout avoué. Avec l'argent de la rançon, ils comptaient partir pour le Mexique.

– C'est terminé, alors ? demande la petite voix d'Amanda.

– Oui, vous pouvez être rassurée. Ces deux-là ne sont pas près de sortir de prison, répond Noah en se montrant réconfortant.

Nous n'avons pas besoin de parler, Noah et moi, pour comprendre ce que nous pensons tous les deux au même moment. Plus tard, quand nous serons seuls, nous aurons tout le temps d'en parler. Comme promis, mon beau chirurgien remonte retrouver Joshua. Amanda me laisse un instant pour appeler son mari et lui apprendre ces dernières nouvelles. Ils peuvent tourner la page.

Et moi aussi.

***

En début d'après-midi Noah me suit jusqu'à mon atelier. À peine sommes-nous arrivés que mon beau milliardaire m'attire contre lui. Sans une parole, il m'entoure de ses bras. L'arrestation de Léna et de ce Tim est un soulagement commun. Noah était resté très inquiet depuis le jour de l'enlèvement. Il ne l'avait pas ouvertement montré mais son attitude est la preuve qu'il n'était pas tranquille. Il peut souffler lui aussi et arrêter de craindre qu'il m'arrive quoi que ce soit.

– C'est terminé, souffle Noah, glissant sa main dans mes cheveux.

– Je suis soulagée, je n'étais pas vraiment tranquille, avoué-je en plongeant mon regard dans le sien.

– Je sais. J'aurais pu te faire protéger si tu…

– Ça n'aurait rien changé, les savoir dans la nature… C'est ce qui était le plus angoissant, l'interromps-je. Les Keller ne méritaient pas ça.

– Ce n'est pas ta faute. Et Joshua va bien. C'est un petit garçon très solide. Il se remettra, me rassure Noah en jouant avec mes cheveux. Par contre, mademoiselle Brighton, je me souviens que vous avez encore maltraité vos lèvres…

Les yeux de Noah s'allument, le ton de sa voix se fait plus malicieux, plus sensuel aussi. Je sais où il veut en venir…

– Je suis désolée, docteur, murmuré-je d'une voix innocente. Vous ne voudriez pas regarder si elles vont bien ?

À peine ai-je prononcé ces mots que Noah me pousse vers le canapé, attrapant ma bouche dans un baiser passionné.

– Je crois que vos lèvres ont besoin d'un traitement de choc, souffle-t-il, le regard ardent.

***

Repus l'un de l'autre, nous prenons le temps de profiter d'un peu de tranquillité. Blottie contre le torse de mon blond ravageur, je dessine sur sa peau la ligne de ses muscles.

– Je risque d'être un peu en retard ce soir, murmure Noah, rompant soudain le charme de notre étreinte.

La soirée d'inauguration de l'Arts Company. Je l'avais presque oubliée…

Je me redresse sous le coup de cette nouvelle.

– J'ai une opération à l'hôpital, s'excuse-t-il en replaçant une mèche de mes cheveux. Je te promets de te rejoindre aussi vite que possible.

– Je ne suis déjà pas enchantée à l'idée de m'y rendre mais si tu n'es pas là… boudé-je à moitié.

– Crois-moi, tu profiteras mieux de cette soirée avant que j'arrive. J'espère que ma présence en ta compagnie ne changera rien aux plans que Ian a pour ta carrière, ajoute Noah, plus sombre.

Je redoute moi aussi cette confrontation. Pas pour ma carrière, non, pour Noah. Depuis que je sais comment Judy Rollins s'est comportée avec lui, je n'ai plus du tout envie de me montrer charmante avec elle.

Si jamais elle ose dénigrer Noah devant moi…

– Mais toi, tu ne redoutes pas cette confrontation ? demandé-je inquiète.

– Non, il y a bien longtemps qu'ils ne font plus partie de ma vie. L'avenir de l'Arts Company m'importe parce que tu travailles pour eux, et je suis curieux de voir ce que Ian fait de la société de notre grand-père. Le reste m'indiffère complètement.

Noah s'est fermé, son regard s'est assombri. S'il se dit insensible à leur présence, je sens que parler de la compagnie rouvre une blessure lointaine.

Je dois m'attendre à retrouver Dr Iceman ce soir !

J'observe Noah se rhabiller. Ce spectacle est toujours aussi passionnant ! Avant de me quitter, nous échangeons un nouveau baiser, tendre et doux.

– À ce soir… me souffle-t-il.

***

À 20 heures tapantes, je pose le pied sur le tapis rouge. Noah a tenu à me faire accompagner par un chauffeur. Je ne brille pas par mon assurance, mais je compte bien faire en sorte que ça ne se remarque pas. J'ai opté pour une robe blanche, près du corps, légèrement décolletée, et des escarpins de la même couleur. Mes cheveux sont retenus en arrière et retombent librement dans mon dos. Je me sens « sobrement féminine ». Je ne porte pas de bijoux, seule l'alliance de ma mère orne mon cou, ni de maquillage outrancier comme certaines que j'aperçois. De quoi passer inaperçue, finalement.

Et puis, je suis là pour parler de mes peintures…

Un peu perdue dans cette assistance déjà nombreuse, j'attrape une coupe de champagne que me propose un serveur. J'observe les lieux. Pour l'occasion, l'Arts Company a investi l'une des salles de réception d'un des grands hôtels de luxe de Miami, offrant une magnifique terrasse sur l'océan. Bien sûr, l'art est à l'honneur. De nombreux tableaux sont savamment exposés. Je manque d'ailleurs de m'étouffer avec ma coupe quand je tombe nez à nez avec l'un des miens. Le rouge me monte aux joues. Je ressens un mélange de fierté d'être ainsi exposée et d'angoisse aussi en voyant toutes ces personnes détailler mon œuvre, l'une de mes peintures de Miami.

Il y a même une petite plaque dorée en dessous avec mon nom inscrit…

Alors que je m'apprête à envoyer un SMS à Molly pour la prévenir de cet « événement » je sens une main se poser sur ma taille. Je me retourne, pensant trouver Noah à mes côtés. Mais je déchante aussitôt en apercevant Ian et son éternel sourire de séducteur.

– Alice, tu es là ! Moi qui voulais te faire la surprise de te montrer ta toile, je vois que tu l'as trouvée toute seule. Alors, quel effet ça fait d'être ainsi exposée ? me demande-t-il, satisfait de lui-même.

J'arrive à me détacher de lui en m'approchant de ma toile et à prendre un ton enthousiaste pour lui répondre :

– Je ne m'attendais pas du tout à ça, c'est… très flatteur.

– Et ta toile a beaucoup de succès ! Viens avec moi, je vais te présenter à quelques personnes. Tu es incroyablement séduisante ce soir, ajoute-t-il en me détaillant, ce qui a immédiatement le don de me mettre mal à l'aise.

– Merci, murmuré-je du bout des lèvres.

Et Ian m'entraîne, posant sa main dans mon dos. Cette proximité m'est insupportable, mais je fais bonne figure. Quand il me présente, Ian reste très professionnel, parle de mon talent, de ma toile accrochée aux côtés des autres. Et même quand l'un de ses interlocuteurs ose une remarque sur mon physique, le directeur de l'Arts Company réoriente immédiatement la discussion sur l'art.

Si seulement il pouvait être tout le temps comme ça !

Ian est fin orateur, il captive l'assistance, à tel point que j'ai l'impression d'être inutile à ses côtés, même s'il est question de moi. Entre deux discussions, j'arrive à lui glisser un rapide « Je reviens » pour me soustraire à sa main toujours scotchée dans mon dos et à sa compagnie. Ian n'a pas le temps de protester, happé par de nouvelles personnes venues à sa rencontre. Je file victorieuse vers la terrasse pour prendre l'air.

Et me cacher aussi…

Ici l'ambiance est plus calme. L'hôtel dispose de son propre ponton et des invités arrivent en bateau. J'observe ce va-et-vient, impressionnée. L'Arts Company a fait les choses en grand et les invités présents semblent triés sur le volet…

Et ma toile est exposée à leurs yeux !

Cette idée, particulièrement grisante, me fait frissonner. Ian Rollins a beau être comme il est, je peux lui être reconnaissante pour ma carrière. J'inspire profondément l'air de l'océan, profitant de ce moment de tranquillité. Mais pas pour longtemps.

– Je t'ai retrouvée ! fait la voix satisfaite de Ian dans mon dos.

Pourvu que Noah arrive vite !

– J'avais besoin de prendre un peu l'air, dis-je sans mentir. Cette réception est un vrai succès, ajouté-je pour ne pas lui laisser le temps d'aborder un sujet plus personnel.

– Oui, en effet. La réputation de l'Arts Company rayonne jusqu'à Miami. C'est très prometteur pour nos affaires, commente Ian en portant sa coupe à ses lèvres.

Je l'observe. Dans son costume blanc, Ian Rollins doit sans doute susciter la convoitise de bien des femmes ici. Je cherche une ressemblance avec Noah, un trait qu'ils auraient en commun. Ils ont les yeux bleus tous les deux, mais Ian est brun alors que Noah est blond. Et ils n'ont pas du tout le même charisme. Ian est sans doute quelqu'un de très séduisant, mais il ne dégage pas la même force que Noah. Perdue dans mes pensées, je ne remarque pas son petit sourire.

Merde, il va croire que je le trouve beau, à l'observer comme ça !

Je détourne aussitôt la tête et prends appui sur la rambarde. Ian fait de même et se place à côté de moi, trop près.

– Alice, si tu veux, nous pourrions nous retrouver après cette soirée, seul à seul, souffle-t-il sur le ton de la confidence.

Ce serait l'occasion d'apprendre à mieux nous connaître, d'aller plus loin…

Et alors que Ian s'apprête à poser sa main sur mon bras, une voix féminine suspend son geste.

– Ian, tu négliges tes invités !

Cette voix n'était pas celle que j'attendais mais pour une fois, je suis contente de voir Judy Rollins !

– Maman ! Les invités peuvent se passer de moi cinq minutes, lui répond Ian, agacé d'avoir été interrompu.

– Alice, vous êtes magnifique ce soir, minaude-t-elle en me regardant. Parfaite pour être la cavalière de Ian !

Pas si contente que ça, en fait…

Ian se redresse, ravi de la remarque de sa mère. Cet encouragement maternel lui donne à nouveau des ailes et sa main retrouve sa place dans mon dos, me pressant cette fois un peu contre lui. Je ne peux m'empêcher de résister, mais si Ian le remarque, il ne le relève pas. Cette proximité me dérange, je ne suis pas la cavalière de Ian, je ne tiens pas à l'être et je ne veux surtout pas donner l'impression d'être sa compagne, même le temps d'une soirée.

Et là, comme ça, c'est justement l'impression que ça donne !

– J'interromps quelque chose ?

La belle voix grave de Noah se fait enfin entendre. Quand je me tourne dans sa direction, je le vois, dans un smoking noir, une main dans une poche, l'autre tenant une coupe de champagne. Son regard s'accroche au mien et tente de savoir si je vais bien.

Sa présence me redonne des forces. Sous l'effet de la surprise Ian m'a lâchée.

– Noah ! s'exclame-t-il.

J'observe Judy. Ses yeux lancent des éclairs, ses lèvres ne sont plus qu'une mince ligne.

– Je ne te savais pas à Miami, continue Ian, pris de court. Tu as l'air d'aller bien…

– Toi aussi, Ian. Belle réception, commente Noah en regardant autour de lui.

– On a décidé d'ouvrir des bureaux ici, continue Ian, se forçant à paraître aimable. Miami compte de nombreux artistes. D'ailleurs, je te présente Alice Brighton, nous venons de la lancer et…

– Nous nous connaissons, l'interrompt Noah.

Surpris, Ian me lance un regard étonné. Je me contente de rejoindre Noah, soulagée de le retrouver, lui et son éternelle assurance. Judy se rapproche de Ian et lui prend le bras.

Le clan Rollins face au clan Law…

– Oh, tu n'as donc pas totalement coupé les ponts avec l'art, commente Ian, le ton désormais acerbe.

– Pure coïncidence, lâche Noah, glacial.

– Bon, je dois rejoindre mes invités. Alice, je passerai te voir à ton atelier, ajoute-t-il en s'approchant de moi. J'ai été ravi de ce moment… intime.

Il conclut ces mots par un baisemain très appuyé. Je suis sûre qu'il essaie de marquer son territoire devant Noah.

Dans un signe de tête adressé à Noah, Ian nous quitte, prenant le bras de sa mère. Judy Rollins n'a pas lâché un mot, mais son attitude parle pour elle. Son aversion pour Noah saute aux yeux. Et ça n'a pas pu échapper à Noah. Quand elle passe à mes côtés, Judy me lance un regard noir :

– Je suis déçue, Alice, vous ne savez pas vous entourer.

Je suis la seule à avoir entendu ses mots. Elle les a prononcés dans un large sourire, comme si elle me saluait. Je ne réponds rien et soutiens son regard. Cette femme ne m'impressionne plus, qu'elle le sache !

– Tu m'as sauvée ! soufflé-je une fois les deux partis.

– Tu m'avais prévenu que Ian te faisait des avances, j'étais loin d'imaginer à quel point il te convoitait, murmure Noah en portant sa coupe à ses lèvres. Est-ce que tu as besoin de rester ici ?

– Oh non, Ian m'a déjà fait faire le tour de l'assemblée. Si tu veux partir…

Noah ne me laisse pas finir. Il attrape ma coupe et pose nos deux verres sur une table à proximité. Nous quittons les lieux par le ponton de l'hôtel. C'est en bateau que je quitte cette soirée particulièrement éprouvante.

***

Une voiture nous attend à la marina et Noah m'aide à descendre du bateau. Il n'a pas dit un mot depuis notre départ. Peut-être digère-t-il lui aussi ces retrouvailles particulièrement fraîches… Ce n'est qu'une fois chez lui, dans sa villa, que Noah consent à s'ouvrir.

– Quand je t'ai vue si proche de Ian, j'ai bien failli perdre mon sang-froid, m'avoue-t-il, agacé, en nous servant un verre.

– Tu n'as aucun souci à te faire, lui confié-je doucement, pour l'apaiser. Je t'aime toi…

– Je t'aime aussi, me souffle Noah d'une voix sourde.

Je pose mes mains sur son torse, plonge mon regard dans

le sien. Noah se détend enfin, son regard bleu s'éclaircit.

– J'ai une proposition à te faire. Oublions cette soirée. Je viens d'être appelé pour une mission humanitaire au Honduras. Il y a eu un important glissement de terrain dans une région reculée et il y a beaucoup de victimes. J'aimerais partager ce moment avec toi, si tu es d'accord pour m'y accompagner.

Noah a attrapé mes mains et les serre contre son cœur. Il y a de l'intensité dans cette demande, de l'enthousiasme aussi, je sens qu'il veut vivre avec moi ce pan de sa vie.

Moi ? Partir en mission humanitaire ? Est-ce que j'en suis capable ? Bien réagir face à des gens dans une grande détresse n'est pas forcément facile…

Mais sans me poser plus de questions, confiante et angoissée à la fois, je réponds sans hésiter :

– Je te suis, dis-je dans un souffle.

Le visage de Noah s'éclaire.

– Mais je ne sais pas… je n'y connais rien, ajouté-je, laissant parler mon angoisse.

– Ne t'inquiète pas, je serai là. Je te montrerai. Nous partons dans la nuit.

Noah vibre. C'est la première fois que je le vois aussi passionné, heureux, presque libéré de toutes les chaînes du passé. Quand il m'avait parlé de ces missions je n'avais pas saisi l'importance que cette implication avait dans sa vie. Je le découvre ce soir, avec joie et angoisse. Noah est prêt à partager ça avec moi. Et ça, c'est la plus belle preuve d'amour qu'il pouvait me faire.

– Tu vas faire de la chirurgie réparatrice là-bas ?

– Je vais faire mon métier de médecin, on travaille en fonction de l'urgence du moment, m'explique-t-il patiemment.

– Mais moi ? Qu'est-ce que je peux faire ? Tu crois que je serais… utile ?

– Toute bonne volonté l'est. Je connais l'équipe, je sais que tu sauras te rendre indispensable, me rassure Noah. D'ailleurs, tu devrais peut-être prendre un peu de matériel de peinture. On ne sait jamais…

Je plisse des yeux en observant Noah.

Il a une idée derrière la tête…

– Tu as un bon niveau d'espagnol ? me demande-t-il.

J'acquiesce. Ici, à Miami, l'espagnol est un peu notre seconde langue.

– Tu pourras t'occuper des enfants, alors, continue Noah, satisfait de ma réponse. Ils auront certainement besoin de se changer les idées. Je t'ai vue faire avec Joshua, me dit Noah, comme s'il lisait dans mes pensées.

Cette idée m'enthousiasme et finit de chasser mes angoisses. Noah me met en confiance, il m'offre une perspective et surtout, une utilité à ma présence sur le terrain. Moi qui avais peur de faire perdre du temps à tout le monde, je pars avec un vrai but. Je sens l'adrénaline se propager dans mon corps. J'oublie Léna, Ian et l'Arts Company. Il n'y a plus que ces enfants du Honduras qui ont besoin que quelqu'un s'occupe d'eux.

3
SUR LE TERRAIN

– Cette fois, il faut prévenir Luke ! rappelé-je à Noah.

Lors de sa dernière mission humanitaire, Noah n'avait prévenu personne de son absence. Le docteur Luke Balmer, son meilleur ami, s'était inquiété de cette disparition soudaine.

– Oui, c'est prévu, m'apprend Noah en attrapant son téléphone.

Il faut que je fasse pareil avec Molly !

Je suis prise d'une excitation nouvelle. Partir en mission, apporter mon aide, même si je ne sais pas encore laquelle, me transporte.

De son côté, Noah a préparé un sac. J'ai bien étudié ce qu'il emporte pour, une fois chez moi, cibler le même genre d'habits et ne pas perdre de temps. Je veux lui prouver que je peux le suivre dans n'importe quelle situation, que je peux m'adapter. Lui montrer qu'il peut compter sur moi. Il me fait déjà confiance en me proposant de l'accompagner.

Si Noah est serein, habitué à ce genre de départ, je le suis nettement moins que lui. J'ai l'impression d'être une pile électrique, je suis surexcitée, je n'éprouve aucune fatigue malgré l'heure tardive. Chez moi, je prépare mes affaires en cinq minutes chrono. Pantalons de toile, shorts, débardeurs, tee-shirts, pulls, baskets, je fourre le tout dans un sac comme si je devais quitter rapidement la ville.

– Alice, tu as le temps, me dit Noah doucement en m'attirant contre lui.

– Oui, mais il faut encore passer par l'atelier et…

– Ne t'inquiète pas. L'avion nous attendra, insiste-t-il.

– Je me sens si… impatiente, énervée…

– Je sais, ça se voit, dit-il en me prenant dans ses bras. Tu seras à la hauteur, j'en suis sûr.

Noah lit encore dans mes pensées. Il sent mon inquiétude.

Dans ses bras, je m'apaise un peu. Mais je n'ai jamais fait ça de ma vie, j'ai à la fois peur et envie.

Et si je ne suis pas à la hauteur ?

Je quitte mon appart, pleine d'appréhension. À mon atelier, je choisis surtout des crayons et des pinceaux. Devant mon maigre stock, je fais la moue.

– Je n'ai pas grand-chose à emporter. Est-ce qu'ils sont nombreux ? demandé-je, déjà abattue.

– Prends ce qu'il te faut, pour toi. Il y a tout ce qu'il faut dans l'avion, j'ai passé une petite commande, m'avoue Noah, sourire aux lèvres. Tu ne manqueras de rien.

Cet homme est incroyable !

– Tu étais sûr que j'allais te dire oui ? demandé-je tout en attrapant mon matériel habituel.

– Je n'étais sûr de rien. Tout ce que j'ai commandé aurait

de toute façon été utilisé, ou laissé sur place là-bas.

Je finis de prendre quelques livres sur la peinture. Et je me sens soudain impatiente de partir. J'emporte avec moi mon univers, et Noah est à mes côtés.

– Prête, finis-je par lui dire, le cœur battant.

– Très bien, mademoiselle Brighton. J'ai quelques recommandations à vous faire avant de partir, dit Noah de sa voix chaude en m'attrapant les mains. Interdiction de malmener ces lèvres pendant notre séjour là-bas.

J'acquiesce, comme un parfait petit soldat.

– Et surtout, si la situation est trop dure, que tu ne le sens pas, dis-le-moi. Je ne voudrais pas que cette expérience soit un calvaire. Je tiens à la vivre avec toi parce que, égoïstement, je n'ai pas envie de te quitter, mais j'aimerais aussi que tu me comprennes encore mieux en vivant tout ça au moins une fois à mes côtés.

Les mots de Noah me troublent. Le ton de sa voix, son regard si intense, si pénétrant, cette gravité aussi… C'est important pour lui, et ça le devient pour moi aussi. Je découvre que je ne dois pas faire ça pour lui, pour lui plaire, mais pour moi et pour me découvrir aussi.

***

Nous avons un peu dormi dans l'avion et c'est à l'aube que nous arrivons dans une région sinistrée. Du hublot, nous avons pu constater les dégâts. D'énormes coulées de boue ont entraîné des habitations en tôle, scindant en deux des villages, coupant les routes, jetant à la rue des habitants, pour ceux qui ont eu la chance de ne pas être chez eux au moment de la catastrophe. Nous atterrissons dans un aéroport de fortune.

Avant que je ne descende de l'avion, Noah me rattrape :

– N'oublie pas, si c'est trop dur, dis-le. Tu ne dois pas te perdre ici. Ça ne changera rien à mes sentiments pour toi.

Son regard accroche le mien.

– Ça ira ! lui promets-je, convaincue.

– Alors, allons-y !

Je le regarde s'éloigner et d'un coup, je bondis.

– Noah ! dis-je en le retenant par la main, juste avant qu'il ne mette un pied en dehors de l'appareil. Tu sais… Je fais ça aussi pour moi…

Il se tourne complètement vers moi. Un sourire naît sur son visage, son beau regard bleu m'enveloppe d'un amour profond que je n'avais encore jamais ressenti aussi fort. Il se penche vers moi et m'embrasse.

– C'est aussi pour ça que je t'aime, me murmure-t-il, avant de m'entraîner en dehors de l'avion.

À peine avons-nous posé le pied au sol qu'un médecin nous accueille. Noah et lui semblent se connaître. Les présentations sont rapides. Déjà, les deux hommes débriefent et je cours littéralement pour rester à leur hauteur. J'apprends en les écoutant qu'il y a une urgence et que Noah doit intervenir rapidement. Une jeep nous amène dans l'hôpital du coin. Ce sont des cris, des pleurs, des infirmiers pressés et des visages inquiets qui nous accueillent. Noah me laisse non sans m'avoir lancé un dernier regard pour s'assurer que tout allait bien pour moi. Je lui souris avant de le voir disparaître. Il est médecin, sa présence est précieuse ici.

L'homme qui était avec nous à l'aéroport m'apprend que tout le matériel qui m'est destiné a été installé dans une salle de l'hôpital. Je le remercie, mais il repart aussi vite. Ici, on ne discute pas, il n'y a pas de temps à perdre. Je me sens un peu perdue au milieu de cette détresse. J'inspecte la salle qu'on a laissée et décide de trouver quelques tables et des chaises pour l'habiter et la rendre plus fonctionnelle. Je trouve un équipement de fortune qui devrait faire l'affaire, ouvre quelques cartons, trouve des feuilles et des crayons de couleur.

De la couleur, c'est ce qu'il manque ici...

L'endroit a gagné un peu en chaleur, il ne me reste plus qu'à me lancer au contact de ces personnes. Dans les couloirs, les regards que je croise me serrent le cœur. Certains sont blessés, légèrement, quand d'autres semblent attendre des nouvelles de leurs proches...

Comment nouer un contact? Je ne peux qu'imaginer la douleur qu'ils ressentent tous.

Dans un coin, deux petits enfants se serrent l'un contre l'autre. Je m'approche doucement. Je parle très bien l'espagnol et je n'ai aucun mal à me faire comprendre. Je m'assois près d'eux, je me présente. D'abord hésitant, le plus jeune se révèle le plus bavard, alors que le plus âgé me regarde avec méfiance. J'apprends qu'ils sont frères et qu'ils attendent des nouvelles de leur père, blessé. En attendant qu'ils en sachent plus sur son état de santé, je sors de ma besace un carnet et un crayon et je leur propose de dessiner pour eux, pour commencer.

D'abord ils sont dubitatifs, puis mon coup de crayon semble petit à petit les impressionner. Alors, l'aîné me met au défi de lui dessiner une licorne. Je m'applique particulièrement, comprenant que si mon dessin le convainc, j'aurai gagné sa confiance. Et quand je lui tends mon œuvre, un sourire se dessine enfin sur son visage.

Gagné !

Je leur propose de leur apprendre. Je leur tends des crayons et des carnets. Petit à petit, nous attirons la curiosité d'autres enfants. Même des adultes viennent nous observer. Devant l'attroupement qui se forme, je propose à tous de me suivre dans ma petite salle de dessin afin de libérer le couloir.

Cinq enfants le font sans réticence, encouragés par mes deux petits artistes. Quand ils découvrent les crayons de couleur, je vois le plaisir se dessiner sur leurs visages marqués. Tous s'installent tant bien que mal sur les chaises, sur la table, par terre. Et tous veulent que je leur apprenne à dessiner quelque chose. La magie opère. Les rires commencent à se faire entendre. L'ambiance est plus détendue. Je vais de l'un à l'autre, encourageante… Aux adultes qui osent passer la porte, je leur montre mes livres.

Alors que ma classe de dessin est bien occupée, je décide de m'éclipser pour aller chercher de l'eau à tout le monde. Ailleurs dans l'hôpital, l'activité bat toujours son plein. Il y a encore des pleurs, des moments de drame. Mon cœur se serre. De nombreux blessés attendent encore sur des civières improvisées. Je manque même un instant m'évanouir devant tant de détresse, d'angoisse, de sang et de blessures.

Je pense qu'ils ont mieux à faire que de s'occuper d'un patient supplémentaire !

Mes bouteilles sous le bras, je retourne à ma petite salle, soulagée d'avoir pu offrir à une poignée d'entre eux une petite bulle en dehors de ce drame.

***

La journée avance. Je ne sais pas comment je fais pour résister au manque de sommeil. Certainement l'adrénaline. Mes nerfs me tiennent. Et ces enfants aussi. Je suis émue devant eux et plusieurs fois, je retiens mes larmes quand ils m'expliquent leur catastrophe. Certains l'expriment dans leur dessin, parlent de leur parent enterré sous la boue. D'autres ont envie d'une nouvelle maison.

Je n'ai pas de mots pour les réconforter. Je ne peux qu'être là…

Certains enfants me quittent, entraînés par des adultes venus les chercher. Je sais qu'un camp d'accueil a été rapidement monté près de l'hôpital pour offrir des lits et des repas. Certains habitants qui n'ont pas été touchés viennent même nous apporter à manger, directement dans notre salle. Je suis touchée par cette attention. Une maman me remercie, sans grand discours. Un mot, un regard. Je n'ai pas besoin de retrouver une seconde énergie pour aller chercher d'autres enfants et réaliser des dessins sur demande, leur laissant le soin de les colorier.

Les deux petits enfants, mes tout premiers élèves, finissent par partir. Leur papa se repose, maintenant, il va bien. Ils sont soulagés et s'apprêtent à rejoindre le camp. Le plus jeune me serre dans ses bras, de façon très inattendue. Quant à l'aîné, encore distant, il me fait juste un signe de tête, et part avec sa liasse de feuilles bien serrée contre lui.

Alors que je suis appliquée à apprendre comment dessiner un super-héros à un petit garçon, je n'aperçois pas tout de suite Noah sur le pas de la porte. Je finis par le voir dans sa tenue de chirurgien, les cheveux décoiffés, les traits tirés, mais toujours aussi séduisant.

– Tu as l'air très occupée, me dit-il quand je le rejoins. Les gens ici parlent beaucoup de cette salle de dessin.

Je lis de la fierté dans ses yeux, du plaisir. S'il a l'air exténué, Noah semble surtout dans son élément.

– C'est vrai ? J'essaie de faire au mieux, réponds-je simplement, en regardant autour de moi.

– Et tu le fais très bien, murmure Noah en m'embrassant tendrement sur la joue. On entend rire jusque dans les couloirs. C'est important aussi.

– Et toi, de ton côté ? demandé-je.

– On n'arrête pas. La catastrophe a eu lieu au pire moment de la journée, où les gens se trouvaient chez eux…

Une extrême lassitude passe sur son visage. Je caresse ses joues, sens sous mes doigts sa barbe naissante. Pas d'effusion ici, ce n'est pas le moment. Juste un geste tendre.

– Je dois y retourner, me souffle Noah de sa voix grave. Je te retrouve tout à l'heure.

Noah me quitte dans un dernier sourire. Je lis de la fierté et de l'admiration dans son regard. Je respire un grand coup. Le contexte est difficile, mais je ne regrette pas ma décision. Je suis harassée, mais ma fatigue n'est rien à côté de ce qui se passe ici, de ce que Noah fait sur la table d'opération.

Je me jette de plus belle dans mes occupations, passant de l'un à l'autre, demandant des nouvelles pour les transmettre aux enfants qui attendent, encourageant les adultes à venir nous rejoindre aussi.

J'essaie même de me rappeler quelques comptines en espagnol. Et ma mémoire défaillante ne manque pas de faire rire. Les enfants m'apprennent à leur tour leur chanson. Une guitare, sortie de nulle part, jouée par un vieil homme, s'ajoute à cette nouvelle ambiance musicale.

Notre salle offre un joyeux brouhaha. C'est épuisant, je manque d'attention parfois. Mais des adultes vaillants sont venus me rejoindre pour me soutenir et apporter aussi leur aide. Ce coup de main est le bienvenu et me permet de souffler de temps en temps.

Non, vraiment, je ne regrette pas ma décision…

4
TENSION EXACERBÉE

La journée a été particulièrement harassante mais a filé à une vitesse folle. À la nuit tombée, l'hôpital a commencé à se vider un peu. D'autres médecins ont pris le relais, soulageant ceux de la journée. C'est ainsi que Noah est venu me chercher alors que mon atelier de dessin improvisé s'était vidé de ses participants.

Nous dormons dans une maison du village, un habitant ayant souhaité nous inviter pour nous remercier d'avoir soigné l'un de ses proches. Nous n'avons de toute façon pas besoin d'un grand confort, nos repas étant tous pris sur place, à l'hôpital. Seul un lit peut satisfaire notre unique envie du moment : dormir.

Après une douche rapide, je me glisse sous les draps, aux côtés de Noah. Mon beau chirurgien a les traits tirés, je le sens prêt à partir près de Morphée. Pourtant, il m'accueille dans ses bras, où je me blottis volontiers.

– Je suis impressionné par ce que tu as fait aujourd'hui, murmure Noah au creux de mon oreille. Tu t'es adaptée très vite et tu as su offrir une vraie bulle de détente à ces enfants.

Je suis flattée par les compliments de Noah. Les sourires des enfants étaient déjà une belle récompense, mais je ne peux pas cacher que rendre fier l'homme que j'aime me transporte.

– Je ne regrette pas de t'avoir proposé de venir. Tu as révélé une partie de toi que je soupçonnais… Je ne m'étais pas trompé, continue Noah, la voix de plus en chaude.

– Je découvre aussi une partie de moi, avoué-je, réprimant un bâillement. Mais finalement, tout a été si simple. Peut-être parce que je n'ai pas été confrontée au plus dur.

– Je pense que tu as aidé ces enfants à oublier ce qu'ils traversent, et ça, ce n'est pas rien.

Je sens le corps de Noah se détendre petit à petit. Il me couvre presque de son corps entier, à moitié nu. Il a besoin de repos. Le savoir sur le terrain, aujourd'hui, impliqué, se donnant à fond, oubliant sa propre fatigue, se dépassant pour intervenir et soigner les autres, n'a fait que renforcer mon amour pour lui. Je comprends qu'il ne souhaite pas en parler. J'imagine la une des journaux : « Le Docteur Noah Law en pleine crise humanitaire. » Les journalistes, les commentaires, viendraient tout gâcher. Une médiatisation l'empêcherait de continuer, il serait sollicité partout pour répondre à des interviews et il ne pourrait plus faire ce qu'il aime, ce pour quoi il est fait…

Ce secret doit être gardé. Et je me promets de le défendre coûte que coûte.

En attendant, je sens Noah s'endormir tout contre moi. Je me pelotonne encore plus près de lui, dans la sécurité de ses bras. Je dépose un baiser délicat sur sa peau hâlée. Et je me laisse emporter moi aussi par le sommeil. Je suis exténuée.

***

Le réveil nous surprend imbriqués l'un dans l'autre, nos jambes et nos bras enchevêtrés comme si, dans la nuit, nous avions eu besoin de ne pas nous perdre un instant. Nous émergeons difficilement. Je plisse les yeux pour m'apercevoir que Noah m'observe déjà. J'ai un moment le réflexe de me cacher sous le drap, mais je me souviens aussitôt où je me trouve et pourquoi. Tout me revient. La catastrophe, l'hôpital surchargé de blessés, les enfants…

– Tu as bien dormi ? me demande doucement Noah, un sourire bienveillant aux lèvres.

J'acquiesce. Mais quand j'étire mes membres, je sens comme une vive douleur.

J'ai l'impression d'avoir couru un marathon ! J'ai mal partout !

Devant ma grimace, le sourire de Noah s'accentue.

– C'est normal, m'explique-t-il. Tu as été tendue toute la journée, tu as sollicité ton corps sous l'effet de la pression. L'adrénaline est redescendue et la douleur est là. Tu devrais prendre un relaxant musculaire.

Même en situation d'urgence, Noah sait être Mr Caliente…

Noah sort du lit pour chercher dans sa trousse un médicament, qu'il me tend aussitôt avec une bouteille d'eau. Mon corps est douloureux, mais je me sens coupable de ressentir cette douleur.

Il y a tellement de choses à faire encore à l'hôpital et je souffre de courbatures !

J'avale le médicament alors que Noah file se préparer. Très vite, il est prêt. Et j'ai honte d'être toujours allongée sur le lit.

– Si tu veux, tu peux me rejoindre plus tard. Prends le temps de te reposer, me dit Noah en s'asseyant à côté de moi.

Je sais qu'il tient à se montrer bienveillant, mais il est hors de question que je me prélasse avec tout ce qui se passe dehors.

Des enfants m'attendent peut-être, je dois être là !

– Non, je suis prête dans cinq minutes, répliqué-je, déterminée à prendre le dessus sur la douleur.

Je grimace un peu en sortant du lit, mais je prends sur moi. Un rafraîchissement rapide plus tard, je suis prête à suivre Noah et à retrouver ma tâche.

Je jurerais que le regard que me porte Noah est un mélange d'amusement et de moquerie quand il s'aperçoit à quel point mon corps est raide. Pourtant je fais mon maximum pour ne rien laisser paraître.

Pourvu que ce relaxant agisse vite !

Avant d'atteindre l'hôpital, Noah me retient par la taille et m'offre un baiser passionné, inattendu, revigorant.

– Je prends des forces moi aussi, souffle-t-il en plongeant son regard malicieux dans le mien.

J'attrape ses lèvres à mon tour.

– J'ai besoin d'une double ration, murmuré-je après avoir senti dans mon corps autre chose qu'une courbature.

À peine a-t-on mis le pied dans l'hôpital que Noah est happé par les autres médecins. Je salue les personnes que j'ai croisées la veille et retourne à ma salle de dessin. Déjà, des enfants s'y trouvent. De nouvelles têtes comme des familières. Celles que je connais m'accueillent par un grand sourire. Les autres sont curieux.

Le bouche-à-oreille a dû faire son effet…

L'ambiance est la même que la veille. Les secouristes continuent d'apporter des blessés dont les familles suivent et attendent, anxieuses. Les cris et les pleurs, l'urgence de la situation et les quelques cas que j'aperçois quand je pars chercher de l'eau, font de nouveau monter la pression. Les courbatures sont loin.

Au milieu de la matinée, je décide de faire une pause et de retourner voir dans les couloirs si d'autres enfants ne sont pas livrés à eux-mêmes. Alors que je regarde autour de moi, près de la porte principale, concentrée sur les personnes qui m'entourent, un homme entre dans l'hôpital et se met à crier. Je ne comprends pas tout de suite ce qui se passe, je pense à une nouvelle alerte, à quelqu'un qui vient demander de l'aide pour sa famille. Mais quelque chose dans sa voix me fait lever la tête vers lui. Et mon sang se glace.

Un fusil…

L'homme lève son arme et je constate avec effroi que je suis dans sa ligne de mire. Je suis seule face à lui, et c'est sur moi qu'il pointe son arme. Ses yeux me fixent, exorbités. J'ai le souffle coupé. Je ne bouge plus, mes mains se lèvent, par réflexe. Et l'homme se remet à crier. Ses propos sont incohérents, motivés par la colère, mais aussi par le désespoir. J'arrive à comprendre qu'il cherche son fils, qu'on lui a dit que les Américains présents ici faisaient du trafic d'enfants. Il veut qu'on lui rende son petit.

Dans cette salle, je suis la seule Américaine. Tout le monde est accroupi au sol et le personnel de la mission est occupé ailleurs. Aucun son ne sort de ma bouche, je ne sais quoi lui répondre. J'aimerais arriver à le rassurer, qu'il baisse son arme, mais mes lèvres restent figées.

Devant mon inertie, l'homme tire au plafond. Le coup de feu est assourdissant et provoque des cris dans l'assemblée. Tout le monde est désormais à terre. Je me suis accroupie moi aussi, protégeant ma tête de mes mains.

Je dois reprendre le contrôle ! Il faut calmer cet homme !

Le coup de feu a attiré l'un des médecins, le responsable de la mission. Le docteur essaie de calmer l'homme et m'aperçoit. Il se glisse à mes côtés et je me relève doucement, rassurée par sa présence. J'arrive enfin à m'exprimer et à expliquer la présence de cet homme ici, ce qu'il attend de nous. On entend ici et là quelques prières murmurées... En espagnol, le médecin-chef lui demande de lui décrire son fils. Il y a un enfant actuellement en salle d'opération, il se pourrait que ce soit lui.

– C'est Noah qui s'en occupe, me souffle le docteur.

Je frémis. Et si ce malade se rend au bloc quand même ? Si Noah n'arrive pas à sauver son enfant, il pourrait le tuer...

Du fond de la salle d'attente, je vois une infirmière faire signe au médecin à mes côtés. Elle repart aussitôt, prenant le couloir menant aux salles d'opération.

– Si jamais cet homme arrive au bloc, ça peut être catastrophique, me dit-il sans rien vraiment m'apprendre.

OK... Et je fais quoi, moi ?! J'attends que Noah prenne un coup de fusil ?

Aussitôt Noah fait son apparition, en tenue. Je manque de me précipiter vers lui, mais, m'apercevant au milieu de la salle, près de l'arme de l'homme pointée maintenant sur le médecin-chef, Noah me stoppe dans mon élan. Je lis sur ses lèvres, il me demande si tout va bien. Je le rassure autant que je peux, en silence moi aussi, pour ne pas perturber davantage l'homme qui nous menace.

– Monsieur, j'ai peut-être votre fils sur ma table d'opération. Je fais tout ce que je peux pour le sauver. Je ne tiens pas à vous le prendre, juste à le soigner, vous comprenez ? explique Noah calmement, dans un espagnol parfait.

Le magnétisme de Noah agit sur toutes les personnes présentes. Personne ne parle. Je regarde l'homme, qui ne semble toujours pas convaincu.

– J'ai besoin de calme pour travailler dans de bonnes conditions. Je reviens vous voir dès que j'ai terminé, d'accord ? insiste Noah, d'une voix posée. Lâchez votre arme. Vous ne pouvez rien faire d'autre qu'attendre et me faire confiance.

– Je veux venir ! crie soudain l'homme, tournant son arme vers Noah.

J'étouffe un cri.

– Vous ne pouvez pas, l'espace a été stérilisé, continue Noah sans rien perdre de son sang-froid.

Je vois pourtant sa mâchoire se crisper. Noah ne manque pas d'assurance, il m'impressionne, mais ce père malheureux pourrait… dans un mauvais geste…

– Monsieur, interviens-je, moi-même surprise par mon initiative de prendre la parole. Je connais bien le docteur, il a déjà essayé de sauver plein d'enfants. Je vais rester avec vous et nous allons attendre tous les deux les nouvelles de votre fils.

Je me lève doucement et fais quelques pas dans sa direction. J'essaie à mon tour de me montrer convaincante, rassurante, mais je n'en mène pas large.

– Est-ce que vous avez une photo de votre enfant ? Que nous soyons sûrs qu'il s'agisse bien de lui ? lui demandé-je.

L'homme me regarde, surpris. Puis, baissant son fusil, je le vois fouiller dans la poche de son pantalon et sortir un portefeuille. Il l'ouvre tant bien que mal avec une seule main, tremblante qui plus est. Je m'approche encore pour attraper la photo. Je ne peux m'empêcher d'esquisser un sourire attendri devant le visage innocent du bambin. Ce que ne manque pas de remarquer son père.

– C'est Carlos. Il a 7 ans, m'apprend-il, la voix angoissée.

Je tends la photo à Noah pour qu'il reconnaisse ou non l'enfant qu'il opère. Il acquiesce en me regardant droit dans les yeux.

Bon. Tout va bien... Ce n'est pas le moment de flancher ni d'imaginer le pire.

– Le docteur doit repartir immédiatement soigner votre fils. Nous allons rester ensemble et attendre. D'accord ? proposé-je doucement au père.

Noah me jette un dernier regard. Je le sens hésiter entre rester avec moi et retourner au bloc en me laissant dans cette situation délicate. Dans un signe de tête, je lui fais comprendre qu'il peut y aller.

Je gère. Je dois gérer !

L'homme ne bouge pas quand Noah repart vers le bloc. Mais il ne lâche pas son arme pour autant. J'essaie d'en faire abstraction, de l'oublier. Et de continuer à lui parler doucement.

– Venez avec moi, nous allons nous installer dans ce coin, nous serons plus près pour avoir des nouvelles, continué-je calmement.

Le médecin-chef nous suit du regard. Lui aussi hésite à intervenir, mais la situation est tellement tendue que la moindre mauvaise parole, le moindre mauvais geste, pourrait réveiller la colère de l'homme.

Il faut absolument que Noah soigne cet enfant, sinon...

Dans la salle d'attente que nous venons de quitter, ce papa et moi, j'entends que la discussion renaît. Je trouve deux chaises pour nous installer dans le couloir. L'homme est encore un peu méfiant mais il semble baisser sa garde. Il est surtout fou de douleur à l'idée de perdre son fils. Ma respiration est saccadée. Je tremble. Je dois garder mon sang-froid.

– Vous voulez un peu d'eau ? lui demandé-je, histoire de rompre ce silence pesant.

L'homme me fait non de la tête. Son fusil est posé entre ses jambes, ses mains le tiennent, crispées.

– Je connais un petit garçon, presque de l'âge de votre fils. Le docteur qui opère votre enfant l'a sauvé lui aussi.

Mais pourquoi est-ce que je lui parle de Joshua ?

J'esquisse un sourire chaleureux mais l'homme n'est pas réceptif. Renfermé sur lui-même, il ne lâche pas des yeux la photo de son enfant.

Le temps me paraît interminable. Parfois, je vois le médecin-chef me regarder de loin et me demander si tout va bien. Je le rassure. L'homme attend. Noah tient notre destin entre ses mains…

Et enfin, Noah, mon Noah, arrive. Le père malheureux et moi-même nous levons d'un même mouvement. Noah ne perd pas une minute pour le rassurer et lui apprendre qu'il pourra rejoindre son fils dans quelques instants, le temps de finir les soins et qu'il se réveille. Le père meurtri fond en larmes et tombe à genoux.

Dans un réflexe, Noah attrape son arme et la fait passer derrière lui au médecin-chef. Je suis soulagée, des larmes inondent mes joues. Le père suit une infirmière, venue le chercher pour le préparer à enfiler une tenue adaptée. Petite dérogation à la règle, la famille n'ayant pas le droit de dépasser cette partie de l'hôpital. Mais vu les circonstances…

Noah m'attire aussitôt contre lui et plonge un regard bouleversé dans le mien :

– Ne joue plus jamais aux héroïnes comme ça, qui sait de quoi cet homme aurait pu être capable !

– Moi ? Héroïne ? Tu es le premier à lui avoir tenu tête ! Tu crois que j'étais rassurée de te voir face à lui ? lui réponds-je sur la défensive.

Non mais je rêve !

Mais la colère de Noah passe très vite et il finit par me serrer dans ses bras. Je pose mes mains dans son dos, sentant le soulagement m'envahir et la pression retomber.

– Excuse-moi, murmure Noah de sa voix grave. La fatigue me fait dire n'importe quoi. Tu as réagi comme il fallait, avec courage et douceur… mais j'ai eu tellement peur pour toi !

Ces mots me vont droit au cœur mais avant que j'aie pu le lui dire, Noah reprend :

– Nous avons bien mérité de nous retrouver après tout ça ! Une nouvelle équipe arrive pour prendre le relais, nous allons pouvoir rentrer chez nous.

– Quoi ? Nous partons ? Déjà ?

– Oui. Il n'y a plus de gros blessés, ils n'ont plus besoin de moi. Nous partirons ce soir, le temps de terminer mes soins ici.

Je n'avais pas pensé au départ. L'idée de quitter ma salle de dessin, mes petits artistes, me bouleverse soudainement. Mes larmes silencieuses laissent place à des pleurs que je ne contrôle plus dans les bras de Noah.

– Alice… Ces missions sont brèves. Tu ne peux pas t'installer ici à vie et rester avec eux, tu le savais, tente de me consoler Noah de sa voix chaude.

– Je sais… mais je… Tu as raison, soufflé-je en essuyant mes larmes. Je vais continuer ce que j'ai commencé ce matin.

Noah me retient par le bras, alors que je m'apprête à retrouver ma petite salle.

– Tout va bien ? me demande-t-il inquiet.

– Oui, réponds-je. Je vais m'y faire.

Le restant de la journée passe rapidement. Très rapidement. J'ai tapissé les murs de la salle de tous mes dessins improvisés et les enfants repartent de leur côté avec quelques feuilles colorées. Tout le matériel reste ici. Une jeune femme est venue me parler, plus tôt. Elle m'a appris qu'elle était institutrice ici et que tout serait utilisé dans les classes. Heureusement pour les enfants, l'école ne se trouvait pas sur la coulée de boue… Cette rencontre me fait du bien et m'aide à accepter l'éphémère de ma présence ici.

Je ne sais pas ce qu'il restera de moi après mon passage, mais je sais que j'emporte avec moi des visages et des sourires qui ne manqueront pas de me suivre encore quelque temps…

***

Sur la petite piste de décollage, je suis surprise de ne pas retrouver le même avion qu'à l'aller. C'est un jet, un peu plus grand que celui que Noah prend d'habitude, qui nous attend. Devant ma surprise, Noah me glisse au creux de l'oreille :

– J'ai pensé qu'un peu de confort ne nous ferait pas de mal pour cette nuit…

Son sourire mystérieux attise ma curiosité. Mais je comprends une fois à bord. L'avion ressemble à un vrai petit appartement. Dans un coin, une cabine fait office de chambre.

Oh oui… Je comprends de quel confort Noah veut parler.

En me retournant vers Noah, je croise son regard brûlant, plein de promesses. Notre fatigue s'est envolée, laissant la place à une tension sensuelle, à un désir enivrant…

Mon corps, le premier, m'envoie des signaux. Les courbatures matinales sont loin et je sens dans mes veines la passion m'envahir, s'immiscer dans le moindre recoin de mon être. Et l'idée de tester le « confort » de cette chambre, dans cet avion, exacerbe mon excitation naissante.

Une chambre dans un jet privé, je n'ai jamais vu ça…

Mais pas question de nous y ruer comme de jeunes mariés, même si mon ventre commence à s'impatienter. Je bouillonne de l'intérieur, terriblement excitée à l'idée de faire l'amour dans les airs, au-dessus de tout et surtout, près des étoiles.

Les yeux de Noah attisent mon désir. Il m'effleure, volontairement, le temps de nous installer pour le décollage. Il fait tout pour que la pression monte entre nous.

C'est réussi ! Mais j'ai moi aussi mon arme secrète…

Et alors que nous écoutons presque attentivement les consignes de sécurité distillées par le steward, je me mords innocemment les lèvres. Sur son siège, Noah se redresse, fronce les sourcils. Retenu par sa ceinture de sécurité, il ne peut rien faire.

Juste écouter et attendre…

Jamais décollage ne m'a paru aussi long. Nous sommes rapidement seuls dans la cabine, le steward ayant rejoint sa place à l'avant de l'appareil. À mes côtés, Noah glisse son doigt le long de ma jambe. Personne ne nous voit. Nous pouvons nous toucher, nous frôler, exciter notre désir mais sans jamais nous défaire du lien qui nous colle aux sièges.

La température monte d'un cran à mesure que l'appareil prend de la hauteur. Les battements de mon cœur s'accélèrent, la main de Noah s'est glissée entre mes cuisses et remonte doucement… Du bout des doigts, il caresse mon sexe. Et quand enfin, le voyant lumineux de la ceinture de sécurité s'éteint, nous permettant enfin de nous libérer, je suis la première à sauter sur mes deux pieds et à lancer un regard très significatif à Noah :

– Et maintenant ?

Mon beau milliardaire me décoche un sourire très sexy et me désigne la chambre d'un signe de tête. Je ne me fais pas prier. Dans mon dos, je l'entends dire dans un micro que nous nous retirons pour nous reposer. L'excuse est crédible, vu nos traits tirés…

À peine Noah a-t-il refermé la porte de cet espace privé, que je lui saute littéralement dessus. Ma bouche s'accroche à la sienne, je le dévore. Avides l'un de l'autre, nous enlevons nos habits tant bien que mal, attachés l'un à l'autre par nos langues. Leur danse est passionnée alors que nos gestes sont gauches pour réussir à nous dévêtir. Nos mains s'enchevêtrent, nos coudes se heurtent… Mais ce n'est pas grave. Nous nous amusons de cette passion.

Alors que je me recule pour reprendre mon souffle, l'intensité dans le regard de mon amant m'affole. Fou de désir, il ne me laisse aucun répit et me pousse sur le lit. Nos sous-vêtements volent, nous sommes nus, l'un contre l'autre, lui au-dessus de moi.

Je devine son sexe tendu et, quand ma main le trouve enfin, je ne peux retenir un soupir de bien-être. Je ne sais pas si l'effet d'être dans un avion joue dans mon désir, mais je me sens complètement emportée par cette vague.

Mon blond si sexy semble de son côté vouloir prendre son temps. Quand il me dévore le cou, qu'il me lèche le bout des seins, un cri de plaisir s'échappe de ma bouche.

– Est-ce qu'ils peuvent nous entendre ? demandé-je, déjà haletante.

– Non, murmure Noah en continuant de me titiller les tétons. C'est insonorisé, tu peux te laisser aller…

La proposition est alléchante et je ne la laisse pas passer. Je renverse Noah sur le dos pour me retrouver sur lui. Je le veux, et ses baisers enflammés me consument. Mon amant m'empoigne alors les fesses, les serrant dans ses mains.

Il a compris où je voulais en venir…

Délicatement d'abord, je place son sexe sur le mien, le pose à l'orée de mon intimité. Ce simple contact me renverse. Puis, petit à petit, je le fais entrer en moi… Je le sens se frayer un chemin, prendre possession de cette partie brûlante de mon corps. Noah ferme les yeux et, dans un coup de bassin, me pénètre complètement. Ce mouvement me faire gémir. Je me mets à bouger sur lui, à le faire entrer et sortir, chaque fois un peu plus loin, par à-coups. Puis j'alterne, doucement, fort, plus doucement, plus fort. Je sens Noah au supplice. Je joue aussi de mon excitation. Alors que j'aimerais prendre un rythme vigoureux et puissant pour me mener tout droit à l'extase, je décide de faire durer les choses.

Mais Noah ne l'entend pas de cette façon. D'un bond il se redresse et me plaque sur le lit.

– À mon tour de jouer, souffle-t-il d'une voix rauque.

Au lieu de me pénétrer à nouveau, mon amant descend le long de mon ventre pour glisser sa langue entre les replis de mon sexe. Mon corps est secoué d'un spasme, mélange de plaisir et de surprises. Noah me lèche avec passion, délectation même. J'attrape les draps dans mes poings, m'agrippe à eux. Tout mon corps se crispe face à cet assaut viril. Je me sens partir, je reconnais cette vague de chaleur qui s'immisce dans mon corps, coule à travers mes veines. L'orgasme arrive et me prend violemment, à m'en couper le souffle.

J'agrippe les cheveux de Noah et étouffe un cri. Je sais la chambre insonorisée mais la proximité d'inconnus m'empêche de libérer ma voix.

Mon amant m'observe dans cet élan de plaisir et semble même se délecter du spectacle. L'œil allumé par la passion, il remonte vers moi. J'essaie de reprendre ma respiration, d'apaiser mon rythme cardiaque. Peine perdue, Noah a décidé que ce n'était pas fini, pas tout de suite.

– J'aimerais te pénétrer en douceur, apprécier chaque moment, chaque sensation, m'avoue-t-il, une étincelle brûlante passant dans ses yeux.

Et comme si l'avion était d'accord avec cette idée, l'appareil est pris d'une légère secousse. Puis d'une seconde. Nous suspendons un moment notre attention, espérant que les turbulences ne nous obligent pas à retourner sur nos sièges… Après un retour au calme, mon amant est de nouveau sur moi et son sexe prêt à se glisser encore au creux de mon être. Excitée à l'idée de vivre cette expérience, de faire l'amour dans les airs, j'écarte légèrement les jambes pour qu'il me pénètre plus facilement. Puis, dans un geste, je resserre mes jambes. Noah est allongé sur moi et ne bouge pas.

Notre souffle est suspendu, nos regards accrochés. Nous savourons ces décharges qui nous traversent… Nous ne faisons plus qu'un.

Noah bouge lentement, tendrement. Après la furie des premiers instants, nous nous délectons de ce calme. Le moindre mouvement nous élève encore plus près du septième ciel. Cette caresse intime très éphémère éveille de nouvelles zones que je ne savais pas réceptives. Nous sommes heureux, tous les deux, dans cette union tendre et simple… et ô combien délicieuse…

– Fini de jouer ! m'annonce Noah en se redressant au-dessus de moi.

Entourant sa taille de mes jambes, relevant ainsi légèrement mon bassin, je suis dominée par mon amant. J'admire son torse, ses muscles saillants, sa peau si parfaite. Et il se met à bouger, dans un va-et-vient rythmé, affolant tout mon corps, comme s'il en avait encore besoin.

Noah plisse les yeux sous le plaisir qu'il ressent, sa respiration est de plus en plus saccadée. Elle finit par s'arrêter, se suspendre dans l'air. Mon amant connaît à son tour un orgasme puissant, je le sens jaillir en moi. Cette vision déclenche un second raz de marée en moi. Je perds pied à nouveau, agrippée encore une fois à ses draps.

Dans un dernier sursaut, mon bassin se pose, mes jambes se détendent elles aussi et mon amant, repu, vient s'allonger à mes côtés.

Un instant plus tard, alors que nous nous couvrons du drap, frissonnant de plaisir et de fatigue sans doute, Noah trouve encore la force de me faire une proposition indécente.

– Le vol est court… Il faudrait profiter de l'instant, me glisse-t-il au creux de l'oreille, très aguicheur.

– Il faudrait pour ça que tu sois de nouveau en forme, le taquiné-je.

– Doutes-tu de mon désir pour toi ? me demande-t-il en attrapant ma main.

Il me guide jusqu'à son membre viril qui, à ma grande surprise, est de nouveau dressé.

– Mais si tu es fatiguée, je n'insiste pas, dit Noah en faisant semblant de s'éloigner de moi.

– Insiste ! crié-je presque.

Nous nous redressons en même temps, lançant loin de nous le drap qui jusqu'à présent cachait notre nudité. Noah m'attire contre lui et m'offre un baiser ardent.

Si mon corps n'avait pas compris l'imminence d'un second round…

Noah me propose délicatement de me retourner. Je m'exécute, me souvenant de ce moment devant le miroir, à New York. Je sens ses mains se poser au creux de mes reins, puis descendre, arriver sur mes fesses pour les masser, pour remonter ensuite vers ma taille.

Mon amant réveille chaque parcelle de ma peau et quand ses mains passent enfin sur mon ventre pour finir sur mes seins, nos deux respirations reprennent un rythme saccadé.

– Noah… murmuré-je, la voix pleine de désir.

Mon beau milliardaire me fait délicatement basculer en avant. Je lui offre une vue splendide sur mes fesses. Et puis je le sens s'introduire de nouveau en moi, commencer à bouger. Mon corps ne tient pas à rester passif, bien au contraire. Mon bassin impose son rythme sur lequel vient s'accorder mon amant.

Noah agrippe mes cheveux et les tire légèrement en arrière. J'ai l'impression d'être sa prisonnière, complètement à sa merci, et cette idée décuple mon excitation. Je bouge encore plus vite, mon amant souffle derrière moi. Sa main se glisse sur mon clitoris pour le malmener un peu. Une torture qui me fait immédiatement jouir. Noah me suit dans l'orgasme et m'offre un magistral dernier coup de bassin en émettant un râle de plaisir.

Cette fois, nous nous laissons véritablement tomber, tous les deux sur le ventre. Nous sommes épuisés mais apaisés. Nous avons fait l'amour comme nos forces nous le permettaient encore. Et dans notre regard se lit la même surprise d'avoir su trouver ces ressources nécessaires.

Et pourquoi pas un troisième round ?

L'idée me traverse l'esprit. Mon ventre se crispe une nouvelle fois, insatiable.

Mon amant retrouve le drap pour nous couvrir à nouveau. Il vient se coller contre moi. Son corps irradie de chaleur et ce peau à peau confirme ma nouvelle et profonde envie de lui. Un troisième round dans le ciel…

***

Alors que je lutte pour ne pas m'endormir, Noah me caresse les cheveux. Cette nuit, la teinte bleue de ses yeux est pure et limpide.

– Endors-toi, je te rejoins dans tes rêves, murmure-t-il de sa belle voix grave.

– Je t'attends, lui soufflé-je, les yeux à moitié fermés.

Et le sommeil m'emporte. Dans les bras de Noah. Après un échange torride au septième ciel…

5
DÉBUT DE TEMPÊTE

C'est avec le sourire aux lèvres que je descends le petit escalier qui nous ramène sur terre. Ce moment d'extase dans les airs arrive à tenir éloignée la fatigue qui m'assaille. Noah est là, tout près de moi et me rejoint sur le tarmac après avoir remercié le personnel navigant.

Quand il me retrouve, son doux regard m'enveloppe. Nous nous engouffrons dans la voiture qui nous attend. Retrouver les paysages familiers de Miami m'apaise.

Ce serait vraiment dur pour moi si je devais m'expatrier !

– Je te ramène chez toi, me souffle Noah en m'embrassant au creux de la main, sur la banquette arrière de la voiture.

Je ne peux pas m'empêcher de faire une moue dépitée. Je m'étais habituée à avoir Noah près de moi, tout le temps.

– Je dois me lever tôt demain, et tu as besoin de repos, ajoute-t-il doucement.

– Tu retournes demain à la clinique ? lui demandé-je, étonnée.

– Non, pas tout de suite. Après ce genre de mission, j'ai besoin de prendre du recul, de retrouver mes marques dans le quotidien, m'explique-t-il, tournant son regard vers la fenêtre.

Noah m'exclut de sa vie après tout ce que nous venons de vivre ?

Je m'apprête à riposter mais ne le fais finalement pas. Je prends conscience que je me sens moi-même un peu en décalage. Revenir ici, après ces deux journées très intenses à rencontrer la douleur, la peine, tous ces gens… J'éprouve moi aussi ce besoin d'être seule pour passer cette délicate transition.

– Mais… comment est-ce que tu fais pour continuer de soigner tes patientes ? Tu ne les trouves pas un peu superficielles après tout ça ? l'interrogé-je, en essayant de comprendre Noah.

– Mes patientes sont obsédées par leur apparence, bien sûr, ça peut paraître très superficiel. Mais au fond, elles ont elles aussi un vrai mal-être. C'est une autre forme de souffrance, commente Noah, de son éternelle voix grave.

Mon beau milliardaire est la générosité même. Je l'admire ! Jamais il ne juge, il essaie de comprendre ceux qui l'entourent, il observe, ne blâme personne. Le jugement, c'est tellement simple quand quelqu'un ne correspond pas à notre perception du monde…

– D'une certaine façon, tu les aides à se sentir mieux, commenté-je tout bas.

Il règne une ambiance douce et sereine dans l'habitacle, nous imposant de murmurer pour ne pas rompre le charme.

– Mais est-ce que tu feras un choix parmi tout ce que tu fais ? l'interrogé-je. Tes missions, la clinique, l'hôpital… Tu n'as jamais pensé à te consacrer entièrement à une seule de ces activités ?

– Non, me répond aussitôt Noah. Tant que je peux le faire… j'ai besoin de ces trois aspects de ma vie pour me sentir bien, pour me sentir exister. Et tant que tous mes patients, d'où qu'ils viennent, auront besoin de moi, je serai là. C'est ma contribution à la vie.

Passionné, Noah l'est sans aucun doute quand il évoque son métier. Il porte la médecine au plus profond de lui et ce dévouement aux autres m'émeut. Je presse ma main tendrement dans la sienne. Cet homme est humble et bon et j'ai une chance énorme qu'il soit à mes côtés.

La voiture s'arrête juste devant mon immeuble. Noah me laisse partir, non sans m'offrir un baiser langoureux. Je respecte son choix de vouloir se retrouver seul, même si j'aurais adoré passer une autre nuit en sa compagnie. Mais à peine ai-je atteint mon lit que je m'y glisse après m'être déshabillée rapidement. Je tombe comme une souche et m'endors aussitôt.

***

Quand mes yeux s'ouvrent, je mets un temps avant de me souvenir que je suis dans ma chambre, à Miami. Je m'étire, me prélasse, profitant encore de ce confort chaleureux que m'offrent mes oreillers. Sur ma table de chevet, mon réveil m'indique qu'il est déjà 11 heures passées. Sans culpabiliser de mon attitude très paresseuse, j'attrape mon téléphone portable. Un message de Molly est en attente, sur mon répondeur. J'entends la voix enjouée de mon amie, qui me propose de passer la voir dans sa nouvelle maison. Elle a une surprise à me montrer…

Une surprise ?

Je pense à sa maison, à l'avancée des travaux, mais cela pourrait tout aussi bien être une bonne nouvelle provenant de l'agence pour être famille d'accueil. Molly a tellement donné pour essayer de devenir mère, elle mériterait que son dossier avance !

[Je viens d'avoir ton message. Tu es dans la maison ?]

[Oui ! Tu viens ?]

[Laisse-moi une vingtaine de minutes…]

La curiosité m'aide à sortir du lit et à me préparer rapidement. Une bonne douche, des habits sentant bon le frais, je dois bien avouer que j'apprécie le confort après le séjour passé au Honduras. Avant de partir, j'envoie un petit message à Noah. Juste pour lui dire que je pense à lui…

***

Je gare la voiture et prends l'allée qui mène à la nouvelle maison de Molly, celle qu'elle a achetée pour une bouchée de pain mais qui risquait de tomber en ruine. Cette opportunité était pour mon amie la seule chance d'habiter un bon quartier, un atout pour son projet personnel. Relevant les manches et sans jamais perdre de son enthousiasme, Molly s'est juré de retaper l'habitation par ses propres moyens. Sauf que le bruit qui émane de la maison n'est pas le fait d'une seule personne. Ni de deux.

Quand j'arrive sur le seuil, j'ai l'impression de tomber sur une ruche en pleine activité. Beaucoup d'hommes, plutôt jeunes, s'activent. Tous semblent avoir une tâche bien définie.

Mais qu'est-ce qui se passe ici ?

J'entre, à la recherche de Molly. C'est elle qui me trouve la première et m'accueille à bras ouverts, visiblement heureuse de toute cette activité.

– Tu m'expliques ? lui demandé-je, incrédule.

Molly n'a jamais eu les moyens de confier ses travaux à des artisans.

Qui sont ces gens, alors ? Molly a gagné à la loterie ?

– C'est une idée de Luke ! m'explique aussitôt Molly, très excitée. Mais viens dans le jardin, c'est plus calme pour discuter.

Donc, j'en déduis que le pédiatre et Molly sont toujours en contact. J'ai l'impression d'être partie une éternité… Est-ce qu'il y a eu un… « rapprochement » ?

– Il est revenu me voir, après votre passage le week-end dernier. Il a eu une super idée : faire appel à des écoles du bâtiment pour mes travaux. Ma maison est devenue un projet de travaux pratiques grandeur nature ! m'explique Molly, sans se départir de son sourire. Tu te rends compte ? Tu as vu comme la maison a déjà changé ?

– Effectivement. Je n'y avais pas pensé… Il a été très inspiré, reconnais-je. Et ça va ? Ils connaissent leur métier ?

– Oh oui, et ils sont supervisés aussi. Ils travaillent même le samedi matin. À ce rythme ma maison est terminée dans moins d'un mois !

– Donc, si je comprends bien, Luke et toi… Vous vous êtes revus ? rebondis-je aussitôt, le regard inquisiteur.

– Un peu… Tu te souviens, j'avais rendez-vous avec une psy pour mon dossier. J'ai eu un très bon retour : tout va bien dans ma vie en ce moment, je n'en reviens pas, continue Molly, évitant soigneusement d'approfondir le sujet d'une relation naissante.

– Bonne nouvelle, oui, lui accordé-je. Si tout va bien dans ta vie, ça veut dire que Luke et toi…

Oui, j'insiste !

– Oh non ! on s'entend bien, ça s'arrête là, me répond rapidement Molly, un brin rougissante.

– Pour l'instant… soufflé-je malicieusement.

Je suis persuadée que ce n'est qu'une question de temps avant que cette relation amicale ne se transforme en autre chose de plus sérieux et de plus amoureux. Ils en pincent tous les deux l'un pour l'autre, c'est une évidence. Ils sont juste un peu lents… ou frileux.

Ou timides…

Pour me faire penser à autre chose, Molly me fait visiter sa maison et m'explique les travaux en cours. Elle n'arrive pas à prendre pleinement conscience de tout ça. Non seulement ces apprentis s'occupent de la majorité des tâches, mais elle a même pu choisir les couleurs des peintures. L'école ne lui demande aucune contrepartie financière. Elle est au contraire ravie de mettre en situation ses élèves.

– L'acte de vente définitif sera signé dès la semaine prochaine, m'apprend-elle.

– J'ai hâte ! Imagine qu'ils changent d'avis en voyant la maison toute retapée ? plaisante Molly.

– Heureusement qu'ils se sont engagés à ne pas revenir sur leur décision ! Mais n'ébruite pas trop que les travaux avancent quand même, lui dis-je dans un clin d'œil.

Je finis par quitter Molly, très accaparée par le travail en cours des apprentis et désireuse elle aussi de mettre la main au chantier. Regarder et attendre que ça se passe n'est pas du tout le genre de mon amie.

***

Mon atelier me manque un peu et je décide de m'y rendre, pour relever mon courrier et rapporter le matériel que j'avais emporté avec moi au Honduras.

Et peut-être, si l'inspiration est là, peindre un peu ?

Je retrouve le lieu intact, comme je l'ai laissé l'autre soir.

Tiens, j'ai oublié de parler de la mission à Molly !

Non, c'est le secret de Noah, je ne peux pas le partager…

À l'évocation de Molly, mes pensées dérivent vers le couple qu'elle et Luke pourraient former. Et une crainte me prend : Si jamais, à force qu'aucun ne fasse le premier pas, ils passaient à côté l'un de l'autre ? Est-ce qu'il ne faudrait pas qu'on provoque les choses, Noah et moi ? Après tout, Luke est le meilleur ami de Noah, ils ont déjà eu l'occasion de discuter de Molly entre eux…

La sonnerie de l'interphone me sort de mes pensées. Deux hommes s'annoncent et me disent qu'ils sont de la police. J'ouvre, étonnée, et fais face à deux policiers en civil, comme le prouvent leurs plaques. Je suis aussitôt sur mes gardes. Leur attitude, leurs visages fermés ne m'inspirent rien de bon. J'ai aussitôt l'intuition que quelque chose ne va pas.

Noah ?

– Mademoiselle Brighton ? me demande l'un d'entre eux d'une voix ferme.

– Oui, c'est moi, réponds-je doucement, attendant la suite.

Les deux hommes échangent un regard.

– Il est arrivé quelque chose ? demandé-je rapidement, prise de panique.

Noah n'a pas répondu à mon message !

– Rien n'est arrivé à vos proches, si c'est ce que vous pensez, intervient le second, remarquant mon angoisse. Mais nous allons vous demander de nous suivre au poste.

– Moi ? Mais pourquoi ?

– Prenez juste votre sac, ne touchez à rien d'autre ici, m'ordonne sèchement le premier policier.

Le ton est sans appel. Je ne riposte pas, me contentant d'obéir. Je prends le temps de fermer la porte de l'atelier et je suis ces deux hommes jusqu'à leur voiture banalisée. Mon cœur bat la chamade, je ne comprends rien à la situation.

Pourquoi est-ce que la police est venue me chercher ? J'ai l'impression d'être arrêtée, il manque juste les menottes. Aucun des deux ne dit mot, personne ne veut m'expliquer.

– Est-ce que vous voulez bien me dire ce qui se passe ? leur demandé-je encore, avant de me glisser sur la banquette arrière du véhicule.

– Simple procédure, mademoiselle Brighton. Nous devons vous interroger au poste de police. Si vous refusiez de nous suivre, nous serions forcés de revenir avec un mandat et de vous arrêter. Ce n'est pas ce que vous voulez…

Le premier policier me regarde. Sa mine est antipathique et me glace le sang. Je prends ses mots comme une claque magistrale.

M'arrêter ? Mais pourquoi ?

II

JUSTE DES QUESTIONS

6
SOUS LE FEU DE L'INTERROGATOIRE

Dans la voiture de police qui m'amène au poste, j'essaie de deviner ce qui pourrait justifier cette situation. Pourquoi ces deux policiers sont-ils venus me chercher ? Ils m'ont dit avoir des questions à me poser…

Mais sur quoi ?

Est-ce que ça a un rapport avec mon enlèvement, orchestré par Léna Chaze, l'assistante jalouse de Noah ? Elle et son complice ont pourtant été arrêtés, cette histoire était réglée… Ma récente mission humanitaire en compagnie de l'homme que j'aime ? Noah s'est occupé de tout, mes papiers sont en règle…

Je ne comprends pas…

Je joue nerveusement avec l'alliance de ma mère que je porte à mon cou. Les deux policiers sont extrêmement silencieux. Je ne sais pas quoi penser de tout ça…

C'est peut-être un malentendu ?

Pourtant, c'est bien moi qu'ils sont venus chercher, ils connaissaient mon nom. Je devrais peut-être prévenir Noah…

Mon éminent chirurgien esthétique saurait quoi faire… Est-ce que j'ai besoin d'un avocat ? Je n'ai rien à me reprocher, rien à cacher. J'ai hâte de savoir ce qu'ils attendent de moi… Andrew peut-être ? Sa soirée avec ses nouveaux amis était un peu louche à mon goût, mais mon meilleur ami n'est pas du genre à se mettre dans les ennuis… Non, vraiment je ne vois pas…

La voiture stoppe devant le poste de police. L'un des deux hommes qui m'accompagnent m'ouvre la porte. Aucun sourire, son visage est impassible.

J'ai toujours payé mes contraventions en plus !

J'entre dans le bâtiment, bien encadrée. J'ai l'impression d'être une coupable d'un délit. Je ne sais pas lequel, mais c'est en tout cas l'effet que me donnent les regards qui se posent sur moi. J'ai envie de leur crier à tous que je n'ai rien fait de mal, que je ne suis là que pour être interrogée. Personne ne m'a lu mes droits, je suis donc libre de sortir si j'en ai envie !

Ils me font entrer dans un bureau. L'un d'eux s'assied dans un fauteuil, quand l'autre se contente d'un coin de table. Je prends place sur une chaise un peu spartiate et j'attends. Je n'en mène pas large, mais je me répète que je n'ai rien à me reprocher. L'angoisse me vrille le ventre, j'ai la gorge serrée.

Qu'est-ce qu'ils vont bien pouvoir m'apprendre ?

– Mademoiselle Brighton, vous n'êtes ici qu'en tant que témoin dans une affaire sur laquelle nous travaillons, commence le policier, derrière son bureau.

Le second ne me quitte pas des yeux, comme s'il craignait que je ne parte en courant…

– Nous sommes des enquêteurs de la police du patrimoine. Je suis le capitaine Campbell et voici mon collègue, le capitaine Mazetti, continue-t-il. Je tiens à vous rassurer, nous n'avons absolument rien contre vous. Si vous coopérez, tout devrait bien se passer. Dans le cas contraire, nous pourrions vous considérer comme complice et…

– Complice? Mais complice de quoi? déclaré-je aussitôt, glacée par cette possible accusation.

– Avant d'aller plus loin, vous devez comprendre qu'à partir de maintenant, vous collaborez avec nous, m'ordonne presque le capitaine Campbell.

– Je veux bien collaborer avec la police, mais dites-moi d'abord pourquoi je suis là! insisté-je, agacée par le ton de l'enquêteur.

Campbell lance un regard à son collègue. Mazetti lui fait un signe de tête. C'est lui qui reprend la parole.

– Nous suivons depuis quelque temps l'activité de Ian Rollins. Nous savons que vous travaillez pour lui et que vous lui fournissez des peintures. Nous l'avons vu plusieurs fois en votre compagnie et aussi en visite à votre atelier, m'explique-t-il d'une voix posée.

– Et? Jusque-là, je ne vois rien de bizarre… avancé-je, plus perdue que jamais.

– Nous soupçonnons fortement Rollins d'être à la tête d'un trafic d'art, mademoiselle Brighton, intervient Campbell.

– Un trafic d'art? répété-je, pas sûre d'avoir compris.

– Nous n'avons pas encore trouvé quelles en sont les ficelles, ni comment son système fonctionne. C'est pourquoi vous êtes là, me dit Mazetti, moins hostile que son collègue.

Je n'en crois pas mes oreilles. Ian Rollins impliqué dans un trafic d'art? L'Arts Company pourrait abriter une telle escroquerie? Je pense aussitôt à Noah. Mon blond ténébreux vient tout juste de m'avouer qu'il était le petit-fils d'Alfred

Rollins, le grand amateur d'art et fondateur de la compagnie. Lui qui a pris ses distances avec le clan Rollins sait-il tout ça ? Et s'il apprend les soupçons de ces deux enquêteurs, il va sombrer dans une rage folle. Ian, son demi-frère, malmenant de cette façon l'héritage de leur grand-père ?

– Mademoiselle Brighton, vous êtes toujours avec nous ? me demande Mazetti, me sortant ainsi de mes pensées.

– Oui… oui, soufflé-je. Je ne suis au courant de rien… Mon travail pour Ian Rollins est en règle, j'ai un contrat et je…

– Nous savons que vous n'êtes pas directement impliquée dans ce trafic, m'explique alors Campbell, pour la première fois plus adouci. Nous pensons simplement que, d'une manière ou d'une autre, vous êtes une pièce du puzzle.

– Vous nous intéressez pour deux raisons, Alice… Je peux vous appeler Alice ? me demande Mazetti.

J'acquiesce. Être appelée ou non par mon prénom n'est pas ma préoccupation immédiate.

– Vous travaillez pour Ian Rollins, mais vous êtes aussi la nouvelle compagne du docteur Noah Law, reprend Mazetti en consultant un dossier. Et d'après ce que nous savons, il fait partie de la famille Rollins.

– Oui, Noah est né Rollins, mais c'est un Law maintenant. Il n'a plus rien à voir avec l'Arts Company, ni même avec son demi-frère. Jamais il ne pourrait être impliqué dans un trafic d'art, Noah n'aurait jamais traîné dans la boue la société de son grand-père. Noah n'a rien à voir avec tout ça ! m'écrié-je aussitôt.

Devant ma tirade, Mazetti ne peut réprimer un sourire.

Oui, je défends Noah !

– Nous savons tout ça aussi Alice, le docteur Law n'est pas inquiété dans notre affaire, me rassure-t-il. Mais l'installation récente de l'Arts Company à Miami nous laisse imaginer que ces deux frères, pardon, demi-frères, pourraient renouer contact. Ian Rollins est réputé pour son amour pour l'argent, il pourrait venir en réclamer au docteur Law…

– Ça n'est encore jamais arrivé, dis-je, sur la défensive.

– Nous surveillons tout ce qui touche de près ou de loin à Ian Rollins, continue Campbell. Ce qui nous intéresse aujourd'hui, c'est le travail que vous faites pour l'Arts Company.

– Je ne fais rien de particulier, Ian Rollins me commande des toiles, je les peins et je les lui livre. C'est tout ! raconté-je simplement, pensant naïvement que ma réponse leur suffirait.

– Vos toiles sont des copies ?

– Non, je crée tout ce que je peins !

– Vous ne dissimulez rien dans le châssis des toiles ?

– Non ?!

– Ian Rollins ne vous a jamais demandé de faire quelque chose qui vous semblait illégal ?

– Non ! J'ai signé un contrat avec Ian Rollins qui explique exactement tout ce que je fais chez lui. Vous pouvez le trouver dans mon atelier, allez-y si vous ne me croyez pas !

– Nous avons obtenu un mandat pour fouiller votre atelier, une équipe s'y rend en ce moment, lâche froidement Campbell.

Mon sang se glace dans mes veines. Le regard froid, Campbell me mitraille de ses questions. Je commence à me sentir mal, mes mains se mettent à trembler. Je ne sais rien, absolument rien de ce qu'ils veulent entendre… Et mon atelier s'apprête à être fouillé…

Mais bon sang ! Je n'ai rien fait de mal !

– Est-ce que vous avez parlé à d'autres personnes de l'Arts Company ? reprend le désormais antipathique Campbell.

– Non… Enfin si… Sa mère, Judy Rollins…

– Vous savez ce qu'elle fait pour l'Arts Company ?

– Pas vraiment…

– Vous travaillez avec qui ?

– Ian Rollins. Mon contrat est strict, il stipule qu'il est mon unique interlocuteur. Je ne dois pas entrer en contact avec ses investisseurs, expliqué-je.

– Pourquoi ça ?

– Je ne sais pas, Ian Rollins craint peut-être que je ne passe plus par sa compagnie et que je vende directement aux amateurs d'art ? C'est peut-être un moyen de se protéger ? tenté-je d'expliquer.

– Qui achète vos toiles ?

– Je ne sais pas… Je ne sais pas ce qu'elles deviennent une fois que Rollins me les rachète… Il m'a parlé d'investisseurs… Je ne sais rien de plus… réponds-je, de plus en plus péniblement.

– Vous voulez nous dire que vous ne cherchez pas à savoir ce que deviennent vos toiles ? insiste cette fois Mazetti.

– C'est ça… Je suis une jeune artiste, je débute… Je ne suis pas encore très sûre de mon talent… J'ai du mal à imaginer que mes toiles se vendent, d'ailleurs…

– Pourtant, vous avez été exposée au cours de la soirée d'inauguration, reprend Campbell.

Ils étaient là ?

– Oui, et j'ai été très surprise… Je vous jure, je ne sais pas ce que deviennent mes toiles. Je n'en ai pas encore livré beaucoup, je débute…

Je sens la lassitude me gagner. J'ai l'impression que tout ce que je dis ne convainc pas Campbell. Je lance un regard plein d'espoir vers Mazetti, qui me semble un peu plus humain, plus calme aussi. Alors que la pression de son acolyte m'oppresse, je sens chez lui un côté plus serein très apaisant. Les deux enquêteurs échangent un regard.

– Est-ce que le docteur Law vous a parlé de la compagnie ? me demande-t-il à son tour.

– Oui, un peu… Mais je vous l'ai dit, il n'a plus aucun lien avec elle depuis des années. Il se consacre à la médecine, uniquement ! Il ne savait même pas que l'Arts Company s'installait à Miami, il l'a appris en lisant un article dans un magazine…

Je me souviens de ce moment. C'est là qu'il m'a tout avoué. Le divorce de ses parents quand il avait 5 ans, l'arrivée de sa belle-mère, Judy, la naissance rapide de Ian, son éviction de la famille, les pensionnats… Judy Rollins a tout fait pour que Ian hérite de la fortune Rollins, de la compagnie… Noah n'a rien eu, mais il ne regrette rien. Ses grands-parents l'ont élevé et aimé quand son propre père s'est éloigné de lui… Devant cette famille qui n'était plus la sienne, Noah a, suivant les conseils de son grand-père, changé de nom pour devenir un Law. Sa grand-mère s'est occupée de lui toute sa vie, elle est l'une des rares personnes à lui avoir montré ce qu'était l'amour. Prendre son nom de jeune fille, c'était comme continuer de la faire vivre. Et puis Alfred Rollins, son grand-père, était en colère contre son propre fils. Il a conseillé Noah, c'est même lui qui l'a poussé à rompre définitivement les liens avec les Rollins.

Le silence dans le bureau devient pesant. Les deux enquêteurs me fixent, je me sens toute petite devant eux.

Est-ce qu'ils me croient au moins ?

– Nous allons nous arrêter là pour le moment, finit par lâcher Mazetti en se levant.

– Est-ce que je peux partir ? demandé-je, impatiente de m'éloigner de cet endroit froid et sans âme.

– Non, pas encore. Nous attendons le retour de l'équipe qui s'occupe de votre atelier. Nous aurons peut-être d'autres questions à vous poser. Vous allez patienter dans le couloir.

Mazetti m'accompagne dans un long couloir où une série de chaises sont collées au mur. Je suis soulagée, je ne croise personne avec des menottes ou à la mine patibulaire.

C'est déjà ça…

Campbell, pensif, n'a pas bougé de son bureau. D'où je suis assise, je peux voir l'intérieur de la pièce où s'est passé l'interrogatoire. Mazetti l'a rejoint. De taille moyenne, brun, il porte une barbe légère alors que Campbell est plutôt grand et sec, et châtain.

Ils forment une fine équipe : le gentil et le méchant flic !

Loin de cette atmosphère pesante du feu des questions, mes mains cessent enfin de trembler. Je ne sais même pas si j'ai le droit de passer un appel, de prévenir quelqu'un… Je repense à ce qu'ils viennent de m'apprendre. Un trafic d'art… Je n'ai rien vu, absolument rien, qui puisse me laisser penser que les activités de Ian soient louches. Au contraire, il est tellement passionné par son métier, comment pourrait-il le malmener de cette façon ?

À moins qu'il cache bien son jeu…

Perdue dans mes pensées, je ne vois pas tout de suite arriver Noah. Seule sa voix familière me fait lever la tête. Il semble préoccupé, il est suivi d'un homme en costume soigné qui serre contre lui une mallette. Je ne l'ai jamais vu… Noah m'aperçoit et se dirige aussitôt vers moi. Je me lève, éprouvant un vif soulagement de le trouver ici. Mais nous n'avons pas le temps d'échanger une parole. Mazetti, suivi de Campbell, se placent entre nous.

– Docteur Law, merci de vous être déplacé aussi vite, commence Campbell d'une voix un peu plus chaleureuse cette fois. Nous avons quelques questions à vous poser, ce ne sera pas long. Si vous voulez bien nous suivre…

– Qu'est-ce que fait Mlle Brighton dans vos locaux ? demande Noah avant de faire un pas vers le bureau. Vous l'avez interrogée elle aussi ? Sans avocat ?

– Mademoiselle Brighton n'a pas encore besoin d'un avocat, docteur Law. Venez, nous allons tout vous expliquer, insiste Campbell.

Je n'ai pas ENCORE besoin d'un avocat ?… Je n'aime pas ce « encore »…

Noah et moi échangeons un dernier regard. Celui de Noah me réconforte, me prévient que je n'ai plus à m'inquiéter. Qu'il est là… Mais quand il va apprendre de quoi est accusé Ian Rollins, son demi-frère, et ce que cela implique pour l'Arts Company… Les deux enquêteurs s'apprêtent à lui donner un coup de poignard, et vu la délicatesse de Campbell, il ne va certainement pas prendre de gants.

Le temps me paraît long. Je n'entends rien de ce qui se dit dans le bureau. La porte est fermée et ne laisse passer aucun bruit. J'ose me lever de ma chaise et faire quelques pas pour me dégourdir les jambes. Et soudain, il y a du mouvement. Un homme arrive, tenant entre les mains un papier. Il frappe à la porte et échange quelques mots en silence avec Mazetti. Personne n'a un regard pour moi. L'homme repart aussitôt et la porte se referme.

Elle se rouvre. À ma grande surprise, seul Noah en ressort. Le visage fermé, impassible, son regard se pose sur moi.

Son attitude me fait frissonner. Il est froid, glacial, exactement comme la première fois où nous nous sommes rencontrés. Noah vient de reconstruire des barrières autour de lui et je ne suis pas à l'intérieur. Il s'approche et s'arrête à quelques pas de moi. Je soutiens ce regard qui cherche à me sonder, à savoir.

– Est-ce que tu sais quelque chose sur Ian ? me demande-t-il, détachant chaque mot.

Noah doute de moi ?

Je reçois sa question en plein cœur. Rien ne peut être pire que de voir l'homme qu'on aime avoir si peu confiance… Après tout ce que nous avons traversé, vécu ? Noah a encore besoin d'être rassuré ? Je fonds en larmes aussitôt. Mes nerfs lâchent, je m'effondre sur une chaise. Je ne pouvais pas vivre pire situation… Face à ma réaction, Noah s'adoucit et s'accroupit devant moi.

– Dis-moi, dit-il tout bas. Quelle que soit ta réponse, je serai là pour t'aider.

Je plonge mon regard noyé de larmes dans le sien. Noah doit savoir, au fond de lui. Il a juste besoin de me l'entendre dire. Il m'aime, je le sais. Et je le sens à cet instant précis.

– Non, je ne sais rien, vraiment rien, articulé-je entre deux sanglots.

Cet homme que j'aime, pour qui je serais prête à tout donner, m'attire alors contre lui et glisse sa main dans mes cheveux.

– Tu n'es plus toute seule, je vais te sortir de là, murmure-t-il au creux de mon oreille. Sèche tes larmes, c'est bientôt fini. Je suis venu avec l'un des meilleurs avocats de Miami.

– Mais pourquoi est-ce que j'aurais besoin du meilleur avocat de la ville, je n'ai rien fait ! me défends-je, la gorge serrée.

Derrière nous, Mazetti se met à tousser pour nous rappeler où nous sommes.

– Docteur Law, Alice, si vous voulez bien rentrer dans le bureau, nous appelle-t-il gentiment.

Noah s'assure que je vais bien et essuie les larmes sur mes joues. Je me sens soulagée, prête à affronter une nouvelle fois Campbell et ses questions, tant que Noah est là et que lui sait que je ne suis pas impliquée dans ce trafic.

Je ne suis plus seule, non. Et lui non plus. Je n'ai pas le temps de lui demander comment il se sent, lui, après avoir appris cette terrible nouvelle. Mais sa mine soucieuse, cette lueur dans les yeux, m'apportent la réponse. Noah est touché par ce qu'il vient d'apprendre et il prend sur lui pour ne pas laisser exploser sa colère.

J'ai l'impression d'être emportée dans un nouveau tourbillon…

7
PLANS DE BATAILLE

Dans la pièce, nous nous asseyons sur les chaises face au bureau. L'avocat de Noah est debout, derrière nous, Campbell dans son fauteuil, et Mazetti s'adosse tout près, contre un mur, les mains dans les poches. L'ambiance est moins tendue. Est-ce la présence de Noah qui les intimide ou est-ce qu'ils ont compris que nous n'étions pas de mèche avec Ian Rollins ? Sur le bureau, je découvre mon contrat avec l'Arts Company.

Le fameux papier que l'homme a apporté tout à l'heure…

– La perquisition chez vous, mademoiselle Brighton, n'a rien donné. Nous n'avons rien trouvé vous incriminant et le contrat dont vous nous avez parlé est là sous mes yeux, m'explique Campbell, d'une voix sans ton.

– J'espère que votre équipe s'est montrée soigneuse dans ses recherches. Si j'apprends que le travail de Mlle Brighton a été abîmé, je porte plainte, lâche Noah, glacial.

– Rassurez-vous, docteur, nous avons fait attention. Mlle Brighton n'était de toute façon pas une suspecte. Mais, pour les besoins de l'enquête, nous devions nous en assurer et vous éliminer tous les deux de notre liste de personnes impliquées. Maintenant que cela est fait, nous allons pouvoir avancer.

– Depuis quand soupçonnez-vous ce trafic ? demande Noah, crispé.

– Nous suivons Ian Rollins depuis quelque temps, poursuit Mazetti. Nous travaillions à l'époque sur un trafic d'œuvres volées à New York, et au fil de nos enquêtes, nous sommes petit à petit remontés vers des gros clients qui ont tous pour point commun d'être des investisseurs de l'Arts Company. Malheureusement, nous n'avons encore aucune preuve tangible permettant d'arrêter le directeur de la compagnie. Nous le soupçonnons d'être à la tête du trafic, mais nous devons en être sûrs pour intervenir. L'homme sait être discret. Il est intelligent. Cette arrivée à Miami nous paraît douteuse : nous sommes tentés de croire qu'il s'agit juste d'un arrangement pour se rapprocher du Mexique et de l'Amérique du Sud, où les trafics sont nombreux…

– Et maintenant ? Vous comptez faire quoi ? interroge Noah.

Je sens qu'il perd son sang-froid, qu'il est prêt à exploser.

– Continuer de le suivre, poursuivre notre enquête, se contente de répondre Campbell.

Mauvaise réponse. Noah ne se domine plus. Il se lève d'un bon et fait tomber sa chaise derrière lui.

– C'est tout ?! Cet homme est en train de salir l'héritage de mon grand-père. Je ne patienterai pas plus longtemps avant que vous ne l'arrêtiez ! J'engagerai des détectives privés s'il le faut, mais il est hors de question que Ian continue son trafic en toute impunité !

La voix grave de Noah tonne dans la pièce. Même Campbell rentre la tête dans les épaules. Mazetti intervient pour calmer la colère de mon Dr Iceman, désormais hors de lui.

– Écoutez, nous remontons ce trafic d'art depuis très longtemps jusqu'à arriver enfin à ceux qui en sont à la tête. Si nous intervenons maintenant, sans les preuves nécessaires, tout notre travail aura été inutile. Je sais que c'est compliqué à vivre pour vous, mais faites-nous confiance. Ian Rollins n'est peut-être qu'un pion, il y a sans doute quelqu'un au-dessus de lui. Mais nous devons nous en assurer et accumuler des preuves. C'est notre seule chance de venir à bout de ce trafic.

La voix apaisante de l'enquêteur fait son effet. Noah l'observe un instant. Il sait qu'il a raison. Noah relève sa chaise et demande à voir le contrat que Ian Rollins m'a fait signer.

– Est-ce que vous pouvez jeter un œil dessus, maître ? demande-t-il à son avocat en lui tendant le papier.

L'homme en costume attrape le document et commence à le lire. Très vite, le verdict tombe.

– Ce contrat n'a, juridiquement, aucune valeur. Il n'y a aucune mention des droits de l'artiste, ni sur les responsabilités de l'Arts Company envers les œuvres de Mlle Brighton. On ne sait même pas quel pourcentage sur les ventes est octroyé à l'artiste, aux investisseurs et à l'Arts Company.

– Ce qui veut dire ? l'interroge Noah, les yeux plissés.

– C'est un ramassis de détails anecdotiques qui ne relie rien à personne. En bref, ce contrat ne vaut rien.

Mon contrat pour l'Arts Company ne vaut rien ?! Non !

– Mais je croyais que l'Arts Company faisait des contrats dans les règles, me défends-je presque pour m'excuser de n'avoir rien vu. Je pensais que…

– Ian Rollins se sert de la réputation de l'Arts Company pour approcher des jeunes artistes comme vous. Reste à savoir dans quel but et si les investisseurs dont il est question existent vraiment, souligne Mazetti, pensif.

– Une couverture, tranche Campbell en se levant. Ce contrat est un écran de fumée. Vous êtes jeune, vous venez de signer votre premier contrat, Ian Rollins est quasiment sûr que vous ne poserez pas de question tant travailler pour l'Arts Company doit être pour vous une aubaine, c'est ça ?

Si Campbell n'est pas sympathique, il ne manque pas de justesse dans son appréciation. Il a tout à fait raison. J'ai été sans doute naïve en signant ce contrat, mais entrer à l'Arts Company était tellement inattendu et inespéré pour ma carrière, moi, la jeune artiste fraîchement sortie de l'école…

Jamais je n'aurais pu me douter que…

– Mademoiselle Brighton ne pouvait connaître la qualité du contrat, intervient l'avocat de Noah pour me défendre. Il me semble qu'à l'école des beaux-arts, aucun cours de droit n'est dispensé.

Je lui adresse un timide sourire pour le remercier de justifier mon innocence. Je ne peux pas m'en vouloir. Je n'aurais de toute façon pas eu les moyens de faire appel à un avocat pour m'assurer que tout était en ordre. Et j'avais complètement confiance en l'Arts Company, en sa réputation… Je suis écœurée de voir que Ian Rollins, ou je ne sais qui, transforme une telle entreprise en repaire d'escrocs.

– Mademoiselle Brighton, est-ce que vous reconnaissez cette toile ? me demande Campbell en me tendant un cliché.

Pas besoin de l'observer très longtemps. Je reconnais immédiatement une de mes peintures de Miami.

– Oui, fais-je aussitôt. C'est une toile que j'ai vendue à Ian Rollins.

– Et le directeur de l'Arts Company vous en a donné combien ? poursuit Campbell, le regard plissé.

– Cinq cents dollars. Ian Rollins me rachète toutes mes toiles ce prix-là, leur apprends-je.

– Et vous savez à quel prix cette toile a été revendue ? m'interroge l'enquêteur, s'approchant de moi, soudainement en alerte.

– Non, dis-je en secouant la tête.

– Cette toile a été vendue deux millions de dollars, m'apprend-il en tapotant son index sur la photo.

Je manque de m'étouffer.

Deux millions de dollars ? Ma toile ?

– Ian Rollins vend ses toiles à des prix particulièrement élevés… Je ne veux pas sous-estimer votre travail, mademoiselle Brighton, mais vous conviendrez que cette toile ne vaut pas deux millions de dollars, continue Campbell.

– Je vous l'accorde, soufflé-je.

C'est évident que mes toiles ne méritent pas autant d'argent, c'est énorme, comme somme !

– Nous pensons que Ian Rollins surfacture les toiles qui lui sont remises pour masquer un autre type de vente, des peintures volées de grands maîtres ou des copies. Les acheteurs font semblant de s'intéresser à de jeunes artistes comme vous. Derrière cette transaction se cache un vrai marché parallèle, nous apprend Mazetti. Ces investisseurs que nous surveillons de près semblent aimer particulièrement les jeunes artistes tels que vous…

Noah s'est levé encore une fois et fait les cent pas dans la petite pièce, pensif, la mâchoire crispée.

– Puisque vous semblez si avancés dans votre enquête, pourquoi est-ce que vous ne faites rien ? demande-t-il, la voix secouée par une colère contenue.

– Nous vous l'avons dit, docteur Law, nous n'avons pas de preuve. Et nous ne souhaitons pas faire tomber les acheteurs de ces toiles, nous voulons la tête du réseau, répond Campbell sans s'inquiéter de la colère palpable de Noah.

– Tout cela risque de prendre énormément de temps encore, commente Noah, pour lui-même. Et plus le temps passe, plus l'Arts Company risque de payer cher l'attitude de ses dirigeants.

– Je comprends votre frustration docteur, mais vous serez d'accord avec nous. Si nous n'arrêtons pas Ian Rollins, il recommencera, ailleurs. Il pourrait n'être jamais inquiété et ce n'est certainement pas ce que vous souhaitez, tente de le calmer Mazetti, sur le même ton serein dont il ne se sépare pas.

– Bien sûr, si Ian est responsable de ce trafic, il doit être jugé pour ça. Si vous avez besoin d'argent, de détectives, je tiens à mettre tous les moyens nécessaires pour que votre enquête avance, propose Noah, déterminé.

– Merci docteur, nous ne manquerons pas de faire appel à vous en cas de besoin. Mais nous avons surtout besoin d'Alice, explique Mazetti en se tournant vers moi.

– Je préfère qu'Alice ne soit pas impliquée dans ce trafic. C'est trop dangereux, s'exclame Noah sans me laisser dire un mot.

– Noah… soufflé-je en posant ma main sur son bras pour l'apaiser. Qu'est-ce que vous attendez de moi ?

J'ignore la protestation de Noah. La proximité que j'ai avec Ian Rollins, mes toiles vendues des millions de dollars, je suis pleinement impliquée dans ce trafic, que je le veuille ou non.

– Vous devez continuer d'agir avec Ian Rollins comme si vous n'étiez au courant de rien. Le directeur de l'Arts Company ne doit se douter de rien. Essayez de lui poser des questions, vous êtes en droit de savoir ce que devient votre travail. Essayez de le faire parler, de vous immiscer un peu plus dans les locaux. Ouvrez vos oreilles, soyez attentive. Le moindre détail pourrait nous aider.

Le ton de Campbell est très solennel. Je saisis toute l'importance de la situation. Je ne dois pas perdre mon sang-froid devant Ian, ni me permettre de faire le moindre faux pas. J'ai l'impression que l'enquête repose sur mes épaules. Que je suis une espionne infiltrée au cœur du trafic…

– Vous impliquez trop Alice, c'est impossible. Si jamais Ian se rend compte qu'elle est au courant pour le trafic, elle peut devenir un témoin gênant, intervient Noah.

– Malheureusement, Mlle Brighton ne peut pas se retirer sans explication. Ian ne comprendrait pas qu'une jeune artiste puisse lâcher, du jour au lendemain, une telle opportunité pour sa carrière, soulève Campbell, sans ciller.

Je prends soudainement conscience que j'ai obtenu cette place à l'Arts Company pour couvrir un trafic. Ian Rollins ne m'a pas prise sous son aile pour mon talent, dans une envie sincère de démarrer ma carrière. Je dois ma place à ma naïveté… Ce qui me lie désormais à Ian Rollins ne concerne plus ma carrière. J'ai presque la nausée de savoir à quel point j'ai été manipulée, à quel point il m'a prise pour une idiote.

Et ça, mon amour-propre a bien du mal à l'accepter…

– Je le ferai, lâché-je soudain.

– Alice ! s'exclame Noah en se tournant vivement vers moi.

– Ils ont raison. Je ne peux pas me désengager. Je vais continuer à faire comme si de rien n'était et je vais vous aider à trouver. Je veux le faire, Noah, dis-je, déterminée à mon tour.

– Mais tu…

– Ian Rollins ne me fait pas peur, le coupé-je aussitôt. Qu'est-ce que vous attendez exactement de moi ? demandé-je aux deux enquêteurs, les regardant tour à tour droit dans les yeux.

Noah m'observe, je le sens. Quant aux deux enquêteurs, mon aplomb semble les surprendre. Campbell, appréciant mon état d'esprit, prend le premier la parole.

– Très bien, mademoiselle Brighton. Dans un premier temps, nous aimerions installer des micros dans votre atelier. Nous pourrons écouter vos conversations, et peut-être en apprendre davantage.

– C'est hors de question ! s'insurge Noah. Alice, je ne suis pas d'accord.

– Noah, je suis mêlée directement à cette histoire de trafic. Ce sont mes toiles qui sont vendues, c'est mon travail. Je ne peux pas le laisser faire ! Je dois me défendre, défendre ma peinture, défendre l'art… Laisse-moi le faire, je saurai être prudente, ne t'inquiète pas…

Je ne suis pas sûre que mes arguments convainquent Noah, mais je n'en démordrai pas.

– Je suis d'accord pour les micros, dis-je en me tournant

vers les enquêteurs. Dites-moi ce que vous souhaitez savoir exactement, j'essaierai d'orienter nos discussions.

– Nous allons vous briefer et envoyer une équipe à votre atelier, m'annonce Mazetti. Votre aide nous est précieuse Alice, sachez-le.

– Je vous préviens, intervient Noah en s'adressant aux deux policiers. Ne faites rien qui pourrait mettre Alice en danger ! Sinon, je peux vous assurer que vous aurez affaire à moi et à toute mon équipe d'avocats. Alice est ma priorité, pas l'Arts Company. Si je sens que cela va trop loin, on arrête tout !

Noah me regarde. Je le sens inquiet, en colère aussi.

– Nous ne ferons rien contre Alice, soyez-en assuré, docteur Law, lui promet Mazetti.

Puis les deux policiers se mettent à me parler de leur enquête, m'apprennent quelques détails supplémentaires et m'expliquent ce qu'ils aimeraient apprendre de la bouche de Ian Rollins. Je suis un peu effrayée. Je ne sais pas dans quelle situation je me mets, je ne sais pas si j'arriverai à être à la hauteur de leurs attentes. Je ne sais même pas si j'arriverai à me montrer naturelle devant le directeur de l'Arts Company.

Noah écoute en silence. S'il n'est pas d'accord avec ce qui se prépare, il respecte néanmoins ma décision. Le briefing est un peu long. Je dois avoir tout en tête, ne rien noter. Quand enfin Campbell m'apprend que nous en avons terminé, j'éprouve un certain soulagement.

Dans la voiture de Noah qui me ramène à l'atelier, la tension est palpable. Mon beau blond s'est refermé sur lui-même, la mâchoire crispée. Ce n'est qu'une fois arrivés qu'il m'attrape et m'attire contre lui. Nous n'échangeons pas une parole, pas encore. Je pose ma tête contre sa poitrine, ses mains sont posées dans mon dos. Cette étreinte a quelque chose de vital, d'intense.

Enfin, Noah brise le silence.

– Ne te mets pas en danger pour moi, souffle-t-il. Je ne supporterai pas que les Rollins te fassent du mal à toi aussi…

– Je sais que l'Arts Company tient toujours une place dans ta vie, lui dis-je en plongeant mon regard dans le sien. C'est l'œuvre de ton grand-père, et même si tu t'en es éloigné, je sais que ce trafic te touche de plein fouet. Je le fais pour toi, pour moi, pour mon travail… Je ne peux pas rester sans rien faire et continuer comme si de rien n'était. Je ne peux plus…

– Je serai là, je te ferai protéger, murmure-t-il en posant son front contre ma tête.

– Je sais, te savoir à mes côtés me rend plus forte pour affronter tout ça…

– Je t'aime, Alice, comme je n'ai jamais aimé personne… Je préfère te sauver toi que la compagnie de mon grand-père.

Noah cherche mes lèvres et m'embrasse doucement d'abord, puis avec passion. Je réponds à son baiser, touchée par sa déclaration. L'entendre dire qu'il m'aime me fait toujours vibrer…

Je me sens pousser des ailes… Je pourrais soulever des montagnes et écarter Ian Rollins de nos vies, pour toujours !

Le temps de la naïve artiste est révolu. J'ai réellement cru que mon talent m'avait ouvert les portes de la prestigieuse Arts Company. Pas du tout. Les vils desseins d'un homme ont été la seule raison de mon entrée dans ce cercle fermé. Ian a su m'attirer, me flatter même, en exposant l'une de mes toiles lors de la soirée d'inauguration.

De la poudre aux yeux…

Ses avances, ses compliments… Je n'ai été qu'une marionnette. À mon tour de me jouer de lui, j'ai toutes les cartes en main désormais pour le manipuler à mon tour. Je sens l'adrénaline circuler à nouveau dans mes veines, comme lors de cette mission humanitaire que j'ai faite avec Noah. Je me sens forte.

Et avec Noah à mes côtés, rien ne peut m'arriver. Sous son regard, je me sens protégée, dans ses bras, je suis comme derrière un bouclier. À mon tour de l'embrasser avec fougue et de l'entraîner vers le canapé. Les techniciens pour les micros ne passeront qu'en fin de soirée. Nous avons tout le temps de profiter des lieux avant qu'ils ne soient sur écoute…

Il comprend où je veux en venir. Son regard s'éclaircit, les nuages qu'a apportés cette histoire de trafic s'envolent. Il n'en parle pas, il garde encore une fois ses émotions pour lui, mais il est touché. La réputation d'Alfred Rollins sera entachée. Son travail, son œuvre… sa vie. Nous en parlerons… plus tard…

8
DISCUSSION INUTILE

Depuis l'épisode au poste de police, Campbell et Mazetti se sont montrés discrets. Les techniciens ont terminé d'installer les micros et je dois tenir informés les deux enquêteurs de mes prochaines rencontres avec Ian Rollins. Mais pour le voir, il faut que j'avance sur mes toiles, que je peigne sans perdre de temps pour lui livrer mon travail. Le directeur de l'Arts Company devrait être ravi de me voir aussi productive.

Surtout s'il vend mes toiles deux millions de dollars…

La dernière commande qu'il m'a donnée porte sur les Everglades, les marais qui entourent Miami. Je n'ai pas besoin de chercher longtemps l'inspiration, je n'ai qu'à plonger dans mes souvenirs. Mes parents, mon père surtout, adoraient ce coin sauvage. Nous louions des hydroglisseurs et nous partions en balade, croisant quelquefois les crocodiles, les grands oiseaux… Ma mère préférait plus la flore que la faune locale… Depuis leur tragique accident il y a deux ans, je n'ai pas eu l'occasion d'y retourner.

Perdue dans mes pensées, je porte ma main à mon cou, là où, enfilée sur une chaîne, se trouve l'alliance de ma mère. Qu'est-ce qu'ils penseraient de tout ça, s'ils étaient encore là ? Ils seraient inquiets concernant le trafic.

Et pour Noah ?

Ils auraient été impressionnés, au début, sans doute. Puis mon père l'aurait testé. Milliardaire ou pas, Noah aurait dû gagner sa confiance. Quant à ma mère, elle aurait été heureuse pour moi, c'est évident.

Maudit soit cet accident et tout ce qu'il m'a pris !

Je secoue la tête. Je ne veux pas tomber dans les regrets, dans la nostalgie. Je dois avancer. Ma situation aujourd'hui m'impose d'être forte. Rien ne doit venir me perturber. Il faut que je me concentre sur ma « mission ». Faire parler Ian Rollins...

Je viens de passer trois jours à terminer deux toiles. J'ai vu Noah chaque soir. Il apprécie toujours mon travail, il essaie de me convaincre de mon talent. Je lui ai expliqué mon désarroi, moi qui pensais que l'Arts Company m'avait choisie pour mon coup de peinture... Quelle déception. Je ne vaux sans doute pas mieux qu'un autre artiste de mon école. Je sers juste à masquer un trafic... Cette idée me met hors de moi. J'ai hâte que cette enquête aboutisse pour que je puisse repartir de zéro, que je recommence à penser à ma carrière. Et que je travaille vraiment pour la lancer !

Je jette rageusement un chiffon plein de peinture avec lequel je viens d'essuyer mon pinceau. Je peux me défouler ici, toute seule, mais je devrai garder mon sang-froid en présence de Ian et de sa mère. Faire comme si je ne savais rien. Retrouver mon attitude de jeune artiste heureuse de sa chance de travailler pour la grande et belle Arts Company.

Et subir encore ses avances ?!

Je souffle un bon coup. Mes toiles sont prêtes et sèches. Je peux contacter Ian Rollins et lui livrer mon travail. Mais je fais les cent pas. Pas de précipitation. Je dois d'abord calmer mes nerfs. Rien ne doit me trahir…

J'envoie un message à Mazetti. Des deux enquêteurs, c'est avec lui que je me sens le mieux. Campbell est plus distant, même si, depuis qu'il sait que je ne suis pas impliquée dans le trafic d'art, son attitude a changé. Mais il va me falloir du temps pour oublier la façon dont il m'a traitée pendant l'interrogatoire.

Comme si j'étais coupable…

[Je m'apprête à contacter Ian Rollins. Alice]

Et comme ils m'ont conseillé de le faire, j'efface aussitôt la trace de ce message de mon téléphone. Au cas où Ian tomberait dessus…

[OK. Tenez-nous au courant. Il doit venir à l'atelier, n'oubliez pas.]

Bien sûr que non je n'oublie pas…

La pièce est truffée de micros, j'hésite moi-même à faire du bruit et Noah et moi avons mis un terme à nos ébats ici. Je n'invite plus personne… Comment oublier cette intrusion dans ma vie privée ?

C'est pour la bonne cause.

Avant d'appeler le directeur de l'Arts Company, j'essaie de faire le point sur les sujets que je dois aborder : ce que deviennent mes toiles, qui sont les investisseurs, s'il est possible de les rencontrer… Ce sont des questions simples que je peux placer sans trop de difficulté. Je devrais m'en sortir.

Je m'éclaircis la voix pour appeler la ligne directe de Ian Rollins. Je n'ai pas d'autre numéro de toute façon, il veut que je ne traite qu'avec lui… Je comprends pourquoi maintenant ! Je n'attends pas très longtemps avant qu'il ne décroche.

– Bonjour, monsieur Rollins, c'est Alice, fait ma voix chantante.

Doucement, tu en fais déjà trop !

– Alice ! Je pensais justement à vous. Comment allez-vous ? me répond-il, visiblement ravi de mon appel.

– Bien, merci. J'ai deux toiles pour vous, elles sont prêtes.

– Ah, très bien. C'est l'occasion de nous revoir. Nous nous sommes quittés un peu vite l'autre soir. Je passe à votre atelier les récupérer dans une heure ou deux !

– Très bien, je vous attends. À tout à l'heure.

Je raccroche, le cœur battant. Je n'ai même pas eu besoin de le convaincre de venir, il s'est proposé tout seul… Je commence à le connaître suffisamment pour savoir qu'il apprécie la tranquillité des lieux.

Il peut me draguer sans que sa mère lui tombe dessus !

J'ai du temps devant moi pour prévenir Noah et les enquêteurs. Mon sexy et personnel garde du corps tient lui aussi à être informé de mes rencontres avec son demi-frère. S'il pouvait être là pour me protéger, il le ferait sans hésiter… Mais sa présence risquerait de compromettre l'enquête.

***

Ian n'attend pas deux heures pour me retrouver à l'atelier. Sa ponctualité m'arrache un soupir.

Ça y est… Nous y sommes !

Tous mes sens sont en alerte. Je ne dois me montrer ni nerveuse ni trop curieuse. Je souffle un bon coup avant de décrocher l'interphone et d'ouvrir la porte. J'imagine les enquêteurs, de l'autre côté des micros. Je ne suis pas vraiment seule finalement…

J'accueille Ian Rollins en bas des escaliers qu'il descend toujours avec cette fière allure, ce côté conquérant qui lui est propre. Cette assurance doit séduire de nombreuses femmes, mais elle me laisse complètement indifférente. J'exècre même cette haute estime qu'éprouve Ian Rollins pour sa propre personne…

Et quand je pense qu'il me prend pour une idiote…

J'efface aussitôt mon amertume de ma tête pour tendre la main au directeur de l'Arts Company, comme à mon habitude.

– Monsieur Rollins, dis-je avec juste ce qu'il faut d'amabilité dans la voix. Merci d'être venu récupérer vos toiles.

– Alice, c'est toujours un plaisir de vous voir, me répond-il, en me serrant doucement la main. Alors, montrez-moi vos chefs-d'œuvre…

Je le conduis aussitôt vers les deux chevalets où attendent les tableaux. Ian Rollins pousse un sifflement admiratif.

– Alice, vous vous êtes surpassée, on sent que vous connaissez bien les lieux ! Et ce souci du détail !

– Merci, monsieur Rollins, me contenté-je juste de répondre, jouant la carte de l'humilité.

Surtout que je ne crois plus en ses compliments… Comment savoir maintenant s'il aime en tant qu'amateur d'art ou si c'est juste pour me flatter et me garder pour son trafic ?

– J'ai ici le chèque pour ces deux toiles, m'apprend Ian en s'installant dans le canapé. Vous travaillez vite et bien, Alice… J'apprécie, croyez-moi, me lance-t-il dans un large sourire.

J'esquisse un sourire à mon tour.

– J'aime peindre. J'ai la chance de vivre de ma passion, ajouté-je en m'asseyant également.

C'est le moment de lui poser des questions !

– Monsieur Rollins, les dernières toiles que je vous ai livrées ont-elles séduit les investisseurs ? demandé-je, jouant la naïve curieuse du devenir de son travail.

– Vos toiles… Oui, elles ont plu… me répond-il d'une façon très évasive. Pourquoi cette question, Alice, vous doutez encore, n'est-ce pas ?

– Non… Enfin, oui, bien sûr. J'aimerais beaucoup connaître la vie de mes toiles, c'est tout. Savoir si ce que je fais séduit ou si je dois changer quelque chose dans ma peinture.

– Ne changez rien, Alice, vos peintures sont très bien comme ça. Je n'ai eu que des bons retours sur la toile que nous avons exposée au cours de la soirée.

Ian s'installe plus confortablement dans le canapé, posant son bras sur le dossier et sa cheville sur son genou. Il plisse les yeux en m'observant.

– D'ailleurs, en parlant de cette soirée, je ne savais pas que vous connaissiez mon demi-frère, Noah, commence-t-il. J'ai été très surpris de le voir à cette soirée. Est-ce que vous étiez la raison de sa présence ?

– Noah est libre de choisir les soirées où il souhaite se rendre, je ne joue pas un rôle dans ses décisions, réponds-je, de nouveau crispée.

– Mais est-ce que Noah et vous… ? me demande-t-il sans finir sa phrase.

Eh ! C'est moi qui suis censée lui poser des questions !

– Je ne suis pas sûre que ma vie privée vous regarde, monsieur Rollins, lâché-je froidement.

– J'en déduis donc que vous êtes ensemble... conclut Ian. Je l'ai vu à la façon que vous aviez de vous regarder l'un l'autre. Un vrai petit couple ! Mais ce n'est pas grave, je suis prêt à relever le challenge...

Quel challenge ?!

– Je suppose que Noah a dû vous parler de notre histoire familiale, poursuit-il, forçant trop la porte de ma vie privée à mon goût.

Cette discussion ne rime à rien. Je dois en reprendre le contrôle !

– Monsieur Rollins, vos histoires de famille ne me regardent pas. Je vis dans le présent et aujourd'hui, ma vie est consacrée à ma carrière et à mon travail pour l'Arts Company, dis-je d'une traite, pour changer rapidement de sujet.

– Et votre implication pour nous est très appréciée, Alice. Il se pourrait très vite que, vu la qualité de votre travail, vous deveniez l'une de nos artistes de référence.

Je constate avec soulagement que Ian me suit dans la discussion. Et qu'il continue de me flatter...

– Je suis heureuse de vous l'entendre dire. Je manque de recul par rapport à mes œuvres, c'est pour ça que j'aimerais beaucoup rencontrer vos investisseurs, pour savoir ce qu'ils pensent eux aussi de mon travail. Je suis sûre que je dois m'améliorer. J'ai confiance en votre jugement, mais ils ont peut-être un regard que nous n'avons pas ? soumets-je innocemment.

– Nos investisseurs sont des gens discrets, Alice. Ne vous inquiétez pas pour l'avenir de ces toiles. Pensez au présent, c'est ce qui importe le plus, vous l'avez dit vous-même, me glisse-t-il sur un ton complice.

– Oui, mais…

– Il n'y a pas de « mais », Alice, m'interrompt Ian en se levant. Vos toiles sont entre de bonnes mains, faites-moi confiance. Nous vous exposerons d'abord en séances privées quand vous aurez beaucoup d'œuvres à votre actif. Vous n'en êtes qu'au début de votre carrière, ne soyez donc pas si pressée ! Et plus tard, vous aurez droit à une exposition dans l'une de nos galeries. Vous voyez, votre avenir est déjà tout tracé avec nous, dit-il en partant dans un faux éclat de rire.

La frustration des jeunes artistes… Bien sûr…

– Allez, je dois vous quitter, chère Alice, ajoute-t-il rapidement. Un coursier passera prendre ces toiles demain. Je vous laisse le soin de les emballer avec précaution.

S'il tient à les vendre deux millions de dollars celles-là aussi, j'ai tout intérêt à les emballer soigneusement !

– Oh, j'oubliais, dit-il en se retournant dans les escaliers. Passez le bonjour à Noah et dites-lui que nous pourrions dîner un soir. Je serais ravi de discuter avec lui.

– Je lui dirai, me contenté-je de répondre avec assez de conviction dans la voix pour laisser croire à Ian que je parlerai avec son demi-frère.

– À très bientôt, Alice. Et si vous avez envie de boire un verre, de sortir de votre atelier, n'hésitez pas. Vous étiez réellement magnifique dans votre robe l'autre soir. Je rêverais de vous l'enlever !

Ces dernières paroles me glacent. Je n'ai pas le temps de réagir ni de prononcer un mot que Ian s'éloigne déjà en riant, visiblement fier de son dernier commentaire.

Il sait que je suis avec son frère mais il continue son rentre-dedans ? Écœurant !

Une fois seule, je laisse échapper un cri de frustration. Non seulement ce Ian Rollins m'agace toujours autant, mais nous n'avons rien appris de plus. Il est resté fermé devant toutes mes demandes et s'est montré beaucoup trop évasif.

Tout ça n'a servi à rien !

Presque… Je viens de gagner mille dollars…

J'observe le chèque signé de sa propre main. Tout semble tellement en règle…

Je frissonne en repensant à lui, en respirant les derniers effluves de son parfum haut de gamme. Je n'appelle même pas les enquêteurs, je sais qu'ils doivent eux aussi rester sur leur faim. Et je ne veux pas de commentaires sur les derniers mots qu'il a prononcés. Je suis déjà assez gênée comme ça !

Je prépare les toiles pour le coursier. Et je range tout mon matériel. Je veux sortir de cette atmosphère devenue pesante, me changer les idées. Soudain mon téléphone se met à vibrer sur la petite table. C'est Molly.

– Alice, c'est merveilleux ! crie presque ma meilleure amie.

– Ça a l'air, en effet… réponds-je en éloignant le téléphone de mon oreille. Qu'est-ce qui se passe ?

– J'ai reçu de très bonnes nouvelles de l'agence des familles d'accueil, m'explique-t-elle, enthousiaste. Le bilan psy est OK et l'assistante sociale qui est venue voir la maison a elle aussi rendu un rapport positif. Elle a dit que « la maison, certes encore en travaux, sera parfaite pour accueillir un enfant dans un quartier sain et tranquille ». Tu te rends compte ? J'ai l'impression de rêver.

– Super nouvelles, Molly ! Je suis heureuse pour toi, tu dois être folle de joie, dis-je, sincère. Et maintenant, alors ?

– Je dois attendre que l'agence me contacte. La prochaine fois, ils me proposeront le dossier d'un enfant… Tout devient tellement concret maintenant…

J'entends la voix de mon amie se briser sous le coup de l'émotion.

– Et les travaux avancent si vite ! Je vais pouvoir emménager dans moins de deux semaines, une si tout se passe vraiment bien. Je n'en reviens pas !

– Déjà ?! demandé-je, étonnée.

– Oui, depuis ta visite, ils ont beaucoup avancé. C'est impressionnant. Alice, il faut que tu viennes avec moi pour choisir ce que je mettrai dans la chambre d'enfant, tu veux bien ?

– Avec plaisir ! Bien sûr ! Mais tu ne veux pas attendre de savoir quel âge il aura pour mieux cibler ses besoins ? Savoir si c'est une fille ou un garçon ? lui proposé-je calmement, pour l'aider à souffler un peu.

– Oui, tu as raison… J'ai tellement hâte… Je regarde les sites sur Internet, je serais capable d'acheter n'importe quoi pour cet enfant maintenant que je sais qu'il va bientôt arriver, s'amuse Molly.

– Je suis vraiment contente, Molly. Il faut qu'on se voie pour fêter ça !

– Oui, nous ferons une fête à la maison quand elle sera finie, promis. J'ai encore beaucoup de choses à faire… Je dois filer, je prends ma garde. Il fallait que je t'appelle avant !

– Merci d'avoir appelé pour partager ton bonheur !

Molly raccroche rapidement. Cet appel me fait beaucoup de bien. Molly a tellement donné pour devenir famille d'accueil et s'occuper d'un enfant. Elle ne peut pas être mère et ne peut pas adopter non plus, ou avec beaucoup de difficulté en tant que célibataire. Devenir famille d'accueil n'était pas vraiment à sa portée, mais elle a tout fait pour y arriver : acheter une maison en ruine dans un très bon quartier, mener des travaux tambour battant, tout en assumant son travail d'infirmière au service de néonat à l'hôpital. Elle a connu des moments de désespoir, mais la fin s'annonce heureuse…

***

Avec toutes ces émotions, j'ai décidé de m'octroyer un moment de détente. Je me rends à la salle de sport pour une petite séance de décrassage. Je n'y croise pas Andrew. Mon meilleur ami se fait rare, ces derniers temps. Son travail dans un bar de nuit l'accapare, le change, même. Et pas en bien… Molly et moi ne sommes pas non plus très présentes pour lui…

Il faut que ça change !

Après un passage dans le sauna, je me sens plus sereine, plus posée. Prête à mettre en place mes nouvelles résolutions : appeler Andrew, être utile dans l'enquête et… retrouver Noah après ses consultations pour un autre moment de détente…

9
PROPOSITION INDÉCENTE

Un verre de vin dans une main, la tête posée sur l'épaule de mon apollon si sexy dans son jean et son tee-shirt blanc. Nous savourons ce début de soirée étoilée. J'ai enfin fait la connaissance de Declan, le majordome de Noah, en arrivant dans la villa du bord de mer. Très gentil, très effacé aussi, Declan n'a pas eu l'air étonné de ma présence. Il nous a laissés rapidement seuls, non sans nous avoir d'abord préparé un repas succulent.

– À quoi penses-tu ? souffle doucement mon blond ténébreux au-dessus de moi.

– À Molly, avoué-je.

Je lui raconte la discussion que j'ai eue quelques heures plus tôt avec ma meilleure amie. L'appréciation de l'agence des familles d'accueil, les travaux presque terminés, grâce à la bonne idée de Luke, le prochain emménagement. Molly vit une grosse étape dans sa vie, un moment déterminant. Je tiens à le vivre à ses côtés, à être là pour partager ça avec elle.

– Ton amie Molly est quelqu'un de bien, me dit Noah de sa belle voix grave. Je ressens de l'empathie pour elle. Je suis touché par cette profonde envie qu'elle a d'être mère… La mienne n'a pas eu la moitié de ce sentiment…

Noah évoque sa mère… Et pour la première fois, il le fait vraiment. Nous ne sommes plus dans une banale discussion, nous touchons aux sentiments, aux espoirs brisés, aux déceptions de l'enfance.

– Ta mère ne s'est pas occupée de toi ? demandé-je doucement.

– J'ai peu de souvenirs d'elle, finalement. Elle est partie au moment du divorce, j'avais 5 ans. Elle a voulu tout quitter, se construire une autre vie… Je ne peux pas lui en vouloir vu le mal que lui a fait mon père. Les disputes, l'adultère, il a été le pire des maris.

– Tu es toujours en contact avec elle ?

J'avance mes questions avec beaucoup de retenue. Noah ne s'ouvre que rarement, même si, depuis qu'il m'a avoué ses sentiments, il essaie de faire des efforts. Il a compris qu'il pouvait se laisser aller et parler de lui, et de ses douleurs, avec moi…

– De temps en temps, nous nous voyons quand elle vient à Miami. C'est rare. Elle a ouvert une ONG à l'autre bout du monde, avec son nouveau mari. Elle est très accaparée… Mais nous échangeons quelques nouvelles, m'explique-t-il en posant sa main sur ma taille pour me rapprocher un peu plus de lui.

Simple geste tendre ou besoin de réconfort devant le vide laissé par une mère ?

Noah n'a pas été gâté par la vie. Son père l'a délaissé au profit de sa nouvelle femme et de son second fils, sa mère a été presque inexistante, et aujourd'hui, il apprend que la compagnie créée par son grand-père, l'homme qu'il respecte et qu'il aime le plus au monde, est en train d'être traînée dans la boue. Mais il ne se plaint pas. Jamais. Noah s'est juste renfermé sur lui-même, se coupant des autres pour ne plus vivre d'autres déceptions, prenant du recul sur tout. Jusqu'à ce que j'arrive dans sa vie…

– Est-ce que tu lui en veux de t'avoir laissé ? Elle aurait pu t'emmener avec elle…

– Non, je ne lui en veux pas. Je me suis fait à cette situation. C'est comme ça, finit-il par dire en portant son verre à ses lèvres.

Je l'imite. Nous restons encore un peu de temps assis l'un contre l'autre sur la terrasse de la villa. Le ressac de l'océan, tout près, me berce. Les émotions de la journée sont en train de me rattraper… Et puis Noah m'entraîne, doucement, le regard intense, vers sa chambre…

***

Le lendemain matin, Noah fait attention de ne pas me réveiller. Je ne l'entends même pas partir. À mon réveil, mon bras le cherche, mais tombe sur un oreiller froid. Le bruissement d'un papier me fait entrouvrir les yeux. Il m'a laissé un message…

« Jolie marmotte, profite de la maison autant que tu veux. Je t'aime. Noah »

J'adore ce genre de réveil tendre. Mon prince charmant me traite avec beaucoup de douceur et d'amour. Je soupire de plaisir et rabats le drap sur moi. Sourire aux lèvres, je ne suis pas contre profiter d'une grasse matinée !

***

Je retrouve Molly à la salle de sport, une sortie imprévue mais bienvenue. Mon amie est toujours sur son petit nuage et je la comprends. Son rêve devient enfin réalité. Je me souviens au moment de ma signature de mon contrat pour l'Arts Company combien moi aussi j'étais heureuse.

J'ai bien déchanté depuis…

Dès notre arrivée, nous pensons retrouver Andrew. À cette heure de la journée, un jeudi matin, c'est lui qui assure le cours de fitness. Mais c'est une jeune femme qui nous attend… Aucune trace d'Andrew. Nous échangeons un regard étonné avec Molly. Ce n'est pas dans les habitudes d'Andrew de ne pas être là pour ses cours… Il a besoin d'eux pour vivre. Nous sommes aussitôt entraînées par le mouvement du groupe. Je sens Molly, à l'expression de son visage, inquiète elle aussi.

À la fin de la séance, nous décidons d'en savoir plus quant à l'absence d'Andrew. Nous nous rendons à l'accueil où nous sommes sûres de croiser le responsable de la salle. C'est Molly, la première, qui s'adresse à lui.

– Bonjour, commence-t-elle avec le sourire. Nous suivons les cours d'Andrew d'habitude et nous sommes surprises de ne pas l'avoir vu ce matin. Il est malade ?

– Ah, mais Andrew ne travaille plus pour nous, nous apprend-il sans lever les yeux de son planning.

– Pardon ? demandons-nous en chœur.

– Il a déposé sa démission et nous a laissés du jour au lendemain. Nous avons pu trouver une remplaçante, heureusement, nous explique-t-il, daignant enfin nous regarder. Vous verrez, c'est une professionnelle. Vos cours seront toujours assurés.

Nous le remercions avant de nous éloigner. Andrew a quitté la salle de sport ? Mais pourquoi ? Il avait besoin de cumuler ses deux emplois pour vivre… Il ne travaillerait donc plus qu'au bar ?

– Je l'ai vu il y a quelques jours, il ne m'a rien dit de ses plans, soufflé-je à Molly, me remémorant ma dernière visite ici.

– Nous l'avons complètement délaissé… Nous aurions dû nous inquiéter dès que nous l'avons vu partir à la dérive à sa soirée, s'accuse Molly. J'ai l'impression de l'avoir perdu de vue, alors que nous étions si proches…

Je m'en veux, moi aussi. Mais Andrew n'est plus le même depuis qu'il travaille dans ce bar de nuit. Il a dû se passer quelque chose là-bas… Ses nouveaux collègues ont certainement une mauvaise influence sur lui.

– Écoute, je vais essayer de le joindre, faire le pied de grue s'il le faut à son appart, le voir et lui parler. Donne-moi tes dispos pour qu'on s'organise une petite soirée, comme au bon vieux temps, proposé-je à Molly, déterminée à resserrer les liens distendus avec Andrew.

– Bonne idée, approuve mon amie, en cherchant déjà dans son sac son planning.

Une bonne douche plus tard, nous nous quittons, Molly et moi, rassérénées par notre décision de retrouver Andrew. Mon amie prend le chemin de l'hôpital. Avant de monter dans ma voiture, je tente un appel à Andrew… Sans succès.

S'il travaille toujours de nuit, il doit dormir…

Alors que je me mets au volant, mon téléphone sonne. Je pense aussitôt que mon meilleur ami me rappelle et ne prends pas la peine de regarder le numéro qui s'affiche. Dès que j'entends la voix à l'autre bout du fil, mes doigts se crispent sur mon smartphone.

– Bonjour Alice, fait la voix pincée de Judy Rollins.

– Madame Rollins, réponds-je, tentant de masquer mon étonnement.

– Mon appel est un peu inattendu, mais je pensais que nous pourrions déjeuner ensemble ce midi, me propose-t-elle sans montrer plus d'enthousiasme à cette invitation.

– Ce midi… C'est que… J'ai déjà…

– J'insiste, Alice. Nous prendrons le temps de faire plus ample connaissance, ajoute-t-elle sur un ton ne permettant pas la discussion.

– Très bien, accepté-je à regret. Où souhaitez-vous que je vous retrouve ?

Je note brièvement l'adresse du restaurant avant de raccrocher. Je ne sais que penser de cette invitation…

S'il y a quelqu'un avec qui je ne voulais pas déjeuner…

J'hésite un instant à prévenir la police. Est-ce que je dois leur parler aussi de Judy Rollins ? Les deux enquêteurs ne l'ont jamais évoquée… Et je n'ai jamais parlé affaires avec elle.

Et dans un lieu public, je ne risque rien ! Pas la peine d'appeler la cavalerie tout le temps !

Et Noah ?

Je préfère voir d'abord ce qu'elle a à me dire… Il risque de ne pas bien prendre le fait que je déjeune avec elle. Je lui en parlerai plus tard, je suis quand même assez curieuse de savoir ce qu'elle me veut !

Je me mets aussitôt en route pour ne pas perdre de temps. Il faut que je me change. Même si je ne la porte pas dans mon cœur, je ne peux pas lui imposer mon survêtement…

***

Après un passage éclair chez moi, je me retrouve assise à une table de restaurant de luxe, face à la personne que j'aime le moins au monde. Je n'ai rien contre elle, je la trouve juste antipathique. Elle a beau être toujours aimable avec moi, son comportement forcé me met mal à l'aise.

Comme son fils… D'une autre façon, mais comme lui…

– Alice, ce déjeuner était nécessaire pour que tout soit clair entre nous, commence-t-elle, son éternel faux sourire aux lèvres. Je pense que Noah, votre ami, a dû vous brosser un très mauvais portrait de nous.

Elle m'a fait venir pour ça ?!

– Je ne suis pas sûre que cela mérite un déjeuner, madame Rollins, lui dis-je sèchement.

– Si je vous ai demandé de venir, ce n'est pas pour me justifier d'actes passés, mais plutôt pour me servir de vous.

– Vous servir de moi ?

– Alice, vous pourriez peut-être intervenir en notre faveur auprès de Noah. J'ai fait des erreurs par le passé, je le reconnais, m'explique-t-elle soudain attristée. Mais j'aimerais me rattraper et permettre au moins à Ian et Noah de se retrouver en tant que frères. Cette querelle familiale a assez duré…

Judy Rollins est-elle sincère ou me joue-t-elle un parfait numéro de comédie ? Je me suis fait avoir une fois par cette famille, je ne tiens pas à ce qu'on me prenne à nouveau pour une idiote… Je sais ce qu'elle a fait : elle a sciemment écarté Noah de son père pour imposer son fils Ian. À cause d'elle, les parents de Noah ont divorcé, sa mère est partie à l'autre bout du monde, son père s'est détourné de lui… Elle a fait exploser sa famille et a bousculé la vie d'un enfant de 5 ans d'une manière irrémédiable…

Et Judy Rollins voudrait vraiment que je me range de son côté ?

Alors que je m'apprête à lui dire qu'il est inutile de compter sur moi, je me reprends. Me mettre à dos Judy Rollins, et peut-être Ian, n'est sans doute pas la meilleure idée qui soit, surtout pour faire avancer l'enquête. Il faut au contraire que je passe pour la gentille fille un peu naïve…

– Je peux essayer de parler à Noah, soufflé-je en mettant le plus d'empathie possible dans la voix.

– Je vous en serais très reconnaissante, Alice. Ian souffre de n'avoir pas connu sa famille paternelle, Noah est le seul lien qui lui reste avec eux… Vous savez, mon fils est, sous ses airs de séducteur, très sensible.

Judy Rollins revit sous mes yeux. Après son abattement en évoquant ses souvenirs, la voilà radieuse en parlant de son fils…

– Noah a délaissé son frère et a accaparé ses grands-parents, lâche soudainement Judy Rollins, montrant alors son nouveau visage.

Et revoilà la mère protectrice… Ian, elle n'en a que pour lui ! Noah ne compte pas… C'est pour Ian qu'elle tient à réconcilier les deux frères, pas pour se rattraper envers Noah…

– Je ne suis pas sûre que Noah soit la cause de cette distance, dis-je aussitôt, sentant la colère monter après mon éclair de lucidité.

– Noah vous a raconté ce qu'il voulait ! Il a toujours cherché à nuire à Ian, il devait être jaloux !

– Il n'a jamais été jaloux de vous, ni de personne. Vous êtes la principale responsable de l'état de votre famille, madame Rollins.

J'explose. Face à moi, je vois une Judy Rollins se transformer en harpie.

– Je serais vous, mademoiselle Brighton, je ferais machine arrière avec Noah et je choisirais Ian… si vous tenez à votre carrière d'artiste. Je vous laisse encore la possibilité de choisir votre camp ! Et je le fais pour Ian ! Je le sais attiré par vous. Et vous le repoussez !

– Votre fils ne m'intéresse pas, dis-je en essayant de reprendre mon calme.

– Je vous laisse le temps de la réflexion. Noah pourrait perdre beaucoup si vous ne preniez pas la bonne décision, me murmure-t-elle maintenant, hostile.

Je la regarde un instant, abasourdie. Judy Rollins profère des menaces à l'encontre de Noah ?

C'est quoi, ça, un chantage ?

Judy Rollins n'a pas changé. Elle tient toujours à écarter Noah coûte que coûte au profit de son fils. Elle l'a fait avec son père, elle essaie avec moi… Je suis écœurée.

C'en est trop. Je ne comprends pas du tout où elle veut en venir, ni à quoi sert ce déjeuner. Je me lève, digne, froide. Je ne veux pas en entendre davantage. Je regarde droit dans les yeux Judy Rollins.

– Votre fils ne m'intéresse pas, répété-je, en détachant chacun de mes mots pour que Judy comprenne le message. Seul Noah est capable de m'apporter le bonheur dont j'ai besoin. Au revoir, madame Rollins !

Je quitte le restaurant sans même lui laisser le temps de répondre. Mon cœur bat à tout rompre dans ma poitrine. J'ai perdu mon sang-froid, mais elle est allée trop loin. Je ne sais pas encore quelles seront les conséquences de cette discussion, si ma carrière risque vraiment d'être touchée. Mais entendre parler de cette façon de Noah par la femme qui lui a fait le plus de mal, c'était trop à supporter !

Et ses menaces… Je dois en parler à Noah…

***

J'ai du mal à retrouver mon calme, une fois arrivée à l'atelier. Je fais les cent pas. Judy Rollins m'a mise hors de moi. J'ai failli croire à son discours sur la famille, son envie de voir les deux frères à nouveau unis… Balivernes ! Si Noah et Ian doivent se retrouver un jour, ce ne sera pas grâce à elle !

Est-ce que je dois parler de tout ça à Noah ? Est-ce qu'il ne serait pas encore blessé par un tel comportement ? Noah choisit pile ce moment pour m'appeler. J'essaie de retrouver un souffle normal avant de décrocher. Je vais garder ça pour moi, du moins pour le moment…

– Allô ? dis-je la voix étranglée.

– Alice, tout va bien ? me demande-t-il aussitôt, très perspicace.

– Oui, oui, j'ai couru pour te répondre, dis-je en faisant la grimace. Et toi ?

– J'ai pensé organiser un dîner entre nous et inviter Luke et Molly. Il me semble que les bonnes nouvelles de ton amie méritent d'être fêtées, propose Noah, une pointe d'espièglerie dans la voix.

– Est-ce que tu ne serais pas encore une fois en train de jouer les entremetteurs ? le taquiné-je gentiment.

– Tu sais que je ne suis pas doué pour ça, se défend-il maladroitement.

– Je pense que c'est une très bonne idée. Je sais que Molly termine sa garde ce soir vers 17 heures et qu'elle est disponible, dis-je en me rappelant le planning que m'a laissé mon amie.

– Très bien, je m'occupe de Luke. Je fais réserver une table sur le ponton du Bel-Air. Pour 21 heures, conclut Noah, de sa voix si sexy au téléphone.

Je ne peux pas m'empêcher de me mordre les lèvres…

– Très bien, nous nous y retrouverons. À ce soir, mon cher et tendre entremetteur… susurré-je doucement.

– À ce soir, douce complice, fait Noah à son tour d'une voix suave.

Je raccroche, sourire aux lèvres. Ce dîner est une très bonne nouvelle. Déjà parce qu'il nous permettra de nous revoir, ensuite de rapprocher, peut-être, Luke et Molly… Le docteur Luke Balmer a aidé Molly dans ses travaux en lui proposant de faire appel à des apprentis du bâtiment. Le courant est passé entre eux, ils se cherchent, mais n'arrivent visiblement pas à se trouver…

Peut-être qu'avec un petit coup de pouce…

J'envoie aussitôt un message pour prévenir Molly que sa soirée est prise.

[Dîner à 4 ce soir avec Luke et Noah pour fêter tes bonnes nouvelles. Rdv au Bel-Air, je passe te prendre vers 20 h 30. Alice]

Je n'aurai pas de réponse, mon amie est en pleine garde. J'imagine sa tête quand elle le lira !

***

La soirée est délicieuse. Comme je m'y attendais, Molly a été très surprise, et gênée aussi, de se faire inviter par Noah au Bel-Air, l'un des restaurants les plus réputés de la ville. Mais en présence de Luke, son appréhension s'est effacée. Mon amie rayonne. À la lumière des bougies, sur le ponton, au calme des autres clients, nous profitons pleinement de cet instant. Luke est à l'aise, Noah est silencieux. Mon discret entremetteur laisse les choses se faire et de temps en temps, il m'adresse quelques clins d'œil. Je suis bien ici. Extrêmement bien, au milieu des gens que j'aime. J'en oublie le déjeuner, les menaces de Judy Rollins.

Seul ce moment compte !

Quand Luke se propose de ramener Molly, je sens aussitôt que leur histoire est sur le point de commencer. Mon amie rougit un peu, mais cette proposition lui fait énormément plaisir. Je m'éclipse donc volontiers, en suivant Noah dans sa voiture. La mienne me sera ramenée plus tard.

Une fois que nous sommes seuls, Noah se tourne vers moi :

– Il est temps de penser à nous maintenant, souffle-t-il en replaçant une mèche de mes cheveux derrière mon oreille. Je te réserve une surprise pour demain.

– Noah ! riposté-je. Méfie-toi, je vais finir par m'habituer à recevoir des surprises aussi souvent !

– J'y prends goût, moi aussi… Voir ton regard s'illuminer… Je te raccompagne, repose-toi. Je passe te prendre demain soir, en forme, m'annonce-t-il très mystérieux.

– Nous ne passons pas la nuit ensemble ? demandé-je, déçue.

– Mademoiselle Brighton, je préfère que vous preniez des forces ! fait semblant de me gronder Noah.

– Donne-moi un indice, un petit… imploré-je !

– Non !

Et pour éviter toute nouvelle protestation de ma part, Noah m'embrasse passionnément.

Pas le genre de baiser qui va m'aider à dormir…

***

J'ai peint toute la matinée, incapable de penser à autre chose qu'à la surprise que Noah me prévoit. Seul le coursier envoyé par Ian m'offre une rapide distraction. J'ai essayé de joindre Molly pour savoir comment sa nuit s'était terminée, sans succès. De même pour Andrew qui se fait de plus en plus mystérieux. Je suis alors rentrée pour rapidement préparer un sac.

Et enfin, peu avant midi, le chauffeur de Noah sonne à la porte de mon appartement. Il m'apprend que je suis attendue à l'aéroport…

Nous prenons l'avion ? Pour une nouvelle mission humanitaire ?

En retrouvant mon mystérieux organisateur de surprise, ô combien sexy avec cette lueur malicieuse dans les yeux, j'apprends seulement que nous nous envolons pour les Caraïbes. Et depuis, plus rien. Il me tient la main et ne se défait pas de son sourire. Son silence m'agace mais titille encore un peu plus ma curiosité. Moins de deux heures plus tard, nous atterrissons sur une île.

Toujours perplexe, je suis Noah. J'attends, je l'observe, espérant un indice. Une voiture nous entraîne vers un ponton où un bateau nous attend.

Et, une nouvelle fois, mes yeux s'illuminent quand je découvre le lieu où il m'amène. Je prends pied dans une chambre d'hôtel posée sur l'eau. Autour de nous, l'eau turquoise… mais ce n'est que la partie émergée de l'iceberg, et c'est vraiment le cas de le dire.

Cette suite possède une chambre sous l'eau. Le lit est installé dans une bulle transparente, plongée sous l'eau. Du lit, nous pouvons observer les poissons, la flore sous-marine, les rayons du soleil qui percent la mer… C'est magnifique !

– Surprise ! se contente de dire Noah, dans mon dos.

– Noah ! Je ne savais même pas que ce genre de lieu existait ! dis-je en restant le nez collé contre la bulle, regardant partout autour de moi, sous cette eau transparente.

– J'espère seulement que tu seras attentive à autre chose qu'à ces poissons… me lance Noah sur un faux air de reproche.

Je comprends le message. Il est temps de remercier comme il se doit cet homme qui semble s'impatienter…

Je m'approche doucement de Noah, mon regard accroché au sien. Son physique si parfait se détache sur cette eau en toile de fond. J'avance vers lui en faisant passer dans mes yeux une invitation à un corps-à-corps torride. Le lieu est sublime. Faire l'amour sous la mer, dans le confort d'une chambre d'hôtel d'un autre genre, me fait pousser des ailes. Noah ne manque pas d'imagination pour m'emporter au septième ciel dans des endroits que mes fantasmes n'ont jamais imaginés. Il existe peut-être ici un monde marin propice au plaisir charnel…

Les yeux de Noah me parcourent, pleins d'ardeur. Il sait le sort que je lui réserve. Il l'attend. À quelques centimètres de lui, je m'arrête.

– Il me faut une autre source d'inspiration que ces poissons, mais je…

Son index se pose sur mes lèvres, pour laisser sa place aux siennes. Alors que je pensais que JE lancerais les hostilités,

Noah me prend de court. Son baiser s'intensifie, sa langue entre en douceur et trouve la mienne aussitôt. Je penche légèrement la tête sur le côté pour permettre à ce baiser de prendre toute sa force. J'étouffe un léger gémissement quand je me presse contre mon amant. Je sens son désir pour moi se manifester instantanément.

C'est donc Noah qui prend les commandes de cette première étreinte. Il me fait reculer, revenir sur le chemin parcouru quelques instants plus tôt, pour me plaquer contre la bulle qui nous protège de l'eau. Il trouve mes mains, continue de m'embrasser avec intensité et me plaque les bras au-dessus de la tête. D'un délicat mouvement de la jambe, il me pousse à écarter les miennes. Je suis à sa merci. Noah se détache de mes lèvres, me dévore le menton, puis le cou. Je sens son sexe grossir, tout près du mien. Mon ventre s'éveille à son tour et une chaleur commence à irradier au creux de mes reins.

– Est-ce que je t'offre assez d'inspiration ou tu préfères retourner à ta contemplation marine ? me demande-t-il, la voix rauque.

– Je crois que je n'ai…

Mon amant ne me laisse pas le temps de finir ma phrase que déjà sa bouche revient sur la mienne. Noah me libère les mains que je peux glisser dans ses cheveux blonds, pour les décoiffer, les malmener et donner à mon amant un côté rebelle si sexy.

Ses doigts glissent sous ma jupe, trouvent sans aucune difficulté mes fesses sur lesquelles ils viennent s'accrocher et m'attirer encore un peu plus contre lui. Je me bats pour lui enlever son tee-shirt mais je ne réussis qu'à passer mes mains sur sa peau, sur son corps où je sens, sous mes paumes, ses muscles se durcir. Et alors que nous sommes sur le point de déraper et de nous jeter l'un sur l'autre, Noah se recule, me laissant sur ma faim. Ma respiration est saccadée, j'ai chaud.

Mon amant a décidé de faire durer le plaisir, ce soir...

J'observe ses cheveux, maintenant ébouriffés, son tee-shirt négligé et quelque peu froissé par mes assauts. Ce laisser-aller le rend encore plus désirable. Surtout quand il me lance ce regard brûlant...

Je ne sais pas lui résister... Je n'ai jamais su, et je ne suis pas sûre de le savoir un jour...

Dans les vingt ou trente mètres carrés qui composent cette chambre sous-marine, nous ne pouvons pas rester à proximité l'un de l'autre sans sentir le besoin impérieux de nous toucher. Au centre de la pièce, un grand lit rectangulaire aux draps sobres nous sépare, nous empêche de nous toucher, exacerbant la tension sensuelle de la pièce.

Il suffirait que je saute dessus pour atteindre mon amant...

La température de la pièce grimpe à mesure que nous nous observons. L'atmosphère s'électrise. Mon cœur bat à tout rompre dans ma poitrine. J'arrive tant bien que mal à dompter cette envie de le toucher, de le sentir, d'embrasser ses lèvres et de monter doucement vers l'orgasme... Je frissonne à cette idée.

– Est-ce que tu n'aurais pas envie d'un verre, me demande Noah, la pupille brillant d'une nouvelle intensité.

– J'ai envie d'autre chose... murmuré-je, la voix grave.

– Tss, tss, mademoiselle Brighton, prenons le temps... dit-il en se dirigeant vers un recoin de la pièce.

Comme si nous étions sur un ring, je bouge en même temps que lui. Avec un calme olympien, et presque frustrant, mon amant nous sert deux coupes de champagne...

Je n'ai vraiment pas envie de boire...

Quand Noah me tend mon verre, je saute sur l'occasion pour m'approcher de lui. Le lit ne nous sépare plus. Mon amant se tient à moins d'un mètre de moi. Portant nos verres à nos lèvres, nous ne nous lâchons pas du regard. Nos yeux s'imbriquent comme nos corps savent le faire si bien. Je lis dans les siens la promesse d'une nuit longue et torride, comme je les aime… Cette perspective ne relâche en rien la pression qui m'étreint. J'aimerais que nous posions nos coupes et que nous…

J'ai peut-être la solution pour faire avancer les choses…

J'écarte ma coupe de ma bouche et, sans quitter un seul instant Noah des yeux, je glisse ma langue sur ma lèvre inférieure, avant de me la mordre… Je me sens terriblement excitée. Je sais que mon geste va mettre le feu aux poudres…

Et j'ai raison. Aussitôt, Noah se plaque à nouveau contre moi, pressant mes mains dans mon dos. Je manque de renverser sa coupe tant son assaut est brutal. Ses lèvres ont retrouvé les miennes, ses doigts glissent vers le creux de mes reins. Mon amant vient de perdre le contrôle, ainsi que sa coupe, pour s'occuper définitivement de moi, se débarrassant de toutes les sources de frustration.

Mon top passe rapidement au-dessus de ma tête, comme son tee-shirt. Torses nus tous deux, ce peau à peau attise notre excitation mutuelle. Ses mains s'insinuent partout sur ma peau brûlante. Je sens sa langue sur la mienne, ce baiser presque animal qui multiplie par mille mon désir. Entre sa bouche et ses doigts experts, je me sens peu à peu glisser vers l'extase. Comme toujours, les boutons de son pantalon se montrent récalcitrants. Et enfin, quand j'arrive à les défaire, je ne peux retenir un cri de soulagement. Sans que je m'en aperçoive, ma jupe tombe sur mes chevilles. Je suis en sous-vêtements devant Noah.

Mon amant semble vouloir profiter du spectacle de ma presque nudité. Il me pousse délicatement vers le lit, sur lequel je m'allonge. Debout devant moi, Noah prend le temps de m'observer et de m'apprécier. Je sens son regard comme une caresse sur ma peau. J'entrouvre les lèvres tant ma respiration est saccadée.

Je pourrais avoir un orgasme de cette façon !

Puis Noah se glisse à mes côtés, fait courir ses doigts sur mon ventre, puis sur la dentelle de ma culotte, sur mon pubis. Mon bassin se cambre. Je me relève suffisamment pour attraper sa bouche. Mon baiser est avide, mon corps l'est aussi tant il se tend vers celui de Noah. Sa main remonte vers mes seins, titille mes tétons à travers le tissu… Je laisse échapper un premier gémissement. Ses caresses me rendent folle !

Quelques secondes plus tard, plus aucun tissu ne nous gêne plus. Nos mains exploratrices alimentant sans faiblir notre excitation, nos lèvres collées, nous sommes désormais incapables de nous détacher l'un de l'autre.

Il pourrait passer le poisson le plus rare de la terre que nous n'aurions aucun regard pour lui…

Je me laisse aller sur le lit, réceptive au moindre effleurement. Noah glisse sur mon corps, jouant de sa langue sur ma peau. Il descend vers mon intimité gonflée de désir. Son premier coup de langue m'arrache un râle de plaisir. Le second, plus lent et intense, me pousse à cambrer le bassin. Quant aux suivants, ils me mènent inexorablement vers les portes du plaisir. Une vague de chaleur s'abat sur moi et je me laisse emporter, non sans m'accrocher aux épaules musclées de mon amant.

Tremblante, je glisse ma main entre ses cheveux alors que Noah s'attarde sur mon clitoris. Mon amant relève la tête. Je lis dans ses yeux un désir intense encore insatisfait. Cette lueur passionnée et brûlante est communicative. Et je reçois comme un coup dans le ventre, une sorte de décharge qui me coupe le souffle, un éclair de désir violent. Mon corps réclame celui de Noah.

– Noah… viens… maintenant, murmuré-je, la voix entrecoupée par de nouvelles décharges.

Je veux qu'il me prenne, me possède, je veux me sentir partir entre ses bras forts et musclés, je veux l'entendre grogner de plaisir, je veux qu'il bouge en moi, encore et encore… Noah remonte en semant sur ma peau des baisers ardents. L'intérieur de ma cuisse, mon ventre, mon sein, la naissance de mon cou… et enfin mes lèvres.

Je caresse ses muscles bandés, ses épaules larges, ses biceps saillants au-dessus de moi. J'imagine son sexe viril s'approcher du mien, s'apprêter à l'effleurer, à le toucher… à s'y glisser même. J'écarte un peu plus les jambes pour sentir cette sensation… Impatiente de désir, je plaque mes mains sur ses fesses pour l'attirer contre moi.

– Doucement… murmure-t-il du bout des lèvres.

Ses beaux iris bleus plongent dans les miens, sa pupille se dilate quand, enfin, je le sens s'introduire en moi. Je suis terriblement excitée, son sexe n'a aucun mal à se frayer un chemin. Mon amant pousse un soupir rauque. Il m'habite complètement et commence alors son mouvement de va-et-vient. Je rejette la tête en arrière, étouffant mes cris de plaisir. La cadence s'accélère. Je l'observe aller et venir en moi, je sens mes seins s'animer sous le rythme de plus en plus effréné que prend mon amant. Je me mords encore une fois la lèvre, par réflexe, ce qui emporte Noah encore un peu plus dans son propre plaisir. Je me noie dans ce regard profond, l'intensité de notre étreinte charnelle me submerge encore une fois. Je perds pied, irradiée de part en part, victime d'une puissance indescriptible qui fait de l'orgasme un moment si particulier. Noah se laisse emporter à son tour, au-dessus de moi, dans un dernier coup de bassin.

Mon amant retombe à mes côtés, posant son bras juste au-dessous de mes seins. Nous attendons que nos respirations retrouvent un rythme normal, apaisées. Allongée près de Noah, je me glisse contre lui quand il m'ouvre ses bras.

Collés l'un à autre, nous observons en silence le bal marin qui nous entoure. Ce calme environnant nous aide à reprendre pied… Mais la solitude du lieu et sa tranquillité nous laissent quelques idées derrière la tête.

– Je crois que nous avons été observés, murmure Noah, sourire aux lèvres.

– Les spectateurs de ce genre ne me gênent pas, soufflé-je en portant ma main entre les jambes de mon amant.

– Je vois que tu as encore quelques forces en réserve… me dit-il en se redressant légèrement au-dessus de moi.

– Tu m'as dit de me reposer, rétorqué-je, faussement innocente.

Une pression sur son sexe suffit à revigorer Noah. L'entracte aura été de courte durée pour nos amis les poissons !

10
PERTE DE CONTRÔLE

Notre chambre sous-marine offre le luxe de volets roulants, nous empêchant ainsi d'être réveillés aux aurores par les premiers rayons du soleil. Mais dès que Noah actionne le mécanisme et que le décor magnifique de ce fond marin préservé jaillit à nouveau, je ne peux m'empêcher d'écarquiller les yeux. La suite comporte une terrasse en extérieur, mais je suis incapable de me défaire de ce spectacle.

Et après celui que nous leur avons offert la nuit dernière, c'est notre tour de regarder vivre les poissons multicolores !

J'adorerais passer plus de temps ici, des journées entières, pour pouvoir peindre tout ce qui m'entoure. J'en parle d'ailleurs à Noah qui ne me quitte pas des yeux. Mon plaisir presque enfantin de me retrouver dans un tel lieu le fait sourire lui aussi.

– Nous reviendrons, ce sera notre bulle, me propose-t-il en me prenant dans ses bras, derrière moi. Et je te ferai découvrir d'autres endroits comme celui-ci… Nous avons la vie pour ça…

La vie pour ça…

Je frissonne à ces mots. Les projets d'avenir ne sont pas le fort de Noah… S'il le dit aujourd'hui, c'est qu'il doit y penser… un peu…

– Allez, il faut rentrer, maintenant, ajoute-t-il presque aussitôt.

Comme la veille, nous empruntons un bateau, puis une voiture, avant d'arriver au jet privé de Noah. Je souffle à regret quand l'avion quitte la terre ferme.

Ici au moins rien ne pouvait nous atteindre…

Et soudain tout me revient. L'enquête, le trafic d'art, le comportement de Ian Rollins et, pire encore, les menaces de sa mère. Noah s'aperçoit de mon changement d'humeur, de mon visage fermé, de mon silence.

– Alice, est-ce que tu es triste de partir ou est-ce que quelque chose te préoccupe ? me demande-t-il inquiet, assis à mes côtés.

Je décide de lui raconter le déjeuner, ma rencontre avec Judy Rollins, ses paroles dures et ses menaces. Je ne lui cache rien. Je le vois blêmir pour se reprendre aussitôt. La colère s'immisce dans son corps, je le vois à sa veine qui bat sur sa tempe…

– Je suis désolée de te rappeler tes anciens souvenirs, mais je devais t'en parler. Je ne sais pas ce que cette Judy Rollins te veut, ni pourquoi elle s'acharne comme ça, mais je t'assure que je lui ai fait comprendre qu'elle n'obtiendrait rien de moi !

– Tu as bien fait, dit-il entre ses dents. Je serai sur mes gardes. Cette femme sait comment arriver à ses fins. Si elle souhaite m'atteindre encore, je tiens à lui montrer que je ne suis plus un enfant de 5 ans qu'on écarte comme un simple pion.

Les doigts de Noah se crispent sur l'accoudoir du siège.

– Ce déjeuner a été ignoble ! me rappelé-je en frissonnant.

– Tu aurais dû m'en parler plus tôt, pour te soulager… me souffle Noah d'une voix plus douce.

– Il y a eu le dîner, et puis ta surprise… Ce n'était jamais le bon moment… Est-ce que Judy Rollins peut être dangereuse ?

– Dangereuse, je ne sais pas. Je me demande bien ce qui pourrait aujourd'hui me nuire… À moins que…

Noah se redresse dans son siège et me regarde, la pupille dilatée.

– Et si Judy Rollins était impliquée dans le trafic, elle aussi ? Est-ce qu'elle aurait dans l'idée de m'impliquer dans ce réseau pour me nuire ? s'interroge-t-il tout haut.

– T'impliquer, mais ce serait ignoble !

– Ce ne serait pas son premier coup d'essai dans l'ignominie… Je vais appeler les enquêteurs et savoir s'ils s'intéressent aussi à Judy Rollins. Et me protéger par la même occasion en étant le plus transparent possible dans cette enquête. Si Judy Rollins compte me faire peur…

– Et si elle se met à t'accuser ? Si elle parle de ton vrai nom ? lui demandé-je, soudain inquiète face à l'avenir qui se dessine devant nous.

– Ne t'inquiète pas, je ne suis plus un enfant. Je saurai me protéger cette fois.

Mon bel amant se penche vers moi pour m'étreindre en douceur. Sa colère est passée, il a retrouvé la force tranquille qui le caractérise. Noah n'est plus un enfant, non, et il est prêt à se battre, cette fois, à se défendre. Et je crois que Judy Rollins ne sait pas quel homme il est devenu…

Tant pis pour elle !

***

Je me retrouve à nouveau dans mon atelier, non sans avoir quitté mon blond ténébreux avec la promesse de le revoir très vite. Le voyant lumineux de mon répondeur m'interpelle. J'écoute le message. Je reconnais sans difficulté la voix mielleuse de Ian Rollins. Il tient à ce que je me rende à son bureau pour prendre connaissance de ma nouvelle commande.

Je suis étonnée, d'habitude, Ian aime passer me voir directement…

Est-ce qu'il se doute pour les micros ? Non, impossible.

Me rendre à l'Arts Company ne m'enchante pas du tout. Surtout si je croise Judy Rollins… Ian m'a laissé un créneau pour passer et, par chance, je suis pile dedans. Autant régler ça au plus vite !

***

C'est avec soulagement que je ne croise pas cette harpie de Judy Rollins. La secrétaire de Ian, visiblement prévenue de mon passage, me fait entrer sans attendre dans le bureau du directeur. J'essaie de faire bonne figure, de figer un sourire sur mes lèvres et d'oublier tout le reste.

– Oh Alice, je suis désolé, une réunion me tombe dessus, s'excuse-t-il, déçu. Voilà votre commande, appelez-moi si vous avez besoin d'en discuter. Je dois vraiment partir…

Cette réunion ne pouvait pas mieux tomber !

Mais avant que je ne puisse me réjouir complètement, Ian Rollins s'arrête à ma hauteur et, avec un regard un peu trop intense à mon goût, me dit :

– Dommage que je sois occupé, nous aurions pu prendre un café et discuter tous deux…

Il me quitte sur ces mots, me laissant seule au milieu de son bureau. Je frissonne de dégoût au souvenir de ses paroles en regardant tout autour de moi… Je pourrais fouiller les lieux, trouver des documents…

Et te faire surprendre ? Il y a peut-être des caméras ici…

Je ne m'attarde pas, salue rapidement la secrétaire et file vers l'ascenseur. Ce n'est qu'une fois à l'air libre que je peux souffler et sentir la pression me délester de son poids. Je me dirige vers ma voiture quand soudain j'aperçois, quelques mètres plus haut, Andrew sortir d'une camionnette blanche.

Je m'apprête à l'appeler, enthousiaste à l'idée de le voir vivant et de pouvoir enfin lui parler, quand je me fige sur place. Sortant d'une petite porte de l'immeuble de l'Arts Company, Judy Rollins s'approche de lui et lui tend une enveloppe. L'échange est rapide. Elle repart par la même porte et Andrew s'engouffre dans son véhicule.

Judy Rollins et Andrew se connaissent ? Le monde est petit… mais quand même…

Je me précipite vers ma voiture. À défaut de savoir fouiller un bureau, je peux au moins suivre mon ami pour savoir où il va et lui poser directement la question. J'ai beaucoup de mal à suivre sa vitesse. Andrew sort de la ville.

Mais où est-ce qu'il va ? À son bar ?

Mais qu'est-ce qui se passe dans la vie d'Andrew, bon sang ?

Mon meilleur ami s'engage dans un quartier désaffecté. Je le suis de très loin pour ne pas me faire repérer. À part nous, aucun véhicule ne circule. Je vois la fourgonnette blanche passer un vieux portail et atteindre un entrepôt. Je gare ma voiture un peu plus haut et reviens à pied pour entrer à mon tour dans les lieux.

Ce qui est sûr, c'est que ça ne ressemble pas à un bar…

À part le véhicule d'Andrew, il n'y a qu'un autre camion dont la remorque est recouverte d'une toile. Enfin, je finis par le voir et je l'appelle aussitôt.

– Andrew ! crié-je pour être sûre qu'il m'entende.

Il se retourne aussitôt et je peux lire de la surprise sur son visage. Andrew me rejoint au pas de course, l'air plus inquiet que surpris.

– Alice ?! Mais qu'est-ce que tu fais là ? Tu ne dois pas être ici ! Pars, maintenant ! m'ordonne-t-il en me prenant par le bras.

– Non ! dis-je en me dégageant. Pas avant que tu ne me dises ce qui se passe ! On ne te voit plus, tu ne réponds pas aux appels, tu as démissionné… Et là, je te vois avec Judy Rollins ?!

– Écoute, promis, je t'expliquerai tout, mais maintenant pars !

De l'activité se fait entendre derrière nous. Des hommes viennent d'arriver pour décharger des caisses. Certaines sont emportées directement à l'intérieur, d'autres non. Un des hommes en ouvre une pour inspecter son contenu, puis une autre. À la lumière du jour, j'aperçois une sculpture, et là, à côté, ce qui semble être une ancienne poterie.

– Mais qu'est-ce que… murmuré-je en m'approchant pour voir de plus près.

– Alice, non ! m'appelle Andrew.

Je cours vers le côté du bâtiment et je regarde à travers une fenêtre. L'entrepôt n'a rien de désaffecté. Il règne ici une ambiance de fourmilière. De nombreuses caisses sont ouvertes et je peux deviner la qualité des objets d'art que j'aperçois.

– Alice, tu ne peux pas rester là, insiste Andrew qui vient me rejoindre.

Je jette un regard à mon ami. Il n'est plus inquiet, il est véritablement dévasté. Petit à petit, le puzzle se met en place dans ma tête. Le trafic d'art… Judy Rollins… Cet entrepôt… Bien sûr!

Est-ce que c'est ça, le trafic que soupçonnent les enquêteurs? Je l'ai sous les yeux? Mais Andrew? Ici?

Je n'ai pas le temps de lui poser la question qu'un homme apparaît.

– Tout va bien, Andrew? lui demande-t-il en m'observant avec attention.

– Oui, oui, c'est ma copine… On voulait se voir pour se donner un truc, tranquille… Elle s'en va là, dit-il en me jetant un regard désespéré.

Je m'exécute à contrecœur. Quand je passe à nouveau dans la grande cour, je tourne la tête vers le camion. Je m'arrête.

– Toutes ces œuvres d'art… Qu'est-ce qu'elles font là? soufflé-je à Andrew, à mes côtés.

Je n'avais pas remarqué la présence de l'homme. En entendant mes paroles, il m'attrape aussitôt le bras et me dit :

– Vous allez devoir me suivre, m'ordonne-t-il d'une voix sèche.

– Non, elle ne dira rien, laisse-la partir, je t'en donne ma parole, me défend Andrew autant qu'il peut.

– Toi, si tu ne veux pas avoir d'ennuis, retourne à ton boulot, lui claque l'homme.

Tout s'accélère. C'est le regard que me lance Andrew qui me fait prendre conscience de la situation. Impuissant, il me laisse partir avec l'homme mais me murmure de ne pas m'en faire, qu'il va trouver une solution.

Mais une solution à quoi?

Tirée par le bras sans douceur, j'entre dans l'entrepôt. Il faut du temps à mes yeux pour s'adapter au changement de lumière. J'essaie de me débattre, mais sans succès. La poigne de l'homme est solide.

– Toi, tu ne bouges pas d'ici, finit-il par me dire en me faisant entrer dans une sorte de bureau vitré, donnant sur tout l'entrepôt.

Je m'assieds sur la seule chaise des lieux. Impossible de m'enfuir... L'homme sort son téléphone et appelle quelqu'un.

– On a un problème ici... Une jeune femme, dans l'entrepôt... OK.

Sans un mot, il se rapproche de moi et m'arrache mon sac. Il quitte le bureau en refermant la porte à clé derrière lui.

Super ! Mais dans quoi je me suis fourrée !

J'ai du mal à croire que je sois tombée, comme ça, dans le trafic de l'Arts Company.

Ça n'a peut-être rien à voir ? Andrew est peut-être devenu coursier pour remplacer son job à la salle de sport ?

Je me lève et observe ce que je peux à travers les vitres sales. Mais ce que j'aperçois confirme ma première impression. Je sais reconnaître des œuvres d'art quand j'en vois et... j'en suis entourée ! La situation est critique, pour moi. Je me suis fourrée dans un sale pétrin et je ne peux prévenir personne ! Il n'y a qu'Andrew qui sait que je suis là...

Et il a promis de m'aider...

Je perds toute notion de temps.

Note pour plus tard : m'acheter une montre !

Soudain, la porte s'ouvre et... je ne suis qu'à moitié surprise. Judy Rollins se tient devant moi. La belle-mère de Noah attend que la porte se referme derrière elle pour parler.

– Ma chère Alice. Je ne voulais pas croire que c'était vous qu'on avait enfermée quand on m'a donné votre nom. Je suis venue constater par moi-même… me dit-elle d'une voix acerbe, machiavélique. Je suis désolée de vous voir ici…

– Vous ne pouvez pas me tenir enfermée ici ! crié-je presque. C'est de la séquestration !

– Mais vous ne nous laissez pas le choix… Vous pensez bien que, maintenant que vous avez vu ce qui se passe ici, je ne peux pas vous laisser partir, continue-t-elle, cette fois cinglante. Vous vous êtes fourrée dans les ennuis toute seule…

Judy se retourne et tape quelques coups à la porte pour qu'on lui ouvre. Avant de partir, elle se retourne une dernière fois vers moi.

– C'est dommage, Ian vous aimait bien…

Et elle part. Mon sang s'est glacé. Pourquoi « aimait » ? Pourquoi ce passé ? Je crois comprendre, mais je ne peux pas l'accepter ! Je me rue sur la porte et me mets à crier.

– Laissez-moi sortir !

En vain. Personne ne me répond. L'activité dans l'entrepôt continue comme si de rien n'était. Je tombe sur ma chaise, essayant de lutter pour ne pas tomber dans le désespoir. Je n'ai aucun moyen de prévenir Noah, ni la police, mais Andrew sait que je suis là…

Mais qu'est-ce qu'ils vont lui faire à lui quand ils apprendront qu'il était avec moi quand j'ai été découverte ?

Mon cœur s'accélère. Je perds mon sang-froid. Des larmes se mettent à couler sur mes joues…

Noah…

III

JUSTE IMPOSSIBLE

11
ENFERMÉE

Je respire. Lentement.

Ce n'est pas le moment de céder à la panique !

Je suis enfermée dans un bureau crasseux, au milieu d'un entrepôt censé être désaffecté. Sauf que l'activité ici bat son plein… J'ai voulu suivre mon meilleur ami Andrew, pour savoir pourquoi il ne répondait plus à nos appels, à Molly et moi. Et je suis tombée ici. Au cœur du trafic orchestré par la famille Rollins.

Mais que vient faire Andrew ici ?

Très mystérieux depuis des semaines, Andrew s'est éloigné du petit cercle d'amis que nous formions, Molly, lui et moi, alors que nous avions toujours été soudés et que nous nous considérions comme une petite famille. Acculé par des ennuis financiers, Andrew a trouvé un autre travail, dans un bar de nuit. Et depuis, nous l'avons, petit à petit, perdu de vue. Avec des horaires décalés, il était devenu difficile de nous croiser…

Et voilà où m'a menée ma curiosité !

Trop contente de le croiser dans la rue, de pouvoir enfin lui parler, j'ai été arrêtée net quand j'ai vu qu'il rencontrait Judy Rollins et qu'elle lui donnait une enveloppe… Il est remonté dans sa fourgonnette et je l'ai suivi… Pour qu'il m'explique son silence et cette rencontre avec la mère de Ian Rollins, le directeur de l'Arts Company.

Je suis complètement perdue. Jamais je ne pensais tomber sur cet entrepôt ! Quelque chose m'échappe complètement… Je sais que Ian Rollins est soupçonné de trafic d'art. La police nous l'a appris à Noah et moi.

Mais tomber dessus… de cette façon… avec Andrew !

J'ai rattrapé Andrew aux portes de l'entrepôt, j'ai vu les caisses déchargées d'un camion, contenant des œuvres d'art, j'ai voulu m'approcher, je n'ai pas écouté les prières d'Andrew me demandant de partir… et un homme est arrivé, nous a surpris. Mon ami a encore essayé de me protéger mais en vain. L'homme m'a conduite sans ménagement dans ce bureau, m'a pris mon sac. Et Judy Rollins est apparue juste après… C'est certainement elle que l'homme a appelée, pour la prévenir de ma présence ici !

Je n'ai aucun moyen d'alerter la police, ni Noah. Seul Andrew sait que je suis là. Il est peut-être ici, quelque part… Je me lève pour regarder à travers les fenêtres du bureau, donnant sur l'entrepôt. Mais je ne le vois pas. Juste des hommes et des caisses.

J'entends une nouvelle fois le bruit d'une clé dans la serrure. Tout mon corps se crispe. Je me sens prête à bondir, à me défendre s'il le faut.

Mais me défendre de quoi ? Si seulement je savais ce qui m'attend ici !

L'homme qui m'a enfermée entre le premier. Son regard se pose sur moi. Je n'y lis pas de la haine, mais presque de l'indifférence. Grand et costaud, sa carrure a de quoi impressionner. Mais son visage n'a rien d'hostile. Pas comme celui de Judy Rollins, qui entre encore une fois derrière lui.

Qu'est-ce qu'elle me veut exactement ?

– Bon, vous avez compris, vous devez toujours avoir un œil sur elle ! ordonne-t-elle à l'homme. Il est hors de question qu'elle parte d'ici !

– Et qu'est-ce que vous voulez qu'on fasse d'elle ? Vous ne me payez pas pour faire le baby-sitter ! rétorque-t-il sèchement. On a du travail, ici, j'ai pas le temps de faire le pied de grue devant la porte !

– Demandez à l'un de vos hommes ! Ce ne sera pas long ! lui répond-elle sans se laisser démonter. Faites ce que je vous dis sinon je n'aurai aucun mal à vous remplacer !

L'homme ne répond rien mais je le sens contrarié de la réponse qu'elle lui a donnée. Il s'éloigne d'elle et s'assoit sur un meuble dans un coin, les bras croisés sur la poitrine. J'ai l'impression d'être invisible. J'ai horreur qu'on parle de moi de cette façon, alors que je me trouve dans la pièce !

Puis Judy Rollins s'approche de moi. Son visage s'adoucit, mais ses yeux, eux, n'ont rien d'affectueux.

– J'ai pris le temps de réfléchir à ce que j'allais faire de vous, Alice, me parle-t-elle d'un ton mielleux. Je pourrais me débarrasser de vous, vous en avez trop vu et vous mettez nos affaires en péril. Mais je pense que vous pouvez encore nous être utile.

La mère de Ian Rollins s'arrête un instant. J'avale difficilement ma salive, mais je ne cille pas. Hors de question de lui montrer que je n'en mène pas large.

– Ian a réalisé un véritable jackpot en vous engageant, reprend-elle. Je dois bien avouer que vous disposez d'un vrai talent pour la peinture. Vos toiles sont très appréciées par nos… clients.

– Si j'avais su où je mettais les pieds, jamais je n'aurais accepté de travailler pour vous, sifflé-je, en la coupant. Vous malmenez l'art, vous malmenez notre réputation, notre travail. J'avais confiance en l'Arts Company, mais vous n'avez aucun respect pour elle, et encore moins pour le grand-père de Ian et Noah ! Il n'aurait pas supporté de voir sa propre compagnie mêlée à un trafic ! Vous ne pensez qu'à l'argent, pas aux artistes !

– Vous êtes naïve, Alice, c'est charmant. Mais l'argent est essentiel. Même vous, les artistes, vous courez après ! Et vous, Alice, vous nous en faites gagner beaucoup.

– Vous vous servez de moi, depuis le début et…

– Et ce n'est pas fini ! Maintenant que nous savons que Noah et vous êtes ensemble, nous pouvons voir plus grand… Viser plus haut, passer une autre vitesse ! s'exclame-t-elle, ravie des projets d'avenir qu'elle imagine déjà.

– Laissez Noah en dehors de tout ça ! dis-je d'une voix sourde.

Je sens la colère grandir en moi. Je ne supporte pas d'entendre Judy Rollins prononcer le nom de Noah. Surtout depuis que je sais qu'elle est sa belle-mère et qu'elle l'a malmené pendant toute son enfance, l'écartant de sa famille…

– Noah est un Rollins, qu'il le veuille ou non ! persifle Judy, piquée par ma réaction. Vous allez nous servir de monnaie d'échange. Votre preux chevalier sera prêt à nous donner tout l'argent dont nous avons besoin contre votre vie. Et il assurera nos arrières. Il ne pourra jamais nous dénoncer, sinon, il perdra tout lui aussi !

– Noah ne se mêlera jamais à votre trafic, je l'empêcherai de se corrompre pour vous ! crié-je presque.

– Arrêtez de croire que Noah est parfait et qu'il vaut mieux que tout le monde ! Il est temps qu'il se souvienne ce que signifie le mot « famille ». Il l'a trop oublié, ces dernières années, continue Judy, visiblement satisfaite de son idée d'exploiter son beau-fils.

– La faute à qui ? rugis-je cette fois complètement. Vous l'avez éloigné de son père, de son demi-frère !

– Eh bien, considérez que je lui donne une chance de retrouver sa famille, Alice. Imaginez nos prochains repas de Noël, dit-elle en partant dans un mauvais éclat de rire. La petite vie tranquille du docteur Noah Law est terminée !

– Vous ne vous en sortirez pas comme ça ! explosé-je, perdant complètement mon sang-froid. Noah n'est plus le petit garçon que vous avez connu, Judy ! Il trouvera un moyen pour vous faire tomber ! La police l'aidera. Vous êtes surveillée depuis des semaines, ce n'est plus qu'une question de temps avant que tout ça ne cesse !

Quand je m'entends prononcer ces mots, je m'arrête, horrifiée. Je viens de révéler à Judy Rollins l'enquête en cours.

Mais je ne pouvais pas me taire !

Même Judy ne parle plus. Elle s'est figée, elle aussi, à l'évocation de la police et de sa surveillance.

– La police nous surveille ? me demande-t-elle, intéressée, prête à me sauter dessus pour me faire parler.

– Je ne vous dirai rien, dis-je en lui lançant un regard de défi.

J'en ai déjà trop dit…

Judy Rollins plisse les yeux, essayant sans doute de lire en moi. Mais je soutiens son regard. Mon cœur bat à tout rompre. Je ne regarde pas non plus l'homme qui est resté dans la pièce. Lui aussi a dû trembler en entendant parler de la police.

– Très bien, Alice, comme vous voudrez, finit-elle par lâcher, glaciale. Vous en savez trop et vous en avez trop vu ici. Tant pis pour vous.

Sur ces derniers mots, elle quitte la pièce, faisant signe à son homme de main de la suivre. Je me précipite sur la porte dans un réflexe. Entendant la clé tourner, je donne quelques coups de pied, plus pour me défouler que pour espérer quoi que ce soit. Le bois est vieux mais toujours résistant…

Je crie de colère, de frustration. J'en ai trop dit, beaucoup trop dit ! Judy Rollins vient de me menacer, je n'ai aucune idée de ce qu'elle compte faire de moi. Ou du moins, je ne veux pas y penser… Ses derniers mots résonnent comme dans un mauvais film.

Je finis par me calmer, les entendant discuter derrière la porte. Leurs voix m'arrivent, étouffées. Collée à la porte, je dresse l'oreille.

– Qu'est-ce qu'on fait pour la police ? demande l'homme inquiet. Ils vont peut-être débouler d'un instant à l'autre !

– Je me charge de la police ! Occupez-vous de votre travail, comme d'habitude. N'allez pas effrayer les autres surtout, il faut terminer les livraisons au plus vite ! lui répond-elle sèchement. Appelez-moi en cas de problème. Et gardez un œil sur elle ! Je ferai venir quelqu'un pour s'occuper d'elle le moment venu. Apportez-lui à boire et à manger, elle ne doit pas mourir de faim avant qu'on ait eu l'argent !

Puis plus rien. Je suis seule à nouveau, dans cet endroit sordide.

Il doit y avoir une solution pour que je file d'ici…

Est-ce que Judy Rollins va mettre ses plans à exécution ? Contacter Noah et lui demander de l'argent en échange de ma libération ? Je sais qu'il ne refusera pas… Mais Noah ne peut pas mettre les pieds dans ce trafic. Et pourtant, je suis persuadée qu'il va le faire. Qu'il va accepter, pour moi. Qu'il ne préviendra pas la police pour ne pas me mettre plus en danger.

Mais dans quelle merde je nous ai mis ! Je m'en veux horriblement !

Ils ne vont pas me laisser sortir avant d'avoir obtenu ce qu'ils veulent. C'est évident qu'ils ne viendront pas m'ouvrir la porte pour me dire que je peux partir. Je pourrais filer directement voir la police et lui donner l'adresse de l'entrepôt.

Non, ils vont me garder longtemps…

Le temps au moins d'effacer toutes les traces ici et de se trouver un autre endroit ailleurs, qui sait, dans une autre ville… Mazetti et Campbell, les deux enquêteurs, vont m'en vouloir d'avoir gâché leur enquête ! Si le trafic quitte Miami, il sera sans doute compliqué de retrouver sa trace. Surtout maintenant que le réseau se sait surveillé…

Je tourne dans le bureau. J'observe chaque recoin. Les fenêtres sont branlantes, mais les briser pour me faire un passage ferait trop de bruit… Et je ne sais pas crocheter une porte !

L'angoisse monte. Je la sens m'étreindre, me serrer le cœur, la gorge. Imaginer Noah devenir complice de ce trafic par ma faute, risquer sa carrière, la prison… je ne le supporte pas ! Je ne peux pas laisser faire ça !

J'ai besoin de m'asseoir, de retrouver mon calme. Je dois maîtriser ce stress, garder les idées claires. Je dois trouver un moyen de me sortir de là ! Je fouille partout, dans les armoires, les tiroirs, je ne trouve rien qui pourrait m'aider !

Ce n'est en tout cas pas dans ce vieux bureau poussiéreux qu'est organisé le trafic !

Le temps passe. Je le vois à la lumière extérieure qui diminue dans l'entrepôt. L'obscurité s'installe de plus en plus. L'activité ne faiblit pas, par contre. J'entends toujours les mêmes bruits, des voix d'hommes qui s'interpellent. Je pose mon oreille sur la porte. Est-ce que quelqu'un se trouve derrière pour me surveiller ?

Si seulement j'avais l'habitude de glisser mon portable dans ma poche ! L'homme ne m'a même pas fouillée ! Mais tout est resté dans mon sac qu'il m'a pris tout à l'heure. Il ne me reste plus qu'Andrew… Si jamais il est encore là, quelque part…

Je suis incapable de rester en place. Impossible pour moi de rester assise et d'attendre mon sort. Mais rapidement, je comprends, hélas, que je n'ai plus que ça à faire : attendre. Derrière la porte, dans l'entrepôt, des plafonniers se sont allumés. Par chance, la lumière du bureau fonctionne, je ne suis pas dans le noir.

Andrew comprendra peut-être que je suis encore là ?

Je finis par m'asseoir. Je sursaute au moindre bruit que j'entends derrière la porte. Ma bouche est sèche, je meurs de soif, mais je n'ai pas faim. Judy Rollins a demandé qu'on m'apporte à manger… Je pourrais peut-être sauter sur l'occasion pour m'enfuir ?

Ah oui ? Je n'ai jamais été très douée en sprint…

Et si c'est l'homme de tout à l'heure qui vient, il n'aura qu'à tendre le bras pour me rattraper. Et après cette tentative fumeuse d'évasion, qui sait où ils pourraient m'emmener et ce qu'ils pourraient me faire ? Je ne sais même pas si je dois tenter ma chance pour m'évader ou si je dois passer pour une docile prisonnière.

L'activité a ralenti dehors. J'imagine qu'ils doivent quand même travailler de nuit, pour la discrétion. À moins qu'ils ne préfèrent arrêter pour ne pas attirer l'attention avec les lumières. Mais Judy Rollins parlait d'une livraison à finir. Ils vont travailler toute la nuit ?

Mais si tout le monde part…

J'entraperçois deux possibilités : plus personne dans l'entrepôt, sauf moi et mon geôlier.

Chances pour m'enfuir : proches de zéro…

La seconde me fait frissonner : ils vont venir me chercher après le départ de tout le monde et me transférer ailleurs…

Ou me tuer…

Mon cerveau dérape et je pense au pire. Ils ne peuvent pas me tuer, pas avant d'avoir eu l'argent de Noah. Et c'est trop tôt encore.

Je pose ma tête sur mes bras pour m'obliger à fermer les yeux et me détendre. Me concentrer pour trouver une bonne idée. Une seule.

Quoi qu'il arrive, je ne me laisserai pas faire !

J'arrive à m'apaiser, un peu, avec quelques exercices de respiration. Je me détends et arrête de penser au pire.

Au moins pour le moment.

12
ÉVASION

Je ne sais pas quelle heure il est. J'essaie d'avoir des idées positives, de m'échapper de ma geôle et de partir loin, vers mon océan que je chéris tant, vers Noah, l'homme de ma vie, vers Molly, ma meilleure amie qui concrétise enfin son rêve de pouvoir s'occuper d'un enfant, d'être une maman par procuration puisqu'elle ne peut l'être. Je pense au bonheur qu'ils me procurent tous, je pense à mes parents, qui me manquent terriblement… J'étouffe un sanglot. Je ne peux pas sombrer dans le désespoir.

Je vais les retrouver, repasser des bons moments avec eux… Je vais les revoir !

Andrew. Il est ma seule chance, ici. Je sais qu'il ne me laissera pas tomber, que je peux compter sur lui. C'est mon meilleur ami. Il était là quand cet homme m'a entraînée dans le bureau. Il sait où je suis. Je ne comprends pas encore ce qu'il fait ici, ni la nature de son lien avec le trafic des Rollins, mais je sais qu'Andrew est quelqu'un de bien et qu'il ne me laissera pas tomber. C'est évident.

Et si je lui ai attiré des ennuis ? Et si Andrew est mêlé au trafic, d'une façon ou d'une autre, la police l'arrêtera lui aussi ? Mais dans quelle merde il s'est encore mis ?!

Je n'y avais pas pensé. Si Andrew travaille ici, si lui aussi manipule toutes ces caisses, il sera accusé de complicité. La police lui posera des questions, il risque peut-être la prison... Je commence à perdre mon sang-froid. Entre ma situation précaire et celle d'Andrew, je sombre dans le pessimisme. Si j'arrive à sortir de là, il faudra que je trouve un moyen de le protéger.

Le temps passe. Vite ou lentement, je n'en ai aucune idée. Rien ici ne m'indique l'heure. Et puis à nouveau, ce bruit d'une clé dans la serrure. Je me redresse, tente de reprendre un air déterminé, fort, même si à l'intérieur de moi je me sens devenir faible.

Je reconnais aussitôt Andrew. Mon ami se glisse dans le bureau le plus discrètement possible et referme très vite la porte derrière lui. Il me fait signe de ne rien dire. Je m'exécute, non sans lui sauter au cou, rassurée de le voir encore ici. Andrew jette un œil inquiet vers les vitres du bureau. Si je me plaignais, plus tôt, que la crasse m'empêchait de voir dehors, je suis ravie maintenant qu'elle nous dissimule. Au moins, personne ne pourra s'apercevoir qu'Andrew est là. Mais par précaution, il m'entraîne dans un recoin de la pièce.

– Est-ce que tu vas bien ? Ils ne t'ont pas fait de mal ? murmure-t-il, inquiet, en m'observant.

– Non, réponds-je en secouant la tête. Mais, Andrew ! Qu'est-ce qui se passe ici ? Tu travailles pour eux ?

Andrew me regarde un peu gêné.

– Tu peux tout me dire, l'encouragé-je, lui attrapant la main.

– Oui, finit-il par avouer. Mon travail au bar, c'était un mensonge. J'ai répondu à une annonce un jour pour être manutentionnaire. L'annonce était très alléchante, j'ai passé un entretien avec l'homme qui t'a enfermée ici. Au début, je réceptionnais les caisses et maintenant, je fais des livraisons à des clients, en ville. C'est un job qui paye vraiment bien, je ne comprends pas pourquoi mon chef t'a enfermée ici…

– Tu ne sais vraiment pas ce qui se passe ? lui demandé-je surprise.

– Je me doute que les activités ici sont un peu louches, mais je n'ai pas posé de questions, se contente-t-il de me répondre en haussant les épaules. Ils paient bien, c'est tout ce qui m'intéressait…

– Andrew, tu es impliqué dans un trafic d'art, lui apprends-je. Les caisses que tu transportes, je crois que ce sont des œuvres volées.

Au mot « trafic », Andrew se crispe et blêmit.

– Un trafic d'art ? répète-t-il, tombant sincèrement des nues. J'ai toujours cru que c'étaient des copies !

– Non, c'est un vrai trafic… et la police enquête.

Mon meilleur ami n'en revient pas. Je le sens bouillonner.

– Je comprends mieux pourquoi mon chef avait l'air si contrarié de te trouver là ! Mais… s'interrompt-il en réfléchissant. Si tu es là, si on est dans un vrai trafic, tu es en danger ?

Je me contente d'acquiescer.

– Et toi aussi, Andrew… Si la police t'arrête, tu risques la prison !

– Si j'avais été moins bête, si j'avais eu moins besoin d'argent, tu ne serais pas là ! s'énerve mon ami. Je vais trouver un moyen de te sortir de là, laisse-moi le temps de réfléchir.

J'ai soudain peur. Andrew ne doit pas s'éterniser ici.

– Écoute-moi, finit-il par me dire très vite. Je vais te faire sortir d'ici et tu te glisseras dans une caisse. Je ne peux pas t'emmener de nuit sans attirer l'attention, mais mes livraisons commencent assez tôt. Je te chargerai à ce moment-là dans ma fourgonnette et tu seras libre.

Andrew vient d'échafauder ce plan à la vitesse de la lumière. Il semble convaincu, sûr de lui. Je le suis moins, mais c'est sans doute la seule solution pour quitter les lieux. Je dois lui faire confiance, il connaît mieux l'endroit que moi.

– Et si on se fait prendre ? Si quelqu'un nous voit ? demandé-je, angoissée.

– Il n'y a pas grand monde à cette heure-là, me rassure Andrew. Il faut croiser les doigts pour que personne ne décide de venir te voir ici et signale ta disparition… Par contre, tu risques d'attendre dans une position très inconfortable.

Si c'est la seule solution pour partir d'ici, je suis prête à marcher sur les mains s'il le faut !

– Ce n'est pas un problème… Mais tu es sûr que ton plan va fonctionner ? Et si on se met à me chercher ? Ils pourraient faire le lien, ils m'ont déjà vue avec toi tout à l'heure.

– C'est le seul moyen, Alice. Je te sortirai de là, d'une façon ou d'une autre, fais-moi confiance !

Andrew est déterminé. Je le retrouve dans son rôle protecteur, dans ce rôle de grand frère qu'il a toujours eu dans ma vie. Dommage que nos retrouvailles se fassent dans un tel contexte…

– Personne ne garde la porte ? Ne me surveille ? l'interrogé-je, me rappelant les ordres de Judy Rollins.

– Je n'ai vu personne. Mon chef dort dans son bureau, il a le sommeil lourd. C'est grâce à ça que j'ai pu lui prendre la clé…

Je ne suis pas sûre que Judy Rollins apprécie que mon geôlier dorme à poings fermés… Surtout si mon évasion fonctionne !

– Prête ? me demande Andrew en regardant partout dans la pièce, à la recherche sans doute de mes affaires…

– Je n'ai rien, on m'a pris mon sac, lui dis-je aussitôt.

– J'essaierai de voir si je peux le retrouver…

– Ne cours pas plus de risques, Andrew…

Mon meilleur ami se dirige vers la porte. Il écoute. Je sens mon cœur s'accélérer, mon ventre se nouer. J'ai peur mais je suis ravie de quitter ma prison. Doucement, Andrew ouvre la porte et jette un œil aux alentours. Nous ne parlons plus, nous ne communiquons plus que par signes. Je sors du bureau après lui. Il prend soin de fermer derrière moi et de donner un tour de clé.

J'ai l'impression que mon cœur va exploser dans ma poitrine, qu'il fait un bruit monstrueux. Andrew avait raison, l'activité est calme, ici. De temps en temps, des hommes s'interpellent, j'entends des bruits sourds d'objets qu'on manipule. Je me faufile derrière Andrew. Je n'en mène pas large.

– Je vais t'emmener dans mon secteur, celui où on entrepose toutes les caisses que je dois charger, chuchote-t-il, accroupi dans un coin. Il y en a déjà quelques-unes, ça tombe bien.

Je l'écoute et me contente d'acquiescer. Je suis incapable de penser, je laisse le contrôle total de cette opération à Andrew. Je guette le moindre bruit, je suis tendue, prête à partir en courant s'il le faut.

Oui mais, dans quelle direction ?

Je suis une artiste, je n'ai jamais imaginé faire de l'infiltration comme ça, comme dans les jeux vidéo d'Andrew… Après la mission humanitaire avec Noah au Honduras et cette évasion, je vais peut-être commencer à me recycler dans un autre domaine.

Espionne pour la CIA ?

– Attends-moi là, je vais préparer une caisse dans laquelle tu pourras te glisser, m'ordonne Andrew. Ne bouge pas !

Je n'ai même pas le temps de protester qu'Andrew me laisse, dans ce coin, seule. Mon ami s'éloigne, reprend une allure habituelle. Et je le perds de vue. Je me sens défaillir, complètement submergée par la panique.

Ce n'est pas le moment de flancher !

J'essaie de me reprendre. Andrew court un risque énorme en m'aidant à sortir. Si on m'attrape maintenant, je le mets aussi en danger. Et il n'y aura certainement plus d'autre occasion de s'enfuir. Je me fais aussi petite que je peux dans ce coin sombre de l'entrepôt. Je respire doucement, pour faire le moins de bruit possible. Heureusement pour moi, personne ne semble venir par ici.

Mais pourvu qu'Andrew ne traîne pas !

Mon meilleur ami me rejoint quelques minutes plus tard. Je n'ai jamais éprouvé tant de soulagement qu'à ce moment-là. D'un signe de la tête, il m'indique de le suivre. Et tout se passe très vite. Devant la caisse de taille moyenne, Andrew me fait la courte échelle pour que je puisse l'enjamber. Je ne respire plus pendant tout le temps que prend mon installation. Aussitôt dedans, je m'accroupis à nouveau et Andrew ferme la caisse. Heureusement, la caisse comprend quelques trous pour laisser passer l'air.

– Tu as deux heures à attendre ici, murmure-t-il à travers le bois. Ne t'inquiète pas, je viendrai voir régulièrement que tout se passe bien. Ça ira ?

– Oui, soufflé-je.

– Donne-moi le numéro de Noah, je vais essayer de le prévenir…

Andrew s'agite autour de la caisse pour ne pas attirer l'attention. Par les trous, je le vois prendre un papier et faire semblant de vérifier son chargement. Heureusement que je connais le numéro de Noah par cœur… Je le lui donne rapidement et Andrew finit par s'éloigner.

Ma position dans la caisse est inconfortable. J'essaie de détendre mes muscles ankylosés, mais je n'ose pas trop bouger de peur de faire du bruit.

Noah…

Je suis ici depuis hier après-midi. Est-ce qu'il a cherché à me joindre pour passer la soirée avec moi ? Est-ce qu'il s'inquiète de ne pas avoir eu de réponse ? Noah me manque terriblement. Je donnerais tout ce que j'ai pour être dans ses bras, le serrer contre moi. Retrouver sa chaleur, sa force. La sécurité qu'il procure.

Je retiens ma respiration quand j'entends de l'agitation autour de moi. Je ne sais pas s'il s'agit d'Andrew. Je crois comprendre qu'on dépose d'autres caisses. Je ne bouge pas, espérant que personne ne me cherche, que la caisse ne s'ouvrira pas sur Judy Rollins. Puis de nouveau le silence. J'ose un coup d'œil par une petite fente de la boîte où je me trouve. Je ne vois rien. Je n'ai le contrôle sur rien…

J'ai confiance en Andrew. S'il ne vient pas me voir, c'est que tout se passe normalement ici. Je dois m'accrocher à cette idée. Pour faire passer le temps plus vite, je m'envole du côté de Noah, de Molly, je repense à notre dîner avec Luke, à cette soirée organisée pour essayer de rapprocher nos deux amis, incapables jusqu'à présent de dépasser le stade de la complicité, alors qu'ils meurent d'envie l'un et l'autre de franchir ce cap. Je souris même en les imaginant ensemble, enfin ! Je pense à cet enfant qu'accueillera bientôt Molly.

Je suis curieuse de savoir comment il sera…

Je pense à Joshua et à son projet d'arts plastiques pour lequel je dois l'aider. Son retour à l'école après son opération. Je revois son visage d'avant, défiguré par un accident, puis celui d'aujourd'hui, magnifique. Noah a fait des merveilles en l'opérant. Il est si beau maintenant !

Soudain, la caisse bouge. Je sursaute tant le mouvement était inattendu. J'entends la voix d'Andrew et celle d'un autre homme. Je tends l'oreille.

– Tu restes prudent, comme d'habitude, fait la voix.

– Tu me connais, je suis la discrétion incarnée, lui répond Andrew, en plaisantant.

– Ouais mais fais gaffe, j'ai jamais vu le chef aussi inquiet. Il se passe un truc…

– Ah, il s'est réveillé lui ? demande Andrew, cherchant à en savoir plus. Il t'a parlé ?

– Tu parles… Il n'a pas fini sa nuit ! Je l'ai vu discuter hier soir avec une femme, elle n'avait pas l'air commode ! Tu aurais vu la tête du chef ! Un vrai gamin qui s'est fait prendre pour une bêtise, se moque l'homme.

Je suis soulevée du sol, ballottée. Ma tête se cogne, j'étouffe un cri. J'essaie un maximum de me caler pour ne pas trop bouger. On me pose. J'entends la porte de la camionnette claquer. Nous démarrons. Je me sens partir.

Ça y est ? C'est bon ? On part ?

Je n'ose pas me réjouir. Andrew ne m'a rien dit. La présence de l'autre homme a dû l'en empêcher. Et si jamais il l'accompagnait ? Qu'il était monté lui aussi ?

Andrew semble rouler à vive allure. Je me détends malgré les cahots.

Si seulement j'avais la certitude que nous ne sommes que tous les deux dans cette camionnette !

Soudain, le véhicule s'arrête. La porte s'ouvre.

– Alice, ça va ? me demande Andrew, la voix inquiète.

– Oui ! On est partis ? Tu es seul ? l'interrogé-je pleine d'espoir.

– Oui. Je fais une première livraison, je dois respecter le rendez-vous pour ne pas attirer l'attention. Ensuite, je pourrai te déposer dans un endroit plus calme. Encore un peu de courage, c'est bientôt fini.

Attendre. Il me faut encore attendre. Mais Andrew est prudent. Il a pensé à tout. Mais j'ai tellement hâte de pouvoir étendre mes jambes, de respirer l'air de dehors, de revoir le jour ! De nouveau, la camionnette se remet à rouler, très vite. Il doit être très tôt, la circulation est encore fluide à Miami.

Et enfin, enfin, nous nous arrêtons une seconde fois. Mon cœur se met à battre. Est-ce que c'est le moment pour moi de sortir ? De quitter ma boîte ? Je veux croire que cet arrêt est pour moi. J'attends, patiemment, qu'Andrew vienne me chercher. Il ouvre la caisse, je suis éblouie par la lumière. Les yeux mi-clos, je me relève avec mal. Mas jambes sont endolories. Andrew m'aide, me porte presque pour me faire sortir de la caisse. Puis de la voiture.

– Alice ! crie une voix que je reconnaîtrais entre toutes.

Noah est là. Mes yeux s'habituent à la lumière, je le vois s'approcher de moi ; le visage crispé. Je me jette sans ses bras, éclate en sanglots. Je suis si heureuse de le sentir. J'ai l'impression que je rêve.

Est-ce que ce cauchemar est fini ?

– Alice, c'est fini, tu es avec moi, me dit Noah de sa voix chaude, en me serrant contre lui. Je ne laisserai personne te faire du mal, plus jamais ! J'ai sous-estimé ce trafic, ainsi que Ian et Judy. C'est terminé !

Ces mots me rassurent, m'emplissent de joie et d'amour, chassent le vide et le froid qui s'étaient installés ces dernières heures dans mon cœur.

– Est-ce que tu vas bien ? me demande-t-il en plongeant son doux regard bleu dans le mien.

– Oui… Grâce à Andrew, murmuré-je entre mes larmes.

Je me retourne pour voir mon ami. Andrew se tient un peu en retrait.

– Merci Andrew, dit Noah en s'approchant de lui. Sans vous, je ne sais pas ce qu'il serait arrivé à Alice.

– Je me sens tellement responsable de tout ça, souffle Andrew, penaud.

– Andrew, tu n'y es pour rien, le rassuré-je. Tu viens de me sauver la vie.

– Je vous dois beaucoup, confirme Noah. S'il était arrivé quelque chose à Alice, si Judy ou Ian, ou quelqu'un avait touché à un cheveu d'Alice, je…

– Andrew était là, j'étais sûre qu'il ne me laisserait pas tomber, dis-je en prenant mon ami dans les bras. Merci.

– Je suis comme Noah, s'il t'était arrivé quelque chose là-bas… s'énerve Andrew à son tour.

– Qu'est-ce que tu vas faire maintenant ? Tu ne peux y retourner, m'inquiété-je.

– Je vais finir ma tournée, la camionnette a une puce GPS qu'ils peuvent tracer. Je dois assurer mes livraisons pour ne pas attirer l'attention. Je nous ai arrêtés sur mon trajet, ça ne devrait pas les surprendre. Mais je dois repartir.

– Laisse tout tomber, Andrew, c'est dangereux… Noah !

Je me tourne vers l'homme que j'aime espérant son soutien.

– Andrew a raison. Si jamais ils s'aperçoivent que quelque chose cloche, ils risquent tous de s'enfuir. On n'a pas assez de temps Alice, ils vont se rendre compte de ta disparition. Et peut-être commencer à bouger.

– Mais si Andrew se fait arrêter par la police ?

– Écoute, on s'arrangera avec Campbell et Mazetti. Andrew vient de te sortir de là, je te promets de lui trouver un bon avocat. Mais là, il faut qu'il parte, qu'il fasse exactement comme d'habitude.

Noah et Andrew échangent un regard. Ils sont d'accord l'un avec l'autre. Pas moi ! Andrew me fait un rapide sourire, pour me rassurer, me montrer que tout va bien. Et il repart. Mon cœur se serre, je me sens impuissante. Les larmes se remettent à couler. J'ai peur pour mon ami, désormais.

– Alice… me souffle Noah, conscient de mon inquiétude. Nous devons aller voir la police. Il faut aller vite maintenant. Ne t'inquiète pas pour Andrew. On fera tout pour l'aider, je te le promets.

Je me laisse entraîner vers la voiture de Noah. Je me sens si lasse, d'un coup. L'homme de ma vie me soutient, prévenant, attentionné. Je lis du soulagement dans ses yeux, de la colère aussi. J'en ai aussi, au fond de moi, contre les Rollins. Mais pour le moment, je ne rêve que d'une chose : un peu de repos dans ses bras forts. J'ai besoin de reprendre des forces pour me battre contre ce trafic. Pour Noah. Pour Andrew. Je dois sauver mon ami, comme il vient de le faire pour moi.

On est une famille, je dois moi aussi le protéger !

13
RIPOSTE

– Est-ce que tu veux me raconter ce qu'il s'est passé ? me demande Noah, au bout d'un instant. Andrew ne m'a rien dit à part que je devais être là, ce matin.

– Il ne t'a vraiment rien dit ? l'interrogé-je à mon tour.

– Non, il n'avait pas le temps de parler, il a été à l'essentiel. Mais je peux attendre, tu n'es pas obligée de tout me dire tout de suite, me glisse-t-il doucement, de la sollicitude dans la voix.

Je regarde le paysage qui défile sur notre route, les maisons, les rues et ruelles. Les passants qui commencent à se rendre à leur travail à cette heure matinale. Il faut que je raconte tout à Noah, parce que c'est le seul moyen maintenant de faire avancer l'enquête avant qu'il ne soit trop tard.

– Je n'avais pas croisé Andrew depuis des semaines et il ne répondait plus à mes appels. Je l'ai aperçu, hier après-midi, juste après avoir rencontré Ian dans les bureaux de l'Arts Company. J'ai voulu l'appeler, le rejoindre, mais je me suis arrêtée quand je l'ai vu avec Judy Rollins. Elle lui a donné une enveloppe, et il est reparti aussitôt, sans s'attarder. Je ne suis même pas sûre qu'ils aient échangé quelques mots… Il est reparti dans sa voiture, j'ai décidé de le suivre. Pour lui parler, pour savoir ce qu'il faisait avec elle, comment il la connaissait. Je l'ai suivi jusqu'à un entrepôt, en dehors de la ville. Là, il est entré et j'ai tout découvert : les caisses contenant les œuvres d'art, emballées, manipulées… J'ai rattrapé Andrew, il a été très surpris de me voir, m'a supplié de partir. J'allais le faire… Mais ma curiosité l'a emporté. Je me suis approchée et c'est là que je me suis fait surprendre par un homme. Tout a été très vite après ça. On m'a enfermée dans un bureau, Judy Rollins est venue, m'a parlé, m'a dit qu'elle te ferait chanter, qu'elle te mêlerait au trafic. Et puis Andrew a fini par arriver, il m'a cachée dans une de ces caisses et il m'a fait sortir comme ça.

J'ai tout dit, d'une seule traite, sans aucun ton particulier. J'ai revécu les derniers événements comme une spectatrice, comme si je racontais un mauvais rêve.

Et pourtant, j'ai bien vécu ce cauchemar…

Noah reste silencieux mais ses mains serrent tellement fort le volant que ses phalanges en deviennent blanches.

– Je t'emmène dans un hôtel, on ne peut plus rentrer chez toi, plus maintenant en tout cas. Ils ne vont pas tarder à se mettre à ta recherche. Tu en sais beaucoup trop. Tu te reposes et j'appelle aussitôt Campbell.

Mon séduisant protecteur prend désormais les choses en main. Mais la colère l'habite de nouveau. Je le vois, je la sens.

– Alice, ce qui vient de t'arriver est grave. Tu as été plongée au cœur même du trafic. Si j'avais su que tout ça irait si loin, jamais je n'aurais accepté que tu continues à voir Ian, je t'aurais éloignée d'eux ! explose-t-il. J'ai été trop naïf, j'ai oublié le passé, ce dont Judy était capable ! Comment j'ai pu être aussi bête !

– Noah… Tu ne pouvais pas savoir… Qu'Andrew soit mêlé à tout ça, en plus…

Je ne termine pas ma phrase. Je suis lasse. Noah me regarde un instant et comprend aussitôt que le moment n'est pas le mieux choisi pour la colère, ni pour la discussion. J'ai besoin de repos, de recul. De réconfort. Il change aussitôt de route pour revenir dans le centre. Il appuie sur l'accélérateur, mais je n'ai même pas la force de le lui reprocher. Je sais qu'il m'emmène dans un endroit où je serai bien, où je pourrai souffler. Et c'est tout ce que je veux.

À peine sommes-nous arrivés dans la suite d'un hôtel de luxe, que Noah me fait couler un bain. Je m'assois sur le canapé et l'entends discuter. Je pose ma tête, ferme les yeux. Aussitôt, je revois l'entrepôt, les vitres sales du bureau, le regard sans âme de Judy Rollins. Je sens les larmes couler à nouveau sur mes joues. Je frissonne et pourtant, il ne fait pas froid, ici.

– Alice, fait la voix adoucie de Noah. Je t'ai fait couler un bain, tu devrais t'y glisser.

Il me tend une main pour m'aider à me relever du canapé. Face à lui, je perçois de la douleur dans son regard.

– Ils ne t'atteindront plus, je te le promets, dit-il en entourant mon visage de ses mains. Je ne les laisserai plus t'approcher, ni te faire du mal. Je reste avec toi.

Ses mots me font du bien. Ce regard où je lis son amour pour moi aussi. Il me conduit vers la salle de bains et m'aide à me déshabiller. J'ai l'impression de ne plus être là, d'être complètement sortie de mon corps tellement la fatigue et la tension nerveuse de ces dernières heures m'écrasent. Je me glisse dans la baignoire et aussitôt la douce chaleur de l'eau m'enveloppe. Noah a su exactement ce dont mon corps avait besoin… Je me laisse aller et pose la tête sur le coussin de la baignoire.

Tout va bien se passer maintenant. Noah est là…

Je reste longtemps dans l'eau. Je m'assoupis même, peut-être. Mais des voix me ramènent à la réalité. Dans le salon, je reconnais sans mal Mazetti et Campbell. Noah a dû les appeler. Au moins, je n'ai pas besoin de me rendre au poste pour faire une déposition. Je sors de l'eau, me sèche et enfile un moelleux peignoir. Quand je rejoins Noah et les deux hommes, ils se retournent tous les trois d'un seul mouvement. Mon séduisant protecteur est le premier à venir vers moi.

– Alice, tu te sens mieux maintenant ? souffle-t-il tendrement.

– Oui, ce bain m'a fait du bien, lui réponds-je dans un faible sourire. Tu les as appelés ? lui demandé-je ensuite en désignant les deux enquêteurs de la tête.

– Oui, mais si tu ne te sens pas prête pour leur parler, on peut attendre. Je leur ai déjà parlé de ce que tu m'as dit.

– Non, tu as bien fait. Il faut aller vite, maintenant.

Je me dirige alors vers Mazetti et Campbell. Je dois avoir une mine affreuse mais tant pis. C'est maintenant qu'ils doivent agir.

– Messieurs, dis-je en les saluant.

– Alice, nous venons d'apprendre ce que vous venez de vivre. Nous comprenons que vous ayez besoin de repos mais…

J'interromps aussitôt Mazetti d'un geste de la main. J'apprécie sa sollicitude, mais nous n'avons pas le temps. Et je sais ce qu'ils attendent de moi. Je m'assois sur le canapé, Noah me rejoint. Il me prend la main, en guise de soutien. Dans leurs fauteuils en face de moi, les deux hommes sont suspendus à mes lèvres.

Je leur raconte tout. Tout ce dont je me souviens, le moindre détail qui pourrait les aider à retrouver l'entrepôt. Ma voiture est même restée sur place. S'ils arrivent à localiser son GPS, ils sauront exactement où le trafic se trouve. Pendant que Campbell se lève pour passer quelques appels, Mazetti me pose des questions. Je réponds à tout, patiemment. Je jette mes dernières forces, mes dernières ressources dans cet entretien. Tout dépend de moi, maintenant. Quand enfin, Mazetti semble avoir tout ce dont il a besoin, il rejoint son collègue pour discuter. Je commence lentement à sombrer. Ils ont tout. Je peux me glisser dans les bras de Noah et me laisser emporter par les battements de son cœur. Mais les deux enquêteurs reviennent.

– Nous lançons une opération sur l'entrepôt maintenant. Nous partons directement. Alice, vous nous avez été d'une très grande aide. J'espère que votre séquestration n'aura pas été vaine. Grâce à vous, nous allons faire un gros coup de filet, nous explique Campbell.

Une opération sur l'entrepôt…

– Andrew ! m'exclamé-je en me redressant d'un bond.

Je jette un regard affolé à Noah.

– Tenez-nous informés de la suite des événements. Parmi vos arrestations, vous rencontrerez certainement un jeune homme, un certain Andrew…

– Andrew Murphy, précisé-je.

– Andrew Murphy, reprend Noah. C'est notre ami, c'est lui qui a sauvé Alice ce matin. Il aura certainement beaucoup d'informations à vous livrer, mais je tiens à ce qu'il ait un avocat à ses côtés. Il s'est juste trouvé au mauvais endroit, au mauvais moment. Ce n'est qu'un livreur, rien de plus dans ce trafic.

– Très bien, nous verrons s'il fait partie de nos arrestations, répond Campbell. Maintenant, nous devons vous quitter et rejoindre nos hommes sur place. Nous vous tiendrons informés de tout, docteur Law, comptez sur nous.

– Reposez-vous, Alice, me glisse Mazetti en nous quittant à son tour.

J'ai le cœur battant pour la suite des événements. Pour Andrew qui a toutes les chances de se faire arrêter… Mais je n'ai plus la force. Je me sens partir dans le canapé. Les bras vigoureux de Noah me soulèvent. Mon prince charmant m'emporte dans la chambre et m'allonge délicatement dans le grand lit. Je sens son baiser sur mes lèvres et je m'endors aussitôt…

***

Quand je me réveille plus tard dans la journée, je me sens un peu groggy, comme si un énorme rouleau compresseur m'avait roulé dessus. Mais je n'ai rien oublié. Encore moins l'intervention de la police à l'entrepôt. Je me lève rapidement et retrouve Noah dans le salon de la suite, penché sur son ordinateur.

– Alice, tu es réveillée ? me demande-t-il en se levant.

– Oui, fait ma voix encore ensommeillée. Tu as eu des nouvelles ?

– Oui mais assieds-toi d'abord. Je t'ai fait monter à manger, tu dois mourir de faim, dit-il en m'entraînant vers la table.

– Mais Andrew ? riposté-je, pressée de savoir.

– Ils n'ont rien fait encore, m'apprend Noah en me servant un grand verre de jus de fruit frais. Mazetti m'a appelé il y a un petit quart d'heure. Ils ont trouvé l'entrepôt. Ils préfèrent observer pour le moment. Ils espèrent voir débarquer Judy ou Ian, les arrêter en flagrant délit. Mais s'ils ne viennent pas, ils passeront à l'action.

Je pousse un soupir de soulagement. Andrew est encore libre alors... Sans m'en rendre vraiment compte, je me jette littéralement sur mon assiette. J'avais faim, en effet.

– Ton appartement et ton atelier sont désormais sous surveillance. Ils ont dû se rendre compte de ta disparition, ils vont te chercher. Mais ils ne te trouveront pas, conclut Noah d'une voix ferme et déterminée.

– Tu veux dire que je ne peux plus rentrer chez moi ?

– Pas pour l'instant. Tu viendras à la maison. Je tiens à te garder près de moi.

Je sens que je ne dois pas discuter la décision de Noah. Je n'ai de toute façon aucune envie de me retrouver seule. J'ai eu mon compte d'émotions fortes ces derniers temps...

Le téléphone de Noah se met à vibrer. Campbell et Mazetti ont encore quelques questions à me poser. Ils reviennent...

– Par contre, je ne vais pas rester ces prochains jours dans ce peignoir, dis-je à Noah en regardant l'éponge blanche qui couvre ma nudité depuis mon bain.

– Ce n'est pas moi que ça gêne le plus, me glisse Noah dans un clin d'œil malicieux.

Je rougis aussitôt. Je sais qu'il plaisante, mais retrouver un peu de séduction dans ce moment me fait beaucoup de bien.

– Plus sérieusement, je m'en occupe. Finis de manger, tu dois retrouver toutes tes forces, m'ordonne-t-il gentiment avant de prendre le téléphone de la suite.

Inutile de me dire de finir ce repas improvisé. J'ai regardé l'heure, plus tôt, et nous sommes en début d'après-midi. Cela fait donc presque vingt-quatre heures que je n'ai rien avalé.

On frappe brièvement à la porte. Je m'étonne que les deux enquêteurs soient déjà là. Mais ce n'est pas eux. Plutôt un portant d'habits en tout genre que Noah vient de demander au concierge de l'hôtel. Je me lève pour regarder tous ces vêtements. Je n'en crois pas mes yeux… J'opte pour une simple jupe et un haut fluide, sous l'œil amusé de Noah.

– C'est beaucoup trop, lui soufflé-je en partant dans la chambre.

Mon beau milliardaire se contente d'un mouvement d'épaule innocent, comme s'il n'avait pas pu s'empêcher de dévaliser les rayons du magasin le plus proche. Et pas des moindres au vu de l'étiquette de la marque que j'aperçois… Une fois habillée, repue, je me sens plus forte, plus maîtresse de moi. Je ne brille pas par une forme olympique, mais je suis plus prête à affronter les prochaines heures.

Campbell et Mazetti arrivent rapidement. Ils ont laissé leurs hommes en planque près de l'entrepôt et n'ont trouvé aucune activité anormale. Mais ce n'est qu'une question d'heures avant qu'ils n'interviennent. Mazetti semble sincèrement content de me voir en meilleure forme. Campbell est, comme à son habitude, moins empathique.

– Mademoiselle Brighton, commence-t-il aussitôt après nous être à nouveau installés dans le salon. À part Judy Rollins, vous n'avez jamais croisé son fils Ian dans cet entrepôt ?

Je secoue la tête.

– La présence de Mme Rollins et les ordres qu'elle a donnés à cet homme qui vous a enfermée nous laissent perplexes. Si c'est elle qu'on appelle au moindre souci, cela remet en question la place de Ian Rollins dans le trafic. Il pourrait finalement ne pas en être le chef, explique Mazetti.

– Ou tout simplement ne pas avoir envie de s'occuper des basses besognes, intervient Noah.

– La seule certitude que nous ayons aujourd'hui, poursuit l'enquêteur, c'est que ce trafic semble réellement bien installé. Ce système de livraison, cette implantation facile dans une nouvelle ville, il n'est pas né d'aujourd'hui. Est-ce que votre grand-père aurait pu…

– Mon grand-père était un homme droit, l'interrompt brusquement Noah. Mon père aurait pu le faire oui, et encore… J'imagine que Judy l'a peut-être poussé à le faire… Mais je ne sais pas, je n'ai pas vécu avec eux, je n'ai donc rien vu, rien entendu de tout ça…

– Il nous manque des pièces du puzzle, commente Campbell, pour comprendre les rouages de ce trafic. Mais l'Arts Company semble profondément gangrenée par le trafic.

– Je veux avoir toutes vos informations, je veux comprendre comment l'Arts Company a pu en arriver là. Je ne peux pas voir tout le travail de mon grand-père partir en fumée comme ça ! se révolte Noah, debout, les poings crispés dans ses poches.

– Nous serons le plus transparents possible avec vous, docteur Law. Maintenant, il ne vous reste plus qu'à attendre et surtout à vous montrer prudents, dit Mazetti en se levant à son tour. Surtout, docteur Law, je comprends votre colère, mais ne faites rien qui pourrait compromettre notre enquête. Laissez-nous faire notre travail.

Ça ne va donc pas finir…

Noah les raccompagne à la porte. Je lis un profond agacement dans ses yeux quand il me retrouve.

– Attendre… Mais jusqu'à quand ? Qu'ils partent s'installer ailleurs ? s'énerve-t-il.

– Ils ont raison, dis-je pour tenter de le calmer. Ils sont sur ce dossier depuis longtemps, ils le connaissent bien. Et je n'ai pas envie de te voir plonger dans tout ça à ton tour…

Mes mots semblent l'apaiser.

– Tu as raison, m'accorde-t-il en me prenant dans ses bras. Mais tout ceci me met hors de moi !

Mes lèvres partent à la recherche des siennes. Notre baiser est d'abord tendre, puis s'intensifie. Mon corps se réveille, je le sens vibrer à nouveau, se défaire définitivement de cette froideur qui l'habitait ces dernières heures. J'ai envie de le sentir vivre, de me sentir vivante, j'ai envie d'aimer et d'être aimée. Mon besoin est violent, impérieux.

– Alice… Je ne suis pas sûr que ce soit le meilleur moment, se recule Noah. Je te veux, mais détendue et rassurée. Et je te sens encore trop tendue, trop sur le fil. Laisse-moi t'aider. Il y a un spa dans cet hôtel. Je vais le réserver pour nous deux, ce soir… En attendant, je veux que tu dormes.

– Toi aussi, tu me demandes d'attendre ! riposté-je, frustrée.

– Je sais, répond-il le regard pétillant. Mais tu n'obtiendras rien de moi si tu n'effaces pas ces traces de fatigue de ton visage!

Je m'exécute, non sans lui lancer un regard noir. Je sais qu'il a raison, je suis exténuée. Et j'aurais sans doute mis dans notre étreinte plus de désespoir et de nervosité que de passion et de sensualité. Noah esquisse un sourire satisfait. Avant de fermer la porte, je lui envoie un baiser. Je ne suis pas vraiment en colère… juste irritable.

Et ça, ce n'est pas bon…

***

Je me réveille plusieurs fois dans l'après-midi, mais je ne me lève pas. Je traîne, me rendors, me prélasse… J'entends parfois Noah discuter, sans doute au téléphone, je sens qu'il vient me voir et m'embrasse. Il veille sur moi… Je serre dans mes mains l'alliance de ma mère. Où qu'elle soit, je pense qu'elle me sait en sécurité avec un homme comme Noah. Elle l'aurait adoré…

Alors que 19 heures s'affichent sur l'horloge de la chambre, je décide enfin de me lever. J'ai envie de cette soirée avec l'homme que j'aime. Après une rapide douche, j'enfile une petite robe noire fluide. J'ai le réflexe de chercher mon sac pour consulter mon téléphone. Mais je me souviens soudain que je ne l'ai plus, comme le reste de mes affaires. Je n'ai rien pu récupérer quand je me suis enfuie ce matin…

Ni ma voiture…

J'efface aussitôt ces pensées de ma tête. Je ne veux pas que cet épisode vienne assombrir cette soirée. Je veux profiter de l'instant présent.

Je retrouve Noah, fidèle à son poste, sur le canapé du salon, plongé dans les actualités. Je passe délicatement mon bras autour de lui pour déposer un baiser dans son cou. En se retournant, je remarque que sa pupille s'illumine quand il m'aperçoit.

– Tu sembles en meilleure forme, dit-il en se levant du canapé.

– Oui, dormir m'a fait beaucoup de bien, avoué-je en entourant son cou de mes bras.

– Et je t'ai réservé une séance de massage qui devrait finir de te détendre, me glisse-t-il de sa belle voix sensuelle.

– J'accepte, mais seulement si c'est toi qui fais le massage, réponds-je, en déposant un baiser sur la commissure de ses lèvres.

– Ça peut s'arranger...

Noah m'attire, me plaque contre lui et m'effleure le cou de ses lèvres. Aussitôt, mon épiderme s'électrise. Je ferme les yeux... Dans mon dos, je sens ses mains glisser vers le creux de mes reins. Puis Noah s'éloigne et m'entraîne par la main en dehors de la suite. Dans l'ascenseur qui nous mène au spa de l'hôtel, il me plaque contre la paroi et m'embrasse passionnément. Je me sens déjà prête à défaillir et la soirée ne fait que commencer...

Quand les portes de l'ascenseur s'ouvrent, je pousse un soupir de soulagement. Personne n'est là. Ce torride baiser que vient de m'offrir Noah annonce la couleur de la soirée mais il a dû aussi me faire rougir. Je suis sûre que je ne pourrais pas masquer le trouble qui m'habite déjà. Noah m'entraîne dans un couloir décoré avec soin. Le spa de l'hôtel se situe en sous-sol et ce soir, il n'appartient qu'à nous. Déjà, à peine avons-nous mis les pieds dans cet antre du bien-être, qu'une délicieuse odeur d'encens nous enveloppe. Sur la moquette, nous nous déplaçons sans bruit.

J'ai l'impression de m'enfuir avec mon amant, de le retrouver dans un endroit en dehors du monde.

Ce qui est particulièrement excitant.

Enfin, mon amant s'arrête devant une double porte marron où le mot « SPA » est écrit en lettres dorées. Quand il les ouvre, j'entre dans un autre monde. Celui du Maroc, de ce pays lointain, fait de riads, de palmiers et de thé à la menthe. Je n'y ai jamais mis les pieds, j'imagine qu'il ne se réduit pas à ça, mais l'exotisme du lieu me transporte tout à fait…

Les mille et une nuits, c'est tout à fait ça…

Quand Noah m'a soufflé avoir privatisé le lieu, je m'attendais au minimum à trouver une ou deux hôtesses pour nous accueillir. Mais le lieu est complètement désert, ce qui n'est pas pour me déplaire. Dans un coin, sur une table dressée entourée de plantes grasses à larges feuilles, se trouve notre repas sous cloche. La lumière est douce, diffusée par une multitude de photophores ou d'appliques en métal brun, soigneusement réalisées pour obtenir un léger halo.

Le lieu est enchanteur. J'entends des bulles d'eau. Certainement un jacuzzi, caché quelque part. Je prends le temps de visiter. Une bouteille de champagne nous attend aussi, au milieu de pétales de roses rouges. Noah me suit, observant mes réactions. Je me sens bien ici, dans cette atmosphère chaude et humide.

– N'oublie pas, je t'ai promis un massage, me murmure-t-il juste derrière moi, me frôlant à peine.

Comment oublier ?!

Le regard allumé, Noah m'entraîne vers une sorte de boudoir où nous pouvons nous changer, passer un maillot de bain, un peignoir et des chaussons moelleux. Je découvre un maillot deux pièces, très échancré, qui ne doit pas couvrir beaucoup de peau. Devant mon étonnement, Noah sourit.

– Tu peux aussi ne rien mettre, nous sommes absolument seuls ici.

Me lancerait-il un défi ?

Sans attendre, j'ôte lentement ma robe en le regardant droit dans les yeux et la fais doucement glisser, jusqu'à mes chevilles. Mon amant ne devait pas s'attendre à être pris de vitesse, à ce que je me déshabille là, sous ses yeux. J'ôte, non sans un léger frisson, mon soutien-gorge puis ma culotte de dentelle. Je suis nue, absolument nue, m'offrant en spectacle devant Noah. Mon strip-tease improvisé l'a cloué sur place. Il n'a pas fait un seul geste vers moi, il s'est contenté d'apprécier. Je l'aguiche un peu plus en prenant le temps, perchée sur mes talons, de me diriger vers les peignoirs soigneusement pliés. Dans une pose lascive, je me penche pour les récupérer, m'assurant que Noah ait une vue imprenable sur ma chute de reins. Je sens la brûlure de son regard dans mon dos. Le cœur battant, je rougis de mon impudeur.

J'enlève l'un après l'autre mes escarpins et enfile doucement mon peignoir, en prenant soin d'afficher un décolleté plongeant. Et avec toute l'innocence que je peux encore mettre dans ma voix, je m'approche de Noah.

– Je suis prête… je dois m'allonger où pour le massage ?

Ma proposition attise le feu que je vois briller dans les yeux de mon amant. Sans détour, Noah me soulève pour me plaquer contre le mur, mes jambes entourant sa taille.

Cette violence assumée me prouve à quel point j'ai réussi à faire monter la tension sensuelle dans tout son être. Contre lui, je sens son membre viril particulièrement dur…

– Après ce que je viens de voir, je risque d'avoir beaucoup de mal à me concentrer, me souffle Noah en m'embrassant passionnément.

Ses lèvres me prennent avec force, détermination. Mon amant n'a sans doute pas l'intention de tenir sa promesse, maintenant du moins, mais il ne compte pas non plus me laisser filer. Et à la façon dont je lui rends son baiser, je pense qu'il comprend que le massage peut attendre…

Alors que mon ventre se crispe de douleur, impatient de sentir le sexe bandé de mon amant bouger en lui, Noah s'éloigne de moi. Il se déshabille à son tour. Pour accélérer ses gestes, je me mords la lèvre inférieure…

– Tu me rends fou…

Alors qu'il finit par lancer loin de lui son boxer, qu'il me convoite désormais comme la proie que je voudrais être pour lui, qu'il est à deux doigts de m'étreindre à nouveau, je fais volte-face et m'échappe du boudoir. Je ris, espiègle, de m'échapper ainsi. D'attiser encore plus notre excitation mutuelle. De jouer un peu plus…

La soirée vient à peine de commencer que j'ai déjà une terrible envie qu'il me prenne…

Je dois me faire violence pour ne pas lui sauter dessus et laisser parler mes pulsions animales.

Quand Noah me rejoint, je suis à deux pas du bassin à bulles. Je le laisse m'observer, encore une fois. Je défais la ceinture de mon peignoir et le laisse tomber, loin. Et j'entre dans l'eau, lui lançant un regard assez explicite pour qu'il vienne me rejoindre.

Ce qu'il fait. Sa démarche masculine dégage une force bestiale. Mon cœur s'accélère, mon ventre se crispe encore un peu plus à chaque pas qu'il fait vers moi. Noah n'est pas vexé de jouer. Au contraire. Il a compris que, dans ce jacuzzi, je ne pouvais plus m'échapper. Que je m'étais laissée prendre dans un piège et qu'il n'avait plus qu'à venir m'y cueillir…

Je me colle contre la paroi du bassin, m'assois sur un siège dédié. Alors qu'il me domine, tout près de moi, j'écarte les jambes…

On ne peut pas faire de message plus clair…

Noah aperçoit mon mouvement malgré les remous de l'eau. Son regard se fait plus brûlant, ses yeux plus intenses. Et je n'ai qu'une hâte : qu'il vienne, tout entier… En baissant mon regard jusqu'à son sexe, un frisson de plaisir me parcourt le dos. Mon amant me désire.

Il entre doucement dans l'eau et s'approche, tel un prédateur vers sa proie. Et puis soudain nos corps se touchent, s'attrapent, mes jambes l'encerclent, nos langues se lient quand nos lèvres se heurtent violemment. Mes mains se crispent dans son dos, les siennes m'enserrent les fesses… Noah me dévore le menton, le cou… Je pousse un soupir de plaisir et me laisse complètement aller à la force de cette étreinte. Mais les bulles nous malmènent, mon amant a du mal à garder l'équilibre et, surtout, elles nous empêchent d'assouvir notre besoin de nous posséder l'un et l'autre, maintenant.

Je sens son sexe chercher l'entrée de mon intimité mais il faut chaque fois nous redresser. Le courant est trop fort, trop frustrant. Alors, Noah m'emporte hors de l'eau et trouve un fauteuil pour me poser. Je suis complètement abandonnée, à sa merci…

Ma main se pose sur mon ventre mais elle ne s'arrête pas. Sous les yeux dévorants de Noah, je me sens si femme, si maîtresse de moi-même. J'ai envie d'autre chose ce soir. Et, alors que mon amant me domine, debout face à moi, ma main se met à m'explorer, à glisser entre mes jambes. Jamais je n'avais osé… La bouche de Noah s'entrouvre quand il me voit me caresser. Mes doigts sont curieux, et s'immiscent un peu plus loin. J'arrive à me donner du plaisir, je laisse échapper un soupir de satisfaction. Mais pas question de me donner moi-même mon propre orgasme. Je veux juste pousser mon amant aux limites du supportable. Je me cambre sous mes propres caresses, mon autre main se met à palper mes seins. Dans mon fauteuil, dans une position particulièrement érotique, je me donne en spectacle sous les yeux de mon amant, subjugué.

Mon ventre me fait mal, mon excitation est à son comble.

Noah est toujours debout, son regard incandescent me brûle de l'intérieur. Mon amant cherche aussi mes propres limites, je suis à deux doigts de craquer et de le supplier de me prendre là, tout de suite. Mais je tends ma main chaude vers son sexe. Je me redresse pour le prendre à deux mains. Pour le caresser, lui accorder toute ma délicate attention…

Jusqu'à ce que ma bouche glisse sur lui et que mes doigts attrapent ses fesses. Ma langue le lèche, je joue avec ce membre viril et je sens que Noah commence à perdre pied. J'accentue le rythme, le goûte, me délecte de lui. Au-dessus de moi, j'entends une respiration rauque. Mon amant glisse sa main dans mes cheveux, m'encourage à continuer…

Je pourrais le pousser à bout, le faire exploser dans ma

bouche, mais ni Noah ni moi n'avons envie de ça. Notre plaisir doit être commun. Aussi, quand je finis par m'écarter de lui, mon amant comprend aussitôt ce que j'attends de lui…

Il m'oblige à me lever à mon tour, m'embrasse intensément avant de prendre ma place sur le fauteuil. Sans échanger un mot, guidé par nos regards torrides, je m'installe aussitôt sur lui. Sans attendre, je guide son sexe vers l'orée du mien. Doucement, je le fais glisser à l'intérieur. Il me pénètre, lentement. Je le sens prendre place, délicatement, à l'intérieur de mon corps. Je me relève, puis recommence. Je le fais sortir, pour qu'il rentre à nouveau. Chaque fois un peu plus loin, un peu plus fort. Je m'empale complètement sur sa virilité et je commence à bouger mon bassin dans un rythme soutenu.

Nous nous sommes tellement excités mutuellement, nous avons tellement approché nos limites du supportable, que ce moment est une véritable apothéose. Une délivrance de notre désir. Nos mains partent à la rencontre de nos corps, elles se croisent, se heurtent, sur mes seins. Je guide celles de Noah pour qu'il me serre les fesses, puis les fais rejouer avec la pointe rose de mes tétons tendus… Nos bouches se trouvent et ces baisers enflammés terminent de nous pousser à bout.

J'implose d'abord, puis la chaleur gagne ma gorge, mes cordes vocales. J'exprime mon profond et violent orgasme dans un gémissement rauque. Mon amant m'attrape les fesses pour imposer son rythme de la dernière danse. Et soudain, je le sens jaillir en moi. Dans des derniers coups de bassin, Noah savoure son plaisir jusqu'au dernier moment…

Nous nous retrouvons haletants, l'un sur l'autre. Noah

m'aide à trouver une position plus confortable, sur lui. Au creux de son cou, je reprends ma respiration. Je n'ai pas froid, mais je frissonne encore de ce plaisir incommensurable que nous venons de nous donner, cette fois encore.

– Il me semble que je te dois toujours un massage, murmure-t-il en me caressant du bout des doigts.

– Je n'ai pas oublié… Nous ne partirons pas d'ici sans que tu n'aies tenu ta promesse.

– Dans ce cas, il t'est strictement interdit de te mordre encore une fois la lèvre. J'ai besoin de concentration.

– J'essaierai…

Je me lève de ce fauteuil très accueillant. En me dirigeant à nouveau vers le spa, je me tourne légèrement vers Noah. Je sais qu'il m'observe. Avec un regard très éloquent, je me mords la lèvre. Aussitôt, Noah se lève :

– Mademoiselle Brighton, venez ici que je vous punisse pour votre désobéissance !

Je ne sais pas si j'aurai un massage ce soir…

14
INTIMIDATION

Ce matin au réveil, je me sens conquérante. Mes batteries sont rechargées. Le sommeil, le massage sensuel de Noah, notre étreinte passionnée, sa présence à mes côtés... Je veux partir au combat, ne plus céder à la panique en pensant au clan Rollins. Je dois aider Andrew, aussi.

Je lui dois tellement !

Après une douche crapuleuse, nous nous retrouvons devant un solide petit déjeuner. Dans mon enthousiasme matinal, je parle aussitôt de mes projets du jour à Noah : retourner à mon atelier pour travailler, faire un saut à mon appartement, vivre à nouveau, en quelque sorte. Mais je me heurte aussitôt au regard réprobateur de Noah.

– Nous n'avons aucune nouvelle de Campbell et Mazetti. Tu es toujours en danger. Il est hors de question que tu t'exposes comme une proie facile ! me sermonne-t-il.

– Je ne vais quand même pas rester enfermée ici en attendant qu'enfin tout le trafic tombe ? riposté-je. Tu reprends tes consultations ce matin et moi, je suis censée faire quoi ? Regarder la télé ?

– C'est plus prudent, Alice, on ne sait pas ce que comptent faire Judy ou Ian. Je peux te faire livrer ton matériel, tu pourrais peindre ici et…

– Non ! Je refuse de passer pour la victime. Fais-moi surveiller, fais-moi suivre par la police, tout ce que tu veux ! Mais je ne vais pas rester là à attendre !

Je ne suis pas près de changer d'idée. Je comprends, bien sûr, que les hommes de Judy Rollins ou de Ian me cherchent. Mais je pourrais aussi les attirer, les faire arrêter…

Je vais devenir folle si je reste ici ! Comme un lion en cage !

Noah m'observe.

– Je ne changerai pas d'avis, quoi que tu dises, l'informé-je fermement.

Un sourire se dessine sur son visage.

Qu'est-ce qu'il y a de si drôle ?

– Je savais que tu me dirais ça ce matin. Je commence à vous connaître, mademoiselle Brighton ! dit-il, un brin moqueur. Tout est déjà en place pour que tu sortes. Tu auras un garde du corps, la police te surveillera aussi. Et je veux un message de toi, toutes les heures. Si tu oublies, je lance les services spéciaux à ta recherche, compris ?

Je me lève d'un bond pour embrasser Noah.

– Tu es libre ! ajoute-t-il en riant. Mais pas d'imprudence !

– Tu ne peux pas savoir comme je suis soulagée ! Je ne voulais pas avoir à me battre contre toi, soufflé-je ravie, en me rasseyant. Bon, je n'ai juste plus de voiture, ni de téléphone, ni de papiers…

Je grimace à cette idée. J'ai horreur de perdre mes affaires, mais là, savoir qu'elles ont été fouillées, qu'ils ont pu regarder les photos de mon téléphone, toucher à ma vie personnelle…

– Ne t'inquiète pas pour ça, dit Noah en se levant.

Il revient, tenant à la main une enveloppe, qu'il me tend.

Une pochette-surprise ?

Elle contient des papiers d'identité provisoires, un nouveau téléphone, le même que celui que je viens de perdre, et un trousseau de clés.

– Tous tes papiers sont là, tu n'auras pas besoin de t'occuper de ces formalités. J'ai aussi fait changer toutes les serrures de ton atelier et de chez toi. Pour le téléphone, tu as une nouvelle ligne. Andrew et Molly connaissent ton nouveau numéro. Quant à la voiture, un nouveau véhicule t'attend en bas dans le parking de l'hôtel et…

– Une voiture neuve ? Mais je ne peux pas ! protesté-je.

– Laisse-moi finir. C'est une voiture de location. Elle peut devenir la tienne si elle te plaît ou tu peux juste la conduire, en attendant, m'explique patiemment Noah. Par contre, tu ne peux pas refuser ça.

Mon malicieux milliardaire sort de sous la table une boîte en carton qu'il place à côté de mon assiette. Noah est plein de surprises. Il a pensé à toute la logistique, à tout ce qui était matériel et maintenant, j'ai encore droit à un cadeau.

J'ouvre délicatement la boîte et découvre, sous un papier de satin, un magnifique sac en cuir.

Bien sûr ! J'ai le contenu, il manquait le contenant !

J'éclate de rire. Le sac est magnifique mais l'idée que Noah ait pensé au moindre détail dédramatise complètement la perte que je viens de vivre. Au moins un instant. Cet homme si attentionné, si parfait, pose sur moi un regard tellement enveloppant… C'est moi qu'il aime.

– Merci, soufflé-je. Je suis prête pour remettre le pied dehors.

– Oui. Mais n'oublie pas, je veux avoir de tes nouvelles très régulièrement ! Je ne pourrai pas revivre un autre enlèvement. Il t'est arrivé trop de choses en si peu de temps, lâche Noah, une pointe de tristesse dans la voix.

Noah se sent responsable de tout ce qu'il m'est arrivé. Est-ce qu'il arrivera un jour à perdre cette culpabilité ? Léna Chaze, son assistante jalouse, puis Judy Rollins, sa belle-mère… Mes derniers déboires lui sont liés, mais je ne peux pas lui en vouloir.

Est-ce que tout ceci prendra fin un jour ? Ou est-ce qu'il y a encore des ombres cachées dans le tableau ?

– Est-ce que tu as eu des nouvelles d'Andrew ? lui demandé-je rapidement pour effacer cette douleur dans ses yeux.

– Non, aucune. J'imagine qu'il doit faire profil bas, suppose Noah.

Je le sens partir dans ses pensées. Non seulement la douleur ne disparaît pas, mais son visage se crispe encore un peu plus.

– À quoi penses-tu ? demandé-je doucement, posant ma main sur la sienne.

– À ce trafic, m'avoue-t-il dans un soupir las. Toute cette histoire fait naître tellement de questions…

– Lesquelles ?

– Eh bien… Est-ce que mon grand-père savait ? Est-ce que c'est ce qui explique les fréquentes disputes entre lui et mon père ? Est-ce que c'est ça qui a entraîné sa crise cardiaque ? Est-ce que mon grand-père a tout découvert ? Est-ce pour ça qu'il a voulu que je change de nom ?

– Pour que tu ne sois pas impliqué si jamais le trafic était révélé au grand jour, terminé-je.

– Je ne sais pas si un jour, j'aurai des réponses. Mais mon grand-père m'a poussé à devenir un Law, à ne plus être un Rollins. Est-ce que la découverte des manigances de mon père en est la raison ? Il me protégeait…

Noah se lève, place ses mains dans les poches et se plante devant la fenêtre, le regard perdu dans le vague. Je le rejoins.

– J'ai tellement de mal à me souvenir si les relations entre mon père et mon grand-père ont toujours été tendues ou si elles le sont devenues avec l'arrivée de Judy, continue-t-il, comme s'il se parlait à lui-même. Si Alfred a appris le trafic de son vivant, j'imagine sans mal le choc que ça a dû être pour lui…

– Il n'y a que Judy qui peut encore avoir les réponses, ajouté-je.

Mon milliardaire, pensif, se retourne vers moi.

– Alors je peux t'assurer que je saurai ce qu'il s'est passé, souffle-t-il soudainement menaçant.

Jamais je n'avais vu chez Noah une telle attitude, une détermination si froide.

– N'oublie pas que tu ne dois pas intervenir, murmuré-je, glacée par son regard.

– Je sais. Je le sais trop. Je trouverai un moyen…

Noah se retourne pour regarder une nouvelle fois par la fenêtre. En une fraction de seconde, il oublie sa quête de réponses et redevient le Noah attentionné d'il y a quelques minutes.

– Je dois partir, me dit-il en me prenant dans ses bras. N'oublie pas d'être prudente. Ton garde du corps est un professionnel, l'un des meilleurs. Tu verras.

– J'ai hâte de voir ça, dis-je sans grand enthousiasme à l'idée d'avoir quelqu'un derrière moi, tout le temps et partout. Mais, promis, ton garde du corps n'aura pas à se plaindre de moi.

– Bien. À ce soir alors…On se retrouve chez toi.

Délicatement, Noah pose ses lèvres sur les miennes. Ce baiser est doux, tendre, mais il arrive à m'émoustiller. Et, à en juger par la petite lumière qui brille dans l'iris de mon séducteur de milliardaire, je pense qu'il n'est pas non plus indifférent.

Noah me quitte. Je n'ai pas envie de rester seule ici. Je range soigneusement dans mon nouveau sac mes nouveaux papiers. Je jette un œil à mon nouveau téléphone. Aucun message. Je décide d'en envoyer un à Andrew, pour savoir comment il va. Mais je m'arrête. Si jamais son chef ou je ne sais qui tombe sur mon message, je pourrais lui attirer des ennuis…

Mais comment lui dire que je ne le laisse pas tomber ?

Je secoue la tête. Il faut que je trouve un moyen.

J'attrape mon nouveau trousseau de clés et sors de la suite. Je me retrouve nez à nez avec le parfait stéréotype du garde du corps. Grand, carré, l'homme est élégant dans un costume sobre, mais son visage fermé n'invite pas à la discussion.

Mais puisque l'on risque de passer du temps ensemble…

– Bonjour, je suis Alice, lancé-je aussi naturelle que possible. Vous êtes le… mon…

– Bonjour, mademoiselle Brighton, répond-il en me regardant droit dans les yeux sans même esquisser un sourire. Oui, j'assure votre protection.

– OK… Mais appelez-moi Alice, proposé-je pour briser la glace. Je n'ai pas l'habitude de ce genre de situation. Je dois même vous avouer que je suis assez mal à l'aise avec cette idée, mais vous êtes là…

– Vous verrez, je sais me montrer discret, dit-il en se déridant un peu. Mais je suis le meilleur aussi, je vous suis partout où vous allez. J'ai des consignes et je compte les appliquer à la lettre.

– D'accord. Nous aurons de toute façon l'occasion d'en discuter, si nous passons du temps ensemble. Et d'ailleurs, comment je dois vous appeler ?

– Miles.

– Eh bien, allons-y Miles, dis-je en prenant le chemin de l'ascenseur. J'ai un atelier en ville et j'aimerais m'y rendre. Je peins et…

– Je sais, mademoiselle Brighton, m'interrompt Miles en appuyant sur le bouton du parking. J'ai été briefé. C'est la procédure habituelle, pour mieux vous protéger, je dois vous connaître.

Ah… Si c'est la procédure habituelle…

– OK, soufflé-je après un instant, prenant conscience du sérieux de la situation. Je suppose que vous devez connaître ma nouvelle voiture ?

Je lui tends mon trousseau de clés. Je ne sais pas du tout à quoi elle ressemble. Et puisque Miles semble déjà tout savoir…

Bingo !

Miles acquiesce et attrape mes clés.

Visiblement, il avait déjà prévu de conduire.

Je le suis en silence sur le parking. Quand il actionne l'ouverture automatique, je m'arrête net. Noah a mis à ma disposition un coupé blanc, décapotable, très racé. Juste sublime. Rien à voir avec mon ancienne voiture…

Finalement, je préfère que Miles conduise ce genre d'engin. C'est un peu sportif pour moi !

Mon garde du corps s'installe derrière le volant. Vu sa carrure, j'imagine que ce n'est pas la voiture qu'il aurait choisie, mais il ne s'en plaint pas. Après quelques réglages, l'ajustement des rétroviseurs, il met la voiture en marche. Le moteur vrombit. Je suis surprise par le bruit mais, quand je regarde du côté de Miles, je le vois sourire et faire un mouvement de tête approbateur.

Personne ne dit mot sur la route. Miles est concentré et mes pensées vont vers Andrew, puis vers Molly. Ma meilleure amie me manque. J'ai l'impression de ne pas l'avoir vue depuis des siècles tellement j'ai vécu de choses depuis notre dernière soirée… Elle est en train de vivre une période importante de sa vie. Après quelques difficultés, elle accède enfin à la dernière étape de ce long processus de sélection pour devenir une famille d'accueil. Sans doute la plus belle, aussi… Elle va enfin découvrir l'enfant qu'elle va accueillir. Et je ne suis pas là pour vivre ça avec elle.

Il faut absolument *que je l'appelle. Les Rollins ne doivent pas me tenir éloignée de ma vie !*

– Nous sommes suivis, lâche Miles, sans aucune inquiétude dans la voix.

Je ne percute pas tout de suite ce qu'il vient de m'annoncer, il a l'air si calme. Mais je vois ses mains se positionner autrement sur le volant et sa mâchoire se crisper. Je me redresse aussitôt et regarde derrière moi, en vain.

– Vous êtes sûr ? lui demandé-je.

– Oui. Depuis notre départ de l'hôtel. Quelqu'un devait savoir que vous étiez là. Mais ne vous inquiétez pas, j'ai la situation en main, dit-il, toujours aussi calme.

Petit à petit, le coupé prend de la vitesse. Miles a augmenté l'allure, double les autres véhicules avec beaucoup trop de témérité à mon goût. Je me sens blêmir. Mes doigts se crispent sur mon siège.

– Je confirme. Cette voiture, la BMW noire, derrière nous, elle en a après nous. Alice, appelez la police, je vais tenter de la semer. Et mettez le haut-parleur.

Je me retourne et aperçois un peu plus loin derrière nous la voiture noire. Impossible, à cette distance, de voir le chauffeur.

Heureusement que Miles est là ! Je n'aurais pas su gérer cette situation !

Tremblante, j'attrape mon nouveau sac et mon téléphone. Les numéros de Campbell et Mazetti sont déjà en mémoire. J'obéis aux ordres de Miles et mets en route le haut-parleur. J'évite au maximum de regarder la route qui défile maintenant à vive allure. Mazetti décroche le premier.

– Allô ?

– Capitaine, ici Miles. Nous sommes sur la rocade est, une voiture nous suit depuis notre départ de l'hôtel. Je vais la semer, mais je pense qu'ils ne sont pas tout seuls.

– OK, merci Miles, je vais prévenir les équipes de se mettre en alerte. Alice, vous allez bien ? me demande Mazetti.

– Je vous dirai ça une fois que nous serons arrivés sains et saufs capitaine, réponds-je d'une voix blanche.

– Miles, nous ne sommes pas loin de vous. Arrêtez-vous dès que vous vous sentez en sécurité, nous vous rejoindrons à ce moment-là.

– OK.

Mazetti raccroche. Je me fais toute petite sur mon siège. Miles est un excellent conducteur, je dois bien l'admettre. Et je suis impressionnée par son sang-froid. Mais je n'en mène pas large. Me faire suivre à peine sortie de l'hôtel ! J'éprouve une soudaine colère. Les Rollins tiennent vraiment à me faire peur ! Ils veulent me faire vivre un enfer ? Je suis aussitôt prise d'un élan de sympathie pour Miles. Je me redresse et jette un œil derrière moi.

– Je ne vois plus la voiture, commenté-je après un instant.

– Non, ils ont compris qu'ils s'étaient fait repérer. Je nous emmène dans un café de la ville pour retrouver les inspecteurs. À cette heure de la journée et dans un lieu public, ils ne tenteront rien, me lâche Miles, toujours aussi serein.

– Vous croyez qu'ils vont continuer ?

– Vous en savez beaucoup trop, mademoiselle Brighton. Et ils sont dangereux. Ils ne veulent plus vous atteindre parce que vous risquez de parler, ils savent que c'est déjà fait. Ce qu'ils souhaitent maintenant, c'est vous faire peur ou pire, vous éliminer. C'est devenu un règlement de comptes personnel, m'annonce-t-il en me jetant un regard où je ne lis aucun sentiment.

– Vous savez que vous ne me rassurez pas, là, ajouté-je.

– Ce n'est pas le but. Vous devez comprendre le danger qui vous entoure. Ce n'est que comme ça que je pourrai vous protéger, me prévient-il avec un soupçon de sollicitude dans la voix.

Il fait son job…

– OK, compris, me contenté-je de dire.

J'ai juste besoin de souffler. De me remettre de cette course en plein Miami. De prendre l'air. Quand enfin Miles gare sa voiture devant un café, je sors aussitôt. Mais je vacille, mes jambes sont en coton. Le garde du corps me soutient par le bras.

– Vous ne craignez rien ici, me dit-il pour me rassurer.

Pour la première fois, il esquisse un sourire. Le mien est rapide également. Mais marcher me fait du bien. Nous nous installons à une table dans le café, une table choisie avec soin par Miles. Je suis le moindre de ses gestes. Je me fie désormais complètement à lui.

Quand Noah va savoir ce qui s'est passé ce matin…

Mazetti et Campbell nous rejoignent rapidement. Je comprends que ma nouvelle voiture dispose d'un traceur. Partout où j'irai, tout le monde le saura.

– Est-ce que vous avez pu voir qui conduisait ? demande Campbell en s'installant aussitôt.

– Non, ils ne se sont pas assez approchés, répond Miles.

– Ça ne devait être qu'une tentative d'intimidation, ajoute Mazetti. Alice, ils veulent vous prévenir qu'ils n'en resteront pas là. Mais ne vous inquiétez pas, nous avons mis tout en place pour qu'ils ne vous atteignent pas.

– Je n'ai pas vraiment peur, avoué-je en jetant un œil du côté de Miles. J'ai juste envie que tout ça ne dure pas.

Le téléphone de Campbell se met à sonner. Quand il me regarde, je comprends qu'il s'agit de moi, encore…

– OK, très bien, amenez-le au poste, on arrive, dit-il en raccrochant. Puis, se tournant vers nous : notre équipe en poste devant votre atelier vient d'arrêter quelqu'un qui tentait d'y pénétrer. Il avait un message pour vous.

Je me recule dans ma chaise, abasourdie par le sort qui semble s'acharner ce matin.

– Quel message ? demandé-je d'une voix blanche.

– « Nous savons où te trouver, ce n'est qu'une question de temps. » L'homme devait le déposer en évidence dans votre atelier. On l'interrogera au poste, m'explique Campbell.

– Je dois m'attendre à quoi, maintenant ? m'impatienté-je, agacée de me sentir comme une cible facile. Pourquoi est-ce que vous ne faites rien, que vous n'allez pas voir directement Judy Rollins, ou Ian ? Vous avez l'entrepôt, il y a sûrement des preuves !

– Alice, je comprends votre agacement, mais vous devez vraiment être patiente. Cet acharnement qu'ils ont à votre égard est une chance pour nous. Ils vont certainement faire une faute et nous serons là pour les attraper à ce moment. Je sais que cette situation n'est pas la meilleure, que nous vous en demandons sans doute beaucoup, mais ce n'est plus qu'une question de temps, croyez-moi, tente de me convaincre Mazetti.

Je suis agacée. Et je crois qu'ils le comprennent tous autour de la table.

– Et Noah, est-ce qu'il est en danger ? finis-je par demander.

– Non, le docteur Law est trop important pour eux. S'ils veulent l'atteindre, ils chercheront d'autres moyens. Mais ne vous inquiétez pas, il est lui aussi sous protection, m'apprend Mazetti.

Il ne m'en a pas parlé. Sans doute pour ne pas m'inquiéter...

Campbell fait signe à Mazetti qu'il est temps d'y aller. Ils comptent interroger l'homme arrêté, mais ils savent déjà qu'il n'était qu'un messager. Miles et les deux hommes échangent un regard de connivence. Ils n'ont pas besoin de parler pour se dire qu'il faut continuer d'être prudents.

– Qu'est-ce que vous comptez faire maintenant, Alice ? me demande Mazetti avant de partir.

– Je ne sais pas. Mon atelier est une cible... Rentrer chez moi peut-être ? supposé-je en haussant les épaules.

– Très bien, allons-y tous ensemble, alors. Juste au cas où

les hommes des Rollins auraient organisé plusieurs intrusions en même temps pour vous mettre la pression.

Campbell et Mazetti acquiescent. Je soupire. Avec la chance que j'ai ce matin, je dois m'attendre à tout.

Les deux enquêteurs nous précèdent. Miles et moi faisons la route en silence. Je n'ai pas le cœur à sympathiser. Cet acharnement me met hors de moi. Je ne supporte pas l'idée qu'on me prenne pour une cible, comme si j'étais une petite chose qu'on peut effrayer.

Je suis impressionnée. Mais je suis entourée, c'est ça ma force.

Les deux enquêteurs montent les premiers. L'équipe qui planque en bas de mon immeuble n'a remarqué aucune activité anormale. Miles est à mes côtés. C'est lui qui ouvre la porte en premier, qui entre pour faire un tour et s'assurer que tout est en ordre.

Bienvenue chez moi…

J'entre aussi. Rien ne semble avoir été déplacé. Tout a l'air normal. La lumière de mon répondeur clignote. Je n'avais plus de portable, mes proches ont dû essayer de me joindre sur mon fixe.

Machinalement, je le mets en route. Le premier message attire notre attention à tous les quatre.

« Alice, c'est Ian Rollins. Je n'arrive pas à vous joindre sur votre portable et vous n'êtes pas à votre atelier. Appelez-moi quand vous aurez ce message. »

– Ce message date de quand ? me demande aussitôt Campbell.

– D'hier matin, vers 10 heures, dis-je en me rappelant les indications du répondeur. J'étais déjà sortie de l'entrepôt à cette heure-là…

– Gardez ce message ! Est-ce que Ian Rollins ne savait vraiment pas que vous étiez enfermée ? Ça changerait beaucoup de choses dans notre enquête ! s'écrie Campbell en regardant Mazetti.

Mais le second enquêteur n'a pas le temps de répondre, que le répondeur annonce un nouveau message, datant de ce matin.

« Alice, vous comptiez vraiment nous échapper aussi facilement ? Vous auriez dû m'écouter, vous montrer plus docile… Votre ami Andrew, a payé pour vous… »

– C'est Judy Rollins, soufflé-je avant de défaillir. Andrew !

Je m'évanouis aussitôt, sombrant dans un monde obscur et terrifiant.

15
TOUT S'ACCÉLÈRE

Autour de moi, je sens de l'agitation. J'entends Campbell crier au téléphone, Mazetti demande à Miles de m'emmener tout de suite à l'hôpital. Je me laisse porter par mon garde du corps. Je pense à Andrew.

Mon ami a été démasqué ! Qu'est-ce qu'ils ont bien pu lui faire ? Est-ce qu'il va bien ? Est-ce qu'ils lui ont fait du mal ?

Miles est délicat dans ses gestes. Je l'entends appeler Noah.

Je veux Noah ! Je veux qu'il me dise qu'Andrew va bien ! Que Judy Rollins a juste voulu me faire peur.

Andrew... Andrew...

À l'hôpital, Miles m'allonge sur un lit et aussitôt, les médecins m'emportent dans une salle pour m'examiner. Il me semble reconnaître le Memorial, là où travaille Molly.

Molly, comment lui dire ce qu'il vient de se passer ? Elle va s'effondrer...

On m'ausculte, on m'examine, j'entends qu'on me parle, qu'on me questionne. Je me contente de regarder, comme si j'étais extérieure à la scène. Je ne suis pas là. Mon corps est là mais pas moi. Je suis lasse, je me laisse faire. On me met dans une chambre. Je suis incapable de bouger, je suis… anéantie.

La porte s'ouvre violemment et Noah entre en trombe.

– Alice ! crie-t-il.

Et j'explose en sanglots, dans ses bras.

– Je suis là, Alice, je suis là, dit-il en me serrant contre lui.

– Andrew, ils ont eu Andrew !

– Miles m'a tout raconté. La police est à sa recherche. On va le retrouver. Je suis sûr qu'Andrew a su se protéger, tente-t-il de me rassurer. Judy a certainement voulu te faire peur. Ne la laisse pas t'atteindre !

Je tente de sécher mes larmes.

– Je m'en voudrai toujours s'il lui est arrivé quelque chose, gémis-je.

Noah ne dit rien mais je sais qu'il en pense autant. On frappe à la porte, un médecin fait son entrée.

– Mademoiselle Brighton, je suis le médecin qui s'est occupé de vous à votre arrivée. Vous avez fait un malaise, chez vous. Vous vous en souvenez ?

J'acquiesce.

– Bien, poursuit-il. Votre tension est très basse, vous avez l'air d'être extrêmement fatiguée. Le docteur Law vient de me raconter ce que vous venez de vivre, vos nerfs ne supportent plus ces épreuves. Vous devez absolument prendre du repos, vous mettre au calme. Vous frôlez la crise de nerfs !

Noah et le médecin échangent un regard.

– Je m'occupe de l'éloigner de toute cette agitation, intervient Noah. Merci pour tout, docteur.

– Vraiment, docteur Law, cette alerte était sérieuse. Alice est faible, son corps lui dit « stop ». Elle est jeune, elle peut rapidement s'en remettre, mais il lui faut du repos !

À peine mon médecin est-il parti que Noah revient s'asseoir près de moi.

– J'aurais dû le faire bien plus tôt. Un avion t'attend pour t'emmener sur l'île des Keys. Tu y seras très bien et tu…

– Non ! m'exclamé-je en me redressant sur mon lit. Je ne pars pas, pas maintenant, pas sans savoir où est Andrew ! C'est hors de question !

– Alice, c'est trop pour toi, cette pression est trop forte, tout ceci va trop loin ! Je dois te protéger ! dit-il, aussi décidé que moi.

De nouveau, on frappe à la porte. Mazetti passe la tête et demande s'il peut entrer.

– Volontiers, s'exclame Noah, la voix plus forte et déterminée. Le médecin vient de passer, Alice doit se reposer. Elle quitte la ville dès que possible.

– Je suis d'accord avec vous, approuve l'enquêteur qui vient de nous rejoindre dans la chambre, suivi de Campbell. Les derniers événements prouvent que Ian ou Judy Rollins sont prêts à tout.

– Non, non et non ! Je partirai, mais pas maintenant ! Je veux voir Andrew, je veux savoir qu'il va bien. Noah, tu ne me feras pas quitter la ville ! me défends-je en jetant mes dernières forces. Tu sais qu'il compte pour moi, je ne peux pas le laisser tomber !

Devant ma détermination, les deux enquêteurs échangent un regard. Noah en revanche ne me quitte pas des yeux.

– Noah, fais-je d'une voix plus adoucie. Si Judy ne cherche qu'à m'intimider, elle bluffait ! Il est peut-être temps de prévenir Andrew. Il faut l'appeler ! Il est en danger, on ne peut pas le laisser comme ça. Noah, c'est mon ami, c'est mon frère… Il m'a sauvée. Il faut le retrouver pour le protéger !

– Très bien, accepte-t-il, vaincu par mes arguments. Je vais lancer mes propres détectives à sa recherche. Je vais remuer ciel et terre, mais promets-moi que dès qu'Andrew est là, tu pars pour les Keys !

Je pousse un soupir de soulagement. Noah me comprend. Les deux enquêteurs ressortent, nous laissant un peu d'intimité.

– Est-ce que Miles est là aussi ? demandé-je à Noah. Il a été exceptionnel ce matin, au volant de cette voiture.

– Oui, il est là, me sourit Noah. Attention, je vais être jaloux.

– C'est vrai qu'il a des arguments pour plaire, le taquiné-je. Mais tu n'as rien à craindre, tu restes le seul et l'unique.

– Je te sais au moins entre de bonnes mains et il semblerait que ton nouveau coupé ait assuré, lui aussi.

– Oui. Mais je ne suis pas sûre de la garder, grimacé-je. Ma petite voiture allait bien assez vite comme ça, tu sais. Et je ne compte pas faire des pointes de vitesse dans les rues de Miami tous les jours.

– Je t'aime quand tu deviens raisonnable, ajoute-t-il en me serrant contre lui. Mais je me sens tellement responsable de tout ça. Je ne t'attire que des ennuis.

– Je t'interdis de dire ça, Noah Law. Tu m'apportes aussi beaucoup de bonheur et d'amour. Et c'est ça le plus important. Tu n'es pas responsable des autres, le disputé-je gentiment.

Soudain, la porte s'ouvre en grand et Molly apparaît sur le seuil. En m'apercevant, elle se précipite sur mon lit. Campbell et Mazetti entrent à nouveau, visiblement pour nous poser des questions et s'assurer peut-être que Molly n'est pas un danger pour nous.

– Alice, qu'est-ce qu'il s'est passé ? Et pourquoi est-ce que ta chambre est gardée par la police ? me demande-t-elle, le visage déformé par l'inquiétude.

– Molly, ça va, je vais bien. C'est une longue histoire. Je…

– Explique-moi ! m'ordonne-t-elle.

Je ne sais pas quoi lui dire, je ne peux pas lui parler du trafic, et du coup, indirectement, lui parler de mon inquiétude pour Andrew. Comment justifier ma grande fatigue ? La présence de la police ? J'appelle Noah à l'aide du regard, me tourne vers les deux inspecteurs. Je ne peux rien dire à ma meilleure amie…

– Je ne peux pas, soufflé-je. Pas maintenant. Mais ne t'inquiète pas, la police est là pour me protéger, pas pour me suspecter ni m'arrêter !

Mon amie me regarde, essaie de comprendre. Elle se tourne vers Noah.

– Ça m'a l'air assez sérieux. Est-ce que je peux au moins faire quelque chose pour t'aider ? demande-t-elle, pleine de sollicitude.

Mais le portable de Campbell détourne notre attention. L'enquêteur s'éloigne pour prendre l'appel. Je reconnais ce ton dans sa voix pour l'avoir entendu plus tôt, dans la matinée.

C'est une mauvaise nouvelle. Je le sais, je le sens…

Je me mets à trembler. Molly, qui me tenait la main jusqu'à présent, me regarde, étonnée, inquiète.

– On vient de m'apprendre que l'entrepôt a brûlé. Heureusement, notre équipe sur place a pu prévenir les pompiers à temps. Ils sont déjà là-bas. Mais… il semblerait qu'il y ait une victime. Un homme. Il est en route pour l'hôpital.

Silence.

Andrew. Je sais qu'il s'agit d'Andrew ! Je dois en avoir le cœur net ! Je m'apprête à me lever, à sortir de mon lit, quand Noah m'en empêche.

– Tu ne peux rien faire, Alice ! m'arrête-t-il.

– Le docteur Law a raison, nous partons sur place. Restez ici, Alice, vous serez en sécurité, approuve Mazetti avant de sortir en trombe de la chambre.

Mais je n'écoute personne. Mes affaires sont dans un coin, je dois enlever cette blouse horrible et m'habiller. Je repousse Noah. Molly s'est écartée et regarde la scène, incrédule.

– Alice ! s'exclame Noah.

– C'est Andrew, je suis sûre que c'est Andrew ! Je dois aller le voir ! dis-je en remettant mes habits.

– Andrew ? Qu'est-ce qu'Andrew vient faire dans cette histoire ? intervient Molly.

Noah se tourne vers elle et lui raconte tout. Il faut un moment à ma meilleure amie pour assimiler toutes ces informations. Mais je ne lui en laisse pas le temps.

– Molly, est-ce que tu peux m'enlever cette perfusion ? L'ambulance va arriver, je veux savoir s'il s'agit d'Andrew !

– OK. Je n'ai pas tout compris à votre histoire, commence Molly en s'apprêtant à m'enlever le goutte-à-goutte. Mais maintenant, vous me racontez tout ! Si Andrew est blessé, je suis aussi concernée.

Noah essaye d'intervenir, de me calmer. Il apprend à Molly ce qu'a dit le médecin plus tôt, le besoin de me reposer, mes nerfs fragilisés… Ma meilleure amie me regarde et, fidèle à elle-même, s'adresse à moi avec beaucoup de sang-froid :

– Alice, Noah a raison. Si tu es si faible, tu dois te reposer. Je te remets ta perfusion, tu en as besoin. Reste ici, dans ta chambre. Tu ne pourras pas accéder à l'entrée des urgences de toute façon. Je suis la seule ici à pouvoir le faire. Et je te promets que je reviens te voir dès que j'en sais plus. Si c'est Andrew ou si ce n'est pas lui. Dans les deux cas.

Et voilà, ma meilleure amie s'y met aussi…

Je secoue la tête. Ils sont deux contre moi et je suis sûre que Miles n'est pas loin et qu'il m'empêchera de faire un pas dans le couloir. Mais je ne peux pas me résoudre à attendre ici. C'est encore plus dur pour mes nerfs.

Je m'assois sur mon lit, lasse et faible. Je dois bien l'admettre. Mais j'ai besoin de savoir. Je plonge mon regard dans celui de Noah. Je n'ai plus de mots pour le convaincre, je suis à court d'arguments. Je sais qu'il tient à me préserver, à m'éviter de vivre une nouvelle épreuve. Mais que ce soit devant une civière ou ici dans cette chambre, s'il s'agit bien d'Andrew, la nouvelle sera aussi terrible…

– Molly, nous t'accompagnons le plus loin possible qu'il nous sera permis de le faire, finit par dire Noah en ne me quittant pas des yeux.

Noah m'a comprise ! Il a su lire en moi, encore une fois !

Molly le regarde, d'abord surprise, puis finit par secouer la tête, vaincue elle aussi.

– Très bien. Suivez-moi, tous les deux.

Noah place son bras autour de moi pour me soutenir.

– N'oublie pas, quoi qu'il arrive, je suis là, murmure-t-il au creux de mon oreille.

Nous suivons Molly, jusqu'à deux portes battantes. C'est la limite que nous ne pouvons franchir. Molly a enfilé une tenue spéciale. Elle est prête à intervenir, dès l'arrivée de l'ambulance. Le chef des urgences lui a donné cette autorisation. Elle lui a expliqué qu'il s'agissait peut-être d'un ami.

L'attente est longue. Une première ambulance arrive et mon cœur se met à battre. Mais ce n'est pas celle qui vient de l'entrepôt. Noah me serre contre lui. Je l'observe. Il est tendu lui aussi. Molly se maîtrise parfaitement, en habituée des urgences.

Et puis, le bruit d'une sirène, de plus en plus fort. Quelqu'un vient chercher mon amie. Elle m'adresse un dernier regard avant de courir à la porte des urgences. J'ai lu de l'angoisse dans ses yeux. Après son départ, j'ai réussi à bloquer la porte. Noah et moi, nous avons une vue directe sur la porte des urgences. De là où nous sommes, nous verrons le brancard qui le transporte passer pas très loin de nous.

L'ambulance n'est pas encore là. Je ne sais pas prier, mais j'implore que ce ne soit pas Andrew. Je parle à mes parents, leur demande de l'épargner. Et même si, dans le pire des cas, mon meilleur ami était allongé là, que ce ne soit pas trop grave. Qu'il puisse ouvrir les yeux, me sourire et me dire que tout va bien.

Et tout s'enchaîne. L'ambulance arrive, j'entends des voix, des échanges. Les portes s'ouvrent et le brancard descend. J'aperçois Molly, en retrait. Elle laisse ses collègues prodiguer les premiers soins, prendre connaissance de l'état de la victime. J'ai l'impression de me retrouver au cœur d'une série médicale…

Dans mon dos, Noah me retient. J'ai, sans y faire attention, avancé, bravé la limite. Quand les médecins prennent en charge le brancard, Molly peut enfin s'approcher. Mais ce n'est pas elle que je regarde. Je n'ai plus besoin de voir…

Je sais.

Un détail a attiré mes yeux. J'ai reconnu le survêtement préféré d'Andrew. C'est lui.

– Andrew, soufflé-je.

Je suis incapable de crier. Noah me retient, mes jambes ne me soutiennent plus.

– Tu es sûre ? murmure Noah.

– Andrew…

Je rassemble mes dernières forces pour voir approcher le lit. Andrew a un masque posé sur la bouche. Il a l'air inconscient.

Molly nous rejoint. Elle est livide. À ma tête, elle comprend que je sais. Nous tombons dans les bras l'une de l'autre.

– C'est bien Andrew, arrive-t-elle à dire, la voix étranglée. Il a respiré beaucoup de fumée. Son état est critique.

Une vague de colère me submerge.

Alors c'est ça le sort que réserve Judy Rollins à ceux qui en savent trop ? Est-ce qu'elle a essayé de le tuer dans cet incendie ? L'entrepôt qui brûle, les menaces de ce matin, Andrew l'unique victime… Judy ne bluffait pas.

Andrew…

IV

JUSTE ENCORE UN PEU

16
DANS LES BRUMES DU SOMMEIL

Je vais me réveiller. Ce n'est qu'un cauchemar.

Noah me ramène dans ma chambre d'hôpital. Je suis dans un état second. Je viens de voir Andrew sur une civière, entraîné par les médecins.

« Son cas est critique. »

J'ai toujours pensé que Judy Rollins bluffait. Quand elle m'a laissé ce message sur mon répondeur, m'apprenant qu'Andrew, mon meilleur ami, allait payer pour moi, je n'ai pas voulu la croire. Mais elle l'a fait.

Elle l'a vraiment fait.

Judy Rollins s'en est prise à mon meilleur ami, mon frère ! Des larmes de colère coulent sur mes joues. Je suis incapable de crier, de parler, de m'échapper de cet hôpital et de retrouver cette femme pour… pour… pour quoi ? Le médecin avait raison : je suis faible, j'ai besoin de repos. Mes nerfs ne me tiennent plus, mon corps me dit stop. Je n'y arrive plus.

Et voir Andrew allongé et inconscient, c'est le coup de grâce...

Je pensais sincèrement que j'aurais pu être capable de tout affronter. Judy Rollins m'a tenue enfermée dans cet entrepôt, au cœur même du trafic d'art de l'Arts Company. Sans Andrew, jamais je n'aurais pu m'enfuir. Il a payé ma délivrance. Il m'a sauvée.

Et voilà où il en est maintenant...

En voulant effacer les preuves par un incendie criminel, les sbires sous les ordres de Judy Rollins ont aussi cherché à punir Andrew de m'avoir aidée à me libérer. Grâce à lui, j'ai pu prévenir la police, les alerter, leur donner l'adresse de cet entrepôt. Tout le trafic a été mis en danger et ils lui ont fait payer ma fuite. J'imagine qu'ils ont souhaité l'éliminer en le laissant périr dans les flammes au milieu des œuvres d'art, des indices qui auraient pu tous les faire tomber. Heureusement la police, en planque devant l'entrepôt, a vu le départ de l'incendie et a pu alerter les pompiers à temps. Andrew est encore en vie mais dans un état critique.

Et tout ceci est ma faute !

Si je n'avais pas cherché à savoir ce qu'il y avait dans cet entrepôt, si j'avais laissé Andrew faire son travail, si je l'avais écouté, si j'avais entendu ses prières de me voir partir, jamais je n'aurais été prisonnière de Judy Rollins. Et jamais mon ami n'aurait été impliqué.

J'ai mis en péril la vie d'Andrew au profit de l'enquête...

Je m'en veux effroyablement. Je suis K.-O. Je veux fermer les yeux, me réveiller. Me sortir de cet enfer.

– Je vais aux soins intensifs, entends-je Molly dire à Noah. Je ne peux pas rester là à attendre de ses nouvelles. Dès que j'en sais plus, je viens vous voir.

– Merci Molly, fait la voix douce et grave de mon tendre protecteur. Mais si jamais tu as une mauvaise nouvelle, je préfère le savoir en premier. Pour mieux la préparer.

Il y a encore quelques heures, je me serais révoltée, j'aurais voulu savoir et ne pas être tenue à l'écart. Mais je ne réagis pas. Noah et Molly s'imaginent sans doute que je ne les entends pas. J'ai fermé les yeux. Je ne lutte plus. Je me sens incapable de me battre. Je veux dormir, oublier. Et attendre de voir Andrew passer cette porte et m'offrir son sourire habituel, chaleureux et un peu moqueur.

– Prenez soin d'elle, fait la voix inquiète, lasse aussi, de Molly, avant de partir.

Molly… Andrew est aussi son meilleur ami. Nous formons un trio inséparable. Enfin, nous formions. Depuis quelque temps, Andrew s'était montré distant avec nous, nous l'avions un peu perdu de vue. Il avait prétexté un travail de nuit dans un bar. Il avait menti. Il travaillait dans cet entrepôt, s'occupait des livraisons aux clients du trafic, sans vraiment savoir ce qu'il faisait. Andrew avait des problèmes d'argent, le job payait bien, il ne se posait pas de questions. C'est en me voyant me faire enfermer de force dans ce bureau par l'un des hommes de Judy Rollins qu'il a compris que la situation était louche.

Molly doit être bouleversée elle aussi. Mais je ne peux encore rien lui dire… pour l'enquête.

Je sens la présence de Noah à mes côtés. Son parfum minéral, la chaleur de sa main sur ma tête, de ses doigts qui essuient mes joues. Sa présence m'apaise, l'amour qu'il me porte a toujours été un soutien. Il l'est encore. Sans lui, je serais complètement effondrée. Mais je veux croire qu'il peut, encore une fois, prendre les choses en main et tout maîtriser.

Je finis par ouvrir les yeux et tombe sur le bleu profond de ceux de l'homme que j'aime. Je l'attire aussitôt contre moi, pour qu'il me serre dans ses bras. Je veux sentir sa force autour de moi. Je veux me régénérer de l'intérieur. Reprendre pied et voir Andrew.

– Alice, murmure simplement Noah au-dessus de moi.

Et... C'est tout ? Pourquoi est-ce qu'il ne me dit pas que ça va aller ? Qu'il va tout arranger ? Qu'il va s'occuper de tout ? Parce qu'il a peut-être lui aussi besoin de reprendre des forces ?

Je ne sais pas combien de temps je reste ainsi accrochée à lui, ni depuis quand Molly est partie. Je n'arrive pas à dormir ni à me laisser aller alors que la fatigue et la tension nerveuse me terrassent. Je ne vois qu'Andrew sur sa civière, et le message de Judy Rollins se répète en boucle dans ma tête.

Et puis soudain, on frappe à la porte. Noah a à peine le temps de tourner la tête dans sa direction que Molly est déjà entrée. Elle a les yeux rouges. Les nouvelles ne sont pas bonnes. Je me redresse, tant bien que mal, le cœur serré. Je ne suis pas sûre de pouvoir endurer une tragique nouvelle.

– Alors ? demandé-je faiblement.

– Andrew a respiré beaucoup de fumée, commence Molly d'une voix qu'elle essaie de garder neutre. Et il...

Mais sa voix finit par se briser. Mon amie baisse la tête pour essayer de se reprendre. J'avale péniblement ma salive. Si Molly flanche, c'est que quelque chose est arrivé.

– Il… dit-elle en reprenant le contrôle. Andrew a été brûlé par l'incendie. Il est touché sur… son visage… et… les médecins n'ont rien voulu me dire de plus, ils ne me laissent plus approcher.

– Mais… Est-ce qu'il est vivant ? demandé-je d'une voix aiguë. Est-ce qu'il va s'en sortir ?

– Oui, bien sûr, fait Molly très vite pour me rassurer. Il est gravement touché, mais son pronostic vital n'est plus engagé. Il faudra juste un peu de patience pour qu'il se remette, mais sa tête, son visage…

– Ce n'est pas grave, la coupé-je presque hystérique. Noah va s'en occuper, tu sais, il fait des miracles. N'est-ce pas Noah, tu vas t'occuper d'Andrew, faire comme Joshua… Tu vas voir Molly, Andrew sera encore plus beau qu'avant et il…

– Alice, intervient Noah en me reprenant dans ses bras. Calme-toi. Je verrai ce que je peux faire quand j'aurai l'autorisation de le voir. Je ferai tout ce qui est en mon pouvoir.

– Tu dois le faire, Noah, pour moi, continué-je, presque inconsciente de mes mots, de mon état. C'est ma faute, je ne peux pas le laisser comme ça, il m'a sauvée. Tu dois l'aider et…

– Chut… ça va aller, Alice, murmure-t-il pour tenter de m'apaiser.

Je vois Molly me regarder bizarrement et sortir aussitôt de la chambre, mais je n'y prête aucune attention. Je répète inlassablement les mêmes paroles dans les bras de Noah :

– Tu dois l'aider… Tu dois l'aider… C'est ma faute…

Aussitôt, le médecin entre dans la pièce, suivi d'une infirmière. J'entends que Noah lui parle. Quand l'infirmière me remet ma perfusion, je ne dis rien. Mais quelque chose change. Je me sens soudainement cotonneuse…

Le médecin et l'infirmière quittent les lieux. Allongée dans mon lit, je me sens partir. Molly et Noah sont toujours à mes côtés. Ils murmurent entre eux, désormais. Je ne sais pas s'il s'agit du fruit de mon imagination, mais j'entends Molly prononcer des paroles qui m'atteignent en plein cœur :

– Les médecins ne sont pas très confiants quant à l'état d'Andrew, mais je ne pouvais pas lui dire…

Je jette un dernier regard à Noah, angoissée, avant de sombrer dans un profond sommeil.

***

Quand je me réveille, j'ai l'impression qu'un rouleau compresseur m'est passé dessus. Je pourrais me laisser aller et continuer de dormir, mais les derniers mots de Molly me reviennent en tête. Je prends appui sur mes avant-bras pour m'asseoir sur mon lit et regarder autour de moi. Je ne sais pas du tout l'heure qu'il est. Les rideaux ont été abaissés pour m'offrir une ambiance un peu tamisée. Je regarde autour de moi et m'aperçois que je suis seule. Noah est parti et Molly n'est pas là non plus.

Est-ce qu'ils sont au chevet d'Andrew ? Est-ce qu'il s'est passé quelque chose pendant mon sommeil ?

Je me sens encore cotonneuse. Le médicament que le médecin a mis dans ma perf doit encore faire effet. Mais comme personne n'est là, je dois m'assurer qu'Andrew va bien, savoir où est Noah. Je ne suis pas vaillante, mais je suis sûre que je peux me lever et mettre un pied devant l'autre.

Je suis fatiguée mais pas impotente !

J'essaie de me redresser, mais je sens que je ne suis quand même pas au mieux de ma forme. J'attends un instant, pose un pied sur le sol, puis l'autre. Je suis maintenant assise sur mon lit, prête à me lever. Un regard vers mon bras me rappelle que je suis sous perfusion. Je suis le tuyau des yeux et j'éprouve un rapide soulagement en apercevant que la poche n'est pas accrochée à mon lit mais à un pied monté sur roulettes.

Il pourra me tenir, celui-là !

Je l'avance près de moi pour l'attraper de ma main droite. Doucement, je déplace le poids de mon corps sur mes pieds. Si la terre vacille un peu, je sens tout de même que mes jambes ne me font pas défaut. J'ose un pas… un deuxième… tout va bien.

Je peux au moins sortir de ma chambre.

Je lutte pour oublier la fatigue qui m'enveloppe. Alors que je suis à deux doigts d'ouvrir la porte pour sortir dans le couloir, elle s'ouvre, laissant entrer Noah. À sa tête, je comprends que ma position, debout devant lui, ne lui plaît pas du tout.

– Et tu penses aller où, comme ça ? me demande-t-il aussitôt en m'apercevant.

Je n'ai pas le temps de dire un mot, qu'il place un bras autour de ma taille pour me tourner vers mon lit. J'essaie de m'y opposer, mais je sens mes gestes trop faibles pour être remarqués.

– Je voulais voir Andrew, avoir de ses nouvelles, soufflé-je en m'asseyant de nouveau sur mon lit.

– Alice, me réprimande doucement Noah, le médecin a dit qu'il fallait te reposer. Tu devrais dormir !

– Est-ce que tu as des nouvelles d'Andrew, est-ce que je peux le voir ? insisté-je en ignorant son regard réprobateur.

– Tu ne peux pas aller voir Andrew, me répond Noah en m'installant sur mon lit, doucement, mais fermement. Il est toujours en soins intensifs et toi, tu dois penser à toi !

– Oui, mais…

– Mais tu lui seras bien plus utile si toi-même tu es en état ! me sermonne-t-il tendrement. Tu te serais écroulée de fatigue avant d'arriver à la porte. Sois raisonnable, tu as besoin de reprendre des forces !

– Et Molly ? demandé-je faiblement, sentant l'effet du calmant me regagner.

– Molly a dû repartir travailler dans son service. Ne t'inquiète pas. Nous sommes là pour Andrew et pour toi.

– Est-ce que tu as vu Luke ? continué-je, une soudaine idée éclairant mon cerveau embrumé.

– Luke ?

– Oui. Il doit aider Molly, la soutenir. Elle a besoin de quelqu'un, elle aussi. Luke est la meilleure personne pour elle…

– D'accord, calme-toi. J'appellerai Luke, je ne sais pas s'il travaille aujourd'hui. Je vais le prévenir lui aussi, tu as raison. Mais maintenant, arrête de t'occuper des autres, je veux que tu dormes ! finit-il avec un sourire craquant.

Je ne me le fais pas dire deux fois. Je sais qu'il a raison. Sous le regard bienveillant de Noah, je me sens partir à nouveau. Je ne lâche pas sa main en m'endormant, espérant de cette façon qu'il ne me quitte pas un seul instant…

***

Il fait nuit quand j'ouvre une nouvelle fois les yeux. Alors que je m'habitue progressivement à la lumière ambiante, diffusée en grande partie par ma lampe de chevet, j'aperçois Noah, à mes côtés, près du lit, perdu sur son téléphone. Je ne fais pas un mouvement, pas un geste. Je me sens reposée. Mais pas sereine. Andrew me revient aussitôt à l'esprit, impossible pour moi de me contrôler. Je me sens coupable de son état.

Noah a dû sentir un mouvement, il lève aussitôt les yeux vers moi. Mon bel amoureux a les traits tirés, je ne sais pas si c'est à cause de l'inquiétude ou de la fatigue. J'éprouve un élan d'amour pour lui. J'aimerais être plus forte pour lui éviter ce stress.

Ça ne doit pas être évident de savoir que sa famille est la cause de toute cette situation…

– Tu es là, soufflé-je d'une voix encore ensommeillée.

– Je ne te quitte plus, me répond-il en m'embrassant la main.

– J'ai dormi longtemps ?

– Oui, il est 21 heures. Tu as faim ? me demande mon cher Noah, éternellement attentionné.

– Non. Et Andrew ?

– Andrew semble bien réagir au traitement qu'on lui donne. J'ai vu ses médecins, tu peux être rassurée, m'explique Noah en me caressant la joue, visiblement soulagé lui aussi de m'apprendre une telle nouvelle.

– C'est vrai ? l'interrogé-je, pleine d'espoir.

– Oui. Mais il faut encore attendre. Quand il ira mieux, il

devra changer d'hôpital et être transféré dans une clinique privée pour les grands brûlés, comme lui.

– Privée ? Mais Andrew n'a pas les moyens, il ne…

– Ne t'inquiète pas, je m'occupe de ça, m'interrompt aussitôt Noah. Andrew mérite de recevoir les meilleurs soins. Il sera très bien soigné.

– Et… son visage ?

Je me souviens des paroles de Molly après l'avoir vu. Son visage avait été touché par les flammes.

– Andrew aura certainement besoin d'une chirurgie réparatrice. Mais pour le moment, ce n'est pas sa priorité. Il doit réussir à sortir des soins intensifs, reprendre connaissance. On aura tout le temps après pour envisager la suite. Andrew est là depuis moins de vingt-quatre heures, laisse-lui le temps de se remettre, d'accord ? Ses jours ne sont pas en danger, c'est tout ce à quoi tu dois penser, me réconforte posément Noah.

C'est vrai, je dois m'accrocher à ça. Andrew est vivant, il va s'en sortir… Après, je serai là pour lui, nous serons tous là pour lui. Je suis persuadée que Noah ne le laissera pas tomber, cette idée de clinique privée et spécialisée… Mon meilleur ami n'aura pas de meilleur traitement.

Il va vivre, c'est tout ce qui compte.

Un faible sourire se dessine sur mon visage. Je me sens encore si faible…

– Et l'enquête ? demandé-je.

– Tu en sauras plus, mais plus tard. Tu as eu assez d'émotions comme ça, me dit Noah, semblant retrouver une nouvelle énergie. Tu passes la nuit ici et demain, je t'emmène chez moi, à la villa. Et ne me dis pas non, c'est non négociable ! Je pourrai veiller sur toi et tu reprendras des forces.

Passer ma convalescence au bord de l'océan avec l'homme de ma vie, on a fait pire, comme situation…

J'observe un instant l'homme qui me fait face. Il ne me dit pas tout, j'en suis sûre, mais je ne lui en veux pas. Il me protège. Et il a raison, une fois de plus. Tout ce que j'ai besoin de savoir ce soir c'est si Andrew va bien. Je sais que son état n'a pas empiré, qu'il sera entouré des meilleurs spécialistes pour le remettre sur pied. C'est tout. Et ce sont déjà de très belles nouvelles.

– Tu ne veux pas rentrer te reposer ? lui demandé-je, frappée par son air épuisé.

– Non, je reste là. J'espérais que tu te réveillerais pour me laisser une place sur ton lit, me taquine-t-il gentiment.

– Il n'est pas grand, mais je serais ravie de passer la nuit dans tes bras ce soir, dis-je en me poussant légèrement.

Noah ne se le fait pas dire deux fois. Après avoir ôté sa veste et ses chaussures, il se glisse doucement sur mon lit d'hôpital. Il m'ouvre ses bras et, sans hésiter, je m'y glisse, posant ma tête contre sa poitrine.

– Je t'aime, murmuré-je contre lui, sentant déjà le sommeil m'emporter à nouveau.

– Je t'aime aussi, l'entends-je dire au loin. Plus que je n'ai jamais aimé personne…

Je m'endors, accrochée à lui, comme s'il ne devait jamais plus partir…

17
LE VENT TOURNE

Je ne sais pas si la nuit a été bonne pour Noah, en tout cas, il ne s'en plaint pas. Collés l'un à l'autre sur mon étroit lit d'hôpital, nous sommes restés dans cette même position toute la nuit sans bouger. Aucun rêve n'est venu me perturber, comme si mon bel ange gardien les avait tenus éloignés pendant mon sommeil. Et quand il se lève après un tendre baiser, je m'aperçois que, même dans ces conditions, ces dernières heures difficiles, Noah reste toujours aussi séduisant.

Alors que je dois avoir une tête affreuse !

Au même moment une infirmière entre dans la chambre pour prendre ma tension.

– Je vais me chercher un café, dit-il en posant ses lèvres sur mon front. Tu veux quelque chose à boire ?

Je le regarde partir en hochant la tête. Il est toujours aussi sexy, même s'il n'a même pas pris la peine cette nuit de se déshabiller…

Je me laisse docilement examiner par l'infirmière. Je veux sortir au plus vite de cette chambre, prendre l'air, sentir les rayons du soleil sur ma peau et retrouver la villa de Noah. L'océan devrait me faire plus de bien que toutes les perfusions qu'ils pourront m'administrer ici !

De quoi me remettre en forme pour m'occuper d'Andrew ensuite.

L'infirmière me laisse, satisfaite de mes résultats matinaux. Ma tension est meilleure et je n'ai, d'après elle, pas besoin de rester ici plus longtemps. Bienveillante, elle me souffle qu'elle va essayer de trouver mon médecin au plus vite pour que j'obtienne rapidement mon autorisation de sortie.

Cette bonne nouvelle me réchauffe le cœur. Même s'il est encore lourd de savoir Andrew allongé, quelque part ici, en soins intensifs, je ne pourrai l'aider que si je suis bien moi-même.

Quand Noah revient, je lui apprends aussitôt la bonne nouvelle.

– Bien ! J'appelle Declan pour qu'il nous prépare un vrai déjeuner, s'exclame-t-il ravi lui aussi de cette prochaine sortie.

– Tu n'apprécies pas la nourriture de la cafétéria de l'hôpital ? le taquiné-je doucement, assise sur mon lit.

– À petite dose, sourit-il. Molly a prévu de passer ce matin pour t'apporter une valise. Cela nous évitera de repasser chez toi.

– Molly est allée chez moi ? demandé-je étonnée, pensant aux policiers gardant mon appart.

– Oui, j'ai prévenu Mazetti et Campbell de son passage

pour qu'elle n'ait pas d'ennuis avec l'équipe en planque, me rassure Noah.

– Ils t'ont donné des nouvelles de l'enquête ?

– Non, toujours pas. On verra ça plus tard, à la maison. En attendant, savoure ce petit déjeuner… appétissant, grimace Noah en laissant entrer un infirmier avec mon plateau.

Effectivement. Un sachet de biscottes, un peu de beurre et un bol de café. Je réprime une grimace devant ce menu. Je remercie l'homme qui s'empresse de sortir pour continuer son service.

– Tu veux une tartine ? proposé-je à Noah.

– Non merci, dit-il. J'ai pris une barre de céréales au distributeur avec mon café tout à l'heure.

Noah me laisse savourer ce pantagruélique repas pour appeler Declan, son homme de maison. Je sursaute à chaque bruit dans le couloir, espérant voir le médecin.

Il finit par arriver, alors que je m'apprête à mettre le pied au sol, impatiente.

– Mademoiselle Brighton, vous avez repris un peu de couleurs, ce matin, constate-t-il avec le sourire. Par contre, je vous déconseille de marcher seule. Le calmant que nous vous avons donné hier peut encore faire effet sur vous.

Je me rassois aussitôt sur mon lit, justement prise d'un vertige.

Sans blague !

– L'infirmière m'a dit que vous vous sentiez mieux ce matin, poursuit-il en vérifiant mon dossier médical. Je ne vois donc pas de raison de vous garder plus longtemps, si vous me promettez de prendre du repos !

– Ne vous inquiétez pas docteur, je m'en occupe, intervient Noah. L'air de l'océan devrait lui faire le plus grand bien.

– Tout à fait, répond le docteur à Noah. Évitez-lui toute source de stress. Aucune contrariété, sinon, je fais entrer Mlle Brighton en maison de repos si je la revois dans mon service !

Eh oh ! Je suis là !

– Ce ne sera pas nécessaire, promet Noah.

– Vous savez que je ne pourrai pas éviter le stress en sachant mon ami ici, finis-je par dire, profitant d'un moment de silence entre les deux hommes. Docteur, est-ce que vous auriez des nouvelles ?

– Votre ami est entre de bonnes mains, ici, mademoiselle Brighton. Vous ne pouvez rien faire pour lui, sauf lui revenir en forme, me gronde doucement le médecin. Je vous donne une autorisation de sortie, mais vous êtes prévenue, ménagez-vous !

Le docteur me tend une feuille et nous serre la main avant de partir. Si ça ne tenait qu'à moi, je partirais aussitôt de cet hôpital.

– À quelle heure doit venir Molly ? demandé-je à Noah, gagnée par l'envie de quitter au plus vite cette chambre.

– Elle ne devrait plus tarder, me répond Noah en regardant sa montre.

Je me laisse tomber en arrière contre l'oreiller de mon lit. Un mouvement qui me vaut aussitôt quelques étoiles dans les yeux. Je pourrais dormir à nouveau, mais je ne souhaite pas du tout prolonger mon séjour.

Pas maintenant que j'ai mon papier !

Molly est ponctuelle. Ses traits sont tirés, elle n'a pas dû beaucoup dormir cette nuit. Noah nous laisse seules et m'apprend qu'il doit voir Luke avant de partir. Ce tête-à-tête avec ma meilleure amie tombe à point nommé. Molly va pouvoir m'aider à aller dans la petite salle de bains…

– Comment est-ce que tu te sens ? me demande-t-elle, encore inquiète.

– Très bien, mieux qu'hier. Je vais m'en remettre, le médecin m'a juste prescrit du repos, réponds-je dans un sourire pour la rassurer.

– Et tu ne peux pas encore tout me raconter, j'imagine, dit-elle sans reproche dans la voix.

– Non pas encore. Mais je le ferai, quand je le pourrai, dis-je tout bas, attristée de ne pas pouvoir évoquer le trafic et l'enquête à ma meilleure amie.

Tant que les acteurs du trafic ne sont pas arrêtés, Campbell et Mazetti tiennent à la discrétion. Rien ne doit s'ébruiter. J'ai confiance en ma meilleure amie, mais quand je vois ce qui est arrivé à Andrew…

Moins elle en saura, mieux ce sera. Molly doit rester en dehors de tout ça.

– Est-ce que tu as eu le temps de voir Andrew avant de venir ? l'interrogé-je en m'habillant.

– Non, mais les infirmières des soins intensifs m'ont promis de m'appeler s'il y a du nouveau. Il est hors de danger, maintenant, c'est l'essentiel.

Le visage de Molly s'adoucit quand elle évoque Andrew. Je la sens rassurée, plus optimiste que la veille. Elle est infirmière, elle comprend mieux la situation de notre ami que moi. Je sais qu'elle ne me mentirait pas s'il arrivait quelque chose à Andrew.

Je termine de passer un short et un tee-shirt. Si je ne suis pas au mieux de ma forme, je me sens mieux, habillée, coiffée et surtout prête à partir. Molly m'aide à m'asseoir dans le fauteuil roulant qu'une infirmière a laissé à mon intention. J'ai protesté en le voyant, mais mon amie m'a expliqué qu'il s'agissait de la procédure habituelle.

Je quitte sans regret et sans un regard cette chambre et retrouve Noah et Luke dans le couloir.

– Alice, je suis désolé de te voir comme ça, m'accueille Luke, de la sollicitude dans la voix. Noah m'a expliqué la situation, je suis là si vous avez besoin de quoi que ce soit.

– Merci Luke, ça va aller mieux maintenant que je sors d'ici, dis-je, heureuse de le voir.

– Je ne doute pas que Noah va très bien s'occuper de toi, lâche le pédiatre en lançant un clin d'œil complice à son ami.

Noah sourit. Il n'a pas besoin de parler pour faire savoir qu'il est d'accord avec Luke. L'expression sur son visage nous apprend à tous les trois qu'il est heureux de m'emmener, mais aussi, sans doute, qu'il est heureux de s'occuper de moi. Molly lui laisse la place derrière mon fauteuil et s'occupe de ma valise. Dans le couloir qui nous mène vers la sortie, nous essayons de prendre un ton enjoué, de parler d'autre chose que des événements de ces dernières heures.

– Je n'ai pas eu l'occasion de te remercier, me dit Luke. La fresque dans la salle de jeux est tout simplement sublime. Les enfants l'adorent ! Il faudrait que tu reviennes à l'occasion pour les voir s'allonger et regarder autour d'eux.

– C'est vrai, je l'ai vue aussi, et c'est magnifique, confirme Molly.

– Merci, soufflé-je, rougissante. C'est vrai qu'avec tout ce qu'il s'est passé dernièrement, nous n'en avions jamais parlé.

Je suis contente qu'elle vous plaise.

La voiture de Noah nous attend juste devant l'hôpital. Et alors que je passe la porte, mon cœur se serre.

Andrew, sois fort. Je reviens te voir aussi vite que possible.

Une infirmière vient récupérer le fauteuil, pendant que Noah glisse la valise à l'arrière de la voiture. Molly me serre dans ses bras.

– Ne t'inquiète pas, me murmure-t-elle. Tout va bien se passer pour Andrew maintenant. Je t'appelle dès que j'ai des nouvelles et qu'on peut le voir. Mais tu dois penser à toi et te reposer ! Je ne veux plus te revoir dans cet hôpital ! Compris ?

J'acquiesce faiblement, touchée par son éternelle sollicitude à mon égard.

– Et tu dois aussi me donner de tes nouvelles ! Avec tout ça, nous n'avons même pas eu le temps de parler de ton dossier et de l'agence, soufflé-je.

– Je te raconterai tout ! Mais maintenant, tu rentres avec Noah. Et c'est non négociable ! m'ordonne-t-elle gentiment.

– Mais c'est un complot ! Noah m'a dit exactement la même chose. Vous avez organisé ma convalescence dans mon dos, ce n'est pas possible ! dis-je amusée.

Luke m'embrasse rapidement à son tour.

– Je vous appelle plus tard, lance Noah à leur intention en m'ouvrant la portière de la voiture.

Après les avoir salués, il s'empresse de faire le tour de la voiture pour se mettre au volant. Je souffle en me frottant les yeux.

– Je vois qu'une sieste s'impose, constate Noah en remarquant mon geste. Rentrons !

Alors qu'il démarre la voiture et se met en route, je me retourne pour faire signe à Molly et Luke… dans les bras l'un de l'autre ?

Le calmant provoque aussi des hallucinations ?

Et pourquoi pas ? Au cours du dernier dîner que nous avons passé tous les quatre ensemble, Molly et Luke semblaient enfin être sur le point de se rapprocher. Peut-être que, depuis, ils ont franchi le cap de la simple complicité et qu'ils se sont enfin avoué leurs sentiments ?

Je jette un œil à Noah, mais il est concentré sur la route.

Molly doit non seulement me dire où elle en est avec son agence pour accueillir un enfant chez elle, dans sa nouvelle maison, mais elle doit aussi me parler de sa relation avec Luke !

***

À peine sommes-nous arrivés à la villa près de l'océan que Noah m'installe sur la terrasse, dans un grand transat. À l'ombre d'un parasol, avec tout ce dont j'ai besoin à portée de main : téléphone, eau, magazines, journaux, lunettes de soleil, plaid au cas où l'air marin me provoquerait quelques frissons.

– Tu es en sécurité ici, me souffle Noah, à mes côtés. Miles n'est pas loin, une patrouille de police est postée dans l'avenue et une équipe privée est aussi là pour faire des rondes régulières. Personne ne peut t'atteindre ici.

– Tu ne pars pas travailler ? lui demandé-je doucement, sentant les derniers effets du calmant se dissiper.

– Non, pas aujourd'hui, j'ai quelques affaires à régler mais j'ai envie de rester avec toi. Je ne serai pas loin, dit-il en m'embrassant délicatement.

– Tu sais que je ne suis pas en sucre, lui reproché-je gentiment.

– Le médecin a dit : « Du repos ! » Je ne veux pas éveiller nos ardeurs, se défend Noah.

Son beau regard bleu plonge dans le mien. J'éprouve à cet instant une folle envie d'une étreinte charnelle. Mais je n'en ai pas la force, du moins, le calmant m'empêche de l'avoir. Sous la caresse de sa main sur mon visage, je me laisse glisser vers le sommeil. Je me sens en sécurité ici et le bruit des vagues me berce.

Quand j'ouvre les yeux, je sens aussitôt que les effets du calmant se sont dissipés complètement. Mon cerveau n'est plus embrumé et je me sens plus légère. Je m'étire et regarde l'heure. Il est presque midi et je meurs de faim. Au moment de me lever, des voix venant de l'intérieur de la maison m'alertent. Je reconnais aussitôt Mazetti et Campbell, les deux enquêteurs.

Ah ! Ils doivent avoir des nouvelles !

Je me lève, satisfaite de constater que mes jambes me portent bien. J'entre par la baie vitrée restée grande ouverte pour rejoindre Noah et les deux hommes dans le salon.

– Alice, nous ne t'avons pas réveillée au moins ? me demande aussitôt Noah en m'apercevant.

Je constate qu'il a pris le temps de prendre une douche et de se changer. La quasi-nuit blanche qu'il vient de passer n'a définitivement laissé aucune trace sur lui.

– Non, tout va bien, le rassuré-je.

Noah m'attire vers le canapé. Je me laisse faire.

Il fait attention à moi dans toutes les situations !

– Bonjour capitaines, dis-je en m'adressant aux deux policiers. Des nouvelles de l'enquête ?

– Alice, c'est un plaisir de vous voir en meilleure forme et ici plutôt qu'à l'hôpital. Nous avons appris que votre ami allait un peu mieux, c'est une bonne chose, me répond Mazetti le premier.

– Oui, l'enquête a avancé ces dernières heures. Nous étions justement venus en informer le docteur Law, enchaîne Campbell.

– Alors ? m'impatienté-je.

– Le feu de l'entrepôt a pu être rapidement maîtrisé, la patrouille sur place a alerté les pompiers dès qu'elle a vu de la fumée, commence Campbell, assis dans le fauteuil en face de moi. Nous pensons qu'il a été mis à la va-vite, sans aucune organisation. Celui qui a provoqué l'incendie est un véritable amateur, mais grâce à lui, notre enquête fait un bond. Nous avons donc pu sauver un bon nombre d'œuvres d'art et retrouver des papiers. À première vue, il s'agit de documents maquillés, des fausses factures, mais surtout, des noms d'acheteurs, des adresses de livraison…

– Le réseau a voulu effacer ses traces après votre fuite, mais tout semble avoir été fait dans la précipitation, continue Mazetti avec son flegme habituel. Ils ont eu peur. Maintenant, à nous d'agir vite et d'arrêter tout le monde avant qu'ils ne quittent la région.

– On commence aussi à mieux comprendre le fonctionnement de ce trafic, poursuit Campbell, en se tournant cette fois vers Noah, à mes côtés. Nous sommes arrivés à la conclusion que la vente de peintures contemporaines, comme celles réalisées par Alice, n'étaient qu'une couverture. En réalité, les clients du trafic achetaient une œuvre d'art volée.

Voilà qui justifie la revente des toiles à deux millions de dollars…

– Vous voulez dire que les clients auraient pu acheter une toile ratée, ils s'en fichaient ? Tout ce qu'ils voulaient, c'était avoir une belle œuvre d'art volée ? l'interromps-je, abasourdie.

Mon talent n'a donc jamais été la raison pour laquelle Ian Rollins m'a engagée. Il voulait juste des toiles. Et dire que j'ai mis tellement de moi dans mes peintures, tellement de souvenirs personnels… Tout ça pour n'être qu'une couverture ? Une toile insignifiante servant à masquer leurs manigances ?

– C'est exact, approuve Campbell. Nous sommes d'ores et déjà en train de perquisitionner chez les clients du trafic grâce aux papiers que nous avons découverts dans l'entrepôt. Nous avons appelé du renfort pour que toutes ces arrestations aient lieu en même temps, que personne ne passe entre les mailles du filet.

– Cet incendie est une aubaine pour nous, lâche Mazetti en me regardant droit dans les yeux. Je sais que notre satisfaction est mal placée face à la situation de votre ami. Mais pour la première fois depuis longtemps, nous sommes vraiment en bonne voie pour arrêter ce trafic.

– Je comprends, capitaine Mazetti. Au moins, il ressort du bon de tout ça, soufflé-je, sincère.

– Et pour Judy Rollins ? demande soudain Noah, sourcils froncés. Et Ian ? Du nouveau de leur côté ?

– Ian Rollins est introuvable depuis ces dernières quarante-huit heures. Sa secrétaire ne l'a pas vu et n'a aucune nouvelle. Quant à Judy, elle aussi, disparue, avoue Campbell, visiblement frustré. Mais toutes les polices sont mobilisées. Ils vont avoir du mal à quitter l'État sans que personne ne les aperçoive !

Ian Rollins… Je me souviens de son message sur mon répondeur. Il s'inquiétait de ne pas avoir de mes nouvelles, de ne pas réussir à me joindre. Est-ce qu'il savait seulement que sa mère m'avait enfermée dans cet entrepôt ?

– Est-ce que vous êtes sûrs que Ian Rollins est impliqué dans le trafic ? demandé-je aux enquêteurs. Vous avez entendu son message comme moi…

– Il est impossible qu'il n'y soit pas mêlé, c'est avec lui que vous réalisiez les transactions pour vos toiles, me répond Campbell, sûr de lui. Est-ce qu'il en est l'investigateur, l'acteur principal ? Ça reste encore à déterminer…

– Bien, merci de votre visite, capitaines, se lève brusquement Noah. Je ne vous retiens pas plus longtemps, vous devez avoir beaucoup de travail et je ne voudrais pas qu'Alice se fatigue.

– Vous avez raison, docteur Law. De nombreux interrogatoires nous attendent, dit en se levant Mazetti, suivi de son équipier. Soyez prudents, tant que Ian ou Judy Rollins sont dans la nature, on ne sait pas de quoi ils peuvent être encore capables.

– J'ai pris toutes les mesures nécessaires, ne vous inquiétez pas, les rassure Noah.

– Au revoir Alice, reposez-vous bien, me lance Mazetti avant de passer la porte d'entrée.

Quand enfin Noah me rejoint sur le canapé, je le sens à la fois soulagé et frustré.

– Est-ce que ça va ? lui demandé-je doucement, en posant ma main sur son bras.

– Oui, non… Je ne sais pas quoi penser. Qu'ils arrêtent les clients du trafic, tant mieux, mais tant qu'ils n'ont ni Ian ni Judy, ce réseau ne sera pas démantelé. Ils pourront s'installer ailleurs, et recommencer, s'agace Noah.

Et s'ils sont dans la nature, est-ce que je ne serai jamais plus tranquille ?

Mes pensées se tournent vers Ian. Le directeur de l'Arts Company me laisse perplexe. Et d'un coup je me souviens de notre première discussion.

– Noah ! m'exclamé-je. Quand j'ai rencontré Ian la première fois, il m'a dit qu'il n'avait pas aimé ce qu'avait fait son père… Qu'il voulait reprendre la voie tracée par votre grand-père ! Il parlait peut-être de ce trafic ? Il voulait peut-être s'en détacher ?

– Ah oui ? S'en détacher en engageant de nouveaux artistes pour masquer son vrai marché d'œuvres d'art volées ? Drôle de façon de vouloir arrêter, commente Noah, amer.

– Oui mais… Et s'il n'avait pas eu le choix ? Tu as dit toi-même que sa mère arrivait toujours à ses fins. Elle a toujours tout contrôlé, pourquoi pas son fils ? supposé-je à haute voix.

– Il a peut-être meilleure conscience que sa mère… Je ne le connais pas assez pour savoir ce qui se passe dans sa tête, regrette Noah en passant sa main sur son visage d'un geste las. Mais arrêtons de parler de tout ça. Declan a préparé le repas, tu dois mourir de faim !

Noah m'aide à me lever en me tendant la main. Au moment où je me retrouve face à lui, il m'attire contre lui, le regard allumé d'une nouvelle lueur.

– Je compte bien tenir ma parole de prendre soin de toi,

souffle-t-il de sa voix grave. Quelques bons repas, encore un peu de sommeil et tu seras assez remise pour que nous puissions nous retrouver, tous les deux…

Un frisson me parcourt le dos. Je sais exactement de quel genre de retrouvailles parle Noah…

***

– J'ai une proposition à te faire, me lance Noah au-dessus de sa tasse de café matinale. Qu'est-ce que tu dirais d'une sortie en mer ?

– Aujourd'hui ? m'étonné-je.

– Oui, la journée s'annonce magnifique et le bateau est prêt, me répond-il, le regard malicieux.

Je me rappelle ses mots de la veille. Je me suis reposée sur mon transat tout l'après-midi d'hier, nous avons tendrement dormi ensemble et ce matin, je me sens d'attaque pour ce genre de proposition.

J'en ai même très envie.

– Laisse-moi une petite heure pour finir de me préparer et pour prendre des nouvelles d'Andrew, et je suis prête ! m'exclamé-je avec enthousiasme, heureuse de prendre un grand bol d'air marin.

***

Je n'en crois pas mes yeux quand je sors de la villa de Noah. Amarré à son ponton traditionnel, j'aperçois un magnifique bateau.

– Prête ? fait une voix derrière moi.

Noah me rejoint, un large panier à pique-nique au bras.

Je glisse ma main dans la sienne et nous partons en direction de l'océan. Quand nous montons à bord, je suis frappée par le confort des lieux. Et surtout surprise de voir que Noah s'occupe de tout.

– C'est toi qui vas conduire ? demandé-je étonnée.

– Oui ! Pourquoi, tu as peur ? J'ai mon permis bateau depuis plusieurs années et de nombreuses heures de navigation à mon actif, m'annonce fièrement Noah. Tu n'as rien à craindre.

Je n'ai pas peur, non. Je suis juste impressionnée de savoir qu'il sait AUSSI faire ça !

Je m'installe sur la banquette, près de lui, alors qu'il prend de la vitesse, lancé vers l'horizon. Je me laisse griser par cette sensation de voler au-dessus de l'eau, cheveux dans le vent. Je viens d'embarquer pour une croisière très, très particulière…

Lancé à vive allure sur l'océan, Noah est concentré sur sa conduite. Mais petit à petit, il ralentit et finit par arrêter le moteur. Il quitte son poste de pilotage pour l'arrière du bateau. Je l'observe effectuer quelques gestes techniques et actionner l'ancre du bateau. Sous son tee-shirt, je vois les muscles de ses épaules se dessiner. Je le dévisage ouvertement. Ses lunettes de soleil, ses cheveux malmenés par le vent marin, tout le rend encore plus sexy.

Et ses jolies fesses musclées dans son pantalon… Hum…

– Alice, tu m'écoutes ? Tu comptes rester là-haut ou me rejoindre ici ? me demande-t-il, sourire aux lèvres.

Ah non, je n'écoutais rien. Je contemplais !

Je me lève et, malgré la houle, je descends à mon tour les quelques marches pour rejoindre le pont du bateau, le pas assuré.

J'ai toujours eu le pied marin. À voir si j'ai aussi le désir marin, mais ça m'en a tout l'air... Seuls au monde, nous sommes seuls au monde !

Je m'assois sur l'une des banquettes très confortables, à l'abri du soleil. Je pose mes lunettes de soleil sur mes cheveux. Ces verres sombres frustrent mon envie de voir si Noah a cette lueur dans les yeux, celle qui augure de délicieux moments charnels...

– Je te félicite, tu n'as pas encore malmené ta lèvre, constate Noah en posant à son tour ses lunettes dans un coin du bateau.

– C'est vrai... J'attends le bon moment, glissé-je avec malice.

Je sais l'effet que procure mon tic sur Noah et je n'ai pas envie de le provoquer aussi vite. Je suis plutôt d'humeur... observatrice.

– La journée est belle, commenté-je banalement.

– Et l'océan est calme, ajoute Noah en sortant une bouteille de champagne et deux coupes du panier. Tu voudrais te baigner ?

Me baigner ? Ah... je ne pensais pas à ça.

– Non, pas tout de suite, soufflé-je, me sentant rougir.

Après nous avoir servi deux verres de champagne, Noah me rejoint sur la banquette. Sa cuisse contre la mienne, je sens aussitôt ma température grimper. Je me sens nerveuse. Je ne sais pas pourquoi. La promiscuité des lieux, l'isolement... Mon cœur s'affole. Je pourrais enlever ma jupe et mon top, me retrouver nue, me jeter sur Noah et crier comme jamais. Après toutes les émotions négatives éprouvées ces derniers jours, je sens que j'ai besoin d'expulser cette tension, de renaître ici, dans les bras et le plaisir de Noah. C'est un besoin vital, presque animal.

Les yeux dans les yeux nous trinquons à nous. La fraîcheur du champagne ne réussit pas à me calmer. Au contraire, je sens le délicat breuvage descendre lentement en moi. Ce chaud-froid me provoque des frissons. Je suis à deux doigts de me mordre les lèvres…

Mais Noah ne m'en laisse pas le temps.

– Oh, Alice, j'ai besoin de te retrouver, de te sentir vivre, souffle Noah en glissant sa main sur mon cou, m'attirant petit à petit vers lui. Laisse-moi te libérer de ces démons. Te redonner le goût de la vie, du plaisir…

Il dégage ma nuque de mes cheveux et commence à me mordre, à m'embrasser doucement. Je ferme les yeux, les doigts crispés sur mon verre. Ma respiration s'accélère et je sens que je pourrais l'inciter à aller plus loin…

Beaucoup plus loin…

Les yeux accrochés aux miens, mon amant m'enlève mon verre des mains et le pose à mes côtés. Son regard est tellement ardent ! Impossible pour moi de résister à l'appel de cette sensualité qui émane de lui, de chacun de ses gestes. Je le tire par son tee-shirt pour plaquer mes lèvres contre les siennes et lui offrir l'un des baisers les plus passionnés que nous ayons encore échangés. Je me sens vivre, revivre, rassurée ici, loin des soucis de ces derniers temps. Je veux profiter pleinement de ce plaisir charnel et en donner autant à Noah.

Nos langues se trouvent et se redécouvrent elles aussi. D'abord hésitantes, elles ne tardent pas à retrouver la passion qui les a toujours animées. Ce baiser est à l'image du moment : il est le point de départ d'une renaissance, d'une envie folle d'exister ! Alors que mon amant me bascule en arrière sur la banquette, nos lèvres restent soudées, avides de la force que notre baiser libère. Les coussins sont suffisamment grands pour que nous nous tenions allongés dessus sans risquer de tomber. Mon bel apollon pose une main sur ma cuisse et la remonte doucement vers ma taille, sous ma jupe. Ma petite culotte en dentelle mériterait de finir dans l'eau tellement, à cet instant, elle me gêne. Sans elle Noah aurait pu s'attarder sur mon intimité, sentir à quel point je le désire…

J'aurais dû suivre mon instinct ! Me déshabiller dès que j'y ai pensé !

Le regard que Noah pose sur moi est celui d'un prédateur. Je suis sa proie et il s'apprête à fondre sur moi. Je lutterai, non pas pour résister, mais pour accentuer son envie de me dévorer, de me posséder… Je gémis sous la caresse de ses doigts.

Je me rends compte que jamais ce contact n'a été aussi douloureusement délicieux. Chaque passage de la pulpe de ses doigts sur ma peau efface l'ombre dans mes yeux, éloigne les dernières brumes de la fatigue. Je sens un poids s'envoler et mon plaisir prendre petit à petit toute la place, dans mon corps, dans ma tête et dans mon cœur. Il n'y a plus que Noah, à cet instant précis et notre envie irrépressible de nous posséder l'un l'autre.

Alors que je m'apprête à déboutonner son pantalon, Noah arrête ma main.

– Tu es encore en convalescence. Laisse-moi faire, chuchote-t-il d'une voix rauque.

Et mon amant prend les choses en main. Délicatement, il

passe mon haut par-dessus ma tête, dégrafe mon soutien-gorge qu'il dépose doucement au sol, le temps de dévorer mes seins des yeux. Alors qu'il descend sur moi pour attraper mes tétons dans sa bouche, ses mains glissent le long de mes côtes, vers mon ventre, pour m'ôter en même temps jupe et culotte. Je me cambre, alors que sa langue circule entre mes seins et que je sens le vent caresser mon corps nu. À l'abri du soleil, mon amant me dévore le ventre et finit par arriver entre mes jambes. Je ne suis plus que sensations et volupté. Plus rien ne compte. Je me laisse faire, complètement abandonnée, me délectant de la moindre décharge électrique, du moindre frisson. Je vis pour le plaisir que s'apprête à me donner mon amant.

Et celui que je tiens à lui donner…

Mais Noah se relève aussitôt pour enlever ses habits. Je le regarde, profite à mon tour du spectacle. D'abord le haut, ses muscles, ses épaules, puis son pantalon et ses cuisses dessinées et enfin son boxer et son sexe viril. Le mien répond aussitôt à cette vision en se crispant. Comme si toutes les parties de mon corps avaient profité de ce strip-tease.

Petit à petit, je sens la frustration me gagner. Si mon amant tient à ce que je ne fasse rien, ou qu'il m'empêche de le toucher…

… c'est la révolte !

Noah semble lire dans mes pensées. Son regard brûlant m'observe et il ne fait aucun geste vers moi. Aucune approche. Pas de nouvel assaut. Au lieu de ça, il se penche pour attraper sa coupe de champagne…

C'est vraiment le moment de boire ?

Mon amant s'approche de moi et, sans me quitter des yeux,

doucement, déverse le contenu de son verre sur mon ventre. Je pousse un cri quand le liquide froid me touche. Et un second quand la bouche de Noah se met à me parcourir, savourant ce nectar autrement. Noah ne m'embrasse plus, il me déguste.

Il me dévore, même !

Sa langue chaude sur ma peau rafraîchie par le champagne provoque en moi une série de frissons. De délicieux frissons. Je glisse mes mains dans ses cheveux et mon corps se cambre chaque fois qu'une zone érogène s'éveille.

Et mon corps semble en être couvert !

Je sens le champagne frais atteindre l'orée de mon sexe, suivi de près par la langue de Noah. Et sans que j'aie pu un instant l'imaginer, elle me lèche, s'immisce dans mes moindres replis pour ne pas perdre une seule goutte. Mon bassin se soulève, cette pénétration inattendue me submerge. Mes sensations sont exacerbées. Ce mélange de chaud et de froid, ces assauts répétés, ce va-et-vient délicat mais ferme me font gémir. Noah me rend folle de lui, sur un bateau, sous l'eau, dans les airs… N'importe où, je succombe au plaisir.

– Noah, imploré-je. Prends-moi… maintenant !

Mon amant ne se le fait pas dire deux fois. Il s'écarte de moi et m'aide à me lever. Debout l'un contre l'autre, nous nous embrassons avec frénésie. Noah me fait reculer jusqu'à ce que je sente, dans mon dos, la paroi de la cabine. Je soulève une jambe et, aussitôt, je sens son sexe me pénétrer. Il se met à bouger doucement. Ses deux mains agrippent fermement mes fesses et je fais de même. Mon amant accentue le rythme, et je le sens de plus en plus fort et de plus en plus loin.

Noah me possède tout entière. Je sens la rage dans notre étreinte, le désir de nous sentir l'un et l'autre, l'envie impérieuse de ne faire plus qu'un. Son souffle s'est accéléré, je n'ai plus aucune conscience du mien. Tout mon corps est attentif au plaisir qui naît et qui, petit à petit, gonfle dans mon ventre…

Soudain, Noah s'arrête, suspend les mouvements de son bassin pour me soulever et me porter à l'intérieur du bateau. Il me dépose délicatement sur une grande couchette située juste en dessous du poste de pilotage.

Mais je n'ai pas la tête à observer ce qui m'entoure. Je veux que Noah revienne et qu'il reprenne là où il s'est arrêté. Et c'est justement dans ses intentions. Un coup de bassin, et il est en moi. Mais il ressort. Un autre coup, une autre sortie, un autre, puis encore un autre. Je rejette mes bras en arrière, complètement perdue par ces décharges de plaisir.

Je suis au bord du gouffre, prête à défaillir. Mon amant se met à bouger doucement, puis plus vite. Mon bassin adopte son rythme, nous bougeons en duo. Et sans plus rien contrôler, mon orgasme explose, violent, comme une vague qui pourrait nous faire chavirer. Dans la douce chaleur de cette cabine, je me sens transportée vers les confins du plaisir. Je savoure la moindre de mes sensations, ces picotements délicieux qui me parcourent. Noah me suit presque aussitôt quand, son visage enfoui dans ma nuque, il se laisse aller à son tour…

Vivante, je me sens tellement vivante…

Noah s'allonge à mes côtés et laisse jouer ses doigts sur mon ventre.

– Tu n'as même plus besoin de te mordre les lèvres. Un seul regard sur toi suffit à me rendre fou, murmure-t-il. Tu es si désirable…

– Je pense qu'il faudrait que j'essaie à nouveau, juste pour voir la différence, le défié-je, sourire aguicheur aux lèvres.

– Repose-toi avant, souffle-t-il, la voix encore rauque de désir.

– Je me sens en pleine forme. Et j'ai plein d'idées…

– Ah oui ! Et lesquelles ?

– Il me tarde de les mettre à exécution, réponds-je, mystérieuse. Si je peux glisser un fantasme… Je rêve de te faire l'amour là-haut… Que je te chevauche dans le fauteuil du pilote…

M'imaginer sur Noah, dans cette position, réveille aussitôt mes sens.

– Mais tu veux que je me repose, alors… tant pis ! conclus-je en faisant semblant de fermer les yeux.

– Oublie… Le plaisir est un antistress naturel, dit-il en attrapant mes lèvres.

Je me tourne légèrement vers mon amant et glisse ma main vers son sexe, que je sens dressé vers moi. Je le caresse, délicatement, de haut en bas, je l'enserre de mes doigts, mon pouce s'attardant sur sa partie la plus sensible…

– Si tu le veux bien, j'aimerais profiter encore un peu du confort de la cabine, murmuré-je, en me détachant de ses lèvres.

Je bascule un peu plus Noah pour me laisser la place de descendre vers son sexe. Mes lèvres et ma langue viennent remplacer mes doigts sur sa belle virilité. Noah comprend vite le programme que je lui réserve, il n'émet aucune objection.

Et quand je commence à l'aspirer doucement, à faire glisser mes doigts à la naissance de son sexe, je le sens complètement emporté, à son tour. Ses mains se posent sur ma tête, se fraient un chemin dans mes cheveux. Son bassin s'éveille. Et mon excitation achève de donner, pleinement, du plaisir à mon amant.

J'ai encore assez de forces pour bien d'autres expériences sur ce bateau…

– Viens, nous avons quelque chose à essayer, me murmure Noah alors que je remonte doucement vers ses lèvres, effleurant sa peau de ma bouche en passant.

– Laisse-moi deviner… On retourne aux commandes ? supposé-je malicieusement en déposant un dernier baiser sur son épaule.

– Oui, je dois vérifier que tout va bien, là-haut, ajoute Noah, faussement innocent.

– Et tu as besoin de moi…

– On n'est jamais trop prudent, sur un bateau…

– Alors, s'il en va de ta sécurité, je t'accompagne volontiers…

La luminosité m'arrête sur le seuil de la cabine. Je prends le temps de savourer ce moment : nue, dans la brise marine, sous les rayons du soleil et le regard sensuel de Noah, je me sens résolument bien. J'inspire un grand bol d'air et me précipite joyeusement sur l'escalier menant au poste de pilotage, mon amant sur mes talons.

Je laisse Noah s'assurer de quelques contrôles pour regarder alentour. Nous sommes seuls. Il n'y a rien d'autre autour de nous que l'océan. Mon amant se tourne vers moi, la bouche entrouverte, le regard enfiévré. Je lui ai communiqué mon fantasme, je le sens à la façon qu'il a de m'attirer contre lui, de glisser ses mains dans mon dos, dans le creux de mes reins et de m'attraper la bouche avec une détermination assumée. Entre nous, sur mon ventre, je sens son sexe se dresser à nouveau.

Je le pousse un peu pour qu'il s'asseye sur son poste de commandement. Mon regard plongé dans le sien, je me pose d'abord sur ses cuisses, les mains sur son torse musclé. J'essaie de prendre mon temps, de faire durer l'instant. Mais j'ai du mal à lutter contre moi-même, contre cette envie de le posséder tout de suite et de commencer à bouger. D'autant plus que mon amant m'attire de plus en plus contre lui, empoignant mes fesses de ses mains…

Sans vraiment y faire attention, attentive à nos plaisirs partagés, je me mords la lèvre en rejetant légèrement la tête en arrière. C'en est trop pour Noah qui, aussitôt, me guide vers son sexe. Je ne lutte pas. Et doucement, il s'introduit en moi. Je commence à bouger mon bassin. Et je sens Noah bouger le sien lui aussi. Je mène le jeu, j'impose ma cadence. Effrénée, lente, rapide, calme, folle, je suis maîtresse de mon désir et savoure avec délectation ce plaisir. Noah me tient par la taille, je m'agrippe à lui. Je sens son souffle chaud sur ma peau, j'entends sa respiration rapide.

Et soudain l'apothéose. Mon orgasme est puissant, violent même. Noah laisse exploser son plaisir presque en même temps. Accrochés l'un à l'autre, nous traversons ensemble cette vague délicieuse pour atteindre la plénitude. Avec l'océan pour seul témoin, nous avons tous les deux repris pied dans nos vies. Plus fort que jamais. Plus soudés que jamais.

Et sensuellement plus complices aussi…

18
UNE BLESSURE PROFONDE

Allongée sur mon transat, je repense à notre escapade de la veille. Noah sait comment me faire sentir mieux et bien. S'il n'y avait pas Andrew à l'hôpital, je pourrais me délecter de l'odeur du soleil sur la peau de mon amant, de la sensualité de cette croisière…

Je souris au souvenir de ce récent épisode.

Noah m'a promis de nouvelles virées en mer prochainement.

Je suis seule ce matin à la villa, Noah ayant repris ses consultations à la clinique. Enfin, seule… façon de parler. Declan est passé, Miles, mon garde du corps personnel, ne doit pas être très loin, la police veille à l'extérieur et une patrouille privée fait des rondes autour de la maison.

Je suis dans un bunker… Une vraie forteresse !

Mais c'est ce qui me permet aussi de me sentir en sécurité, plus sereine. Ian et Judy Rollins sont quelque part dans la nature. Et je ne serai tranquille que quand ils seront arrêtés.

S'ils le sont un jour…

Je me sens tellement impuissante. J'essaie de me rappeler mes instants dans l'entrepôt, des mots prononcés par Judy Rollins, de me souvenir ne serait-ce que d'un petit détail capable de débloquer cette situation. Est-ce qu'elle m'a dit où elle allait ? Est-ce qu'elle l'a laissé entendre ? Et Ian ? Si seulement je connaissais mieux ses habitudes… Mais rien ne me revient à son sujet, à part son caractère pédant, ses manières, son rentre-dedans à mon égard pour me séduire. Je n'ai rien vu d'autre que son attitude, j'ai fait une fixation dessus et voilà aujourd'hui où ça nous mène. Nulle part.

Je n'étais pas non plus censée savoir qu'il était à la tête d'un trafic d'art !

J'espère que Campbell et Mazetti seront plus efficaces dans leur enquête. Ce sont des professionnels, ils savent mieux que moi comment faire parler les suspects.

Mais est-ce qu'un jour je retrouverai ma petite vie tranquille ?

Et mon avenir ? Maintenant que mon contrat à l'Arts Company n'existe plus, il va falloir que je me trouve de nouvelles pistes, d'autres projets. Elles sont loin, les promesses de Ian Rollins de lancer ma carrière, de me faire connaître, de me permettre de vivre de mon métier…

C'est plutôt « retour à zéro » !

Noah a anticipé mon ennui. Je n'ai pas trop envie pour le moment de mettre le nez dehors ni de me rendre à mon atelier, et il a fait venir tout mon matériel ici. Il m'a même laissé une pièce de son immense villa pour que je la transforme en atelier provisoire. Et pas n'importe quelle pièce : elle donne elle aussi directement sur l'océan. J'ai installé mon chevalet du grand maître offert par Noah face au *bow-window*.

Seule la peinture pourra me changer les idées !

Tenir à nouveau un pinceau entre les doigts est un vrai plaisir. J'ai eu peur, ces derniers jours, que toutes ces histoires ne viennent ternir ma passion. Ian Rollins m'a tellement répété que j'avais du talent, comment ne pas penser maintenant qu'il s'agissait d'un mensonge ? Qu'il ne le pensait pas vraiment ?

Lui, tout ce qu'il voulait, c'étaient des peintures à vendre pour en camoufler d'autres.

Ma propre confiance en mon talent n'était déjà pas très grande, mais elle s'est amenuisée. Est-ce que j'arriverai à dépasser ça ? Je ne sais pas. Aussi, pour mon retour à la peinture, je ne me pose aucun défi. Je me contente de peindre ce que je vois : l'océan, la plage, le ponton, l'horizon... Mon travail est basique mais il m'emporte et, petit à petit, j'y mets du cœur. Je retrouve mes sensations, mon goût pour la peinture. Je laisse mon pinceau me guider et quand enfin, il reste suspendu dans les airs, je comprends que c'est tout pour aujourd'hui.

Je recule pour étudier le résultat. Dans ma tête, j'entends la voix de Ian. Il m'aurait certainement dit : « C'est magnifique, Alice, votre talent est indiscutable ! »

Tu parles...

J'attrape mon téléphone et sors de cette pièce, pour fuir la voix de Ian, pour fuir mes démons. Heureusement, un message de Molly attire mon attention.

[Je passe te voir ce soir. Bisous. Molly]

Chouette ! De la visite !

J'ai encore une bonne demi-journée à tuer avant que Noah ne rentre et que Molly ne vienne. J'opte donc pour ma principale activité du moment : la sieste.

On peut dire que je respecte la prescription du médecin !

***

Noah est le premier à arriver alors que le soleil décline. Je suis en cuisine pour préparer quelques petites choses à manger pour ce soir.

– Ça sent délicieusement bon, Declan a du souci à se faire, me glisse Noah en m'attirant doucement contre lui. Tu as passé une bonne journée ?

– J'ai peint, j'ai dormi, et j'ai fait un peu de cuisine, dis-je en me laissant happer par ses bras musclés.

– Tu as peint ? Je peux voir ?

– Oh non, ce n'est pas très bon, réponds-je aussitôt.

Noah s'écarte un peu de moi pour plonger ses yeux dans les miens. Son regard me sonde.

– Alice, tu sais que le trafic ne remet pas en question ton talent. Ne laisse pas ces gens te faire douter de toi, tu as un don pour la peinture, ne le gâche pas à cause d'eux, souffle-t-il de sa belle voix grave.

– Je sais mais… Enfin, on verra. Molly m'a prévenue qu'elle passerait ce soir, ça ne te dérange pas ? dis-je rapidement pour passer ce sujet délicat.

Mon séduisant blond ténébreux n'est pas dupe. Il m'observe un temps. Je suis transparente pour lui. Noah me connaît bien, il sait que cette histoire m'affecte autrement que physiquement. Mais je n'ai pas envie de régler ça maintenant, ni de lancer une psychanalyse ou quoi que ce soit du genre. J'ai d'autres priorités.

– Ce n'est donc pas pour moi que tu as cuisiné, je suis déçu, finit-il par dire, un brin taquin.

– Mais si, tu es convié à cette petite soirée improvisée, réponds-je en l'attirant de nouveau contre moi.

Après un baiser passionné, Noah se détache de moi.

– J'ai besoin d'une bonne douche froide, souffle-t-il en s'écartant de moi. Sinon, Molly risque d'attendre à la porte.

Je le laisse s'enfuir, essayant moi aussi de reprendre le contrôle de mon cœur. Mon rythme cardiaque s'est emballé et je ne tiens pas à laisser Molly attendre à la porte !

– Tiens, j'oubliais, me dit Noah en revenant sur ses pas. J'ai appris aujourd'hui ma nomination pour recevoir un prix d'excellence à une soirée médicale, demain soir. Est-ce que tu aimerais m'y accompagner ?

– Un prix d'excellence ?! Félicitations ! m'exclamé-je. Je serai très honorée de t'accompagner.

– Il y aura surtout des chirurgiens, de spécialités différentes, ta présence illuminera un peu plus cet événement…

Et de nouveau, Noah fait volte-face en prenant la direction de la chambre. Un large sourire naît sur mon visage. Il m'a demandé de l'accompagner à une soirée où je rencontrerai ses pairs ! Quelle preuve d'amour !

La sonnette du portail se fait entendre. C'est Molly. Je l'accueille sur le perron de la villa, attendant qu'elle gare sa voiture. Elle n'est jamais venue ici, j'ai hâte de l'emmener sur la terrasse donnant sur l'océan.

Elle va adorer !

– Alice ! Quelle maison ! C'est magnifique ! me lance-t-elle à peine sortie de sa voiture.

– Tu n'as encore rien vu, dis-je en l'entraînant rapidement à l'intérieur.

Quand elle met un pied sur la terrasse, Molly ouvre grands ses yeux.

– Non !

– Si ! Allez viens, installons-nous là-bas, j'ai fait un peu de cuisine cet après-midi… Et Andrew ? demandé-je aussitôt, sans pouvoir attendre.

– L'état d'Andrew s'améliore, me répond Molly en me suivant vers la cuisine. Il a l'air de reprendre le dessus, mais il est shooté aux antidouleurs pour le moment. Son médecin m'a dit qu'il ne pouvait pas encore parler et que c'était encore trop tôt pour les visites, mais il m'a vraiment rassurée.

– J'ai hâte d'aller le voir, dis-je en me retournant vers Molly.

– Moi aussi. Patience… Andrew est un battant, j'ai confiance. Il a réussi à dépasser le stade critique, il ne peut qu'aller de mieux en mieux maintenant.

Les paroles de Molly sont un vrai bonheur pour moi, à tel point que j'en ai presque les larmes aux yeux. Des larmes de soulagement, bien sûr.

Andrew va s'en sortir…

Molly m'aide à apporter sur la petite table du salon extérieur les quelques amuse-bouches que j'ai préparés cet après-midi.

– Tu t'es surpassée, constate Molly, en déposant bols et plats.

– Je n'ai que ça à faire, tu sais, soufflé-je.

– Je ne sais pas encore ce qui se passe vraiment dans ta vie, mais j'espère vraiment qu'un jour tu pourras m'en parler. Je ne comprends pas pourquoi tu es obligée de vivre recluse ici, pourquoi tu ne vis pas dans ton appartement, pourquoi tu sembles surprotégée. Même Andrew, à l'hôpital, est surveillé par la police ! Ça crée une ambiance particulière dans les couloirs, tu peux me croire…

– Si je ne te dis rien, c'est parce que je ne veux pas que tu finisses comme Andrew ! lâché-je brutalement.

Molly me regarde, étonnée. C'est la première fois que je perds mon sang-froid avec elle.

– Oh, excuse-moi, Molly, c'est juste que…

– Que c'est compliqué, m'interrompt-elle, compréhensive. Je sens que c'est grave et je respecte ton silence, Alice. Ne t'inquiète pas pour ça. Dis-moi juste qu'il ne va rien t'arriver !

C'est déjà fait…

– Allez, changeons de sujet ! Tu as plein de choses à me raconter et je veux tout savoir ! enchaîné-je pour passer à autre chose.

– On n'attend pas Noah ? me demande Molly en s'asseyant.

– Il est rentré juste avant toi. Je suppose qu'il tient à nous laisser un peu de temps « entre filles » !

– En tout cas, sache que ton Noah est un homme vraiment exceptionnel. Il est fou de toi. Il ne t'a pas quittée un seul instant à l'hôpital, même quand tu dormais. Et aussi il m'a donné de tes nouvelles très régulièrement, ça m'a beaucoup touchée…

– J'ai beaucoup de chance, oui, reconnais-je sincèrement. Mais, et toi ? Avec Luke ? J'ai cru vous voir dans les bras l'un de l'autre à ma sortie de l'hôpital !

Molly rougit aussitôt.

Ah ! Ça n'était donc pas une hallucination !

– Eh bien, commence Molly. Depuis notre dîner à quatre, disons que ce n'est plus vraiment pareil...

– C'est-à-dire ? demandé-je en lui tendant un verre de vin.

– Il a été très attentionné, depuis sa venue à la maison, tu sais. Mais ce soir-là, il m'a montré que je comptais un peu pour lui. On a beaucoup discuté. Il ne veut pas brûler les étapes, il m'a montré qu'il voulait s'investir avec moi.

Bizarrement, je ne sens pas mon amie aussi heureuse que je l'attendais.

– Mais ? l'interrogé-je.

– Je ne sais pas... Tout ça est si soudain. Je l'ai toujours apprécié. Je ne sais pas du tout comment réagir à tout ça. Il est si gentil avec moi, je sens que je lui plais et qu'il me plaît...

– Alors, où est le problème ?

– Tu sais bien que je ne peux pas avoir d'enfant ! s'ouvre enfin Molly. Si notre histoire fonctionne et qu'elle dure, il ne pourra pas être papa avec moi ! Imagine sa déception, ses reproches, ses regrets !

Je reste un instant sans voix. Jamais je n'aurais imaginé que le problème de stérilité de Molly puisse être un frein à leur relation... que Molly ait un tel blocage... Et d'un coup, tout s'est éclairé. Mon amie ne s'est jamais investie dans une relation à cause de ça !

– Mais Molly, tu ne sais pas s'il veut des enfants. Il suffirait de lui en parler, avancé-je doucement.

– Tu sais bien que Luke les adore, tu l'as vu à son travail, insiste Molly. Pourquoi commencer une relation quand on sait qu'elle est vouée à l'échec ? J'ai organisé ma vie sans

Luke, sans aucun homme d'ailleurs, pourquoi chercher à me faire du mal ?

– Oh ! Molly, dis-je en posant ma main sur sa jambe pour la réconforter. Parle avec Luke, dis-lui ce que tu as sur le cœur. Au moins tu seras fixée, tu sauras si c'est vraiment important pour lui. Mais ne passe pas à côté d'une histoire qui pourrait être si merveilleuse. Vous avez l'air de tellement bien vous entendre, je ne voudrais pas que tu aies des regrets…

Mon amie se contente de hausser les épaules. Jamais je n'aurais pu imaginer une telle situation.

J'ai tellement cherché à les mettre ensemble, j'en ai oublié l'essentiel !

Comment ne pas m'en vouloir d'avoir insisté pour qu'ils passent du temps ensemble ? Mais en même temps, ils éprouvent des sentiments communs et ont une vraie complicité. Molly a le droit d'être heureuse, elle n'a pas à se punir de son état physique toute sa vie ! Il y a forcément une solution !

Mais je n'ai pas le temps d'en parler à Molly que mon téléphone vibre. Pourquoi est-ce que c'est à Ian Rollins que je pense en premier, je ne sais pas. Mais je me fige devant cet appareil gesticulant sur la table.

– Ça va Alice ? Tu es toute pâle, s'inquiète aussitôt Molly. Tu veux que j'aille chercher Noah ?

– Non… ça va, réponds-je d'une voix blanche, les yeux toujours rivés sur mon téléphone.

Il cesse de vibrer. Je n'ai même pas osé le prendre pour voir le numéro. Je l'attrape pour m'assurer qu'il ne s'agit pas de Ian et, alors que je consulte l'historique de mes appels, il se remet à vibrer. Le numéro qui s'affiche m'est inconnu. Je décide de répondre. Molly est à mes côtés, si c'est Ian, ou Judy Rollins, elle peut appeler Noah. Il saura quoi faire…

Et ça peut aider l'enquête.

Je décroche et porte l'appareil à mon oreille.

– Allô ? fais-je simplement, sous les yeux inquiets de Molly.

– Mademoiselle Brighton ? Excusez-moi de vous appeler si tard, je suis maître Landy, l'avocate de Léna Chaze, fait une voix posée.

Léna Chaze ? Je l'avais presque oubliée !

Il me faut un temps pour assimiler les mots que je viens d'entendre. Moi qui attendais un appel des Rollins mère ou fils, voilà que Léna Chaze, l'ancienne assistante de Noah, refait surface. Arrêtée après mon enlèvement raté, après avoir voulu réclamer une rançon, je ne pensais plus avoir de ses nouvelles.

– Oui, c'est moi, me contenté-je de répondre, attendant la suite, sur la défensive.

– Ma cliente aimerait discuter avec vous d'une affaire très sérieuse, mademoiselle Brighton. Serait-il possible d'organiser un rendez-vous à la prison de l'État ?

– Je ne suis pas sûre que…

– Mademoiselle Brighton, je pense que vous ne pouvez pas refuser, insiste l'avocate. Dans votre intérêt.

Mais qu'est-ce qu'il se passe encore ?

– Eh bien… commencé-je.

– Demain matin, 11 heures ? m'interrompt la femme de loi.

– Euh… Oui. Très bien, accepté-je malgré moi.

– Très bien, mademoiselle Brighton. J'en fais part à ma cliente immédiatement. Elle sera très satisfaite de votre venue. À demain !

L'avocate raccroche aussitôt, sans me laisser le temps de lui dire au revoir.

– Alice, dis-moi ce qui se passe, tu as l'air perdue ! s'inquiète Molly.

– J'ai… Un appel de l'avocate de Léna Chaze, tu sais, la…

– L'autre folle ? Qu'est-ce qu'elle te voulait ?

– J'ai rendez-vous avec elle demain matin à la prison. Il paraît que c'est dans mon intérêt, récité-je, encore sous l'effet de surprise.

– Demain ? Elle t'en a dit plus ?

– Non…

– Tu veux que je t'accompagne ? Je ne travaille pas demain matin ! me propose Molly.

– Oh non, je… ça ira. J'en parlerai d'abord à Noah. Cette femme m'a prise de court et… bref ! Passons à autre chose !

Noah nous rejoint peu de temps après. Si la discussion est simple et agréable, je n'arrive pas à y participer totalement. Molly se rend rapidement compte de mon « absence » et décide de s'éclipser. Quand elle me lance un « prends soin de toi » avant de s'engouffrer dans sa voiture, je la sens véritablement inquiète.

Pauvre Molly, je la malmène, ces derniers temps…

Noah s'est lui aussi rendu compte de mon état. À peine la porte est-elle fermée qu'il me demande aussitôt ce qui ne va pas. Je décide de battre en retraite et de prétexter la fatigue. Léna Chaze tombe mal, très mal ! Noah a bien assez de soucis avec sa famille pour lui rappeler son ancienne assistante. C'est moi qu'elle souhaite voir, c'est à moi de régler ce problème !

19
UN MARCHÉ IRRECEVABLE

Noah s'est montré inquiet hier soir en apprenant ma prétendue fatigue. J'ai essayé de le rassurer, de lui dire que ce n'était rien. Ce matin encore, son regard m'a scrutée, cherchant de nouveau à lire en moi. Noah se doute que je lui cache quelque chose, je joue très mal la comédie. Mais il ne m'a pas forcée à parler.

– Tu sais que tu peux compter sur moi, me souffle Noah à l'oreille, alors qu'il m'étreint avant de partir.

– Je sais, réponds-je en essayant de prendre un ton enjoué. Ne t'inquiète pas, je me sentirai beaucoup mieux quand les Rollins seront arrêtés !

– Appelle-moi si ça ne va pas aujourd'hui, d'accord ?

Noah a du mal à me quitter. Je lutte pour ne pas lui parler de mon rendez-vous à la prison avec Léna Chaze. Mais je me reprends. Je veux d'abord savoir ce qu'elle me veut, j'en parlerai à Noah plus tard. Il risque de me reprocher de ne pas lui en avoir parlé mais il comprendra que j'essaie de le préserver.

On a tous eu notre dose de contrariétés ces derniers temps !

Nous nous détachons l'un de l'autre avec difficulté. Je rêve de vacances, de partir loin quelque temps, avec Noah. Nous deux, seuls au monde. De profiter de nous sans que rien ni personne ne vienne perturber notre histoire.

Une fois seule dans cette grande maison, je croise les bras sur ma poitrine et je frissonne. J'ai du temps devant moi pour me préparer, peut-être même pour peindre un peu. Mais devant ma toile, rien ne vient. Je reste là, à la fixer et à penser à Léna Chaze. Je ne veux pas mentir à Noah, je ne peux rien lui cacher. Et si je risquais de perdre sa confiance ? Il l'apprendra par Miles, de toute façon… Et mieux vaut que ça vienne de moi. Je ne peux pas lui faire ça. Pas moi.

Si je peux compter sur lui, il doit pouvoir compter sur moi aussi !

J'attrape mon téléphone et décide de lui envoyer un message. Il l'aura sans doute après ses consultations.

[L'avocate de Léna m'a donné rendez-vous à la prison. J'y vais pour 11 heures. Ne t'inquiète pas, je serai avec Miles. Je te tiens au courant. Je t'aime.]

Voilà, c'est envoyé.

Il sait, ou du moins, il saura. Je l'imagine déjà débarquant ici, furieux contre cette avocate et insistant pour m'accompagner. Mais comme je le pensais, je ne reçois aucune réponse immédiate.

Noah ne se permettrait pas de négliger ses patientes pour prendre un appel sur son portable.

J'appelle Miles, mon garde du corps, pour le prévenir que nous sortons. Il est presque aussitôt là.

– Bonjour Alice, me dit-il, avec sa réserve habituelle.

– Bonjour Miles ! Comment allez-vous ? demandé-je en essayant de sourire naturellement.

– Bien, mais c'est plutôt à moi de vous demander ça.

– Très bien. J'ai un rendez-vous à la prison de l'État, à 11 heures. Vous pouvez m'accompagner ? Je n'ai pas envie de gérer toute seule une nouvelle course-poursuite si ça devait se produire encore, plaisanté-je maladroitement.

– Je dois vous suivre partout, mais je m'étonne de ce rendez-vous. Le docteur Law ne m'en a pas parlé, me répond Miles en plissant les yeux.

– Un rendez-vous de dernière minute, je viens de prévenir Noah, rassuré-je le garde du corps. On y va ?

Je m'impatiente devant la suspicion de Miles. Comme si je devais demander l'autorisation pour sortir... Cette situation commence à m'étouffer !

Je laisse Miles prendre le volant de la voiture que Noah m'a prêtée. La dernière fois que je suis montée dans cette petite sportive, nous avons été poursuivis par une voiture. Judy Rollins cherchait alors à me mettre la pression...

Et ça a marché ! Ça, plus l'accident d'Andrew, et j'ai fini à l'hôpital !

– Espérons que nous serons plus tranquilles que la dernière fois, soufflé-je en mettant ma ceinture.

La main de Miles se fige avant de démarrer la voiture. Sa tête se tourne vers moi.

– Alice, vous devez être forte. S'il doit encore arriver quelque chose aujourd'hui, je suis là. Faites-moi confiance ! Je sais que tout ceci joue sur vos nerfs, mais vous êtes solide, vous ne vous effondrerez pas, dit-il sans aucune compassion dans la voix.

Non mais je rêve ? Il me prend pour une petite chose fragile ?

– Écoutez, Miles, vous ne me connaissez pas, vous ne savez rien de moi. Si vous êtes capable de rester de marbre devant un ami sur un lit d'hôpital, tant mieux pour vous, mais je ne trouve pas que ceci révèle votre « force ». Au contraire, je suis triste pour vous si vous n'éprouvez aucun sentiment. Oui, je suis touchée par ce qui arrive, et oui, je ne rêve que d'une chose, c'est de pouvoir rouler seule dans cette ville que j'adore sans avoir un garde du corps. Je ne suis pas une petite chose comme vous semblez le croire. Je peux vous assurer que si je croise Judy Rollins, je lui exprimerai toute ma colère ! Soyez rassuré, Miles, je ne vais pas m'effondrer dans vos bras, si c'est ce que vous craignez !

Ah ça fait du bien de se lâcher un peu…

– Je savais qu'en vous cherchant un peu, j'arriverais à faire connaissance avec la vraie Alice, sourit Miles en démarrant.

– Vous avez fait exprès de me mettre en colère ? demandé-je étonnée et encore plus agacée.

– Je vous l'ai dit, pour mieux vous défendre je dois bien vous connaître. L'Alice de ces derniers jours n'est pas la vraie Alice, n'est-ce pas ?

Je n'en reviens pas… Comment a-t-il su ?

– Je… Vous êtes perspicace, soufflé-je en regardant devant moi à mon tour.

C'est vrai, Miles a raison. Les derniers événements ont remis en question ma confiance en moi. D'habitude je ne me laisse pas faire, mes parents m'ont appris à être solide et forte. Ian Rollins, Judy Rollins, Léna Chaze, ils m'ont tous pris quelque chose…

Il est temps que je le leur reprenne !

– Merci Miles, me contenté-je de dire tout haut.

– De rien, mon métier n'est pas seulement physique, vous savez. Et vous serez mieux armée pour affronter ce rendez-vous qui n'avait pas l'air de vous enchanter il y a cinq minutes…

Je tourne la tête vers lui pour l'observer.

Décidément, quelle perspicacité… Garde du corps, c'est aussi psychologue ?

– C'est exactement ce dont j'avais besoin, vous avez raison, dis-je en souriant franchement.

Mais bien sûr, j'ai besoin d'être droite dans mes bottes pour affronter le regard méprisant de Léna Chaze et certainement les arguments de son avocate. Les paroles de Miles et cette prise de conscience ne pouvaient pas mieux tomber. J'avais besoin d'un électrochoc pour reprendre le contrôle de ma vie, ne plus être la victime ! Je ne veux plus m'apitoyer sur mon sort !

Un coup d'œil sur mon téléphone m'apprend que Noah ne m'a pas encore répondu.

***

Après avoir garé la voiture dans le parking des visiteurs, j'arrête Miles avant d'entrer.

– Vous restez avec moi ? lui demandé-je, le cœur battant.

– Je vais partout où vous allez. Je n'interviendrai pas, je serai discret, m'informe Miles, rassurant.

D'un pas décidé, j'entre dans la prison et retrouve, comme convenu, l'avocate de Léna Chaze. Maître Landy est en réalité une très jeune avocate, qui m'accueille avec beaucoup de froideur dans sa voix et dans son attitude. Je m'attendais à une sorcière du barreau, mais j'avais oublié que l'assistante de Noah n'avait pas forcément les moyens de s'offrir les services de la meilleure avocate de la ville. Maître Landy est surprise de me voir avec Miles, mais elle s'abstient de tout commentaire et je ne lui explique pas non plus les raisons de sa présence. J'ai le droit d'être accompagnée moi aussi et la tête peu avenante de Miles n'incite de toute façon pas à la discussion.

Je souris intérieurement. Noah a vraiment trouvé le garde du corps qu'il me fallait !

Nous entrons dans le parloir où maître Landy nous conduit à une table. Jamais je n'aurais reconnu Léna Chaze. Pas maquillée, les cheveux attachés en une banale queue-de-cheval, dans sa tenue orange, elle n'est plus l'assistante du plus grand chirurgien esthétique des États-Unis. « Pic à glace » – comme je la surnommais à cause de son mépris à mon égard, moi, la jeune artiste débutante – a perdu de sa superbe.

Son regard en revanche est toujours aussi acéré.

– Alice, tu es venue avec un garde du corps ? Je te fais donc aussi peur que ça ? se moque-t-elle de sa voix de vipère.

– Crois ce que tu veux, Léna, pourquoi veux-tu me voir ? lui demandé-je glaciale.

– Je…

– Ma cliente, Mlle Chaze, l'interrompt son avocate, visiblement déjà habituée au caractère de Léna, a un marché à vous proposer, et elle…

– C'est bon, je peux parler ! l'arrête Léna, arrogante.

Je perçois le mécontentement de maître Landy, mais elle abdique en silence. Une mésentente entre une avocate et sa cliente ? C'est beau à voir…

Et ça ne m'étonne pas venant de Pic à glace…

– J'ai un marché à te proposer, Alice, siffle Léna. Je vais être directe : retire ta plainte contre moi, parle aux parents de ce gamin pour qu'ils fassent pareil. Sinon, j'appelle les journalistes et je parle de la double activité de Noah, de son travail bénévole à l'hôpital public. Je ne suis pas sûre que les autres médecins apprécient…

Je me fige. J'avais oublié. Quand Léna Chaze et son acolyte nous avaient enlevés, Joshua et moi, le petit garçon avait maladroitement révélé les opérations que Noah réalise en secret à l'hôpital. Noah a toujours souhaité garder cette activité secrète, pour ne pas attirer les lumières sur lui, pour ne pas que son action soit mal interprétée, pour qu'on ne le juge pas… Joshua, ce petit garçon de 8 ans, a été soigné de cette façon. D'autres patients, qui n'ont pas les moyens de s'offrir une chirurgie réparatrice, bénéficient du talent de Noah. J'ai toujours été fière de cette générosité, il mériterait que tout le monde sache à quel point il est bon. Mais Noah tient à son secret. Il ne veut pas qu'on le félicite pour ce qu'il fait, comme il ne veut pas perdre ses patientes de la clinique qui pourraient refuser de se faire soigner par un médecin qui soigne aussi les plus démunis. Noah a conscience que, dans son milieu, les genres ne se mélangent pas. Il tient à soigner tout le monde, il n'a jamais souhaité choisir son camp. Juste faire son travail de médecin.

Et si Léna Chaze révèle ce secret, combien de temps faudra-t-il pour que les missions humanitaires soient aussi révélées au grand jour ?

Léna Chaze m'observe, fière d'elle. Elle sait qu'elle avance un argument de taille.

– Je ne mérite pas de finir en prison, Alice, continue-t-elle. J'ai été entraînée dans cette histoire, tout ça était l'idée de Tim !

– Je ne te crois pas, me contenté-je de dire.

– Réfléchis bien Alice ! Noah reçoit un prix ce soir, n'est-ce pas ? Imagine si je lâchais mon information au même moment ? Ce scandale public ! Tu ne veux pas ça pour ton cher milliardaire, n'est-ce pas ? me demande-t-elle, presque victorieuse.

Léna n'a décidément pas froid aux yeux. Elle est prête à tout pour sauver sa petite personne ! Même à trahir l'homme qui l'a aidée à s'en sortir après la mort de son mari.

– Comment est-ce que tu peux faire ça à Noah ? Il t'a toujours aidée ! Tu aurais pu partir, recommencer une nouvelle vie en Californie, dis-je en la regardant droit dans les yeux.

– Je te l'ai dit, je ne veux pas finir ma vie en prison ! s'écrie Léna Chaze, retrouvant sa voix hystérique qui la caractérise.

Mon cerveau fonctionne à cent à l'heure. Est-ce que je dois protéger Noah et préserver son secret ? Ou est-ce que je dois refuser et la laisser parler ? Je pense à Joshua, à cet enfant innocent qui a vécu cet enlèvement, à ses cauchemars qui ont suivi… Quelle image de la justice lui donnerais-je si j'enlevais ma plainte ? Cette femme qui lui a fait du mal sortirait de prison sans avoir été punie ? Mais Noah, est-ce qu'il ne risque pas de perdre sa carrière ? Sa raison de vivre ? Son métier compte tellement pour lui… Et avec ce qu'il vit en ce moment avec l'Arts Company, la réputation de son grand-père traînée dans la boue…

Soudain, la réponse apparaît comme une évidence. Noah comprendra. Il approuvera même, j'en suis sûre.

– Je ne retirerai pas ma plainte, dis-je fermement en détachant chacun de mes mots. Tu seras jugée pour ce que tu as fait, à Joshua, à Noah. Tu ne t'en sortiras pas cette fois, Léna, tu as été beaucoup trop loin !

Léna Chaze ne devait pas s'attendre à cette réponse et encore moins à mon aplomb. Son visage se décompose sous l'effet de la colère. D'un bond, elle se lève.

– Réfléchis bien, Alice ! Si tu ne fais pas ce que je demande, ce soir Noah n'a plus de carrière ! crie-t-elle, alarmant les gardes alentour.

Je me lève à mon tour, calme, inébranlable devant ses menaces.

– Ma décision est prise, dis-je en la regardant droit dans les yeux avant de me tourner vers son avocate. On se revoit le jour du procès.

Et je me détourne de cette table, laissant une Léna Chaze hurlant mon nom et proférant des menaces à mon encontre. Je ne me retourne pas. Je pense juste à cette pauvre avocate qui doit s'occuper de défendre une telle harpie. Elle doit être commise d'office pour travailler avec elle !

Les gardiens de la prison m'ouvrent successivement les portes. À l'air libre, je peux enfin laisser échapper toute la tension qui étreint mes poumons. À mes côtés, Miles frappe dans ses mains.

– Alors là, je dis bravo, me félicite-t-il. J'ai adoré comment vous lui avez tenu tête. Quelle femme épouvantable !

– Merci Miles, c'est un peu grâce à vous, vous m'avez réveillée ! Bon, rentrons, il est temps d'annoncer à Noah ce qui l'attend maintenant. Et ça… c'est une autre histoire.

– Votre décision est sage, je connais ce genre de personne, elle vous aurait fait chanter toute sa vie…

– Vous connaissez désormais le secret de Noah, est-ce que je peux compter sur votre discrétion ? lui demandé-je les yeux levés vers lui.

Miles ne répond pas et se contente de sourire.

Bien sûr !

– Vous le saviez déjà, conclus-je.

– Noah a été transparent avec moi, dès le début de mon contrat.

– Parce que pour bien nous protéger, vous devez bien nous connaître, récité-je, en montant dans la voiture.

Nouveau petit sourire de Miles.

Sur la route du retour, j'observe Miles à la dérobée. Nous ne deviendrons sans doute pas amis quand tout sera fini. Il partira pour d'autres contrats. Mais cela aura été une très jolie rencontre…

J'attrape une nouvelle fois mon téléphone. J'ai dix appels en absence, tous de Noah. Il doit s'inquiéter. Je lui écris aussitôt.

[Je rentre à la maison. Il faut qu'on parle. Rentre dès que tu peux.]

[J'arrive !]

Je m'attends à ce qu'il soit en colère, mais ça n'est pas le plus important. Je ne regrette pas du tout ma décision. Noah aurait pris la même, j'en suis sûre. Je sais que Léna ira jusqu'au bout.

***

– Est-ce que tu peux m'expliquer ce qui se passe ? s'écrie Noah à peine rentré. Qu'est-ce que Léna te voulait ?

– Son avocate m'a appelée, elle avait un marché à me proposer, commencé-je très calmement.

– Quel marché ? Tu aurais dû me dire que tu voyais Léna, je serais venu avec toi et…

– Noah, arrête, ça n'aurait rien changé. Ce n'est de toute façon pas le plus important, l'interromps-je d'une voix grave.

Noah s'assoit à mes côtés. Je lui explique tout, le rendez-vous, la présence de Miles, le marché de Léna Chaze et ma décision. Il se lève en silence, fait quelques pas. Je n'ajoute rien, j'attends la suite. C'est désormais à Noah d'agir, de choisir. Puis il se retourne, son beau regard bleu me transperce d'amour.

– Tu as pris la meilleure des décisions, Alice. Léna doit être jugée pour ce qu'elle a fait.

– Mais toi ? Ta carrière ?

– Il est temps que j'assume au grand jour ces opérations, je suis fatigué de me cacher, souffle Noah en venant me rejoindre.

– Tu es sûr ?

– Certain ! Et il n'y aura pas de meilleur moment pour l'annoncer que cette soirée, me souffle Noah en m'attirant contre lui. Ce sera l'occasion pour moi de demander à la presse de ne pas importuner mes anciens patients.

Notre étreinte est tendre, longue. J'éprouve comme un soulagement. Léna Chaze ne nous atteint pas, nous sommes les plus forts. Il n'y a aucune raison pour que ça ne se passe pas de la même façon avec les Rollins. Nous avons notre intégrité pour nous, et notre amour.

– Qu'est-ce que tu dirais d'une promenade au bord de l'océan ? proposé-je dans un dernier baiser.

– Je dois préparer un discours pour ce soir, me répond Noah. Et prévenir Luke que notre secret n'en est plus un. Les journalistes pourraient venir à l'hôpital. Je te rejoins dès que j'ai terminé.

J'observe Noah emporter quelques bricoles à manger avant de s'enfermer dans son bureau. J'admire son calme, sa capacité à répondre à toutes les situations, à s'adapter. Tout paraît tellement simple avec lui…

Je me lève du canapé, motivée par mon idée de petite promenade. Après un sandwich avalé rapidement, je marche dans le sable, les joues offertes au vent venu de l'océan.

20
SECRET AVOUÉ, LARGEMENT PARDONNÉ

J'adore éprouver ce sentiment de liberté ! Si ça ne tenait qu'à moi, je me jetterais dans l'océan pour y patauger avec plaisir. Il y a tellement longtemps que je ne me suis pas baignée… On pourrait organiser un grand pique-nique sur la plage, avec Molly, Andrew et Joshua.

Ce serait génial !

Je m'amuse un instant avec le ressac, laisse mes traces de pas dans le sable mouillé. J'observe la villa de Noah, tellement belle, vue de ce côté. Je pense à Noah, à l'intérieur, en train de se préparer à affronter un tournant dans sa carrière.

Pourvu que ses pairs soient compréhensifs !

Cette soirée promet d'être animée ! Noah voulait un peu de piment, il est servi !

Mon regard se porte vers une silhouette au loin. Un joggeur sans doute. Je continue de marcher, le regard porté à l'horizon, vers les buildings de la ville.

Et vers le joggeur.

Quelle idée de courir avec cette chaleur ! Bizarrement, je le vois un peu mieux. Il n'emprunte pas le même chemin que les coureurs habituels. C'est bizarre, j'ai l'impression qu'il…

Qu'il se dirige vers moi.

Ces plages sont privées, personne ne vient jamais par là. Plus il s'approche de moi, plus sa silhouette se précise. Mon cœur se met à battre plus vite. Ce joggeur, un homme *a priori*, court en sweat à capuche, par cette chaleur.

Ce n'est pas un joggeur !

Cet homme vient vers moi… Droit sur moi !

Aussitôt, je me mets à courir à mon tour, vers la villa de Noah. Mais le sable me ralentit et l'homme s'approche vraiment !

– Noah !

Je crie, j'appelle à l'aide…

– Miles !

Je cours, sans me retourner, en continuant d'appeler. Je sais qu'une équipe de surveillance fait des rondes très régulièrement sur la plage, elle ne doit pas être loin ! Je crie de plus belle et, enfin, on semble m'entendre. Miles et Noah sortent en même temps sur la terrasse. Ils comprennent aussitôt et se mettent eux aussi à courir dans ma direction pour me rejoindre. Noah est le premier à m'atteindre, Miles ne s'arrête pas.

Je me retourne pour voir l'homme s'éloigner, poursuivi par Miles et deux autres hommes, l'équipe de surveillance sans doute.

– Alice, tu vas bien ? me demande Noah en me serrant contre lui.

– Oui, réponds-je, essayant de reprendre mon souffle. Je

me promenais et j'ai aperçu cet homme. Je croyais que c'était un joggeur, mais j'ai vu qu'il se dirigeait vers moi. Il… il portait un sweat à capuche, j'ai tout de suite compris que ça n'était pas normal…

– Viens, on rentre.

– Cette silhouette… elle me rappelle celle de Ian… mais je ne suis pas sûre, dis-je en me retournant vers l'homme désormais hors de vue.

– Tu es sûre ? m'interroge Noah, fronçant les sourcils.

– Non, il était loin. Mais cette carrure…

Noah m'entraîne à l'intérieur de la maison. Je m'assois sur le canapé alors qu'il m'apporte un verre d'eau.

– Je n'aurais jamais dû te laisser sortir comme ça, se reproche Noah froidement.

– Je ne vais pas rester éternellement enfermée ici et tu ne peux pas être partout, dis-je. J'aurais dû prévenir Miles, c'est ma faute.

– Jusqu'ici… Il est venu jusqu'ici ! s'énerve-t-il en arpentant le salon. Il a osé !

– Je pense que c'était Ian, mais je ne suis pas sûre.

– Oh, Alice, tu trembles ! me fait remarquer Noah en se précipitant vers moi pour me prendre dans ses bras.

– J'ai eu peur, mais ça va, le rassuré-je. Je savais que tu n'étais pas loin, que je n'étais pas seule. Je t'assure, ça va.

Miles frappe au chambranle de la fenêtre de la terrasse.

– Nous n'avons pas réussi à le rattraper, nous apprend-il en rentrant. Il était déjà parti en voiture quand nous avons atteint la route et…

– Vous avez la plaque ? l'interrompt brusquement Noah.

– Non, répond Miles.

– Je veux des hommes sur la plage, tout le temps ! ordonne Noah. Chargez-vous en, Miles. Alice ne doit jamais rester seule, je veux que cette plage soit quadrillée, vingt-quatre heures sur vingt-quatre !

– Ce sera fait, docteur Law, répond Miles, impassible.

Au même instant, mon téléphone, que j'avais laissé sur la table du salon en rentrant tout à l'heure de la prison, se met à vibrer. Je frissonne et jette un regard vers Noah. Il l'attrape le premier.

– Numéro masqué, nous dit-il à Miles et moi.

Noah s'empresse de décrocher et de mettre le haut-parleur. J'attrape mon téléphone pour parler.

– Allô ? fais-je, la voix étranglée.

– Alice, c'est moi, Ian, répond le demi-frère de Noah, visiblement pressé. Je ne vous veux aucun mal ! Je ne voulais pas du tout vous effrayer sur la plage… mais vous prévenir. Ma mère m'a tout raconté. Je suis abasourdi, Alice. Je ne m'attendais pas du tout à ça de sa part et… Je vous laisse. Méfiez-vous !

Ian ne nous laisse pas le temps de dire un mot. Lui d'habitude si pédant au téléphone… Il avait l'air préoccupé, comme s'il devait fuir quelque chose… Comme s'il avait peur.

Que mon téléphone soit sur écoute, que la police le localise, sûrement !

Et me méfier de quoi ? De sa mère ? Pourquoi me prévenir ? Est-ce que Ian n'est pas d'accord avec les agissements de Judy ?

– Vous souhaitez que je reste, docteur Law ? demande Miles, brisant le silence.

– Non, allez-y Miles, merci, répond Noah, lointain.

Nous échangeons un regard. Cet appel nous laisse perplexes.

– On sait maintenant que Ian est encore en ville, finit par dire Noah, songeur.

– Il voulait juste me prévenir… nous prévenir, que Judy est encore dangereuse. Est-ce que ça voudrait dire que… ?

– Qu'il n'est peut-être pas autant impliqué dans ce trafic que nous le pensions, termine Noah, songeur.

Se peut-il que Ian Rollins soit aussi malmené par sa mère ? Nous y avions déjà pensé, il semblerait que notre idée soit juste.

– Je vais prévenir Campbell et Mazetti, dit Noah en se levant. Est-ce que ça va aller ?

– Oui, je vais prendre le temps de me remettre de ces nouvelles émotions pour être en forme ce soir.

– Alice… Je ne te laisse plus une minute sans surveillance désormais, souffle-t-il en s'agenouillant devant moi.

– Ne t'inquiète pas, je ne referai pas deux fois la même erreur. Judy rôde toujours, j'ai compris. Je dois avoir le réflexe d'appeler Miles, partout où je vais, quand tu n'es pas là.

Noah me dépose un long baiser sur les lèvres, m'entourant le visage de ses mains.

Le regard que nous échangeons ensuite est lourd de signification. Ces épreuves solidifient chaque jour un peu plus notre couple.

***

Je me sens légèrement nerveuse à cette soirée où Noah ne cesse de recevoir des compliments sur son travail. Il est plus que l'invité d'honneur, il est véritablement une star ! Et dans son smoking noir et nœud papillon, il est une star très sexy. Dans ma robe longue en soie noire, je souris, serre des mains, discute et prends la pose devant les photographes présents.

Si nous n'avions pas cette épée de Damoclès au-dessus de la tête, je pourrais pleinement profiter de ce moment. Noah tient ses promesses, il ne me quitte pas un seul instant et me présente à tous comme sa compagne. Parfois, j'ai encore du mal à y croire. Moi, Alice Brighton, jeune artiste fraîchement sortie des Beaux-Arts, je suis au bras de cet homme réputé, reconnu et apprécié.

Et puis vient le moment des discours et de la remise de ce fameux prix d'excellence. Je n'ai pas vraiment saisi l'importance de cette reconnaissance, Noah m'ayant expliqué qu'elle était plus symbolique qu'officielle. Il monte sur l'estrade, je suis assise à notre table et je n'ai d'yeux que pour lui.

C'est le moment…

De nombreux journalistes participent à l'événement. Ils me font l'effet de vautours s'apprêtant à fondre sur leur proie avec leurs questions. Quant à Noah, il a l'air serein, tranquille. Son discours de remerciements est rapide. Il sait, il entend déjà la rumeur lui parvenir du fond de la salle. Aussi, au lieu de quitter le pupitre, il reste. Il attend. Il sait que c'est maintenant…

– Docteur Law, est-ce vrai que vous exercez une activité parallèle et que vous opérez des patients gratuitement ?

Je ne sais pas qui a posé la question et à vrai dire, cela n'a pas vraiment d'importance. Léna Chaze a mis ses menaces à exécution et elle doit sans doute, dans sa cellule de prison, imaginer avec délectation ce moment qu'elle considère comme la chute de Noah. Mais je ne veux pas lui donner ce plaisir. Je me redresse sur ma chaise, je suis prête à soutenir l'homme de ma vie.

Des murmures parcourent la salle. Je ne saurais dire s'il s'agit de surprise ou d'indignation.

– C'est vrai, répond Noah de sa voix posée. Je pratique au Memorial des opérations sur des patients qui ont besoin de chirurgie réparatrice. Voyez-vous, j'aime mon métier et je n'imagine pas consacrer mon savoir-faire à une catégorie particulière de patients. Je suis médecin avant tout et je me dois d'apporter mon assistance à toute personne en souffrance. Si demain, cette nouvelle me fait perdre mes patients à la clinique, voire mon travail ou la reconnaissance de mes pairs, je n'arrêterai pas ces opérations à l'hôpital. Il est plus important pour moi d'aider mon prochain avec ce que je sais faire, ce pour quoi je suis né, que de me soumettre à des diktats imposés par des médecins qui jugeraient négativement ma double activité.

Noah avait préparé sa réponse, choisi ses mots. Je m'empêche de l'applaudir tant il vient de me transporter par la passion dans sa voix, par la ferveur avec laquelle il parle de son métier et des autres. Mon beau blond m'adresse un regard chargé d'amour, auquel je réponds par un large sourire. Qu'importe la réaction des autres, Noah vient de s'enlever un poids, celui du secret. Et il est en paix avec lui-même.

Et soudain, quelqu'un applaudit, puis un autre, puis d'autres encore… Toute la salle salue le discours de Noah. D'un geste de la main, il demande à reprendre la parole.

– Merci, merci. Je voudrais juste ajouter que, si j'ai gardé ce secret, c'est d'abord et avant tout pour permettre à ces patients de l'ombre de rester dans l'anonymat. Messieurs, mesdames les journalistes, je vous demanderai de respecter cette discrétion. Ces personnes ont assez souffert dans leur vie pour gérer l'intrusion des médias. Je suis ouvert pour vous parler, répondre à vos questions, mais pas ce soir… Je ne tiens pas à ce que cette soirée tourne autour de ma personne, nous avons encore bien des médecins à féliciter ici, ajoute-t-il en souriant.

Et Noah s'écarte, laissant la place au maître de cérémonie. Quand il me rejoint, il me murmure à l'oreille :

– Et maintenant, mon téléphone ne va pas arrêter de sonner…

– Tu as été tellement… parfait. Je crois que Léna n'aurait jamais pu prévoir une ovation pareille !

– J'aurais peut-être dû prévoir un enregistrement pour le lui envoyer, plaisante Noah en retrouvant sa place, félicité par ses voisins de table.

Après le repas, la soirée s'éternise en discours, en présentations médicales. Noah est déjà sollicité par les médias. À tous, il promet une conférence de presse dans les jours prochains pour calmer les ardeurs des plus motivés à avoir l'exclusivité de la première interview.

Noah a raison, j'aurais dû filmer ce moment et faire parvenir la vidéo à Léna Chaze… Est-ce qu'elle sait déjà que son plan a raté ?

Il est enfin l'heure de partir et je m'assois avec soulagement sur la banquette arrière de la limousine que Noah a réservée pour l'occasion.

– Je ne suis pas mécontente de rentrer, soufflé-je en ôtant mes escarpins. Tu as beaucoup de soirées de ce genre dans ton planning ?

– Non, je te rassure, sourit Noah.

– Tu te sens soulagé ?

– Je n'ai plus besoin de me cacher, ni de mettre la pression du secret sur les épaules de Luke et sur celles du personnel soignant qui m'accompagne. Je pourrais remercier Léna pour ça… Il aurait fallu que j'en parle tôt ou tard. C'est fait, et c'est très bien ainsi. Il ne reste plus qu'à voir si mes patientes de la clinique vont annuler leurs prochaines consultations.

Je pose doucement la tête sur son épaule. Si tout pouvait se régler aussi simplement !

– Oh, mais ! s'exclame Noah en se redressant.

– Qu'est-ce qu'il y a ? demandé-je aussitôt, inquiète par ce mouvement soudain.

– Le chauffeur n'a pas pris la route habituelle ! Et…

La vitre sans tain servant de séparation entre l'arrière et l'avant de la voiture se met à descendre. À la place de notre conducteur, Ian Rollins tient le volant. La main de Noah se pose sur moi, comme pour me protéger.

– Ian, qu'est-ce que tu fais là ? demande Noah froidement.

– Ne fais rien qui signale ma présence ici, Noah, le prévient Ian. Je sais que tu as une voiture de gardes du corps qui nous suit. Si elle te demande pourquoi nous avons changé d'itinéraire, dis-leur que c'est ton choix.

Le téléphone de Noah vibre. Les gardes du corps sont effectivement surpris et viennent aux nouvelles. Noah s'exécute.

– Et maintenant, qu'est-ce que tu veux, Ian ? Tu ne crois pas qu'il serait temps pour toi de te livrer à la police plutôt que de te cacher et de fuir ?

Noah ne panique pas, il garde le contrôle. Mais je sens la colère dans sa voix. Mon rythme cardiaque s'est accéléré, mais bizarrement, je ne me sens pas en danger.

Du moins pas encore…

– Quand j'ai vu que tu laissais tes gardes du corps à l'extérieur de la cérémonie, j'ai saisi ma chance. Je t'ai reconnu dans cette façon de faire : ne pas attirer l'attention, rester discret. Les gens auraient posé des questions s'ils vous avaient vus encadrés par ces sbires. C'est tout toi. Ton chauffeur n'est pas très recommandable, il a accepté de me laisser sa place sans ciller, juste contre quelques billets. C'est de l'imprudence, Noah…

Je sens la main de Noah se crisper sur mon genou.

– Qu'est-ce que tu veux Ian ? insiste-t-il, luttant pour ne pas laisser exploser sa colère et bondir sur son demi-frère.

– Je veux que tu restes sagement à ta place, à l'arrière avec Alice. Au moindre mouvement suspect, je crée un accident mémorable dont on pourrait ne pas sortir vivants. Je pourrais feindre d'être totalement ivre, de perdre le contrôle de la voiture. Je n'ai pas peur de mourir, ma vie est gâchée de toute façon. Alors maintenant, c'est moi qui ai le contrôle de la situation.

Mon sang se glace. L'accident de voiture, le conducteur ivre. C'est de cette façon que j'ai perdu mes parents il y a deux ans.

Et je risque de connaître le même destin…

V

JUSTE L'AMOUR

21
INSTINCT FRATERNEL

J'ai l'impression d'être spectatrice d'un duel entre deux frères…

Ian Rollins nous tient en otage dans cette voiture, menace de provoquer un accident au moindre geste de notre part. Du moins de la part de Noah. Moi, de toute façon, je suis incapable de bouger.

La soirée s'était pourtant si bien passée. La vie semblait enfin nous sourire. Et nous voilà encore à la merci d'un tiers. Comme si notre destin ne nous appartenait pas ! Comme s'il fallait que quelqu'un d'autre le contrôle toujours pour nous ! Alors que nous avions réussi à contrecarrer les plans d'un odieux chantage, voilà que, à nouveau, nous devons lutter pour notre survie !

Ce matin même, Léna Chaze menaçait la carrière de Noah en contactant la presse pour révéler sa double activité : de ses opérations à l'hôpital pour les plus démunis, en plus de son travail à la clinique. Léna, de sa cellule, pensait vraiment pouvoir me manipuler avec son odieux marché : je devais lever ma plainte contre elle après mon enlèvement qu'elle avait orchestré. Sinon, elle parlait à la presse. J'ai évidemment refusé. Léna Chaze devait payer pour ce qu'elle avait fait à mon jeune ami et moi. Joshua, un petit garçon de 8 ans, à mes côtés à ce moment-là, avait lui aussi été impliqué dans cette histoire. Nous enlever contre une rançon et rester impunie ? Certainement pas ! Devant mon refus, Léna a tenu sa parole. À cette fameuse soirée, la presse a posé des questions à Noah, le secret a été révélé.

Mais comme à son habitude, Noah n'a pas failli. Préparé à la possibilité de devoir se justifier en public, devant ses pairs, il a assumé ses opérations en faveur des plus pauvres et les a défendues, de sa force tranquille et de sa belle assurance. Son charisme a fait le reste. Les autres médecins réunis au cours de cette soirée l'ont ovationné. Noah n'a plus besoin de se cacher, du moins des autres médecins dont il a reçu l'approbation ce soir.

Nous sommes donc partis, le cœur léger, délestés d'un secret. Et voilà que Ian Rollins, le demi-frère de Noah, nous fauche en plein vol vers le bonheur. Si l'affaire Léna Chaze est en passe d'être réglée, celle du trafic d'art, et donc celle de Ian Rollins, nous a rattrapés. Ian Rollins conduit la voiture et nous tient à sa merci.

– J'ai très peu de temps pour te parler, Noah, la route n'est pas longue jusqu'à chez toi, reprend Ian après un court silence. Ce nouvel itinéraire ne nous fait gagner que quelques minutes.

– Qu'est-ce que tu veux, Ian ? demande-t-il fermement, sans ciller.

J'observe Ian, le directeur de l'Arts Company dans le rétroviseur. Pendant une fraction de seconde, nos regards se croisent. Il n'a plus cette belle assurance qui l'a toujours distingué au cours de nos derniers échanges, quand je pensais encore que mon travail pour lui était honnête. Ian a les traits tirés, je le sens inquiet.

– Je veux juste que tu m'écoutes ! dit-il nerveusement. Tu n'as rien à craindre de moi, toi non plus, Alice. Je vous assure que je ne savais pas que ma mère avait enfermé Alice dans cet entrepôt. Elle m'en a parlé après. Noah, tu la connais, elle est prête à tout pour parvenir à ses fins. Si j'avais su pour Alice, je ne l'aurais pas laissée faire !

Ian martèle le volant de ses mots. Il est en colère, cela se sent.

Pourvu qu'il garde le contrôle de la voiture !

– Et tu crois que nous prendre en otage est la meilleure façon de nous le dire ? siffle Noah, toujours glacial.

– Est-ce que tu penses que j'ai le choix ? J'ai tenté d'approcher Alice, tes gardes du corps étaient là pour m'en empêcher. Vous croyez tous que je suis mêlé à tout ça ! Ce n'est pas le cas ! se défend Ian, fébrile.

– Ne me fais pas croire que tu ne savais rien sur ce trafic, Ian ! aboie Noah. On sait exactement pourquoi tu as demandé à Alice de travailler pour toi !

– Bien sûr que je connaissais l'existence de ce trafic, mais ce n'est pas moi qui en suis à l'origine. Tu ne me connais pas assez pour savoir que je suis honnête. Je voulais arrêter ce trafic, nettoyer l'Arts Company de ses parasites… Mais ma mère ne m'a pas pris au sérieux, elle a voulu le développer, voir plus grand ! Elle étendait son réseau en s'installant à Miami, elle voulait gagner en pouvoir, au mépris des risques ! Elle nous a fait du mal ! À toi, à moi aujourd'hui…

– Et comment est-ce que je pourrais te croire ? lui demande Noah, crispé.

– Tu ne peux que me faire confiance, je ne suis pas comme ma mère, Noah ! Je te dis tout ce que je sais ! Quand elle a su qu'Alice s'était enfuie, elle est entrée dans une rage folle ! Elle a cru que j'allais l'aider à te retrouver, à te faire taire ; j'ai refusé. Elle n'a pas eu besoin de moi de toute façon pour comprendre comment Alice avait réussi à s'échapper. Elle a visionné les caméras de surveillance et vu qu'un homme l'avait aidée.

– Andrew… murmuré-je.

– À partir de ce moment-là, elle a totalement perdu le contrôle. Elle a demandé que l'entrepôt soit brûlé, l'homme avec.

Mon sang se glace. Judy Rollins a voulu tuer Andrew, mon meilleur ami. Je le pressentais, mais l'entendre de la bouche de son fils me glace le sang. Heureusement, mon ami a survécu. Il est à l'hôpital, dans un piètre état, mais sa vie n'est plus en danger. Et il est aussi surveillé par la police qui le garde nuit et jour. Il est l'un des témoins les plus importants de cette affaire, il bénéficie d'une protection rapprochée. Et ce n'est pas une précaution inutile, surtout si Judy Rollins compte finir ce qu'elle a commencé.

– Ma mère est complètement folle ! Elle a fait brûler toutes les preuves et elle a tué quelqu'un ! Je ne l'ai pas supporté, je suis parti, continue Ian.

– L'entrepôt n'a pas brûlé, lui apprend Noah. La police a récupéré assez de preuves pour son enquête, et l'homme dont tu parles, le meilleur ami d'Alice, n'est pas mort. Il survivra à ses blessures.

Ian secoue la tête. Je ne sais pas comment il arrive à se concentrer sur la route. Heureusement, à cette heure, il n'y a personne.

– Alice, je suis désolé, vraiment, s'excuse Ian en jetant un œil dans le rétroviseur. Je n'ai pas réussi à arrêter ma mère. Je ne devrais peut-être pas dire ça mais… Si la police peut l'arrêter, c'est ce qui pourrait arriver de mieux !

Je ne sais pas quoi penser de cette discussion. Ian semble sincère, mais comment croire qu'il ne nous ment pas lui aussi ? Qu'il n'est pas envoyé par sa mère ? Qu'il n'est pas à l'origine de toutes ces malversations et qu'il rejette tout sur Judy, voyant la tournure que prennent les événements ? Je tourne la tête vers Noah. Son visage est fermé, sa main est toujours crispée sur ma jambe.

– Ma mère m'a toujours étouffé, Noah, ajoute Ian, une pointe de regret dans la voix. Elle t'a éloigné pour me garantir la place de fils unique dans l'héritage de notre père. Je n'ai pas pu avoir mon frère à mes côtés, ni nos grands-parents… Tu étais leur préféré, ils n'ont jamais voulu me connaître, ils ne…

– Nos grands-parents t'ont toujours considéré comme leur petit-fils, le coupe brutalement Noah. Si tu crois qu'ils ne t'aimaient pas, c'est faux ! Tu n'imagines pas leurs regrets de ne pas t'avoir à Noël, de ne pas pouvoir te voir comme ils le souhaitaient ! Ta mère a ignoré leurs appels, c'est elle qui ne voulait pas que tu les voies, que tu ME voies ! Et notre père… Il était indifférent à tout ça.

– Pourquoi est-ce que je ne suis pas étonné par ce que tu me dis ? demande Ian en secouant une nouvelle fois la tête. Elle a contrôlé ma vie. Mais c'est fini. Je lui ai tenu tête. J'ai refusé de continuer sur sa voie. Tu sais… La police me recherche, mais ce n'est pas d'elle dont j'ai le plus peur. Ma mère m'a prévenu que si je la laissais tomber, elle m'éliminerait moi aussi. Elle a dit qu'elle ne me laisserait pas ruiner tout ce qu'elle a réussi à construire…

– Mais pourquoi est-ce que tu ne te rends pas à la police ? lui demande alors Noah, la voix légèrement adoucie.

– Parce que je suis persuadé que ma mère fera tout ce qu'il faut pour me charger, pour me faire porter le chapeau de tout ce trafic, qu'elle falsifiera les preuves pour m'incriminer. Mais je refuse de payer pour elle, pour qu'elle s'échappe et qu'elle continue ailleurs. Elle a été trop loin ! Il faut que tu m'aides, Noah, je n'ai plus que toi !

Je sens Noah frémir en entendant ces paroles.

– Tu pourrais me refaire un visage tout neuf, une nouvelle identité, je pourrais fuir le pays comme ça, enchaîne Ian qui avait visiblement déjà préparé son idée. Ma mère ne me retrouvera pas, je ne risquerai plus ma vie !

– C'est hors de question, Ian ! rétorque aussitôt Noah. Tu as ta part de responsabilité dans ce trafic, tu as terni l'héritage de notre grand-père ! Assume les conséquences de tes décisions ! Je ne t'aiderai pas à fuir !

Les battements de mon cœur s'accélèrent. Et si Ian, devant le refus de Noah, nous précipitait contre un mur ? S'il perdait le contrôle de la voiture par désespoir ? Un silence pesant s'installe alors. Noah est tendu, et Ian, derrière le volant, est livide.

À quoi pense-t-il ? À la meilleure façon de nous tuer ?

Soudain, la voiture ralentit. Nous sommes arrivés au portail de la villa de Noah. Ian s'engage dans l'allée comme le ferait n'importe quel chauffeur, pour ne pas éveiller les soupçons de la voiture de gardes du corps qui nous suit.

– Sortez, finit-il par dire entre ses dents.

Je ne me le fais pas dire deux fois. Je sors rapidement de la voiture, mais je m'aperçois que Noah ne me suit pas. Il est resté assis, sur la banquette. J'essaie de garder mon calme, de rester discrète. Tant que Noah est encore à l'intérieur, je ne dois pas donner l'alerte. Je me penche, faisant semblant de récupérer mon sac dans la voiture. Derrière nous, j'entends une voiture se garer, des portes claquer. Dans quelques instants nos gardes du corps vont découvrir Ian…

Et cette histoire risque de mal finir si Noah ne se décide pas à sortir de cette voiture ! Maintenant !

Alors que je m'apprête à dire qu'il est temps d'y aller, Noah reprend la parole.

– Notre relation n'est qu'un énorme gâchis, dit-il à Ian en le regardant droit dans les yeux dans le rétroviseur. Nous aurions pu grandir comme deux frères si Judy ne nous avait pas séparés. Je suis prêt à t'aider, Ian, mais seulement si tu te rends à la police. Tu dois le faire, pour notre grand-père, pour le rendre fier de toi. On ne pourra pas rattraper le passé, mais on peut au moins sauver le présent.

Sur ces paroles, Noah sort à son tour de la voiture, alors que l'équipe de protection rapprochée nous rejoint. Ian part aussitôt avec le véhicule, et je vois Noah attirer l'attention des gardes du corps pour les empêcher de regarder en direction de la voiture qui s'en va.

C'est désormais une histoire entre frères…

– Tout va bien, docteur Law ? demande Miles, mon garde du corps attitré. Je n'aime pas que vous changiez d'itinéraire au dernier moment.

– Désolé Miles, je pensais qu'il y aurait moins de circulation en passant par là, s'excuse Noah.

– Nous allons faire un tour de la maison avant que vous ne rentriez, dit le garde du corps. Et nous resterons à proximité en cas de problème cette nuit.

Nous laissons l'équipe faire son travail et attendons quelques minutes sur le perron. Ni Noah ni moi n'échangeons une parole. Nos regards suffisent.

– C'est bon, docteur Law. Bonne nuit, annonce Miles en nous saluant avant de s'éclipser.

Nous attendons d'être dans la chambre de Noah pour enfin discuter. J'attends d'être sûre qu'aucune oreille ne nous entend pour laisser échapper toute la tension qui me vrille le cœur.

– Je n'en reviens pas, soufflé-je en m'asseyant sur le lit. Tu crois que Ian était sincère ? Qu'est-ce que tu comptes faire, maintenant ?

– Attendre, me répond calmement Noah en s'asseyant à mes côtés. Si Ian est vraiment sincère, il reviendra vers moi.

– Tu veux l'aider ?

– Ian n'est pas tout blanc dans ce trafic, mais je le crois sincère quand il parle de Judy. Il a cherché à nous prévenir, à sa façon, pour que nous nous méfiions de sa mère. Je vais lui laisser le bénéfice du doute quelque temps. S'il ne revient pas vers moi, alors je parlerai de cette rencontre à la police.

Je frissonne, nerveuse. Noah remarque mon léger mouvement et s'inquiète aussitôt.

– Est-ce que ça va, Alice ? me demande-t-il en m'entourant de ses bras. Cette journée a encore été riche en émotions pour toi. Entre Léna ce matin et Ian ce soir…

Noah me couve du regard. C'est vrai que la journée a été rude. Mais il en ressort du positif quand même : Léna ne nous fera plus jamais chanter. Quant à Ian, après réflexion, je ne le crois pas dangereux. Il aurait pu mettre ses menaces à exécution mais il ne l'a pas fait. Il n'est pas comme sa mère. Il cherchait juste à attirer l'attention de son demi-frère.

– Ça va, réponds-je pour le rassurer. J'ai juste besoin d'une bonne nuit de sommeil pour digérer ce qu'il vient de se passer.

– J'aurais peut-être dû me montrer plus prudent, accepter la présence des gardes du corps dans la voiture, et…

– Ian tenait à te parler. Il aurait trouvé un autre moyen pour t'approcher, l'interromps-je. Rien de mauvais n'est arrivé ce soir, au contraire…

Noah me regarde, étonné.

– Tu as raison. Excuse-moi, je tiens tellement à te protéger que j'en oublie que tu es aussi solide…

– Je l'avais oublié aussi, ces derniers temps, soufflé-je, me rappelant la profonde discussion que j'ai eue avec Miles, ce matin, au moment de me rendre à la prison de Léna.

Il a su me secouer…

J'embrasse Noah pour finir d'effacer complètement l'inquiétude sur son visage. Cette histoire de trafic est loin d'être terminée, mais ce soir, j'éprouve comme une nouvelle confiance. Judy Rollins a l'air dangereuse, mais je suis bien entourée et, surtout, j'ai vu une nouvelle lueur dans les yeux de Noah, quand il a adressé ses derniers mots à son demi-frère. Il a été touché par Ian, par ses paroles.

Pourvu qu'il ne soit pas déçu et que Ian fasse ce qu'il faut !

Nous nous défaisons de nos tenues de soirée. La remise du prix, les questions des journalistes, Ian… nous sommes fourbus ! Noah et moi nous retrouvons sous la douche, pour un moment complice. Vivre ces épreuves ensemble consolide notre amour. Mais je souhaite que la vie nous apporte un peu de répit.

***

Quand je me lève ce matin après une nuit de sommeil agité, je ne trouve pas Noah à mes côtés. Les événements de la veille me reviennent aussitôt en mémoire. Je m'assois sur le lit, regardant partout autour de moi. Aucun bruit dans la salle de bains. Noah s'est levé en prenant soin de ne pas me réveiller. Est-ce que Ian a déjà pris contact avec lui ?

Je m'empresse de sortir du lit pour partir à sa recherche. Le salon est vide. Je le retrouve accoudé sur la rambarde de sa terrasse, une tasse de café à la main. Il observe l'océan et ne m'a pas entendue arriver. Je prends le temps de contempler son profil, la ligne de son nez, ses pommettes, son large front, ses mèches blondes rebelles volant au gré du vent, ses lèvres parfaitement dessinées.

Je pourrais le regarder pendant des heures…

Sentant sans doute ma présence, Noah se redresse, se tourne vers moi et sursaute légèrement.

– Excuse-moi, je ne voulais pas te faire peur, dis-je en bafouillant presque.

– Ne t'excuse pas, Alice, glisse-t-il en me tendant la main pour m'inviter à le rejoindre.

– Tu avais l'air si… lointain.

– Je repensais à Ian, m'avoue Noah en reprenant appui sur la rambarde.

– Tu as eu des nouvelles ?

– Non, pas encore. Je pensais juste à ma famille et à l'énorme gâchis qu'elle a été. J'ai perdu un père, mais Ian n'a pas eu la chance de connaître nos grands-parents. Il ne sait pas qu'ils étaient formidables. Et lui et moi, on aurait pu s'entendre.

– Tu ne dois pas repenser à tout ça, lui dis-je, m'apercevant de sa soudaine tristesse.

– Oh, ce n'est qu'un constat, ajoute-t-il. J'ai fait mon deuil de cette famille depuis des années. Mon avenir m'importe le plus maintenant. Ce grand fiasco m'aidera au moins à ne pas faire de mauvais choix, à mon tour.

Je ne sais pas quoi lui dire. La blessure de Noah réside dans les ruines de cette famille. Il s'en est relevé depuis longtemps, mais les regrets sont là. Qui n'en aurait pas ? Je porte moi-même les miens quand je pense à mes parents, décédés il y a deux ans.

Si tout avait été différent, si mes parents n'étaient pas morts, si la famille de Noah était restée soudée, quelle vie aurions-nous pu avoir ?

– J'ai toujours admiré la façon dont tu as su te construire une nouvelle famille, continue Noah, la voix grave. Andrew, Molly, ils sont toujours là pour toi… Moi aussi, je tiens à m'entourer d'êtres chers maintenant. Je ne veux plus vivre seul, tu m'as ouvert aux autres, à moi-même. J'ai compris à quel point c'est important et je veux vraiment me construire une famille à mon tour.

Je suis soudainement prise de vertige. Quand Noah prononce ces derniers mots, il plonge dans mes yeux un regard lourd de sens. C'est de moi dont il parle. Je suis touchée en plein cœur par cette déclaration sous-entendue. Noah souhaite construire un avenir, une famille, avec moi… Je suis émue et je n'ai pas de mots à ajouter. Nous n'avons de toute façon pas besoin d'en dire plus. Nous nous tournons tous les deux vers cet océan que nous aimons tant, dans un même mouvement. Noah est l'homme de ma vie. C'est plus que jamais une évidence. Et c'est avec lui que je veux continuer à construire la famille que je me suis créée, depuis deux ans…

22
UN MALENCONTREUX MALENTENDU

Notre petit déjeuner est tendre et paisible. Noah s'octroie le temps de la réflexion quant à la question de son frère. Ian ne donne pas de nouvelles, et plus le temps passe, plus je doute. Est-ce que le demi-frère de Noah s'est terré dans un coin ? Ou bien a-t-il au contraire pris la fuite lui aussi, après avoir compris qu'il n'obtiendrait pas ce qu'il voulait ?

Se refaire le visage... Changer d'identité, quel plan extrême !

Je suis surprise d'entendre, depuis le couloir qui me mène au salon, les voix de Campbell et Mazetti, les deux enquêteurs qui suivent de près le trafic depuis des mois. Je ne m'attendais pas à leur présence et c'est le cœur battant que je les rejoins. Ont-ils des nouvelles ? Est-ce qu'ils sont là pour nous annoncer une bonne nouvelle ? La fin de toute cette histoire ?

Mon espoir est tué dans l'œuf. Quand je m'approche, je comprends, au ton de la, que l'enquête n'a pas encore connu son dénouement heureux.

– Je ne comprends pas comment cette femme peut échapper à votre surveillance ! gronde Noah. Vous nous aviez dit que toutes les routes, les gares, les aéroports et même l'océan étaient surveillés ! Cela fait plusieurs jours maintenant que Judy Rollins a disparu ! Vous avez encore un espoir de l'arrêter ?

Devant l'agacement de Noah, les deux enquêteurs n'osent pas intervenir. C'est Campbell, le premier, qui prend la parole. Je reste cachée derrière la porte, à écouter. Je ne veux pas intervenir, pas maintenant.

– Docteur Law, je comprends votre frustration, mais nous mettons tout en œuvre pour arrêter Judy et Ian Rollins, se défend fermement l'inspecteur.

– Concentrez-vous sur Judy ! Si vous l'arrêtez, vous aurez tout le réseau. Ian n'est qu'un pantin dans toute cette histoire, lâche Noah froidement.

– Nous n'en sommes pas certains. À moins que vous n'ayez des informations que nous n'avons pas ? fait la voix suspicieuse de Campbell.

– Ian nous a parlé hier soir, souffle Noah, sans ciller.

– Pardon ? Et c'est maintenant que vous nous l'apprenez ? Vous auriez dû nous avertir dès qu'il est entré en contact avec vous ! Vous nous devez une totale coopération, docteur Law, sinon, l'enquête n'arrivera jamais à son terme, s'énerve Campbell.

– Vous auriez dû nous alerter, docteur Law ! Nous aurions peut-être pu l'arrêter, intervient la voix de Mazetti, agacé lui aussi.

– Écoutez, je ne compte pas faire obstruction à votre enquête. Ian est venu nous demander de l'aide hier soir, visiblement désespéré. Je pense avoir renoué un lien avec lui, sans doute infime… il semblait compter sur moi. Ce maigre contact que nous avons établi devrait nous aider, je lui ai d'ailleurs demandé de se livrer à vous, explique patiemment Noah.

– Et vous croyez qu'il va le faire ? demande Mazetti, dubitatif.

– Je ne sais pas. Il a les cartes en main, maintenant, se contente de répondre Noah.

– Je ne suis pas aussi confiant que vous, fait la voix agacée de Campbell. J'espère sincèrement que Ian Rollins reviendra vous voir, sinon, je crains vraiment pour notre enquête. Vous avez pris trop de libertés, docteur Law !

– J'ai pris une décision que je trouve bonne et adaptée à la situation, capitaine Campbell.

Le silence entre les hommes s'installe. D'où je suis, je sens une atmosphère très tendue. J'hésite à prendre la défense de Noah, mais il n'a pas besoin de moi. Il reste droit, fidèle à lui-même. Il n'a rien à se reprocher. Il s'est passé quelque chose hier soir, entre Ian et lui, et Noah compte bien l'utiliser pour l'enquête. Je le soupçonne de vouloir donner une chance à ce demi-frère qu'il ne connaît pas vraiment. Noah ne se l'est pas encore avoué à lui-même, mais je sens qu'il est intrigué par Ian et qu'il veut en apprendre davantage sur lui, sans l'ombre de Judy Rollins au-dessus d'eux…

– Tenez-nous au courant s'il vous recontacte, claque enfin la voix de Campbell dans le silence. Nous ne pouvons pas passer à côté de Ian Rollins une seconde fois, docteur Law.

– Je vous appellerai, le moment venu, répond aussitôt Noah.

Je devine la grimace de mécontentement que doit faire Campbell. J'entends les deux enquêteurs quitter la villa.

Je sors aussitôt de ma cachette pour retrouver Noah, au milieu du salon.

– Oh, Alice… Tu étais là ? me demande Noah en m'attirant contre lui.

– Oui, j'ai tout entendu. Tu crois qu'ils pourraient nous en vouloir de ne pas leur avoir parlé de Ian ? lui demandé-je en me lovant contre lui.

– Ils ne peuvent pas comprendre, ils ne connaissent rien de ma famille et ils n'ont pas vu le désespoir de Ian ! Bref, cessons de parler d'eux. Qu'as-tu prévu de faire, aujourd'hui ?

– J'aimerais aller à l'hôpital, voir Andrew, dis-je tout bas.

– Alors je t'accompagne, je n'ai pas de consultations ce matin.

– Tes premières annulations ?

– Non, rien de tout ça, je n'avais juste pas prévu de consultations. Mon assistante ne m'a pas appelé, j'imagine que mes patientes ont toutes conservé leurs rendez-vous avec moi, sourit Noah.

Après l'annonce officielle de ses opérations à l'hôpital, Noah avait craint de perdre ses riches patientes de la clinique. Mais cette réaction ne semble pas être encore d'actualité, et aucune chirurgie esthétique n'a été annulée pour le moment.

***

Noah ne m'a pas accompagnée jusqu'à la chambre d'Andrew. Il comprend et respecte mon besoin de retrouver mon meilleur ami. Dans le couloir qui me mène à son unité, je retrouve l'ambiance telle que Molly me l'avait décrite.

La présence des policiers dans le couloir crée un climat particulier qui pousse les infirmières à chuchoter.

Au moins, Andrew est en sécurité. Avec eux, Judy aura du mal à l'atteindre !

J'entre doucement dans la chambre de mon ami. Le silence est interrompu par le bip régulier d'une machine placée à ses côtés. J'avance doucement jusqu'à son chevet, un peu tremblante. Tout son visage est bandé ; seuls ses yeux, son nez et sa bouche sont visibles. Andrew semble paisible, profondément endormi. Je pose ma main sur la sienne. Je sens une larme couler le long de ma joue.

Le voir comme ça…

Je suis rassurée de voir sa poitrine monter et descendre au rythme de sa respiration.

Je reste là, quelques instants, à le regarder dormir. Au moment où je décide de le laisser, je dépose un délicat baiser sur son front.

– Tout va bien, Andrew, tu n'es pas seul, murmuré-je.

Je m'éloigne et m'apprête à passer la porte quand un bruit me retient. Je m'arrête net, attendant qu'il se reproduise.

– Alice…

Non, je ne rêve pas. Andrew est bien en train de m'appeler.

Andrew est réveillé !

– Andrew, soufflé-je à mon tour en le rejoignant.

– Alice, tu es là, me répond Andrew, faiblement. Il faut… que je te… parle.

– Non Andrew, pas maintenant, tu dois te reposer, calme-toi, l'arrêté-je aussitôt, le sentant s'énerver.

– Je dois te… prévenir, insiste-t-il. Tu dois faire attention… Ils savent… que je t'ai aidée… Ces gens sont… inhumains… Ils m'ont enfermé, moi aussi, et ils ont mis le feu.

– Calme-toi Andrew, tout va bien, tu es sous protection, j'ai aussi un garde du corps… Essaie d'oublier, il faut que tu penses à toi, à te remettre…

– Alice, ils veulent… te retrouver…

Je déclenche l'alarme pour appeler l'infirmière. Je n'arrive pas à apaiser Andrew, je lis une vraie angoisse dans ses yeux. Sa main est crispée dans la mienne.

– L'enquête avance bien, Andrew, c'est bientôt terminé, mais je t'en prie, calme-toi, tu ne dois pas t'énerver, le supplié-je presque.

– Qu'est-ce qu'il se passe ? fait la voix de l'infirmière en arrivant à mes côtés.

– Andrew vient de se réveiller, réponds-je aussitôt, ravie de la voir.

– C'est une excellente nouvelle, fait-elle enjouée. Mais il va falloir le laisser, mademoiselle. Je vais appeler le médecin pour qu'il vienne le voir.

– Tout va bien, Andrew, je te promets, je reviens bientôt, glissé-je à mon ami avant de le quitter, presque poussée de force vers la sortie par l'infirmière.

Andrew ne me répond pas. L'effort qu'il a fait pour parler a dû l'épuiser. L'infirmière me quitte aussitôt pour appeler le médecin. Je reste seule, le cœur battant. La peur que j'ai lue dans les yeux d'Andrew m'a marquée. Je n'ose imaginer ce qu'il a dû vivre en apprenant que celui qui a mis le feu à l'entrepôt voulait aussi le tuer.

Est-ce qu'il pourra oublier ce moment ?

Je fais quelques pas dans le couloir. Le médecin est arrivé sans un regard pour moi. Andrew doit guérir maintenant.

– Alice !

La voix grave et familière de Noah m'interpelle. Je suis passée à côté de lui et du pédiatre de l'hôpital sans même les apercevoir, perdue dans mes pensées.

– Est-ce que tout va bien ? Andrew ? me demande aussitôt Noah, inquiet.

– Oui, dis-je en essayant de sourire. Il vient de se réveiller, mais il est très… inquiet.

– Il t'a parlé ?

– Oui. Il m'a dit de faire attention, qu'il avait entendu que les hommes de Judy Rollins me cherchaient encore… Il a l'air si… perturbé.

– C'est normal après ce qu'il vient de vivre, intervient Luke en nous rejoignant.

Je ne sais pas si j'ai une sale tête à cet instant précis, mais je remarque que celle de Luke, le pédiatre de l'hôpital, ne vaut guère mieux.

– Tu n'as pas l'air en forme non plus, souligné-je aussitôt.

– Je vais vous laisser discuter, lance aussitôt Noah. Je vais voir le médecin d'Andrew pour étudier un peu son dossier. À tout à l'heure.

Noah nous laisse rapidement. Ce n'est pas dans son habitude. Je regarde Luke, surprise. Le meilleur ami de Noah reste silencieux.

Mais qu'est-ce qu'il se passe encore ?

– Luke, est-ce que Molly a eu un souci ? lui demandé-je, retenant mon souffle.

– Parlons de tout ça ailleurs, si tu veux bien, me glisse le pédiatre.

Je le suis, encore plus inquiète. Qu'est-ce que Luke a de si important à me dire qui nécessiterait qu'on s'isole ? S'il était arrivé quelque chose à Molly, Noah serait resté à mes côtés.

Alors quoi ?

Dans une petite salle d'attente vide, Luke s'assoit sur un fauteuil et pose la tête entre ses mains. Je ne l'ai jamais vu si abattu, lui d'habitude si gai, si plein de vie.

– Luke ?

Je m'assois à côté de lui, attendant avec impatience qu'il se livre enfin.

– Molly vient de mettre un terme à notre relation, me lâche Luke, visiblement très touché.

– Quoi ? Mais qu'est-ce qu'il s'est passé ?

Luke hausse les épaules. La dernière discussion que j'ai eue avec Molly au sujet de Luke me revient à l'esprit. Ma meilleure amie, stérile, avait peur de s'engager avec lui pour une histoire sans lendemain, persuadée que son problème pousserait Luke à la quitter un jour…

Molly a donc été au bout de ses idées…

J'imagine la difficulté avec laquelle elle a dû prendre sa décision. Je ne l'avais jamais vue si attachée à un homme. Luke et elle avaient l'air de si bien s'entendre. Ils auraient formé un si beau couple… Mais comment en vouloir à Molly ? Elle se punit elle aussi en se refusant un bonheur qui semblait lui être destiné.

– Est-ce qu'elle t'a dit pourquoi ? demandé-je doucement à Luke.

– Molly m'a surpris avec une puéricultrice dans la pouponnière et…

– Tu n'as pas… commencé-je.

– Non, bien sûr que non ! Nous discutions d'enfants ! Elle me disait juste que les miens seraient sans doute très beaux et je lui ai répondu que je les souhaitais surtout en bonne santé, se défend Luke, anéanti. Rien de plus ! Je ne sais pas quelle mouche a piqué Molly, elle est partie comme une furie… Je n'ai rien pu lui dire. Je t'assure Alice, il ne s'est rien passé. Je ne comprends pas du tout sa réaction.

Molly a pris conscience à ce moment-là que Luke voulait des enfants. Et elle n'est pas capable de lui en donner. Je comprends sa réaction, mais Luke n'a rien à se reprocher non plus…

– Je pensais que tu pourrais peut-être lui parler, avance doucement Luke. Elle t'écoutera peut-être… Je ne veux pas la perdre… j'aimerais comprendre.

J'observe Luke, il a l'air tellement sincère. Et anéanti par la décision brutale de mon amie.

Mais est-ce à moi de lui parler ?

Je prends le temps de réfléchir. Je connais Molly. Elle ne reviendra pas sur sa décision. Et j'ai du mal à accepter l'idée qu'elle passe à côté de Luke et du bonheur qu'elle mérite ! Je ne peux pas rester là à ne rien faire, il faut que quelqu'un crève l'abcès une bonne fois pour toutes ! Et si ce n'est pas Molly qui le fera, alors… il ne reste plus que moi !

Elle m'en voudra peut-être, mais Luke est le seul à pouvoir sauver leur histoire.

S'il ne part pas en courant après ce que je vais lui annoncer !

– Luke, ce n'est pas à moi de te l'apprendre, mais Molly ne me laisse pas trop le choix, soufflé-je, en me lançant, déterminée.

– Elle t'a parlé ? me demande Luke, plein d'espoir.

– Non, mais je sais pourquoi elle a agi ainsi. Molly ne peut pas avoir d'enfants. Elle m'a parlé de ses inquiétudes concernant son incapacité à te rendre père. J'imagine qu'en t'entendant parler d'enfants…

– Oh… Je comprends. Elle dû croire que c'était ce que je voulais. Mais… Si j'avais su…

– Molly ne voulait pas s'investir dans une relation qu'elle pensait vouée à l'échec. Elle connaît ton amour pour les enfants, elle sait que c'est important pour toi, continué-je doucement.

– C'est pour ça qu'elle s'est autant battue pour cette maison et pour son projet de famille d'accueil ? me demande Luke, pensif.

– Oui. C'est la seule façon qu'elle a de pouvoir s'occuper d'un enfant.

Je tente de rassurer Luke, de le pousser à ne pas baisser les bras. Je lui explique juste que Molly a ses raisons pour agir de cette façon et qu'ils doivent tous les deux essayer de se parler. Que le fait de ne pas pouvoir avoir d'enfant conditionne son rapport aux autres. Molly s'est construit une carapace.

– Je comprends. Si seulement elle avait accepté de s'ouvrir un peu plus à moi, regrette Luke.

– Molly est très pudique, elle ne parle pas beaucoup d'elle, encore moins de ses problèmes. Elle a voulu te protéger en te quittant, ne pas te faire perdre du temps…

– Mais je ne perds pas mon temps avec elle ! s'insurge Luke. Je ne sais pas si je veux un jour des enfants, et ce n'est pas le plus important aujourd'hui ! C'est elle que je veux !

Je souris devant cette forte déclaration. Devant la réaction de Luke, je ne regrette pas du tout de lui avoir parlé.

– Merci Alice, je sais maintenant comment lui parler. Nous devons avoir une vraie discussion, ôter tout malentendu et éclaircir cette histoire d'enfant, déclare Luke, décidé.

– Ne t'attends pas à un miracle. Molly ne reviendra pas facilement, il va sans doute lui falloir du temps. Elle est tellement persuadée qu'elle ne pourrait rien t'apporter.

– Je serai patient. Je ne veux pas laisser passer quelqu'un comme Molly, elle est si… exceptionnelle, si humaine, douce… Je vais faire ce qu'il faut, compte sur moi, décide Luke en se levant.

Je me lève à mon tour et nous sortons tous les deux de la pièce. Luke s'est redressé, il a repris son allure habituelle, un peu plus déterminée.

– Merci Alice, vraiment. Sans toi, je me serais apitoyé sur mon sort. Je me serais sans doute moins battu pour la retrouver.

– Je trouve ça dommage que vous passiez à côté l'un de l'autre. Molly mérite d'être heureuse. Mais réfléchis bien, avant de lui parler. Cette question d'enfant n'est pas anodine. Si aujourd'hui ça ne te pose pas de problème, est-ce que ce sera encore le cas demain ? Je ne veux pas voir souffrir Molly, fais attention à elle, glissé-je gravement, en le regardant droit dans les yeux.

– Ne t'inquiète pas, nous prendrons une décision, mais à deux, me rassure Luke.

Son bipeur se met à sonner. Une urgence l'appelle dans son service. Rapidement, Luke me serre dans ses bras pour me remercier. J'espère sincèrement qu'il saura trouver les mots pour parler avec Molly et qu'ils trouveront une solution pour vivre pleinement leur couple. Ou se séparer dans de meilleures conditions.

J'opte pour la première option !

23
ENVISAGER L'AVENIR, MALGRÉ TOUT

Je retourne dans le couloir pour retrouver Noah. Je suis confiante pour Luke et Molly. Je sais que ma meilleure amie peut camper sur ses positions, mais le pédiatre a l'air déterminé. J'espère sincèrement que leur discussion débouchera sur une belle et longue relation. Ou au moins effacera-t-elle le malentendu qui persiste entre eux…

Si seulement Molly pouvait enfin se laisser aller au bonheur…

Une petite voix me murmure que cette fois, Molly est prête. Et je suis complètement d'accord avec elle. Ma meilleure amie a changé de vie ces derniers temps. Elle a déménagé, son projet de famille d'accueil commence à aboutir. Il ne lui reste plus que l'amour et elle sera comblée. Je sais qu'elle ne laissera pas passer sa chance. Si Luke et elle s'entendent sur la question des enfants, alors j'ai bon espoir de les retrouver ensemble.

– Tu souris ? me demande Noah, étonné, en me rejoignant près de la chambre d'Andrew.

– Luke vient de me parler du malentendu qu'il y a entre Molly et lui, lui expliqué-je en l'entourant de mes bras. Je lui ai expliqué la situation et je pense que ça va s'arranger.

– Je préfère ça, j'ai rarement vu Luke aussi effondré. J'aurais pu lui parler de Molly, mais j'ai pensé que ce n'était pas à moi de le faire, me dit Noah en me serrant contre lui.

– Je ne sais pas si Molly me pardonnera d'avoir révélé son secret, mais je ne pouvais pas les laisser s'éloigner l'un de l'autre !

– Tu verras bien. Et comment l'a pris Luke ?

– Il a été assez compréhensif. Il a été appelé par une urgence, mais il est motivé pour avoir une discussion avec Molly.

– Bon. Maintenant, leur avenir est entre leurs mains. Si seulement cela pouvait être le cas pour nous, grimace Noah.

– Comment ça ? l'interrogé-je, fronçant les sourcils.

– Léna, l'enquête sur le trafic, Ian… Toutes ces histoires nous empêchent de vivre sereinement. J'ai l'impression que tout ne tourne qu'autour de nos soucis et que nous nous oublions, tous les deux, m'explique Noah, son regard plongé dans le mien.

– Ce n'est qu'une mauvaise période…

– Je veux penser à nous deux, à notre avenir, avoir des projets avec toi…

Des projets ? Notre avenir ? J'aime ces mots…

– Docteur Law ? nous interrompt au mauvais moment une voix derrière nous.

Je perçois dans les yeux de Noah un éclair de frustration. Nous nous retournons d'un même mouvement pour faire face à un médecin, celui d'Andrew.

– Il faut rapidement passer aux soins pour que les résultats soient bons, continue-t-il. Vous pouvez le transférer, il n'a plus de raisons de rester ici, aux soins intensifs.

Je manque de sauter de joie quand j'entends cette nouvelle. Si Andrew peut sortir de cet hôpital pour entrer dans une clinique spécialisée, c'est qu'il n'a plus besoin de rester branché à toutes ces machines. Maintenant, il faut penser à sa guérison, y croire de toutes nos forces. Ce sera peut-être long, mais il ne sera plus ici, constamment surveillé.

– Merci docteur, je me charge personnellement des démarches, enchaîne Noah. Je l'accompagnerai moi-même. Vous pouvez faire ce qu'il faut de votre côté pour préparer sa sortie ?

– Oui, je vais demander aux infirmières de s'occuper de lui. Je le laisse entre vos mains, docteur Law, et il en aura bien besoin !

Le docteur serre la main de Noah, puis la mienne, avant de nous quitter, lui aussi appelé auprès de ses patients.

– Comment te remercier de ce que tu fais pour Andrew ? demandé-je en me tournant vers Noah. J'ai de la chance, il a de la chance et…

– Andrew a fait beaucoup plus pour moi en te sauvant la vie que je ne pourrai faire pour lui en l'aidant à se soigner, me souffle tendrement mon beau blond ténébreux.

Je me sens soudain plus légère. Non seulement parce que Noah s'apprête à aider Andrew de la meilleure des façons possibles, mais aussi parce qu'il vient de parler d'avenir, de notre avenir.

– Je vais devoir te laisser, je dois m'occuper de son transfert, me dit Noah en m'embrassant délicatement. Plus vite il sera à la clinique et plus vite les médecins sur place pourront le prendre en charge et parer aux soins les plus urgents. Je pense que tu peux rentrer, je t'appellerai quand il sera bien installé. Le trajet risque de le fatiguer, il se peut que tu ne puisses plus le voir aujourd'hui.

– D'accord. Je suis rassurée de le savoir entre tes mains. Je ne rentre pas, j'assiste au cours d'arts plastiques de Joshua aujourd'hui. Tu m'appelles quand vous êtes arrivés ?

– Embrasse-le pour moi, et dis-lui que je passerai le voir bientôt.

Nous nous quittons dans un baiser tendre. Je sors de l'hôpital le cœur un peu plus léger. L'espoir semble enfin nous être permis !

Je retrouve Miles dans la voiture. Comme s'il s'agissait d'un vieil ami, c'est tout naturellement que je lui rapporte les dernières nouvelles d'Andrew. Mais alors que nous nous arrêtons à un feu rouge, j'aperçois dans le magasin de télévisions le dernier flash d'actualités. En temps normal, mon attention n'aurait pas été attirée, sauf qu'une photo de Ian est affichée à l'écran !

– Oh non… Miles, garez-vous ! dis-je brusquement.

Mon garde du corps est surpris par ma réaction soudaine, mais il s'exécute. Je descends aussitôt pour m'approcher de la vitrine. Je n'ai pas besoin d'avoir le son pour comprendre ce qui est train de se passer. Le bandeau sous la photo parle de lui-même :

« Le directeur de l'Arts Company, Ian Rollins, accusé de trafic d'art, est recherché par la police. »

Les journalistes savent pour l'enquête ? Mais comment ? Qui a parlé ?

Mon sang se glace. Si tout se sait, que va devenir l'enquête ? Que va faire Ian s'il se sent ainsi accusé dans les médias ? Ian risque de croire que nous l'avons trahi ! Et Judy Rollins qui court toujours… J'ai l'impression de sombrer dans un tourbillon.

Les paroles d'Andrew me reviennent à l'esprit. Les hommes de main de Judy Rollins me cherchent toujours, ils veulent se venger. Instinctivement, je regarde autour de moi, observe les passants, m'attendant presque à ce qu'une voiture se gare juste devant moi et que des hommes me kidnappent. Mais je me détends quand je vois que Miles est là, tout proche. Je ne doute pas de ses capacités, il m'a déjà prouvé son efficacité, mais que pourrait-il faire contre plusieurs hommes ? Et si lui aussi était blessé ?

Je serre les bras contre ma poitrine. Noah va être furieux de savoir que la presse s'est emparée de l'enquête et que désormais l'Arts Company est définitivement mêlée au trafic d'art. La nouvelle va se répandre comme une traînée de poudre. Cette institution ne s'en remettra pas.

J'hésite à le prévenir. Il est en train de s'occuper d'Andrew et Joshua m'attend. Nous ne pouvons rien faire de toute façon. Campbell et Mazetti doivent aussi le vivre très mal…

Mais qui a pu parler ?

Je retourne à la voiture en silence. Je n'ai pas besoin de discuter de la situation avec Miles. La photo de Ian Rollins, affichée sur tous les écrans, n'a vraiment pas besoin d'explications.

– Joshua doit nous attendre, me contenté-je de dire, encore assommée par ce mauvais flash info.

Miles ne dit rien. Il se contente d'acquiescer. Il connaît mon emploi du temps, je n'ai pas besoin de lui dire où aller. J'essaie de me reprendre, d'oublier. J'ai promis à Joshua d'être là pour la présentation de son projet d'arts plastiques. Nous avons travaillé ensemble l'autre soir. Ce projet est important pour le petit garçon. Il signe son retour à l'école, auprès de ses camarades, après des mois d'absence. C'est un moment important pour lui. Il reprend officiellement sa vie d'enfant. Après son accident, Joshua a été défiguré. Il a subi les moqueries de ses camarades, la douleur, la solitude. Jusqu'à ce que Noah intervienne et l'opère. Aujourd'hui, le petit garçon possède un joli visage, sans aucune séquelle de son accident. Et ses parents peuvent enfin, eux aussi, retrouver un peu de sérénité.

Nous roulons en silence. Je n'arrive pas à me concentrer sur ma rencontre avec Joshua. Toutes mes pensées reviennent à Noah, à cette prochaine épreuve qu'il va vivre. Savoir que le nom des Rollins, celui de son grand-père, va être traîné dans les médias risque de le toucher. J'ai compris l'attachement qu'il avait pour ses grands-parents, les seuls à s'être occupés de lui. Mais je ne veux pas non plus gâcher ce moment tant attendu avec Joshua. Je dois un instant oublier toute cette histoire et me focaliser sur Joshua et sur son retour dans la vie.

***

Miles me propose de rester devant l'entrée de l'école pour ne pas inquiéter Joshua de sa présence, mais me fait promettre de l'appeler au moindre problème. Je le remercie de cette attention et entre aussitôt dans l'établissement.

Je n'ai pas trop envie de traîner dehors, moi non plus.

L'école est en fête et vit ses derniers moments avant le repos des vacances. J'avance un peu à l'aveugle et me surprends même à ressentir une légère appréhension. Joshua me permet de vivre une étape importante de sa vie et je suis fière d'y participer. Mais je me sens un peu gauche dans cet environnement scolaire. Je ne sais pas du tout où le retrouver, ni même ce que je dois vraiment faire ici. Je souris aux quelques personnes que je rencontre et décide de suivre le bruit que j'entends, ce brouhaha émanant du gymnase attenant à l'école.

C'est la fête ici. Mais je ne vois qu'une seule chose : l'exposition de dessins.

Celui de Joshua doit se trouver parmi eux.

Je cherche des yeux le petit garçon sans succès. Je fais quelques pas, découvre petit à petit l'ensemble des décorations et des installations de la pièce. J'ai l'impression d'être dans une fête de fin d'année. Les enfants courent dans tous les sens, des groupes de parents discutent ici et là. Pas de trace non plus d'Amanda et John, les parents de Joshua. Je tremble un instant à l'idée qu'au dernier moment le petit garçon n'ait pas pu participer à cet événement.

Ils m'auraient prévenue...

Mais je suis vite rassurée. Je viens de le voir passer, pourchassant ses copains. Je profite qu'il ne m'ait pas vue pour l'observer avec ses amis, dans son monde. Le voir différemment, ailleurs qu'à l'hôpital. Tout semble si naturel pour lui, comme si rien ne s'était passé. Ses copains rient, courent, et lui, au milieu d'eux, semble complètement intégré.

Comme s'il n'avait jamais quitté ses amis...

Je suis émue de le voir comme ça, heureux, vivant loin des soucis de ces derniers mois. Mais Joshua s'arrête d'un coup et regarde autour de lui. Il a dû sentir qu'il était observé, car il semble chercher quelque chose.

Moi ?

Nos regards se croisent, et un large sourire se dessine sur son visage. Il abandonne ses copains pour venir me rejoindre.

– Alice, je ne t'avais même pas vue ! me dit-il en arrivant, très excité. Viens, je vais te montrer mon travail !

– Tu étais occupé à jouer, je ne voulais pas te déranger, dis-je gentiment en le suivant.

Joshua me fait traverser la petite exposition. Je jette un œil rapide aux créations des autres, curieuse de voir leur travail. Mais je n'ai qu'une hâte : découvrir celui de Joshua.

Il s'arrête soudain devant une toile. Et je suis touchée en plein cœur. La technique n'est pas parfaite et le coup de pinceau n'est pas encore assuré, mais je me vois dans ce dessin. Joshua m'a représentée derrière un chevalet, en train de peindre. Je ne m'attendais pas à ce qu'il fasse mon portrait. Avec son sujet libre, Joshua pouvait faire ce qu'il voulait…

Et c'est moi qu'il a décidé de peindre.

Je suis touchée.

– Alors, comment tu trouves ? me demande-t-il.

– Mais… C'est moi ? C'est très réussi ! Bravo Joshua, c'est magnifique ! dis-je en faisant semblant d'examiner de près la toile, pour masquer mon trouble.

– Je voulais te faire la surprise ! s'exclame Joshua, visiblement content que je me sois reconnue. Tu aimes ?

– Beaucoup… Tu es très doué, tu sais !

J'observe sa toile. Je suis touchée, incontestablement. Mais pas seulement parce que je suis le sujet de sa petite œuvre. Surtout parce qu'il a appliqué tous mes conseils à la lettre et qu'il a ajouté quelque chose en plus.

Son style…

Je suis étonnée d'une part de voir que le coup de pinceau de Joshua présente une certaine habileté alors qu'il est débutant, mais aussi de me surprendre à faire comme Ian Rollins, à l'époque où il se présentait comme un « dénicheur de talents ». J'ai l'impression moi aussi d'être tombée sur un petit génie de la peinture qu'il faut suivre et aider à prendre de l'ampleur. Bien sûr, devant Joshua, je tais ces pensées. Mais je me promets d'en parler à ses parents.

– C'est vraiment très beau, me contenté-je de dire. Ton choix de couleurs, cette harmonie que tu as su mettre... Je suis fière de toi !

J'attrape Joshua dans mes bras. Il se laisse faire et me rend ce câlin spontané. Il n'a pas honte, devant ses copains, de se laisser aller à ce petit moment de tendresse. Depuis le premier jour où il est venu me voir à l'hôpital, nous sommes proches. Sans compter l'épreuve de l'enlèvement. J'aime cet enfant. Devant sa toile qu'il a intitulé « Mon amie », je me rends compte que Joshua est bien plus que ça. Comme Noah l'a souligné, je construis ma propre famille. Après Andrew et Molly, j'y ai intégré Joshua.

Un petit frère, voilà ce qu'il est pour moi...

Je le laisse rejoindre ses amis. Du coin de l'œil, je vois qu'ils l'interrogent en me montrant du doigt. Ils doivent lui demander qui je suis. Je reste quelque temps à observer le travail de Joshua puis à étudier celui des autres. Je me rends compte qu'essayer de déceler les qualités d'une peinture est une chose que j'aime faire. Trop centrée sur ma carrière et mon travail, j'ai oublié de m'ouvrir au travail des autres. Cette exposition de Joshua, aussi enfantine soit-elle, m'aide, de façon totalement inattendue, à me retrouver et à découvrir en moi une autre envie. Celle d'aider les autres à s'orienter vers une voie artistique.

Je ne recroise plus Joshua, occupé avec ses copains. Mais je tombe avec plaisir sur Amanda, sa maman. Si je considère son fils comme mon petit frère, je ne sais pas encore si j'ai intégré dans mon nouveau schéma familial les parents de Joshua.

Les choses se feront naturellement...

Avec son éternelle bienveillance, Amanda me sourit, heureuse de me voir toujours fidèle à son petit garçon.

– Alice ! Je suis contente de vous voir ici. Vous avez vu la peinture de Joshua ? Il y a mis tellement de cœur ! me dit-elle en quittant d'autres parents.

– Oui, Joshua vient de me la montrer. Je suis très touchée, je ne m'attendais pas du tout à être son sujet !

– Joshua a passé du temps dessus, il a fait plusieurs essais avant d'être complètement satisfait, m'explique doucement Amanda.

– Il peut l'être ! Est-ce que Joshua a déjà montré un attrait pour le dessin ou la peinture ? l'interrogé-je, une idée derrière la tête.

– Je ne sais pas. Il dessinait souvent avant son accident. Pourquoi ?

– Je trouve qu'il a quelque chose... Je ne saurais pas vous l'expliquer. Joshua a ce petit truc en plus. Est-ce que vous accepteriez que je lui donne quelques cours particuliers ? Je sens une aptitude chez lui et j'aimerais voir si je ne me trompe pas.

– Oh, Joshua serait ravi ! Depuis qu'il vous a vue dessiner, il veut faire comme vous de toute façon. C'est très gentil de votre part de vous impliquer autant pour lui, nous sommes très touchés, mon mari et moi, de l'intérêt que vous portez à notre fils, depuis le début, m'avoue Amanda pudiquement.

– Joshua est un petit garçon très attachant, je l'apprécie vraiment. Je suis fille unique vous savez, j'aurais aimé avoir un petit frère comme lui, soufflé-je.

Amanda et moi faisons quelques pas, laissant le silence nous envelopper. Je décide de le rompre par une question qui me trotte dans la tête depuis mon arrivée dans cette école.

– Amanda, reprends-je. Est-ce que Joshua va mieux depuis l'enlèvement ?

– Il fait encore quelques cauchemars, mais il mélange son séjour à l'hôpital et ce mauvais moment… Le psychologue qui le suit est confiant. Joshua est un garçon qui parle beaucoup, il s'exprime par la parole et par le dessin. Il extériorise tout. Petit à petit, il évacue toute cette période un peu délicate… Il devrait surmonter tout ça, me rassure Amanda.

Je suis soulagée de l'entendre. J'ai entraîné Joshua dans mes histoires avec Léna Chaze et Andrew dans celles avec Ian et Judy Rollins. Les deux ont été personnellement touchés. J'ai besoin d'entendre qu'ils arriveront à s'en remettre et qu'ils n'en garderont aucune séquelle.

Je me sens assez coupable comme ça…

Mon téléphone se met soudain à sonner. Je m'excuse auprès d'Amanda, pensant à un appel de Noah. Mais c'est le numéro de Campbell qui s'affiche.

Étonnée, je décroche.

– Capitaine Campbell ? demandé-je, surprise.

– Mademoiselle Brighton, j'ai une nouvelle plutôt délicate à vous annoncer. Le docteur Law est actuellement retenu en otage dans une ambulance et…

– Quoi ? soufflé-je, manquant de perdre pied sous le choc de la nouvelle.

– La police est déjà sur place, Mazetti et moi-même y sommes. Nous avons besoin de vous ici et…

– Où ça ? Où est Noah ? demandé-je, submergée par la peur qu'il n'arrive quelque chose à l'homme de ma vie.

Campbell me donne l'adresse et je crois l'entendre me dire qu'il faut que je garde mon sang-froid, mais je n'y fais pas attention. Je raccroche rapidement et enregistre nerveusement le lieu dans mon téléphone. Je quitte Amanda un peu brusquement.

– J'expliquerai à Joshua que vous avez dû partir, ne vous inquiétez pas, allez-y, me glisse-t-elle, compréhensive.

À ma tête et au son de ma voix, elle a dû saisir que quelque chose n'allait pas.

Dans le couloir de l'école qui me mène à la sortie, j'appelle Miles, resté dehors. Je le préviens de mon arrivée, de notre départ, de l'urgence de la situation.

Noah est retenu en otage. Je dois me rendre près de lui ! Il faut que je sois là !

Noah…

Je ne pense plus, je ne ressens plus rien… Je ne pense plus qu'à une seule chose. Me rendre sur place. J'ai l'impression que le cauchemar ne cessera jamais…

Pas Noah, pas lui…

24
QUAND LE CAUCHEMAR PERSISTE

Pour la seconde fois, j'apprécie la conduite musclée de Miles qui me conduit à l'adresse donnée par les deux enquêteurs. J'ai appris à mon garde du corps la situation. Miles ne se l'est pas fait répéter deux fois. Il a roulé très vite, la mâchoire serrée.

Quand nous arrivons sur place, un cordon de police a été mis en place pour tenir les curieux éloignés. Toute la rue est fermée. Dès que Miles arrête la voiture, je me rue dehors pour me rapprocher. Un policier m'arrête alors que je tente de passer.

J'aperçois au loin le capitaine Mazetti. Je crie son nom, un peu hystérique, pour qu'il me laisse entrer. Ce qu'il fait aussitôt quand il me rejoint.

– Où est-il ? Où est Noah ? demandé-je d'une voix haut perchée.

– Dans l'ambulance qui emmenait votre ami, m'explique Mazetti en me montrant du doigt le véhicule encerclé.

– Qui les tient ? Ian Rollins ? Judy ?

– C'est un homme, mais on ne connaît pas encore son identité. On a essayé d'entrer en contact avec lui, mais il reste bizarrement silencieux. Il a laissé partir le conducteur, c'est lui qui nous a prévenus. Il portait une cagoule à ce moment-là, l'ambulancier a juste vu qu'il tenait une arme. Il est potentiellement dangereux. On y va doucement pour ne pas le brusquer.

Le cauchemar recommence !

Nous rejoignons Campbell derrière une voiture de police. Mes yeux n'ont pas quitté l'ambulance. Noah et Andrew s'y trouvent…

– Vous n'avez pas essayé de l'appeler ? De le faire parler ? demandé-je. Je ne sais pas, moi, de faire bouger les choses ? On ne peut pas rester là comme ça, à attendre…

– Alice, je sais que c'est difficile à vivre pour vous, on va faire tout notre possible, tente de me rassurer Mazetti.

Leur faire confiance. Ils savent ce qu'ils font.

Je suis seule. Mazetti et Campbell ont été appelés par d'autres policiers, sûrement pour élaborer un plan d'action. Malgré la chaleur de cette fin de journée, je frissonne. J'aperçois Miles, derrière le cordon. Le policier ne le laisse pas passer. Il faudrait l'intervention de l'un des deux enquêteurs, mais je ne pense pas à leur demander. Mon regard se tourne vers l'ambulance.

Qu'est-ce qu'il se passe à l'intérieur ?

Je connais Noah, il doit avoir gardé son sang-froid. Mais si l'homme était dangereux ? Si c'était Ian venu se venger de son refus de lui refaire un nouveau visage pour mieux s'enfuir ? Maintenant qu'il apparaît à la télé, il n'a plus rien à perdre. Il doit se sentir acculé…

Mazetti revient vers moi.

– On va essayer de se brancher à la radio de l'ambulance et voir si on peut entendre ce qui se passe à l'intérieur, m'apprend-il.

Mon téléphone se met à vibrer dans mon sac. Je m'attends à ce que ce soit Molly qui me demande des nouvelles après avoir vu les informations, mais je pousse un cri quand j'aperçois le numéro de Noah.

– Noah, c'est Noah, indiqué-je d'une voix stridente à Mazetti.

Aussitôt, l'enquêteur appelle ses équipiers et leur demande à tous de faire le silence.

– Décrochez, Alice, et mettez le haut-parleur ! Personne n'intervient encore, compris ? ordonne-t-il aux autres.

Je fais exactement ce qu'il me dit. Et avant que j'aie pu dire « Allô », nous entendons une discussion entre Noah et une autre voix d'homme, que je ne connais pas. Un rapide coup d'œil à Mazetti m'apprend qu'il a compris, lui aussi. Noah a réussi à utiliser son téléphone, sans que l'homme ne s'en aperçoive. Agglutinés autour de mon appareil, c'est le souffle coupé que nous écoutons ce qui se dit à l'intérieur de l'ambulance.

– C'est pas après vous que j'en ai ! s'écrie la voix inconnue. Vous auriez dû partir tout à l'heure, maintenant, c'est trop tard !

– Je ne peux pas vous laisser tuer cet homme, fait la voix calme de Noah. Et pourquoi est-ce que vous lui en voulez autant ? Vous ne pouvez pas régler votre différend autrement ?

Noah essaye de le faire parler…

Mais il prend un risque, si l'homme aperçoit son téléphone…

– J'exécute les ordres ! Cet homme en sait beaucoup trop sur un trafic, il doit être éliminé ! s'écrie le preneur d'otages, visiblement nerveux.

– Écoutez, la situation semble compliquée pour vous, tente de le raisonner Noah. La police nous encercle, si vous le tuez, si vous me tuez après, vous serez arrêté quoi qu'il arrive. Vous pouvez encore sauver votre vie ! On vous a donné un ordre, mais rien ne vous oblige à l'exécuter. Plus maintenant. Je suis sûr que la police sera clémente si vous coopérez et lui dites ce que vous savez sur ce trafic dont vous parlez.

Silence. L'homme ne répond rien.

– Est-ce que la personne qui vous a donné cet ordre mérite vraiment que vous sacrifiiez votre vie pour elle ? insiste Noah. Vous voulez finir votre vie en prison ? Avoir du sang sur les mains ?

– Taisez-vous !

– Regardez-vous ! Votre main tremble ! Si vous vouliez vraiment le tuer, vous l'auriez déjà fait ! Mais vous n'êtes pas comme ça ! Vous ne pouvez pas tuer un homme, sans défense qui plus est !

Le ton est monté d'un cran. Noah a décidé d'accentuer la pression. Je tremble, mon téléphone tremble. J'ai peur qu'un bruit, un souffle de vent, ne se fasse entendre et qu'il ne soit démasqué. Mazetti et Campbell ont les yeux rivés sur mon smartphone. J'ai l'impression de tenir la vie de Noah et d'Andrew dans le creux de ma main.

– Ça ne devait pas se passer comme ça, finit par dire l'homme, soudain effondré. Je devais me glisser dans l'ambulance, faire mon travail et repartir aussitôt. Mais vous avez raison. J'ai paniqué, je ne peux pas tuer un homme. Mais je ne peux pas non plus rester là sans rien faire, à attendre qu'on m'arrête ! C'est moi qu'on va tuer !

De nouveau, l'homme se met à crier. Le stress le fait paniquer. Il devient encore plus dangereux s'il perd le contrôle. Les voix nous parviennent plus lointaines, Noah a dû bouger. Nous ne comprenons plus rien. Campbell et Mazetti se redressent, échangent un regard et s'éloignent de moi pour discuter. Je ne sais pas quoi faire, mes jambes ont du mal à tenir, je voudrais que Miles soit là et qu'il prenne ce maudit téléphone pour que je…

– Posez cette arme, vous tremblez tellement que vous pourriez tous nous faire exploser, lui intime Noah.

L'entendre à nouveau me fait du bien, me rassure. Même si la situation est délicate.

Les bonbonnes d'oxygène… Si elles explosent…

Et puis de nouveau le silence. Et pire encore, la communication se coupe. Noah a raccroché. Mon bras s'affaisse et je regarde, désespérée, Campbell et Mazetti. Les deux hommes sont immobiles. J'aimerais leur hurler de bouger, de faire quelque chose plutôt que de rester plantés là ! Mais je suis incapable de prononcer une parole.

– On ne peut pas intervenir, me souffle Mazetti. Le docteur Law fait ce qu'il faut, si nous bougeons, ses efforts peuvent être réduits à néant. Il a l'air de savoir lui parler… C'est entre ses mains maintenant.

Ils ne vont donc rien faire ?

– Miles, il faut que Miles vienne, faites-le passer, dis-je en m'accrochant à mon dernier espoir. Il saura quoi faire !

Je suis sûre que Miles sait traiter ce genre de situation ! Il m'a déjà montré ses compétences, il a dû être entraîné à ça, il doit pouvoir intervenir ! Mais avant que Mazetti n'ait répondu à ma prière, la porte de l'ambulance s'ouvre.

– Tenez-vous prêts ! crie un policier, derrière sa voiture.

Prêts à quoi ? À tirer sur le premier qui sort ?

Je retiens ma respiration. Noah est le premier à sortir, mains en l'air.

– Ne faites rien, crie-t-il. J'ai l'arme ! Il est prêt à se rendre !

Doucement, Noah dépose l'arme à feu sur le sol et la pousse du pied en direction d'un véhicule de police. Aussitôt, un homme en uniforme se précipite dessus pour la récupérer. Noah ne bouge pas. Il attend que l'homme descende. Il l'aide même. Il le soutient. À peine le preneur d'otages a-t-il posé les deux pieds au sol que les policiers se précipitent sur lui pour le menotter et l'emmener. L'homme ne se débat pas. Il a l'air complètement abattu.

Je me précipite aussitôt sur Noah, dans ses bras. Mon beau blond me serre contre lui, je pleure, je ris, je suis soulagée. La pression retombe.

– J'ai eu si peur, murmuré-je en l'embrassant.

– Tout va bien, c'est fini maintenant, me rassure Noah.

– Est-ce que tout va bien, docteur Law ? demande la voix de Mazetti, à nos côtés.

– Oui, ça va. Mais faites partir l'ambulance, Andrew ne peut pas rester trop longtemps ici. Il doit se rendre à la clinique, il a subi bien assez de stress comme ça, ordonne Noah sans me lâcher.

– Bien, on envoie une équipe avec lui ! lui répond Mazetti.

Mazetti s'éloigne pour donner ses ordres. Un policier prend le volant de l'ambulance alors que deux autres montent à l'arrière avec Andrew. La sirène se met en marche. L'ambulance s'ébranle, précédée d'une voiture de police.

– Est-ce qu'il va bien ? demandé-je à Noah en regardant Andrew partir.

– Oui, il est sous antidouleurs pour le voyage, il dormait. Je ne suis pas sûr qu'il se soit rendu compte de quoi que ce soit, me glisse-t-il en m'entourant de nouveau de ses bras.

Plantés au milieu de la rue, nous restons là, appréciant plus que jamais nos retrouvailles.

– Docteur Law, je suis désolé de vous interrompre, mais nous devons vous poser quelques questions.

Campbell est là, à son tour.

– Je n'ai rien de particulier à vous dire. Vous avez dû tout entendre. Je n'ai jamais vu cet homme, il s'est glissé dans l'ambulance au moment où nous partions. Et, si vous le voulez bien, je préfère répondre à vos questions chez moi, dit fermement Noah.

– On va vous faire raccompagner, se contente de répondre Campbell.

Miles est là et s'enquiert aussitôt de l'état de Noah, qui le rassure. Il le charge de nous ramener, escortés nous aussi par des voitures de police. Je ne le quitte pas un seul instant. J'ai besoin de sentir son contact, sa chaleur. De le garder près de moi.

***

Campbell et Mazetti viennent de partir. Le soleil décline à l'horizon. Ils ont posé toutes leurs questions et ne semblent pas très avancés avec les réponses de Noah. Il ne leur reste plus qu'à interroger le preneur d'otages et à espérer qu'il se montre bavard.

Noah et moi nous retrouvons seuls. Collés l'un contre l'autre sur le canapé du salon extérieur, nous observons dans le silence l'horizon prendre ses couleurs du soir. Noah brille par sa grande maîtrise de soi. Il est plus touché par ce qui se passe dans les médias que par la prise d'otages qu'il vient de vivre. Je lui ai appris ce que j'avais vu sur les écrans, plus tôt dans la journée. Je sens la colère, son éternelle colère froide, monter en lui.

– Ce trafic d'art va vraiment trop loin. Il est question de tentative de meurtre maintenant. Tout ceci devient sordide. Et maintenant les médias s'en mêlent ! Tout ceci dépasse, et de loin, la simple réputation de l'Arts Company. J'ai l'impression d'avoir mis les pieds dans une spirale infernale. Mon grand-père ne peut pas être à l'origine de tout ça…

Noah s'est levé pour s'approcher de la terrasse. Ses deux mains empoignent la rambarde. Je le suis.

– Je suis persuadé qu'il n'aurait jamais pu mettre en place ce trafic ! Il était trop intègre pour ça. Je vais devoir réhabiliter sa mémoire, protéger son travail, continue-t-il. Sauver ce qui pourra encore l'être, retrouver son amour de l'art, et le transmettre, à nouveau.

Je ne sais que répondre. Je me sens frustrée, je n'ai pas connu le grand-père de Noah, qu'il me dépeint, avec sa grand-mère, comme les meilleures personnes qui soient, les seules qui se soient occupées de lui pendant son enfance et dans sa jeune vie d'adulte. J'éprouve pour eux une réelle empathie. Mais je ne sais pas comment faire pour aider Noah à défendre sa famille, je ne sais pas trouver les mots qui sauront l'apaiser.

Je le soutiens, c'est tout ce que je peux faire…

– Ian doit savoir. Il est sans doute la dernière personne qui soit capable de me parler en toute franchise de cette histoire de trafic, conclut-il en secouant la tête.

– Tu crois qu'il était sincère, l'autre soir, quand il t'a dit que sa mère l'avait manipulé depuis le début ? demandé-je doucement.

– Je veux le croire. Je serai peut-être déçu, mais je ne le connais pas assez pour le juger. Et s'il ne l'a pas été, je n'aurai aucun regret à laisser cette famille définitivement derrière moi.

Ian a toujours parlé en bien de leur grand-père. Je me souviens de mon premier entretien, quand il l'avait évoqué. Il semblait lui aussi fier de cet héritage quelque peu malmené par les décisions de son père. Ian voulait s'en défaire, déjà à l'époque, et retrouver les premières valeurs de l'Arts Company, des valeurs laissées par le doyen de la famille Rollins. À moi aussi, il m'avait paru sincère à ce moment-là… Mais avec tout ce qui s'est passé depuis, comment en être encore sûre ?

Alors que nous observons le jour décliner, le téléphone de Noah se met à sonner. Mon cœur manque un battement tant ces sonneries sont désormais annonciatrices de mauvaises nouvelles…

Noah prend le temps de répondre mais raccroche assez rapidement.

– C'était la clinique où est Andrew. Tout va bien pour lui, il a été pris en charge dès son arrivée, ils l'ont laissé dormir et ils commenceront les soins appropriés dès demain matin, m'explique Noah, un léger sourire aux lèvres. Et la police est toujours là pour veiller sur lui.

– Il était temps qu'une bonne nouvelle arrive dans cette journée, soufflé-je.

Andrew a failli être tué par un inconnu. Judy Rollins, où je ne sais qui, a souhaité le faire taire. Et sans Noah, sans sa présence à ses côtés, mon ami ne serait plus là… Je frissonne devant tant d'acharnement. Est-ce que toute cette histoire connaîtra un jour un dénouement heureux ?

– Je dois faire un saut chez moi récupérer quelques affaires, me souviens-je subitement. Je vais demander à Miles de m'accompagner. Avec tout ça, j'ai complètement oublié !

– Je t'accompagne, décide Noah. Je n'ai pas spécialement envie de te savoir seule dans cette ville en ce moment.

– Seule, pas vraiment, Miles est là…

– Est-ce que tu préférerais la compagnie de ton garde du corps à la mienne ? soulève Noah, un brin malicieux.

– Non ! Bien sûr que non ! me défends-je. C'est juste pour t'éviter cet aller-retour.

– Je viens avec toi, décrète-t-il.

Miles n'est pas le seul à nous accompagner. J'ai vu Noah discuter brièvement avec deux hommes qui, rapidement, ont été chercher une voiture. Mon tendre et beau protecteur tient à nous protéger sans m'alerter. Je n'ose pas lui montrer que je sens qu'il est inquiet pour moi. S'ils ont voulu s'en prendre à Andrew, il est possible que Judy Rollins cherche à se venger de moi aussi.

***

J'ai l'impression de ne pas avoir mis les pieds chez moi depuis une éternité. Je me sens bien chez Noah, mais c'est ici mon petit univers. Mon atelier me manque aussi. J'ai l'impression d'avoir coupé court avec ma vie et de vivre dans une bulle.

Une très jolie bulle avec Noah...

Miles nous a laissés, non sans s'être assuré de la sécurité de notre passage chez moi. Savoir Noah dans mon appart me provoque toujours un drôle d'effet. J'ai l'impression d'être une jeune fille qui invite pour la première fois son amoureux à entrer chez elle. Pourtant, Noah est déjà venu, sans s'attarder certes, mais il connaît déjà un peu les lieux. Mais je ne suis quand même pas habituée à le voir, lui, dans mon si modeste appartement, alors que nous venons de quitter sa sublime villa.

Pourtant Noah se montre très à l'aise. Alors que je m'apprête à récupérer quelques affaires, il retient mon geste, au milieu de mon minuscule salon.

– Et si nous restions là cette nuit ? me demande-t-il brusquement.

– Pardon ?

– Miles est là, une patrouille de police aussi, deux autres gardes du corps ne sont pas loin. Nous ne risquons rien.

– Tu veux rester ici ? demandé-je en regardant autour de moi.

– Oui, je tiens à rester dans ton monde, à m'échapper un peu du mien. Nous ne sommes jamais restés ici. Et c'est... chez toi.

Noah m'attire contre lui. Je sens que son attente n'est pas complètement innocente. Qu'il veut un peu plus qu'une simple nuit passée dans mon *home sweet home*. Et rien que cette idée me remue. J'aime cette proposition, retrouver mes marques, mes habitudes, après les avoir délaissées pour ma convalescence et ma sécurité. J'ai l'impression d'accueillir Noah dans mon intimité, de partager quelque chose de personnel avec lui. Et quelque chose dans mon ventre s'éveille aussi… Quant à la lueur qui brille dans les yeux de Noah, ce n'est pas uniquement parce qu'il compte découcher ce soir…

– Tu ne m'as jamais invité à venir passer du temps ici avec toi, me reproche-t-il gentiment, ses yeux ardents plongés dans les miens.

– Je ne pensais pas que les lieux pouvaient te plaire, murmuré-je emportée encore une fois par le pouvoir de sa séduction.

– Nous n'avons jamais pris le temps d'étudier les fondamentaux, souffle Noah, en commençant à m'embrasser le cou. Et ton appartement est la base de ton monde.

Noah me bascule sur le canapé. Je me laisse faire, emportée par l'envie soudaine, vibrante, de me laisser guider par les bras musclés de mon amant, dont les lèvres passionnées me donnent un brûlant baiser.

Il n'en faut pas plus pour éveiller mon désir…

Je grimace légèrement en atterrissant sur les coussins du canapé. On est loin du confort offert par celui, tout neuf, de mon atelier. Et loin des endroits luxueux dans lesquels ont eu lieu nos derniers ébats… Mon appartement est loin d'égaler la maison des Keys ou cette bulle sous la mer, dans l'eau turquoise des Caraïbes. Je ne peux pas lui offrir mieux…

Mais Noah n'y fait pas attention ou ne le montre pas. Son baiser ardent me fait oublier toutes ces considérations matérielles et je me laisse aller à mon tour. Mon appartement n'a jamais été le théâtre d'un tel spectacle, je n'ai jamais laissé entrer personne ici à part mes amis, préservant ma bulle.

Mon amant est le seul à prendre possession des lieux de cette façon. J'ai l'impression d'ouvrir ma chambre de jeune fille à mon prince charmant. De m'ouvrir pour la première fois à l'amour. Mais je ne suis pas innocente, mes désirs ne sont pas naïfs. Mes fantasmes, depuis ma rencontre avec Noah, se sont alimentés de nos différents corps-à-corps, tous tellement forts et tellement passionnés !

J'ai découvert ma sensualité dans ses bras et j'adore quand elle prend le contrôle, quand je me laisse complètement aller au plaisir.

Je rends son baiser à Noah et glisse ma main sur sa nuque, dans ses cheveux, pour l'attirer un peu contre moi. Ma langue s'immisce aux côtés de la sienne, la taquine, la cherche… Je pousse un soupir d'excitation.

Mon amant se redresse au-dessus de moi. Son regard est brûlant.

– Tu sens ton canapé capable de supporter nos ébats ? me demande-t-il, amusé.

– C'est l'occasion de le tester, proposé-je, une pointe de défi dans les yeux.

Noah apprécie ma réponse. Rapidement, il enlève sa légère chemise de lin. Il se tient torse nu devant moi, et je ne peux m'empêcher de poser les mains sur ses pectoraux. Mon amant s'incline une nouvelle fois vers moi pour attraper mes lèvres. Alors que nos langues se retrouvent, mes mains continuent d'explorer son corps. J'aime le découvrir, chaque fois. Toucher sa peau, sentir ses muscles, sa chaleur.

Mon amant me domine totalement, mes doigts glissent dans son dos. Sa bouche lâche la mienne et descend vers mon menton, puis mon cou. Il me mord, délicatement, suffisamment pour faire naître des frissons le long de ma colonne vertébrale. Sa main m'explore à son tour, se pose sur l'intérieur de ma cuisse et remonte doucement. Mon bassin se cambre, mon corps s'attend à un contact imminent qui risque de lui faire perdre pied. Mon ventre me fait mal, mais quand les doigts de Noah atteignent enfin mon entrejambe, je ne peux retenir un soupir de plaisir.

Le choix de la jupe ce matin était judicieux !

Seule la barrière de ma culotte empêche la main de Noah de m'atteindre complètement. Mais mon amant n'a pas l'intention de se contenter de peu. Sans hésitation, ses doigts se retrouvent de l'autre côté du tissu, touchant désormais ma peau. Mon corps se crispe, surpris mais ravi, comme moi. Imperceptiblement, j'écarte un peu les jambes pour lui laisser plus de place pour bouger et, surtout, pour m'apporter le plus de plaisir possible.

Mais Noah ne l'entend pas de cette façon. Il plaque mes deux jambes l'une contre l'autre. Alors que je m'apprête à protester, ses deux mains, sur mes hanches, attrapent ma culotte pour la faire glisser jusqu'à mes chevilles.

Aussitôt qu'elle touche le sol, mon amant plonge à nouveau sur moi pour m'embrasser, et sa main retrouve aussitôt sa place sur mon sexe chaud et humide. Dans les moindres replis de mon intimité déjà gonflée par le désir, je ressens l'urgence du contact, de la pénétration. Ma respiration devient saccadée. Ma bouche accrochée à la sienne, je sens mon bassin se tendre vers cette main libératrice.

Je n'ai pas longtemps à attendre. Déjà, les doigts de Noah se fraient un chemin, délivrant une caresse qui m'arrache un cri.

– Alice… murmure mon amant de sa voix grave, terriblement sensuelle.

Entendre mon prénom prononcé de cette façon termine de me faire chavirer. Je cambre mon bassin, envoyant un message clair.

Noah répond aussitôt à mon attente. Un doigt me pénètre alors que son pouce titille sans complexe mon clitoris, devenu ultra-sensible. Je me tords de plaisir et laisse échapper quelques gémissements. Mon amant accentue sa caresse, je bouge au rythme de sa main. Mon excitation est telle que l'orgasme est tout de suite là, incontrôlable, surprenant. Violent.

Jamais je n'aurais imaginé éprouver, sur mon vieux canapé, une telle sensation. Je suis submergée par cette vague de chaleur, ce moment où tout bascule, où il ne reste plus rien qu'un profond et délicat bien-être. Si mon orgasme est silencieux, je le vis comme un cataclysme intérieur. Mes mains se sont cramponnées aux épaules nues de mon amant. Je me suis accrochée, comme si je risquais de me faire emporter.

Quand j'ouvre enfin les yeux, Noah est toujours penché au-dessus de moi. Ses doigts ont quitté mon intimité pour retrouver mes cuisses. Son souffle chaud, rapide, m'apprend qu'il est prêt à continuer.

Qu'il n'attend que ça, même...

Alors que je me relève pour l'embrasser à mon tour, le canapé émet un craquement inquiétant. Nous échangeons, Noah et moi, un regard complice.

– Si tu tiens à ton canapé, je pense qu'il vaudrait mieux le laisser tranquille, murmure-t-il avec un sourire aguicheur.

J'acquiesce. Il n'est de toute façon ni assez confortable ni assez grand pour nous permettre de nous laisser complètement aller. Noah se lève le premier et m'aide à en faire de même. Je l'entraîne, le regard accroché au sien, en direction de ma chambre. Mon cœur bat à tout rompre dans ma poitrine. Une fois allongée, je me vois déjà lui sauter dessus, lui enlever ses derniers vêtements, faire voler les miens, et me frotter complètement nue contre lui…

En passant près de ma commode, Noah remarque un foulard, qu'il attrape au vol.

– Ça peut être intéressant, souffle-t-il.

Et il s'approche de moi. Alors que je m'attends à un nouveau baiser enflammé, Noah pose sur mes yeux le léger tissu, me plongeant dans l'obscurité. Délicatement, il fait un nœud derrière ma tête, en prenant soin de ne pas tirer une mèche de cheveux. Son geste est doux, mais inattendu.

– Tes sensations seront exacerbées dans l'obscurité. Laisse-moi faire…

Il n'est plus question pour moi de prendre les choses en main. Noah a pris le contrôle et je le laisse faire, attentive au moindre bruit, au moindre contact. Mon amant défait la fermeture Éclair de ma jupe qui tombe sur mes chevilles. Puis c'est au tour de mon top vaporeux de rejoindre le sol. Noah glisse ses mains dans mon dos pour défaire mon soutien-gorge. Mes seins se libèrent devant ses yeux. J'imagine qu'il les regarde, les apprécie, quand ses doigts viennent les entourer.

Noah me fait asseoir sur le bord de mon lit. Je frissonne. Il ne fait pas frais, mais je me sens complètement offerte à mon amant. Et cette idée est terriblement grisante. Soudain, sa bouche s'empare d'un de mes seins. Sa langue vient goûter mon téton, le lécher avec avidité. Je me mords la lèvre par réflexe. Mes doigts se crispent sur le couvre-lit.

Je rejette la tête en arrière. Le plaisir que me fait éprouver Noah est soudain, et, effectivement, aveuglée par le bandeau, mes sensations sont décuplées. Alors que sa bouche s'attarde, sa main malaxe mon autre sein. Toutes mes terminaisons nerveuses situées sur ma poitrine sont en ébullition. La tête me tourne tant je suis transportée par le plaisir.

Mon amant se détache, à ma grande frustration, pour glisser sous mes seins, vers mon ventre. Sa langue s'arrête sur mon nombril. Je n'en peux plus. Je n'arrive pas à me contrôler. J'aimerais que rien ne cesse, que Noah joue avec moi sans fin. Mais qu'il me délivre de cette douleur, de ce besoin de le sentir de plus en plus bouger en moi.

Je pousse un râle de plaisir quand sa langue, discrètement, se pose sur mon sexe. Mon amant me pousse légèrement en arrière, ses mains sont revenues sur mes seins. Noah aspire mon clitoris, dévore le moindre bout de chair humide, juste avant de glisser sa langue au cœur de mon volcan en éruption. Je relève les genoux, écarte les jambes, pose mes doigts sur ses cheveux.

Je ne suis plus que frissons et soubresauts. J'atteins les sommets de l'excitation et Noah est lui aussi de plus en plus fébrile et pressé dans ses gestes.

Et puis soudain, plus rien. Plus de langue, plus de mains sur moi. Je tends l'oreille. Je perçois le bruissement du tissu et, aussitôt, Noah est au-dessus de moi, me mordant le cou, le menton, les lèvres. Mes mains se posent sur son corps et trouvent ses fesses nues. Je frémis de plaisir. J'explore son corps à l'aveugle et, sous mes doigts, je sens son sexe viril tendu, majestueux. Je le caresse, l'entourant de mes deux mains. Mon amant soupire à son tour.

Je soulève légèrement mon bassin pour entourer le sien de mes jambes. Le contact de son sexe dur sur le mien est plus que ce que je peux supporter. Pour Noah aussi. La pénétration est fulgurante, mais tellement attendue ! Toujours agrippée à lui, j'empoigne des deux mains ses fesses pour lui imposer un rythme effréné. Mon amant n'exprime aucune résistance, au contraire. Il s'engage dans une danse rapide, profonde et forte. J'ai envie qu'il me terrasse, qu'il m'emporte loin dans ce plaisir sublimé par l'obscurité dans laquelle je suis plongée. La chevauchée est endiablée, puissante. Mais j'ai besoin d'aller encore plus loin, à mon tour.

Je bascule mon bassin sur le côté pour pousser Noah à s'allonger à son tour. Je suis maintenant sur lui et c'est à moi de l'emporter dans ses derniers retranchements. Ses mains retrouvent mes seins, les massent. Je les attrape aussi, les plaquant contre moi, empêchant ses doigts de partir. J'invite l'une de ses mains à se glisser vers le bas, juste pour qu'elle titille à nouveau mon clitoris.

Je me cambre, monte et descends, bouge à en perdre le souffle. Ce foulard sur mes yeux me fait ressentir à la puissance mille ce que je pensais connaître. Je découvre autre chose. Mon amant a encore beaucoup à m'apprendre sur moi et sur l'amour.

Je sens Noah exploser en moi. Je le suis aussitôt dans cette immense vague de plaisir qui nous emporte tous les deux. Petit à petit, mon rythme s'apaise alors que tout mon corps vibre encore sur celui, humide et chaud, de mon amant. Essoufflée, je m'allonge doucement à ses côtés. Je veux rester sur lui, le sentir tout près de moi, attendre que nos rythmes cardiaques s'apaisent, que nous retrouvions un peu de force pour repartir de plus belle. Je ne suis pas complètement rassasiée, et ce foulard n'a pas délivré tout son potentiel.

– Attention les yeux, me souffle la voix encore brûlante de Noah, en détachant son nœud derrière la tête.

Je plisse les yeux face à la soudaine lumière. Quand enfin je vois le monde qui m'entoure, mon regard se pose sur celui de mon amant, terriblement intense.

– À ton tour, murmuré-je en attrapant le foulard.

Étonné, Noah se laisse faire. Le sourire qui se dessine sur ses lèvres m'apprend qu'il est enchanté de l'idée.

– C'est à mon tour de m'occuper de toi, dis-je en déposant une nuée de baisers sur son torse.

J'ai envie de jouer à mon tour, de m'occuper de lui et de lui apporter cette déferlante de sensations que je viens de connaître.

Et de le sentir bouger en moi. Encore et encore…

Le pincement que je ressens au creux de mon intimité me laisse deviner que mon corps lui aussi n'attend que ça !

25
COUP DE GRÂCE

Et non, ce n'était pas un rêve.

Noah est bien là, à mes côtés, dans mon lit. Loin de sa villa et de ses habitudes, il dort dans mon appartement modeste, dans ma chambre toute simple. Si j'avais su qu'il viendrait ici, j'aurais pris le temps de ranger, de cacher quelques petites misères d'un appartement qui ne demande qu'à être rafraîchi… Mais il n'a rien dit. Noah n'a pas grimacé un seul instant. Il s'est même montré très à l'aise, suffisamment pour faire parler son plaisir et le mien. Mes joues rosissent en repensant à cette nuit. Cette étreinte, dans mon appartement de célibataire, a exacerbé mon désir. Je me suis sentie tellement sensuelle dans les bras de Noah !

Et ce foulard… Je crois que je vais le conserver très précieusement !

Je me tourne vers lui. Il dort encore paisiblement. Ses traits sont détendus, quelques mèches de cheveux blonds lui tombent sur le front. J'adore quand sa coiffure se rebelle, il est tellement sexy !

Même en dormant...

Le temps est comme suspendu. Je pourrais rester des heures comme ça, avec Noah tout près de moi, dans la sécurité de ma chambre, loin de ce présent tumultueux qui nous malmène depuis quelques semaines...

Je ne remarque pas tout de suite que mon tendre et sexy amant m'observe à son tour. Il s'est réveillé doucement. La lueur que je vois briller dans ses yeux me réchauffe le cœur.

Avec un regard comme ça, je ne peux pas mieux démarrer la journée !

Je lis l'amour, le bien-être, le plaisir, le bonheur simple, dans le bleu profond de ses yeux.

Ce réveil est magique !

Noah m'ouvre ses bras, m'entoure de sa douce chaleur. Nous n'avons pas besoin de parler pour comprendre que cet instant est précieux, qu'il est rare. L'évidence me saute une fois de plus aux yeux : Noah est l'homme de ma vie et je voudrais que tous mes matins se passent de cette façon. Mon cher et tendre est le premier à rompre ce doux silence.

– Je ne me lasse pas de ces réveils à tes côtés, souffle-t-il en me serrant un peu plus fort contre lui.

Je ne réponds rien. Son désir fait écho au mien. Notre amour est partagé. Je ne peux pas être plus heureuse !

– Alice... Je voulais attendre le bon moment, mais je n'ai plus envie d'attendre. Je voudrais que tu viennes vivre avec moi. Je veux t'avoir près de moi, tout le temps, savoir que tu rentres à la maison, voir tes affaires avec les miennes, sentir ton parfum dans toutes les pièces...

Je ne bouge plus, je n'ose même pas faire un mouvement. Ces paroles inattendues, inespérées, prononcées par Noah, me laissent sans voix.

– Je sais que ça peut paraître rapide, mais tu es la femme de ma vie, je veux construire ma vie avec toi. Je ne veux pas attendre, je veux que ma maison soit la tienne, que nous ayons tous les deux le même refuge, le même foyer.

Je me redresse légèrement. L'expression de son visage est intense. Je lis dans ses yeux sa détermination. Noah a l'air lui aussi convaincu que notre avenir se joue à deux, lui et moi.

Si, je peux être encore plus heureuse !

– Tu me demandes de vivre avec toi ? demandé-je doucement, osant à peine y croire.

– Oui, se contente-t-il de répondre, mais avec tant de conviction dans la voix qu'il m'est interdit de douter.

Je regarde autour de moi. Mon cœur bat à tout rompre dans ma poitrine. Je n'ai pas besoin de réfléchir, ni de peser le pour et le contre. Je connais ma réponse.

– D'accord, soufflé-je, submergée par le bonheur.

Noah m'attire aussitôt contre lui, m'embrasse avec passion. Mon ventre se crispe, ce baiser réveille aussitôt mon désir. Nous scellons cette grande décision de la meilleure façon qui soit…

***

Sur la route qui nous mène à la clinique où a été transféré Andrew, et alors que Miles conduit, Noah évoque déjà mon prochain déménagement.

– Les déménageurs s'occuperont de tes affaires, tu n'auras rien à faire, me dit-il en me serrant la main.

Des déménageurs ? J'ai toujours porté mes cartons moi-même...

– Je demanderai à Andrew ou à Molly s'ils n'ont pas besoin de mes meubles, pensé-je tout haut.

– Tu ne veux pas les garder ? me propose Noah.

Un court instant, j'imagine mon vieux canapé, ma vieille table, mon mobilier de récup dans le délicat intérieur de Noah... L'association entre ces deux univers m'apparaît... saugrenue.

– Non, je n'ai pas d'attachement particulier pour eux, lui réponds-je, souriant devant sa proposition. Je ne garderai que l'essentiel.

Ce projet de vie commune nous met réellement de bonne humeur. Nous sourions, tous les deux. Noah m'a toujours dit que notre couple était une de ses priorités.

Et il tient toujours ses promesses...

La réalité nous rattrape cependant quand, devant la chambre d'Andrew, nous rencontrons son nouveau médecin. L'ambiance n'est pas la même qu'à l'hôpital. Plus sereine, plus calme. Plus impressionnante aussi : c'est là qu'Andrew va se remettre complètement, qu'il va passer du temps.

– Nous avons commencé les premiers soins de votre ami, nous explique le médecin. Son séjour ici s'annonce long, mais Andrew devrait sortir d'ici complètement remis.

– Très bien, je vous laisse me prévenir quand nous pourrons nous occuper de sa chirurgie réparatrice, ajoute Noah, étudiant avec attention le dossier médical.

Je n'ai aucun doute à avoir, Andrew est entre de très bonnes mains. Je me promets de venir aussi souvent que possible pour que le temps lui paraisse moins long.

– Vous ne pourrez pas le voir ce matin, continue le médecin. Nous allons vous faire passer un planning de soins pour vous permettre de venir aux meilleurs moments pour lui. Les visites pourraient le fatiguer en ce moment et je préfère qu'il garde toutes ses forces.

– Je comprends, approuvé-je, un peu déçue tout de même.

Le médecin nous laisse. Je me sens frustrée de ne pas pouvoir discuter avec mon meilleur ami. J'ai peur qu'il ne se sente seul ici, ou abandonné.

– Andrew sait que tu penses à lui, me rassure Noah, en posant son bras autour de ma taille. Mais il doit entamer ses soins le plus vite possible pour qu'il ait toutes les chances de se remettre.

Noah est interrompu par le vibreur de son téléphone. Il s'éloigne pour prendre l'appel. J'en profite pour m'approcher de la chambre d'Andrew. Elle est vide, mais je décide de déposer un petit message pour mon ami, pour qu'il sache qu'il n'est pas tout seul et que nous pensons tous à lui.

Quand je ressors, Noah m'attend.

– Je lui ai juste laissé un message, dis-je aussitôt pour justifier mon passage dans sa chambre.

– Tu as bien fait, me répond Noah avec un sourire devant mon empressement. C'était Campbell, il nous demande de passer au poste de police, ils ont du nouveau.

Main dans la main, nous quittons la clinique. Si l'enquête avance, ça ne peut être qu'une bonne nouvelle.

Si seulement nous pouvions voir la fin du tunnel…

Alors que je monte dans la voiture, mon téléphone se met à vibrer. C'est un message de Molly.

[Je viens de rencontrer le petit garçon que je vais accueillir ! C'est un amour ! Hâte que tu fasses sa connaissance !]

Je pousse un cri de joie. Molly arrive à la fin de son parcours compliqué pour être famille d'accueil. Le plus dur est désormais derrière elle. Je suis si heureuse pour elle, quelle nouvelle ! J'ai moi aussi hâte de rencontrer ce petit bonhomme qui va entrer dans ma vie.

J'apprends la nouvelle à Noah. Il partage aussitôt mon enthousiasme en proposant d'organiser une petite fête pour l'arrivée de l'enfant.

[Hâte aussi, je suis trop heureuse pour toi ! Il faut qu'on se voie pour que tu me racontes tout ! Alice]

Je repense à Luke. Est-ce qu'il a eu le temps de discuter avec Molly de leur relation ? Mon amie n'en parle pas et ne m'a pas appelée pour me reprocher d'avoir livré le secret de sa stérilité. Si tout pouvait s'arranger entre eux deux…

Je regarde défiler les quartiers de Miami à travers la fenêtre de la voiture, la main dans celle de Noah. Tout semble se remettre doucement en place. Il n'y a plus qu'à espérer que tout aille dans ce sens aujourd'hui !

***

C'est Mazetti qui nous accueille le premier au poste de police. Il semble plutôt satisfait et nous fait entrer dans son bureau avec presque de la joie dans la voix. Si c'est sa réaction quand l'enquête avance, alors j'ose à peine imaginer celle qu'il aura quand elle sera bouclée !

Une danse de la victoire avec le très fermé Campbell ?

– Je ne vais pas vous faire languir, lâche-t-il après s'être installé à son bureau. L'homme qui vous a pris en otage hier a tout avoué. On lui a proposé la clémence du juge sur sa peine, et il n'a pas eu besoin de plus pour passer à table.

Mazetti s'interrompt pour attraper un dossier derrière lui, qu'il ouvre.

– Cet homme est le responsable de l'entrepôt. Il nous a expliqué le fonctionnement du trafic, du moins ce qu'il en a vu : la réception des caisses, les livraisons aux clients... On se doutait un peu de tout ça avec les documents que nous avons retrouvés sur place après l'incendie. Il a évoqué une dispute entre Judy Rollins et son fils. Il semblerait que Ian Rollins n'était pas du tout d'accord avec les agissements de sa mère, qu'elle allait trop loin dans ce qu'elle faisait et qu'il voulait tout arrêter avant que ça ne tourne mal. Judy lui aurait répondu qu'il était trop tard pour faire machine arrière, qu'il était impliqué lui aussi. D'après cet homme, c'est bien Judy Rollins qui menait les affaires et prenait toutes les décisions.

Le capitaine fait une pause et soulève quelques feuilles de son dossier. Tout ce qu'il nous dit confirme la version de Ian.

– C'est Judy Rollins qui a organisé l'incendie. Elle avait tout prévu, demandé à ce que personne ne vienne travailler ce jour-là. Sauf Andrew bien sûr. Elle devait recontacter tout le monde prochainement pour donner la nouvelle adresse du trafic. C'est elle encore qui a demandé à cet homme de tuer Andrew après l'échec de l'entrepôt. Elle lui a donné trente mille dollars pour sa mission...

– Trente mille dollars ?! C'est tout ce que vaut la vie d'Andrew à ses yeux ? relevé-je, écœurée.

– Nous avons doublé nos effectifs pour retrouver Judy Rollins, continue Mazetti. Elle semble être douée pour passer entre les mailles du filet, mais nous ne nous avouons pas vaincus. Nous avons lancé un mandat d'arrêt international, elle ne nous échappera pas éternellement.

– Et Ian ? demande Noah.

– Aucune nouvelle de son côté non plus. Nous espérons qu'il vous contacte à nouveau, mais plus le temps passe et plus nous doutons qu'il ne le fasse, avoue Mazetti en secouant la tête. Mais quoi qu'il arrive, nous avons arrêté beaucoup de monde, nous avons assez de preuves pour ouvrir un procès. Si Judy Rollins souhaite installer son trafic ailleurs, elle aura beaucoup de mal à trouver de nouveaux clients. Tout le monde va savoir qu'elle est recherchée et donc surveillée…

Et s'ils ne devaient jamais l'arrêter ? Est-ce qu'elle va rester un danger pour nous ? Pour Andrew ?

Si Mazetti semble satisfait de la tournure que prend son enquête, je ne peux pas m'empêcher de me sentir encore inquiète. Je n'éprouve aucun soulagement. Au contraire ! Judy Rollins commandite de loin ses actions, elle a des hommes de main qui sont prêts à n'importe quoi contre de l'argent. Je crains sa vengeance. Grâce à Andrew et moi, son trafic va disparaître. Qui dit qu'elle ne refera pas surface de nouveau dans quelques années ?

Hors de question de vivre avec un garde du corps toute ma vie !

L'enquêteur nous laisse partir, non sans nous promettre de nous tenir au courant de la suite des événements.

L'enthousiasme matinal, les bonnes nouvelles qui ont suivi, sont ternies par ce que nous venons d'apprendre. Même Noah se montre extrêmement silencieux, pensif, dans la voiture qui nous ramène à sa villa. En passant la porte de la maison, j'ai beau me dire que ce sera bientôt chez moi, le plaisir est entaché.

Trente mille dollars ! Les gens sont prêts à tuer pour si peu ? Judy n'a vraiment peur de rien. Y a-t-il aussi un contrat sur ma tête ?

Noah s'aperçoit de mon inquiétude et tente de me rassurer.

– Alice, ils finiront par arrêter Judy. Tu n'as pas à t'inquiéter, je ferai tout pour notre sécurité. En attendant, je veux que tu te concentres entièrement sur ta peinture et ton emménagement ici. Il n'y a que ça qui doit compter pour toi. Je m'occupe du reste.

Si seulement je pouvais effacer ces soucis d'un simple revers de la main...

Le téléphone de Noah nous interrompt encore une fois.

– C'est Luke, me dit-il en décrochant.

À peine a-t-il entamé sa discussion que son visage se ferme. Je sens aussitôt que quelque chose ne va pas. Je le vois se précipiter sur la télécommande de la télé, l'allumer et chercher une chaîne précise. Quand je vois ce qui s'affiche à l'écran, je m'assois, abasourdie.

Noah monte le son pour entendre ce que dit le journaliste :

« C'est un incroyable rebondissement que nous venons d'apprendre dans l'affaire du trafic d'art ! Nous avons en notre possession des documents attestant que le docteur Noah Law est directement impliqué ! »

Un intervenant que je ne connais pas, présent lui aussi sur le plateau, prend la parole :

– Rien d'étonnant, après tout, le docteur Noah Law est le petit-fils d'Alfred Rollins et le fils d'Alexander Rollins. Son changement de nom est sûrement dû à une volonté d'agir dans l'ombre. Et puis, il n'en est pas à son premier mystère. On a appris il y a peu qu'il avait une double activité. Le docteur Law a un talent pour garder les secrets…

J'écoute ces accusations, sentant une nouvelle tempête se lever. La mâchoire de Noah se crispe, ses phalanges ont blanchi, serrées autour de la télécommande.

– Mais qui est-ce ? demandé-je en montrant cet homme sûr de lui, paraissant si bien connaître les détails de la vie de Noah.

– Le directeur de la clinique, lâche-t-il.

Mon regard se tourne vers cet homme arrogant.

Le directeur de la clinique ! Un confrère de Noah… Comment peut-il parler de lui comme ça !

J'entends Noah remercier Luke au téléphone et raccrocher.

Judy est encore derrière tout ça ! Elle voulait impliquer Noah dans le trafic. On dirait un acte désespéré de sa part, le dernier acte avant de disparaître complètement. Avant de s'enfuir, elle a joué sa dernière carte.

Faire accuser Noah… Ternir sa réputation.

Déjà, le téléphone de Noah se remet à sonner, son fixe aussi. Mais il ne bouge pas, il reste debout, à fixer l'écran, à écouter ce qu'on dit de lui…

Quelles preuves, de quelles fausses preuves parlent-ils tous ? Pourquoi est-ce que ce directeur le charge autant ?

Le nom de Noah est désormais impliqué dans ce trafic.

Judy Rollins a décidé de tout détruire. D'abord son fils, et maintenant Noah…

VI

JUSTE POUR TOUJOURS

26
PROPOSITION INATTENDUE

J'observe Noah. Les yeux fixés sur l'écran de télévision, il serre toujours dans sa main la télécommande. Le bandeau du flash info diffuse les mêmes mots, en boucle.

« Le Docteur Noah Law impliqué dans le trafic d'art de l'Arts Company. »

Judy Rollins, sa belle-mère, a donc mis ses menaces à exécution avant de s'enfuir. Impliquer son beau-fils, ternir sa réputation, l'entraîner une dernière fois dans ce drame familial, le réintégrer à la famille Rollins de cette façon si ignoble, alors qu'elle l'en avait écarté, petit.

Accuser et partir…

Se réjouit-elle à cet instant précis d'accuser Noah et de l'impliquer dans son trafic d'art ? Est-elle encore là, tout près, à Miami ? Ou est-ce que c'est dans un hôtel, loin, qu'elle se félicite de ce dernier coup d'échecs ?

Mais pas échec et mat, Judy !

J'admire le calme olympien avec lequel Noah accueille ces dernières nouvelles. Mon bel amour sait faire preuve de self-control en toutes circonstances. C'est sa force. Il ne réagit même pas à la sonnerie du téléphone qui n'arrête pas de retentir depuis quelques minutes. Maintenant que le nom de Noah doit s'afficher sur toutes les chaînes d'informations du pays, tout le monde doit chercher à le joindre. Surtout les journalistes !

Ou peut-être même la police…

Est-ce que l'on va voir débarquer une escouade du FBI ? Est-ce que Noah va être arrêté ? Les deux enquêteurs, Campbell et Mazetti, ceux avec qui nous sommes en contact sur cette enquête de trafic d'art, ne devraient pas être dupes de cette fausse information. Mais les autres ? Est-ce qu'ils ne vont tout de même pas être obligés de placer Noah en garde à vue pour l'interroger ?

Et cet homme qui l'accuse en direct sur le plateau sans ciller une seule seconde ! Le directeur de la clinique privée où travaille Noah, l'un de ses plus proches collaborateurs… Pourquoi fait-il ça ?

Quelle mouche l'a piqué ?

Le ton sérieux qu'il prend, son attitude, sa conviction, tout chez cet homme me débecte. Il connaît Noah, il sait son sérieux, son professionnalisme. Pourquoi retourner ainsi sa veste ? Pour un coup de pub ?

– Ça suffit, lâche soudain Noah en éteignant la télévision.

– Qu'est-ce que tu comptes faire ? lui demandé-je aussitôt, me redressant.

– Appeler mon avocat dans un premier temps, répond-il en prenant le chemin de son bureau. Il est temps de réagir.

Une sourde colère anime Noah. Cette accusation est celle de trop. Après avoir vu le travail de son grand-père, créateur de l'Arts Company, traîné dans la boue à cause des actes immondes de Judy Rollins, après avoir entendu son demi-frère, Ian Rollins, lui avouer les manipulations de sa mère, Noah doit certainement penser que sa patience a atteint ses limites. Il ronge son frein depuis des semaines pour permettre aux enquêteurs d'avancer.

Il est resté trop longtemps spectateur.

La porte du bureau est restée ouverte mais je n'entends rien de la discussion. Seule la voix ferme et déterminée de Noah me parvient. Alors que j'essaie de distinguer quelques mots, l'interphone du portail extérieur se met à sonner. Prudente, je prends le temps d'observer par la caméra extérieure qui s'annonce.

Hors de question de se laisser envahir par les curieux !

Je reconnais aussitôt Mazetti et aperçois le profil de son coéquipier, Campbell.

S'ils sont venus arrêter Noah, au moins, ils le font sans esbroufe !

Je laisse entrer la voiture et préviens Noah de leur arrivée.

– Noah, dis-je en chuchotant à la porte du bureau, Mazetti et Campbell sont là.

C'est le visage fermé qu'il me fait un signe de la tête pour me dire qu'il arrive. J'aimerais pouvoir l'aider, passer des coups de téléphone, moi aussi, régler cette histoire, mais je n'ai pas ce pouvoir. Je peux juste ouvrir la porte aux enquêteurs et les faire entrer.

– J'allais justement vous appeler, déclare Noah en arrivant immédiatement.

– Docteur Law, le salue Mazetti en lui serrant la main. Nous sommes venus aussitôt qu'on a su, et vu, ce qu'il se passait.

– Je viens d'appeler mon avocat, il va faire cesser ce ramassis de mensonges. Je porte plainte aussi contre la chaîne pour diffamation. Il me faut ces documents dont ils parlent, ceux qui prouvent ma prétendue implication.

Noah a pris les choses en main. Il n'est en rien ébranlé par ce qui est en train de se passer. Il est au contraire prêt à partir au combat. Je ne peux pas m'empêcher de l'admirer. Il est si magnifique quand il est habité par cette détermination, cette force... Noah croise mon regard et vient à mes côtés. Quand il pose sa main dans mon dos, je sens qu'il m'intègre dans son équipe, qu'il m'associe à son combat, qu'il a envie que je sois là, avec lui.

Et je suis prête !

– Nous avons déjà demandé un mandat pour récupérer ces documents, intervient Campbell. Cet homme qui vous accuse, vous savez pourquoi il fait ça ?

– Non, pas du tout, répond Noah en secouant la tête. J'ai toujours eu de très bons rapports avec le directeur de la clinique. Je ne comprends pas du tout son attitude, mais croyez-moi, je compte bien le savoir !

– Nous pouvons faire un communiqué devant les médias pour lever cette accusation, nous avons assez de preuves pour prouver votre innocence après l'enquête que nous avions réalisée sur vous, propose Mazetti.

– Ne perdez pas de temps à ça ! Concentrez-vous sur Judy Rollins ! s'agace Noah. Je suis persuadé qu'elle est responsable de ce nouveau coup. Et je trouve ça aberrant qu'elle puisse encore agir de cette façon en toute impunité ! Où en sont vos recherches, capitaines ?

Mazetti et Campbell échangent un regard. Noah comprend aussitôt qu'ils n'ont aucune nouvelle de Judy Rollins. Il pousse un soupir de frustration.

– Cette femme ne s'est quand même pas volatilisée ! s'exclame-t-il.

– Est-ce que tu ne penses pas que Ian pourrait aussi être derrière tout ça ? avancé-je doucement.

– Non, c'est du Judy Rollins tout craché. Elle a toujours cherché à me compliquer la vie, dit Noah, rejetant ma supposition.

– Nous allons interroger le directeur de la clinique, intervient Campbell. Et étudier ces fameux documents. Bien sûr, docteur Law, si jamais nous découvrons dans ces papiers une preuve tangible de votre implication, nous reviendrons vous voir. Évitez de quitter le pays ces prochaines heures.

Je me tourne vers Campbell, abasourdie par ce qu'il vient de dire.

– Mais vous avez déjà fait une enquête sur Noah ! Comment pouvez-vous envisager qu'il soit impliqué dans ce trafic ! Après tout ce qu'il vient de se passer ? m'écrié-je, hors de moi.

Noah pose sa main sur mon épaule.

– Je ne tiens pas à m'enfuir, capitaine Campbell, lui répond-il calmement. N'oubliez pas que vos hommes continuent de surveiller ma maison. Cela devrait vous rassurer.

– J'y pense… fait Mazetti. Nous n'avons pas encore regardé si le nom de ce directeur de clinique apparaît dans les papiers que nous avons retrouvés dans l'entrepôt…

– Je croyais que vous aviez arrêté tous ceux qui avaient participé à ce trafic ? s'étonne Noah.

– C'est exact. Mais si tout ceci est un coup monté, il peut lui aussi être impliqué, être un pion dans la stratégie de Judy Rollins. Ça ne serait pas le premier… Nous allons vérifier encore une fois.

Les deux hommes prennent congé. Je suis toujours en colère contre Campbell.

La porte à peine refermée, j'explose :

– Comment peut-il insinuer que tu pourrais être toi aussi impliqué dans toute cette histoire ?!

– Il ne fait que son travail, me répond Noah doucement, pour me calmer.

– Mais te demander de ne pas quitter le pays ?

– Simple procédure… Ce n'est pas ce qui m'importe le plus pour le moment, ne t'inquiète pas.

Noah m'attire contre lui. Cette tendresse est la bienvenue. Nous sommes protégés ici, dans la villa, mais à l'extérieur la tempête gronde. Quel va être l'impact sur la vie de Noah ?

Le vibreur de son téléphone fait exploser notre bulle.

– C'est mon avocat, m'apprend Noah en consultant l'appareil. Il a réussi à faire stopper ces informations.

– C'est rapide !

– Je crois que la chaîne a compris son intérêt. Exposer ma culpabilité sans avoir vérifié un minimum leur source va nuire à leur image. Le journaliste a été un peu vite, je n'aimerais pas être à sa place…

– Tu crois qu'il est aussi impliqué ?

– Oh non, je suis persuadé qu'il voulait juste un scoop, rien de plus.

Noah m'entraîne sur la terrasse. En silence, nous regardons l'océan. Cette journée ne se termine pas aussi bien qu'elle avait commencé. Noah m'a demandé de venir vivre avec lui, ce matin. De m'installer dans sa vie. C'est à ça, et uniquement à ça, que je veux penser ce soir, dans ses bras. Quoi qu'il arrive, demain, nous serons ensemble.

***

La nuit a été courte et agitée. Je me suis réveillée à plusieurs reprises et je n'ai jamais trouvé Noah à mes côtés. Quant à moi, j'ai rêvé de Judy, de Noah en prison. Des cauchemars incessants, perturbants. Cette histoire de trafic prend des proportions inattendues.

J'espère que ce ne seront pas des proportions « de trop »...

Après une douche rapide pour chasser ces mauvais rêves, je retrouve Noah dans son bureau. Son visage s'illumine quand il m'aperçoit.

– Alice, tu as bien dormi ? me demande-t-il en venant m'embrasser.

– Pas trop, non... Mais plus que toi. Tu n'as pas dormi ?

– Non, se contente-t-il de me répondre.

– Tu es inquiet ?

– Non, pas du tout. Disons que j'ai beaucoup réfléchi, cette nuit... Mais je ne suis pas inquiet, non.

Noah se montre bien mystérieux ce matin et je sens que je n'en saurai pas plus. Est-ce qu'il essaie de me rassurer et de cacher son trouble ? À le regarder, il n'a pas l'air perturbé. Au contraire. Il est frais, vaillant, et son regard affiche la même détermination que la veille. Je le sens plutôt impatient d'en savoir plus, de connaître les dernières nouvelles.

Et encore une fois, la nuit blanche n'a laissé sur lui aucune trace !

Devant le petit déjeuner préparé plus tôt par Declan, Noah découvre le journal du jour.

– Ils parlent de toi ? demandé-je curieuse.

– Oui, répond-il en me tendant l'article. Mais de façon plus réservée.

Je lis rapidement. Si le journaliste se montre effectivement plus prudent, il n'empêche que le nom de Noah est associé au trafic. Et la conclusion « Une enquête est en cours » n'est pas pour apporter une touche positive à ce papier. Je soupire.

Quelles nouvelles surprises cette journée nous réserve-t-elle ?!

C'est la sonnette du portail qui me répond la première. Je tourne un regard inquiet vers Noah. Mon beau blond se lève, imperturbable.

– C'est Luke, m'annonce-t-il de loin.

Je pousse un soupir de soulagement. Ou de frustration, je ne sais pas. J'ai hâte d'avoir des nouvelles des deux enquêteurs, pour savoir ce qu'ils ont pu apprendre du directeur de la clinique, des documents… De tout.

– Je suis venu dès que j'ai pu me libérer de l'hôpital, dit aussitôt le meilleur ami de Noah. Comment est-ce que ça va ?

– Ça pourrait aller mieux, mais ce n'est pas aussi grave que ça en a l'air, lui répond Noah pour le rassurer.

– Tu m'avais raconté rapidement l'affaire, mais je ne m'attendais pas à ça…

Luke me salue. Je suis heureuse de le voir. Noah a besoin d'être entouré, même s'il ne le sait pas.

– Qu'est-ce que tu fais maintenant ? lui demande Luke, en prenant la tasse de café que je lui tends.

– Je patiente, malgré moi. J'attends des nouvelles de la police, mais je suis à deux doigts d'engager un détective privé pour mener ma propre enquête. Je veux absolument savoir pourquoi le directeur de la clinique m'a chargé à ce point, lui répond Noah, reprenant un ton ferme et assuré.

– Tu les sens débordés ?

– Non, ils font très bien leur job. Je trouve juste qu'ils ne le font pas assez vite. J'ai besoin de réponses !

– Toi et ton impatience, tente de sourire Luke.

Je regarde tour à tour les deux hommes. La complicité entre eux est très forte. Sans aucun doute, Luke est un soutien infaillible pour nous.

À nouveau l'interphone du portail retentit. C'est Luke le premier qui décide d'y aller.

– Laissez, j'y vais ! Si ce sont des journalistes, je sais comment leur répondre !

Luke fait semblant de relever ses manches. Son petit numéro a le mérite de détendre un peu l'atmosphère et de faire sourire Noah.

– C'est un bouquet de fleurs pour Alice, revient-il nous apprendre.

Noah me regarde étonné. Des fleurs ? Qui peut bien m'envoyer des fleurs, ici, chez Noah ?

Ian ?

Noah semble se faire la même réflexion. C'est lui qui accueille le livreur et prend le bouquet, méfiant. Je m'approche de lui, suivie de Luke. Les fleurs sont magnifiques, très odorantes. Un court instant, j'imagine que leur parfum est en train de nous empoisonner.

Je deviens parano…

Noah me tend la carte. Quand je lis les mots couchés sur le carton, j'éprouve comme une vague de chaud et froid. Mon sang se glace, mais la colère me réchauffe aussitôt. Je lui rends la carte, pour qu'il lise de lui-même.

– Judy nous nargue ! s'écrie-t-il, faisant une boule de la carte, rageusement.

« J'espère que vous appréciez mon cadeau d'adieu. J. R. »

Non seulement Judy nous nargue, mais elle se réjouit même de notre situation.

– C'est décidé, j'appelle un détective ! Elle ne peut pas agir comme ça sans être inquiétée ! rugit Noah en se dirigeant vers son bureau.

Il est interrompu par la sonnette de l'interphone.

– Quoi encore !

Noah est entré dans une rage folle. Ce mot est la goutte de trop.

– Mazetti, se contente-t-il de nous dire, après avoir raccroché l'interphone.

Je n'ai jamais vu Noah dans un tel état. D'habitude, il arrive à se contenir, à garder toute sa colère en lui. Mais là… Quand Mazetti passe la porte, je crains que Noah ne lui saute à la gorge.

J'espère qu'il a au moins des bonnes nouvelles, sinon…

– Est-ce que tout se passe bien ? demande le policier en apercevant nos têtes.

– Non ! Tout ne va pas bien ! Judy Rollins court toujours et elle envoie des fleurs à Alice ! gronde Noah.

Il ramasse le papier qu'il tend à Mazetti. L'enquêteur le lit et hoche la tête.

– Effectivement… fait-il pensif. J'ai heureusement de meilleures nouvelles à vous annoncer. La chaîne de télévision nous a fourni les documents vous incriminant. On y a trouvé des relevés de comptes, des photos, des traces de transactions faisant apparaître votre nom. Nos scientifiques ont déjà établi que les photos n'étaient que des trucages, le reste des papiers est en train d'être comparé avec ceux que vous nous aviez donnés. Ce sera rapidement réglé.

– Et le directeur de la clinique ? demande Noah sans s'arrêter sur ces premières conclusions.

– Son nom n'est pas ressorti dans nos fichiers, mais on continue de fouiller dans sa vie.

– Et j'imagine que vous n'avez pas arrêté Judy Rollins ? suppose Noah, presque insolent sous l'influence de la colère.

Mazetti secoue la tête.

– Bien, se contente de dire Noah.

Devant le silence qui s'installe, Mazetti comprend qu'il n'a plus rien à faire ici. Je le remercie d'être venu avant de refermer la porte derrière lui.

– J'appelle le détective, nous informe Noah avant de partir vers son bureau.

Luke et moi échangeons un regard.

– Je serais bien resté pour vous aider, mais mes patients m'attendent à l'hôpital, me dit-il à regret.

– Ne t'inquiète pas, lui réponds-je en souriant.

– Appelle-moi au besoin, j'arriverai le plus vite possible.

Luke nous laisse à son tour. Je me retrouve seule, au milieu de ce grand salon. Je frissonne. Je n'ai pas froid, mais je ne me sens pas en forme. Loin de là. Tout s'enchaîne, je ne maîtrise plus rien…

Je jette les fleurs à la poubelle, sans aucune culpabilité pour elles. Je veux effacer leur trace. Le téléphone se met à sonner et, machinalement, je réponds. C'est un journaliste qui souhaite poser des questions à Noah… Je raccroche aussitôt, prétextant que Noah n'est pour le moment pas disponible pour un entretien.

Et le tourbillon commence.

L'avocat de Noah arrive, suivi de son équipe. Le téléphone sonne, les journalistes sont de plus en plus présents. Je ne sais pas quoi faire au milieu de toute cette agitation. Noah va et vient, passe beaucoup de temps au téléphone. Je vois les avocats s'activer, répondre aux demandes des interviews, aimablement, mais toujours avec fermeté. La table du salon est envahie par les papiers. Une défense est en train de s'opérer. Point par point, je les entends réfuter toutes les informations des fameux documents qu'ils ont eux aussi réussi à obtenir.

Alors que Noah semble enfin trouver un peu de répit, je me dirige vers lui.

– Comment est-ce que je peux t'aider ? Je me sens tellement impuissante, soufflé-je doucement.

– Tu m'aides déjà beaucoup en étant là, me répond Noah en me prenant dans ses bras. Ta présence, ton contact m'apportent l'énergie positive et l'amour dont j'ai besoin. Nous avançons bien. Et le détective que j'ai appelé semble lui aussi très actif. Il doit passer ce soir pour nous donner ses informations.

– Tu crois qu'il sera plus efficace que la police ?

– Plus efficace, peut-être pas, mais plus rapide oui.

Noah prend le temps de rester quelques instants avec moi. Son avocat, lui-même, nous laisse ce moment à nous.

– Je crois que tu es attendu, murmuré-je à Noah.

– Reste avec moi, me glisse-t-il de sa voix grave, le regard plongé dans le mien.

Je tressaille. Ses mots semblent porter un double sens. Est-ce que Noah me demande de rester avec lui, de ne pas le quitter ?

Je n'ai pas l'intention de quitter Noah et la force qu'il dégage.

Je le suis et écoute attentivement tout ce qui se passe autour de moi. J'aide autant que je peux, je prends des appels, des messages, je m'occupe du ravitaillement et je surveille Noah du coin de l'œil. Régulièrement, nos regards se croisent. Et chaque fois son visage s'éclaire instantanément.

Non, je ne vais pas partir d'ici. Ma vie est à ses côtés désormais.

***

Alors que tout commence à s'apaiser et que l'équipe des avocats range ses affaires, c'est au tour du détective privé de faire son entrée dans la villa. L'homme me dit rapidement bonjour et Noah lui fait signe de s'installer. J'ai alors tout le loisir de l'observer. Grand, mince, il ne ressemble en rien à ces détectives privés avec leur imperméable beige que l'on peut imaginer. Son physique passe-partout doit être un atout pour son métier.

– Il faut rapidement agir, docteur Law, dit-il avant de s'installer. Prévenez la police, j'ai appris que votre directeur de clinique a pris un billet d'avion pour le Brésil. Il faut l'arrêter avant qu'il ne parte !

Noah attrape aussitôt son téléphone. Je ne sais lequel des deux inspecteurs il a comme interlocuteur, mais l'échange est bref.

– Ils s'en doutaient, nous apprend Noah. Ils se mettent en route pour son domicile et alertent l'aéroport. Ils ont assez de soupçons à son égard pour une première garde à vue.

Le détective sort un carnet de notes, visiblement satisfait de la nouvelle. Ses contacts dans le milieu bancaire l'ont amené à découvrir que ce directeur de clinique avait récemment ouvert un compte où il a versé une importante somme d'argent.

– Merci pour ces informations. Je ne m'attendais pas à ce qu'un homme tel que lui puisse avoir une attitude aussi… vile, lâche Noah, amer.

– Sans tomber dans des conclusions trop hâtives, j'ai l'impression que Judy aurait pu le payer pour qu'il vous incrimine de cette façon devant les médias, déclare le détective. Est-ce que vous souhaitez que je continue mes recherches ?

– Oui, je tiens à ce que vous retrouviez Judy Rollins. Vous aurez peut-être plus de chance que la police.

– Je vous appelle si je trouve quelque chose, promet-il en partant.

Le jour décline et le calme semble enfin revenir dans la villa. Noah et moi nous écroulons littéralement sur le canapé. La nuit blanche et les dernières heures très tendues nous ont mis K.-O. Et ce n'est pas fini…

Il faut encore que la police arrête le directeur de la clinique pour que les questions de Noah trouvent leurs réponses.

– Est-ce que tu veux que je te fasse couler un bain ? proposé-je soudain à mon cher et tendre. Nous ne pouvons rien faire d'autre qu'attendre, de toute façon…

– Hum… d'accord, finit par accepter Noah sans vraiment hésiter. À condition que tu le prennes avec moi !

Je souris. Malgré la fatigue et nos ennuis, Noah n'en oublie pas l'essentiel. Je me rends dans la salle de bains. Je veux prendre soin de Noah, qu'il se détende. Maintenant que nous vivons tous les deux, je pourrai souvent lui préparer un bain, le soir…

M'occuper de lui…

Noah finit par me rejoindre.

– Ils l'ont arrêté ! m'apprend-il, victorieux. Campbell vient de m'envoyer un message. Il compte l'interroger tout de suite.

– Tant mieux ! fais-je, sincèrement soulagée. Espérons qu'il parle !

Cette bonne nouvelle nous permet d'entamer cette soirée avec plus de sérénité. L'enquête suit son cours, le détective cherche Judy, les avocats sont prêts à défendre bec et ongles les intérêts de Noah si jamais il devait être mêlé au procès. À cet instant, j'ai l'impression d'avoir un peu de répit.

Quand nous nous glissons dans l'eau délicatement parfumée par la mousse, je ne peux m'empêcher de pousser un soupir de satisfaction.

Un bon bain dans les bras de l'homme que j'aime, c'est tout ce qu'il me fallait !

Nous restons longtemps tendrement enlacés, à nous prodiguer un doux massage sensuel. Petit à petit, nos gestes nous conduisent à une intimité plus profonde. Nous avons besoin de fusionner à nouveau, d'échanger nos énergies, notre amour. Puis, gagnés par la fatigue et la douce torpeur du bain, nous nous rendons, sereins, dans le grand lit de la chambre avec un plateau-repas.

– J'ai beaucoup réfléchi cette nuit, commence Noah après avoir posé le plateau sur le sol. Je crois que je vais racheter l'Arts Company.

– Tu vas quoi ?

– Plus personne n'en voudra de toute façon. Les salariés qui y travaillent n'ont pas mérité tout ça.

Noah livre petit à petit sa réflexion qui lui a certainement provoqué sa dernière nuit blanche. Je me cale contre lui, pour l'écouter.

– Je veux redorer son blason, redonner au travail de mon grand-père tout son éclat.

– Tu veux arrêter la médecine ? lui demandé-je tout bas.

– Non, l'art n'est pas du tout mon domaine. Non, je pense trouver quelqu'un de confiance, quelqu'un pour refaire quelque chose de grand. Quelqu'un qui connaisse le milieu, qui le comprenne, qui le vive même.

– Et tu as quelqu'un en tête ?

– Toi.

Sa réponse me tombe dessus comme la foudre.

– Moi ? répété-je en me redressant pour le regarder dans les yeux.

– Oui toi, me répond Noah, un léger sourire aux lèvres.

Je tombe des nues. Noah est sérieux ? Il veut que je m'occupe d'une société comme l'Arts Company ? À mon âge ? Avec ma si faible expérience ?

– Mais…

– Tu es la mieux placée, je te fais confiance, tu aimes l'art, tu es intelligente, tu es vive et déterminée. Et puis tu ne seras pas toute seule… On te trouvera une équipe pour t'entourer. Tu auras les meilleurs ! Je suis sûr que tu prendras toutes les bonnes décisions, que tu sauras relever ce défi. Tu as ça en toi, même si tu ne le sais pas encore.

Je reste sans voix.

– Et tu continueras de peindre, bien sûr, ajoute Noah pour me convaincre.

Comme s'il en avait besoin…

Aussi grand et impressionnant que soit le défi que Noah me propose, je n'hésite pas un seul instant. Je me souviens de ce que j'ai ressenti à l'école de Joshua, quand j'ai découvert son vrai talent et mon envie de lui donner des cours. C'est ce que je veux faire : trouver des artistes, les aider à lancer leur carrière. Tout comme me l'avait promis Ian au début…

– Je te promets que je ferai tout pour être à la hauteur du travail de ton grand-père, murmuré-je, émue.

– Je sais que son institution sera entre de bonnes mains, souffle Noah en m'attirant contre lui.

Je sens un léger trouble chez lui aussi. Comme s'il était profondément touché de savoir qu'enfin, l'œuvre de son grand-père allait renaître de ses cendres.

Mais quel défi pour moi !

Le sommeil est, sans surprise, long à venir cette nuit encore. Mais pas pour les mêmes raisons que la veille.

27
RATTRAPER LE TEMPS PERDU

Je n'arrive toujours pas à le croire. Noah m'a proposé de m'occuper de l'institution de son grand-père. Moi, du haut de mes 24 ans !

Quel défi !

Cette perspective arrive même à me faire oublier Judy Rollins, les journalistes et l'enquête. Noah me fait vraiment confiance. Après m'avoir demandé de m'installer chez lui, voilà qu'il souhaite que je m'implique dans l'Arts Company. J'ai même un peu de mal à toucher terre tellement le projet est ambitieux !

Est-ce que je vais y arriver ? Je dois y arriver. Et Noah sera là. Je ne serai pas seule.

L'Arts Company retrouvera ses lettres de noblesse, son influence, sa place dans le monde de l'art, comme je l'ai toujours connue.

C'est un rêve de petite fille qui se réalise. Depuis toute petite, j'ai voulu rejoindre cette institution. Non seulement je la rejoins, mais je vais participer à sa reconstruction ! Si seulement mes parents étaient là pour partager ce moment avec moi, eux qui m'ont toujours suivie, encouragée. Ils seraient fiers, j'en suis certaine… Et ils m'apporteraient leurs précieux conseils, aussi… J'aurais peut-être moins peur s'ils étaient là, près de moi.

Je chasse la tristesse qui étreint soudain mon cœur. Noah s'est levé tôt ce matin. À force de partager ses nuits, je découvre petit à petit ses habitudes. Il est matinal, court sur la plage, fait quelques exercices physiques, puis il rentre prendre une douche. Un café, son journal, et il est prêt à partir. C'est sur la terrasse, à l'ombre du soleil déjà chaud, que je le retrouve.

– Je dois me rendre à la clinique ce matin, me dit-il après m'avoir tendrement embrassée.

– Tu crois que l'arrestation du directeur a déjà été ébruitée ? demandé-je en me servant à mon tour une grande tasse de café.

– Je ne sais pas, ça n'est en tout cas pas encore dans le journal. Mes patients m'attendent de toute façon, je dois laisser toutes ces histoires en dehors de mon travail.

– Et tu as eu des annulations ? Tes patients te sont fidèles ?

– Je verrai aujourd'hui si tout le monde respecte ses rendez-vous, me répond doucement Noah en regardant devant lui.

– Vivement que la vérité éclate ! Que tu ne sois plus suspecté ! m'agacé-je. C'est tellement injuste que tu sois mêlé à ça !

– Ce n'est plus qu'une question de temps, mes avocats s'en occupent. Ce n'est qu'un mauvais moment à passer !

Je ne sens pas de colère, ce matin, chez Noah. Seulement de la sérénité.

– Je dois appeler Mazetti dans une dizaine de minutes. J'ai eu un message ce matin de sa part, mais il n'a pas souhaité m'en dire plus, m'apprend-il en regardant sa montre.

– Si on pouvait démarrer cette journée par une bonne nouvelle, espéré-je en grimaçant.

Noah hoche la tête. Et sans attendre, il compose le numéro de l'enquêteur sur son téléphone.

– Je n'ai pas envie d'attendre, me glisse-t-il avec un clin d'œil.

Je pose ma tasse sur la table. Je veux savoir moi aussi, mais j'appréhende un peu cette discussion avec le capitaine de police. Et s'il n'avait rien de bon à nous annoncer ?

– Bonjour, capitaine, je vous rappelle comme convenu, commence Noah, soudainement sérieux. Alice est à mes côtés, je vous mets sur haut-parleur.

– Bonjour, docteur Law, Alice. Vous êtes en avance… Mais je comprends votre impatience.

– Dites-nous tout, vous avez pu interroger notre homme ? demande Noah, plissant les yeux pour se concentrer sur la réponse.

– Oh oui, toute la nuit. Nous ne l'avons pas lâché. Il a d'abord joué la carte de l'innocence, il ne comprenait pas pourquoi il était là. On a fini par lui montrer les documents que la chaîne présentait comme les fameuses preuves de votre implication dans le trafic. Quand on lui a dit qu'on avait les preuves que tout était faux, il a commencé à perdre de son assurance.

– Et ? demande Noah, crispé.

– On lui a expliqué que son intervention sur la chaîne de télévision à votre sujet et la présence de ces fausses preuves formaient une drôle de coïncidence. Qu'on enquêtait sur ce point, qu'on perquisitionnait aussi son domicile, poursuit Mazetti, faisant durer le suspense.

Je respire à peine.

– Et la chance nous a souri, docteur Law ! Dans sa précipitation à vouloir quitter le pays, le directeur de la clinique n'a même pas essayé de cacher ses œuvres volées. On en a trouvé une belle collection chez lui. Quand il l'a su, il s'est décomposé. On lui a parlé de la peine qu'il encourait et il s'est littéralement effondré. Il a fini par nous dire qu'il connaissait Judy Rollins, qu'elle lui avait demandé de parler contre vous, et qu'en échange, pour sauver sa peau, elle lui avait fait parvenir de l'argent pour lui permettre de quitter la Floride.

– Mais quel intérêt avait-il à nuire à Noah ? demandé-je, perdue.

– Personnellement, aucun, m'explique Mazetti. Mais il se savait en danger depuis que le réseau était en train de tomber. Judy Rollins le sauvait en lui offrant la possibilité de s'enfuir. Cet homme aurait pu accuser n'importe qui pour échapper à la prison.

– Et est-ce qu'il vous a dit où se trouve Judy ? intervient Noah, tendu.

– Non, elle l'a toujours contacté indirectement. Il ne sait rien d'autre. Ils étaient visiblement devenus assez proches, il devait être l'un de ses meilleurs clients à Miami. Sa collection est vraiment impressionnante !

– Vous devriez venir voir son bureau, souffle Noah. Si j'avais su que ce soi-disant amateur d'art nageait dans ce trafic…

– En tout cas, docteur Law, ces dernières accusations sur vous ne tiennent plus avec ces aveux. Si Judy Rollins est encore en fuite, au moins elle a raté son coup pour vous nuire, ajoute Mazetti.

– Oui, merci capitaine. Il ne vous reste donc plus qu'à l'arrêter. Je laisse à mes avocats le soin de me « réhabiliter ». Je dois vous quitter, mes patients m'attendent et je pense que vous avez besoin d'un peu de repos après cette nuit, dit Noah.

– Oui, effectivement. Campbell et moi vous tenons au courant si nous avons du nouveau avec Mme Rollins. Et si Ian vous recontacte, n'oubliez pas de nous en informer cette fois, docteur Law.

Noah raccroche non sans avoir promis, de manière assez évasive, de lui donner des nouvelles.

– Voilà un autre épisode fâcheux réglé, soufflé-je.

– Oui, mais c'est loin d'être fini. Entre Judy en fuite, l'ombre de Ian et le procès qui se prépare… Enfin ! Je dois te laisser maintenant. Tu as prévu quelque chose aujourd'hui ? me demande Noah en se levant.

– J'aimerais sortir d'ici, retourner à mon atelier. Reprendre pied dans mon quotidien aussi.

– Reste prudente, en tout cas, ne quitte pas Miles un seul instant, d'accord ?

Noah m'attire contre lui. Son étreinte est forte, protectrice. Et son baiser est doux. Mais assez appuyé pour que mon ventre s'éveille.

– Pars ! Tu vas être en retard, dis-je en m'arrachant à regret de ses bras.

– Hum… Tu as raison. Nous reprendrons là où nous nous sommes arrêtés, ce soir, dit Noah en me quittant, le regard pétillant.

J'y compte bien !

***

Je n'ai pas mis les pieds dans mon atelier depuis des jours. Le retrouver me fait un bien énorme. Miles est là lui aussi, discret, me servant de bouclier contre les possibles attaques de Judy Rollins ou de ses éventuels hommes de main. Le preneur d'otages dans l'ambulance d'Andrew, le directeur de la clinique, c'est une habitude chez Judy que de payer les autres pour faire le sale boulot !

Elle risque en plus d'entrer dans une rage folle si elle apprend que son complot pour saborder la vie de Noah a fait long feu.

Je regarde partout autour de moi. Et si Ian se cachait dans un coin ? Et s'il me sautait dessus, dans un acte désespéré ?

Non ! Pas de ça ! Ce n'est pas le moment de céder à la panique !

Miles est là, une patrouille de police surveille le quartier, Ian n'aurait jamais pu entrer ici sans se faire remarquer. Je dois arrêter de penser au pire. Faire comme Noah, m'inspirer de sa volonté sans faille. Moi aussi, je suis forte. Le clan Rollins m'a fait assez de mal comme ça pour que je ne le laisse pas m'imposer ce genre de frayeur !

Je décide de tout ouvrir, de faire entrer la lumière, d'aérer les lieux. Je ne peux pas m'empêcher de jeter un petit coup d'œil pour vérifier la présence des micros installés par la police à l'époque où Ian était encore le seul suspect dans cette enquête.

Juste pour me rassurer.

Mon atelier reprend vie. Tout de même, il est un peu vide, Noah ayant fait transporter le plus gros de mon matériel dans sa villa pour me permettre de peindre pendant ma convalescence. C'est vrai que la vue sur l'océan y est sublime, mais c'est ici que je veux peindre à nouveau. Cet atelier compte tellement pour moi.

C'est avec Andrew que je l'avais visité la première fois…

Je soupire en repensant à mon meilleur ami, douloureusement atteint par le trafic. Il est, en ce moment même, en train d'être soigné de ses brûlures après l'incendie de l'entrepôt. Je m'en veux de ne pas me montrer assez présente pour lui… Les problèmes de Noah m'accaparent tellement ! J'attrape mon téléphone et décide d'appeler la clinique pour prendre de ses nouvelles. Peut-être aurai-je cette fois la chance de pouvoir lui parler ? Mes dernières visites se sont toutes soldées par un échec. Malheureusement, on m'apprend encore une fois qu'Andrew reçoit des soins et qu'il me faut rappeler plus tard.

Vivement que tout ça soit loin derrière nous… Mais quelles traces en garderons-nous ?

Je m'active, chassant ma tristesse. Je classe mon courrier accumulé depuis mon absence, donne à boire aux plantes du patio, fais un rapide inventaire de mon matériel présent. J'ai l'intention de me racheter du matériel pour m'installer ici, à nouveau. J'ai besoin de peindre. Ma carrière a été trop longtemps mise entre parenthèses. Je suis une artiste et si je ne fais pas mon métier, comment vais-je gagner ma vie en attendant que Noah ait racheté la compagnie de son grand-père et m'en confie la direction ? Je ne tiens pas à vivre aux crochets de Noah, ni à profiter de sa fortune. Je rêve toujours d'être exposée, de vendre mes toiles, je ne dois pas perdre de vue mes rêves.

Mon téléphone me sort de mes pensées. C'est Molly ! Je décroche aussitôt, ravie de l'entendre. Les dernières nouvelles la concernant étaient excellentes. Enfin, surtout du côté de son projet de devenir famille d'accueil. Parce que du côté de sa relation avec Luke… Mon amie a mis un terme à leur relation, ne supportant pas l'idée de ne pas pouvoir lui donner d'enfant, au mépris de leur bonheur.

– Molly ! m'exclamé-je.

– Salut Alice ! Je ne te dérange pas ? fait la voix claire et joyeuse de ma meilleure amie.

– Non au contraire, je suis contente de t'entendre !

– Est-ce que tu es libre ce midi ? Tu peux venir déjeuner à la maison ? Ça fait un bail que tu ne l'as pas vue…

La dernière fois que j'ai mis les pieds là-bas, sa maison était encore en travaux. Ce rendez-vous spontané tombe à pic, nous avons tellement de temps à rattraper avec Molly. Et ça me permettra aussi de discuter de Luke avec elle.

– C'est vrai… Eh bien, j'arrive, je suis là dans une vingtaine de minutes !

Je referme tout rapidement et préviens Miles de mes nouveaux projets. Mon garde du corps est tendu, je le sens aux aguets. Les derniers événements ont mis tout le monde sur les nerfs.

***

Je n'en crois pas mes yeux. La maison de Molly est métamorphosée. Les travaux sont terminés et ils ont complètement transformé les lieux. On est loin de ce que nous avions vu la première fois : une maison presque en ruine, inhabitable. Aujourd'hui, elle trône au milieu de son jardin, lui aussi en voie de réhabilitation. Molly a fait un travail énorme !

– Alors, comment tu trouves ? me demande mon amie, après la visite.

– J'adore ! m'exclamé-je, regardant partout autour de moi.

– Je dois encore m'occuper de la décoration, mais je me sens hyper bien ici ! Viens, j'ai préparé un petit pique-nique, on va le prendre dehors.

Je suis Molly, l'aidant à porter notre déjeuner. Miles n'est pas venu jusqu'ici. Je lui ai demandé de rester discret, mon amie ne sait pas tout de ce qui se passe dans nos vies. Je n'ai pas voulu lui en parler, pour ne pas l'impliquer et risquer qu'elle ne devienne à son tour un dommage collatéral, comme ce fut le cas pour Andrew. Et puis, avec son dossier pour devenir famille d'accueil, les difficultés qu'elle a rencontrées, elle n'a pas besoin de s'inquiéter encore plus…

– Je sais que tu as discuté avec Luke, me dit-elle brusquement, en s'installant sur un carré de pelouse.

– Tu ne m'en veux pas ? Je l'ai poussé à insister, à parler avec toi, lui dis-je prudemment.

– Au début, si, je t'en ai voulu. Et puis j'ai pris le temps de réfléchir. Luke devait savoir pour mon problème de stérilité, tu avais raison. J'aurais préféré le lui annoncer moi-même, mais je ne sais même pas si je l'aurais fait un jour. Quand il a parlé de ses futurs enfants, je me suis fermée aussitôt. Je me suis auto-persuadée que notre relation était vouée à l'échec. Si tu ne lui avais pas parlé, nous ne nous serions sans doute jamais reparlées…

– Il est venu te voir ?

– Oui, la discussion n'a pas tout de suite été sereine, mais Luke est patient. Limite borné, d'ailleurs, sourit Molly.

– Et maintenant ?

– On laisse les choses se faire. Il sait désormais, je n'ai plus cette horrible impression de lui cacher quelque chose. C'est plus sain, avoue-t-elle doucement.

– Tu mérites d'être heureuse, Molly, lâché-je. Et Luke est quelqu'un de bien.

– Je suis heureuse ! Je t'assure. D'ailleurs, je ne t'ai pas fait venir que pour te parler de Luke et moi ! J'ai une autre nouvelle ! s'exclame Molly, de nouveau rayonnante.

– Raconte !

– Le petit garçon que je vais accueillir, il arrive dans… une semaine !

– Non, déjà ?

– Oui ! Et ce n'est pas tout. Comme ses parents sont totalement défaillants et refusent de s'occuper de lui, ils vont perdre sa garde. Deux toxicos qui n'arrivent pas à s'en sortir, le petit était totalement livré à lui-même… À 5 ans… Bref. Si tout se passe bien, je pourrai devenir sa tutrice légale. Il n'a pas d'autre famille et comme je vais m'occuper de lui…

– Oh, Molly ! Quelle nouvelle !

– Ce n'est pas fait encore. On va déjà voir comment il s'adapte ici, avec moi… Faire les choses étape par étape.

– Tu l'as vu ? Il est comment ? Tu ne m'as pas dit son nom !

– Mike, il s'appelle Mike. Il est très doux, très introverti. Mais il avait l'air assez intéressé de savoir où il allait vivre, il m'a posé plein de questions… Je compte les jours, je suis surexcitée, tu n'imagines pas ! Tu te rends compte ? Il arrive dans une semaine !

– C'est presque demain ! Tu as besoin de mon aide ?

– Ce n'est pas de refus ! J'ai pris des vacances pour mon déménagement et finir la maison. J'ai hâte que tu le rencontres, tu vas voir, il est adorable.

Je ne taris pas de questions concernant ce petit Mike, qui va bientôt entrer dans nos vies. Je rattrape le temps perdu, retrouve Molly. Ses projets d'avenir sont tellement beaux… Tout était compliqué, il y a quelques mois encore pour elle.

– Tu as pu aller voir Andrew dans sa nouvelle clinique ? me demande Molly.

– J'ai essayé, mais il était en soins. Ils s'occupent bien de lui là-bas, et Noah l'opérera pour sa chirurgie réparatrice. Je vais essayer d'aller le voir tout à l'heure.

– Tu sais que j'ai fait la chambre d'ami en pensant à Andrew ? Je me dis qu'il pourrait dormir là quelque temps…

– Andrew va avoir besoin de nous, c'est sûr, soufflé-je, un voile de tristesse enveloppant ma voix.

– Alice, qu'est-ce qui ne va pas ? J'ai été très occupée ces derniers temps, mais je ne suis pas aveugle. La police devant la chambre d'Andrew, ta mine inquiète, tout le temps, tout ce qui s'est dit dans les médias au sujet de Noah…

– C'est compliqué… et long…

– J'ai tout mon temps.

Je regarde Molly. Ma meilleure amie est comme moi, déterminée à rattraper le temps perdu.

C'est peut-être le moment que j'attendais…

Alors je lui raconte tout : le trafic, l'entrepôt, ma séquestration, l'incendie, l'enquête, les gardes du corps, l'implication d'Andrew, la prise d'otages dans l'ambulance, les fausses accusations sur Noah… Tout.

Molly m'écoute en silence. Je parle, je vide mon sac. Et ça me fait un bien fou. J'ai l'impression de me défaire d'un poids. L'oreille attentive de ma meilleure amie, son attitude bienveillante, son empathie, m'apportent un énorme réconfort.

– Andrew risque d'être inquiété par la police alors ? me demande Molly.

– Non, c'est un témoin clé, il m'a aidée à m'enfuir, les inspecteurs se sont montrés indulgents à son égard. Et Noah compte lui fournir un très bon avocat. Il a été assez puni comme ça…

– Tu aurais dû m'en parler plus tôt, me reproche doucement mon amie.

– Après ce qui s'est passé avec Andrew, je ne voulais pas que tu sois impliquée toi aussi… Mais même maintenant, je ne sais pas si j'ai bien fait de te parler, si je n'aurais pas dû attendre que l'enquête soit terminée…

– Ne t'inquiète pas. Et avec Noah, tout se passe bien, malgré tout ça ?

– Oui… Il m'a proposé de vivre avec lui, soufflé-je, rougissante.

– Les tourtereaux font leur nid ! Nos vies bougent beaucoup en ce moment…

Nous continuons de discuter jusqu'à ce que je décide de partir pour me rendre à la clinique. Molly me serre dans ses bras et me fait promettre d'embrasser Andrew pour elle.

***

Alors que j'entre dans la clinique, mon téléphone vibre.

[Passe me voir à l'hôpital ce soir, je dois te montrer quelque chose. Noah]

Il est à l'hôpital ce soir et il me demande de venir le voir juste avant une opération ? Je l'ai plus souvent retrouvé à la clinique après ses consultations avec ses riches patientes qu'à l'hôpital pour une intervention auprès d'un patient dans le besoin…

[Du nouveau sur l'enquête ?]

Noah ne répond pas à mon message. C'est peut-être lié à l'affaire qui nous occupe…

Il est bien mystérieux…

Qu'est-ce qu'il peut me montrer ? Et à l'hôpital, qui plus est ?

Étrange…

Je trouve encore la chambre d'Andrew vide. L'infirmière qui s'occupe de lui est déçue pour moi. Elle me conseille gentiment d'appeler avant de venir, pour ne pas me déplacer pour rien. Elle m'apprend qu'Andrew est volontaire et qu'il va déjà beaucoup mieux. Et me promet de lui dire que je suis passée le voir.

J'ai quitté Molly à une heure avancée de l'après-midi et ce passage, même éclair, à la clinique, m'impose de me mettre en route tout de suite pour l'hôpital si je veux croiser Noah avant son opération.

Qu'est-ce qu'il peut bien avoir à me montrer ? Il ne m'a rien dit ce matin…

28
RÉDEMPTION

Depuis que les opérations de Noah ne sont plus un secret pour personne, je peux, sans hésiter, demander au bureau des infirmières du service pédiatrique, celui que dirige Luke, si Noah est encore dans les parages ou s'il est déjà parti pour le bloc. On m'apprend que son opération est programmée plus tard dans la soirée et que je peux le trouver, normalement, dans le bureau du docteur Luke Balmer.

Il y a bien longtemps que je n'ai pas arpenté ces couloirs. La première fois que je suis venue ici, c'était pour rencontrer Luke. J'avais réussi à obtenir un contrat pour l'hôpital, la réalisation d'une fresque pour égayer la salle de jeux des enfants.

J'ai l'impression qu'une éternité s'est écoulée depuis…

C'est ici aussi que j'ai fait la connaissance de Joshua, ce petit garçon si attachant devenu maintenant comme mon petit-neveu. Du haut de ses 8 ans, défiguré à l'époque par un accident, nous nous sommes tout de suite entendus. Et depuis que Noah l'a opéré, il a retrouvé un visage d'enfant et le chemin de l'école…

Je me sens un peu nostalgique ce soir, qu'est-ce qui m'arrive ?

Je secoue la tête, chassant ce vague à l'âme soudain. Je me rends vers le bureau de Luke. Je connais bien le chemin pour l'avoir fait plusieurs fois quand je travaillais ici. C'est donc le pas léger que je remonte le couloir, impatiente de savoir ce que Noah tient à me montrer. Ce qui mérite tant ma…

Cet homme…

Je ralentis. Mon regard s'est accroché à celui d'un inconnu, assis dans le couloir.

Inconnu… Non…

Mon corps entier se crispe. Mes sens sont en alerte. Je regrette aussitôt d'avoir proposé à Miles de faire une pause pour se prendre un café. Il a dû se teindre les cheveux et ses lunettes masquent la moitié de son visage. Mais je ne peux pas me méprendre. Je reconnais sa carrure, sa façon de se tenir…

Ian Rollins est là !

Il m'a vue lui aussi. Impossible pour moi de partir en courant ou de crier. Je ne sais pas ce dont est capable Ian. Même s'il est déguisé, sa présence ici, dans un lieu public, est dangereuse. Il est recherché par la police. Si jamais quelqu'un le reconnaît… Sa photo a été largement diffusée à la télévision !

Il me fait signe, discrètement, de venir m'asseoir près de lui. Personne ne nous remarque. L'activité qui règne dans ce couloir d'hôpital le rend invisible. Je m'exécute, la gorge nouée. Je m'installe sur ma chaise, comme si j'attendais quelqu'un moi aussi. À aucun moment je ne tourne la tête vers lui. Je ne tiens pas à attirer l'attention, surtout pas celle des caméras de surveillance qui peuplent les couloirs.

– Je ne te veux pas de mal, Alice, je veux juste voir Noah, entends-je subitement.

On y est.

Ian ne s'est pas enfui. Il est toujours là. Noah n'attendait que ça… J'hésite un instant. Est-ce que je peux lui faire confiance ? Mais quelles sont mes options, ici, dans ce couloir ? Noah aimerait entendre ce que Ian a à lui dire. Je dois être la messagère, je ne peux pas agir autrement. Pas sans Noah.

J'espère seulement qu'il ne lui fera pas de mal…

– Je vais le chercher, soufflé-je discrètement en faisant semblant de chercher quelque chose dans mon sac.

Je me relève, en espérant sincèrement que mon angoisse ne se lise pas sur mon visage. Pourquoi est-ce que Ian est revenu ? Pour se venger de Noah ou pour accepter son aide ?

Je frappe enfin à la porte du bureau de Luke. Quand j'entre dans la pièce, je retrouve Noah et son ami, souriant.

Comment ne pas mêler Luke à tout ça ?

Noah ne me laisse pas le temps de trouver une réponse à ma question. En un quart de seconde, il est à mes côtés.

– Alice, est-ce que ça va ? Tu es toute pâle et tu…

– Ian est là, soufflé-je rapidement.

– Quoi ? Où ça ?

– Ian ? Ton demi-frère ? Le mec recherché par la police ? intervient Luke qui a tout entendu.

– Il est dans le couloir. Il attend. Il s'est déguisé mais je l'ai reconnu tout de suite, expliqué-je. Je ne sais pas ce qu'il veut exactement, juste te voir.

– Ian est revenu, se contente de dire Noah, pensif.

Je sais exactement ce qui se passe dans sa tête. Si Ian est là, c'est qu'il semble accepter la main que lui a tendue Noah, malgré tout, ce fameux soir où il est venu demander de l'aide à son demi-frère. Ce n'est certainement pas celle qu'il attendait ; Ian avait envisagé que Noah lui refasse un visage, pour lui apporter une autre identité et mieux s'enfuir. Il accepte finalement de… se rendre ? Comme le lui avait alors demandé Noah.

– Luke, aide-nous, ajoute-t-il aussitôt. Il ne faut pas que Ian se fasse remarquer ou arrêter par la police avant que j'aie pu lui parler.

– OK… Tu es sûr de toi, là ? demande Luke.

– Je veux au moins entendre ce qu'il a à me dire. Alice, où est Ian ? m'interroge Noah, tendu.

– Dans le couloir, sur une chaise. Il a l'air assez calme, mais je ne sais pas ce que ça cache, réponds-je rapidement.

– Bon, allez en salle 2, sur votre droite, nous ordonne Luke. Je vais faire semblant de le prendre comme le parent d'un patient, ça n'éveillera pas les soupçons. Encore faut-il qu'il accepte de me suivre…

– Appelle-le Alfred, il comprendra. C'était le prénom de notre grand-père. Je te remercie, Luke, glisse Noah en s'apprêtant à sortir.

– Je te préviens, Noah, si ça se passe mal à l'intérieur, j'appelle la police, l'armée s'il le faut, déclare Luke, inquiet.

– Laisse-moi juste le temps de lui parler et d'entendre ce qu'il a à me dire…

Noah m'entraîne à l'extérieur du bureau. Calmement, nous trouvons la fameuse « salle 2 ». Mon cœur bat à cent à l'heure. Alors que je referme la porte, je vois, plus loin, Luke s'adresser à Ian. Je pousse un soupir de soulagement quand j'aperçois que le demi-frère de Noah accepte de le suivre.

– Ils arrivent, soufflé-je à Noah.

– Envoie un message à Miles, tout de suite. Qu'il se tienne prêt, au cas où. Je ne veux pas qu'il t'arrive quoi que ce soit, me dit Noah, rapidement. Si tu ne veux pas rester…

– Je reste ! décidé-je aussitôt. Hors de question de te savoir seul avec lui !

Je m'exécute aussitôt. Le message que j'envoie à Miles est rapide et clair.

[Salle 2 service pédiatrie. N'agir qu'en cas de problème. Pas de police. Alice]

J'imagine déjà mon garde du corps bondir de sa chaise.

Je n'ai pas le temps de rentrer dans les détails. Déjà, Luke est là, derrière la seconde porte de la salle. Le pédiatre sait se montrer discret en optant par cette double entrée.

Ian entre dans la pièce, suivi de Luke. Quand il nous aperçoit, Noah et moi, je sens comme un soulagement relâcher tous les muscles de son corps. Aussitôt, il trouve une chaise pour s'effondrer dessus. D'un signe de tête, Noah invite Luke à repartir.

Nous ne sommes plus que tous les trois. Noah observe son demi-frère, alors que ce dernier se tient la tête dans les mains. Ian est complètement abattu. Ce n'est plus du tout le même homme que j'ai rencontré la première fois à l'Arts Company.

Ian relève la tête, les deux frères échangent un long regard. Je ne peux pas m'empêcher d'éprouver de la pitié.

– Est-ce que tu es toujours prêt à m'aider, Noah ? demande Ian, la voix tendue.

– Mes conditions sont les mêmes, Ian, lâche Noah. Tu dois tout me dire, assumer ta part de responsabilité.

– Très bien. Je ne peux plus fuir, je ne sais plus où aller, je ne veux pas d'une vie en cavale. Mais je ne peux rien faire tout seul, elle est tellement… forte, murmure Ian, sous le coup d'une grande lassitude.

– Je t'écoute, se contente de dire Noah.

Devant son demi-frère, Noah est resté froid, impassible. Je sais qu'il est difficile pour lui de faire un pas vers lui, qu'il a été rayé de sa vie par la faute de Judy Rollins. Que ce n'est pas facile d'oublier toutes ces années où il a dû apprendre à vivre sans ses proches… Mais Noah reste humain. Et quelque part, il éprouve sans doute le besoin, lui aussi, de savoir qui est ce frère qu'il ne connaît finalement pas. D'effacer les erreurs du passé, de ne plus laisser le contrôle à Judy… Noah et Ian ont besoin de se retrouver, entre frères.

– J'ai toutes les preuves que tu veux sur le trafic… Notre père et Judy l'ont créé. Ils étaient si heureux, au début, de se faire tant d'argent. Je ne sais pas comment ils l'ont mis en place, j'étais trop petit à l'époque. Mais je me souviendrai toujours de la mort de notre grand-père. J'avais 7 ans… Ils ont eu une violente dispute, lui et notre père. C'est à ce moment-là qu'il a eu sa crise cardiaque… Personne ne l'a pleuré à la maison, tu sais, explique Ian, visiblement encore écœuré.

– Ils se sont disputés à cause du trafic ? demande Noah, mâchoire crispée.

– J'ai su des années plus tard la cause de cette altercation. Alfred avait deviné le trafic d'art, il avait même essayé d'en dissuader notre père. Mais il n'a jamais réussi. Ç'a été la colère de trop… Mon père m'a raconté tout ça, un soir où il avait trop bu. Il était si fier de son œuvre. J'étais jeune, je ne comprenais pas tout. Je voyais juste l'argent couler à flots. Notre père est mort après ça. Et ma mère, Judy, a décidé de prendre le trafic en main. Elle voulait faire mon éducation, m'apprendre les ficelles. Au début, il n'était question que de faire de la vente de faux. Ça n'était plus suffisant pour elle, elle voulait voir plus grand. Elle a mis les pieds dans les réseaux des œuvres volées… Et elle a réussi.

– Comment est-ce que je peux te croire, Ian? demande Noah en faisant un pas vers son frère. Qui me dit que tu ne mens pas pour sauver ta peau?

– Je te l'ai dit. Judy a complètement perdu la raison, elle a couru à notre perte. Je lui ai toujours dit qu'elle allait trop loin. Crois-moi, je n'ai pas été d'accord avec elle quand elle a changé ses plans. L'argent ne m'intéressait plus, pas au risque de perdre ma liberté… Et je voulais faire autre chose de l'Arts Company. J'ai cru naïvement qu'elle me laisserait tranquille avec ses affaires, que je pourrais gérer la société de mon côté. Mais elle n'avait pas décidé ça. Elle voulait que je m'implique, elle insistait. J'ai fini par accepter et ç'a été ma plus grosse erreur. Crois-moi Noah, je regrette.

Noah ne répond rien. Il regarde son demi-frère.

– Je suis prêt à t'aider Ian, si tu fais ce qu'il faut maintenant, finit-il par dire. Tu te livres à la police, et tu leur racontes tout ce que tu sais.

– Mais je vais finir ma vie en prison et je…

– Alors je ne peux rien pour toi, lâche Noah, glacial.

Ian réfléchit un instant. Je ne le sens pas dangereux pour nous, mais il suffirait d'un éclat de folie, d'un acte désespéré…

Et Ian est au bord du désespoir!

– Ian, rappelle-toi tes paroles l'autre soir. Tu regrettes de ne pas avoir connu nos grands-parents, de ne pas avoir passé de temps avec eux. S'ils t'importent encore aujourd'hui, rends-les fiers, fais ce qu'il faut, glisse Noah d'un ton adouci. Si tu nous aides à en finir avec ce trafic, à arrêter Judy, je t'assure que je t'aiderai autant que possible. Mais tu dois te rendre !

Ian laisse tomber sa tête en avant. Il réfléchit, concentré sur ses chaussures.

– OK, souffle-t-il, presque imperceptiblement.

Noah ne lui laisse pas le temps de changer d'avis.

– Alice et moi t'emmenons au poste. Tu dois te présenter de toi-même. Alice, préviens Miles, qu'il démarre la voiture et qu'il se tienne prêt, nous arrivons, me dit-il en se plaçant aux côtés de son demi-frère. Viens, ajoute-t-il en lui tendant la main.

Je ne perds pas une seconde pour envoyer le message à Miles. Non seulement Ian ne doit pas changer d'avis, mais le fait qu'il se rende de lui-même peut complètement changer le cours de l'enquête. Avec Ian, nous pourrons peut-être avoir Judy…

Nous sortons discrètement de la salle, moi par la première porte, les autres par la seconde. J'entends Noah parler à Luke, qui n'était vraiment pas parti très loin. – Tout va bien, j'emmène Ian. Essaie de décaler l'opération d'une heure, je serai là !

Discrètement, nous quittons l'hôpital, sans aucune précipitation. Je ne dis rien, pressée d'en finir. Il nous reste encore à rouler jusqu'au poste. Ian peut changer d'avis à tout moment. Je l'observe à la dérobée. Il n'a pas l'air de vouloir se débattre. Noah est là, à ses côtés. Je crois qu'il pense la même chose que moi. Ses traits sont fermés.

Je suis la première à rejoindre Miles dans la voiture et je lui explique brièvement ce qui se passe. Mon garde du corps comprend aussitôt l'importance de la situation. Et quand Noah ouvre la porte arrière pour se glisser à l'intérieur de la voiture avec Ian, il ne dit rien et se contente de fixer un point devant lui.

Jamais la route pour le poste de police ne m'a paru aussi longue.

Une éternité !

Jamais je n'ai connu d'ambiance aussi tendue dans un habitacle de voiture. Noah rompt le silence en expliquant à Ian qu'il tient à appeler les deux enquêteurs, pour que notre arrivée se fasse dans les meilleures conditions. Je ne vois pas la réaction de Ian, dans mon dos, mais il ne bronche pas. Il est résigné. Noah passe un second appel : à son avocat, pour la défense de Ian.

Enfin, nous arrivons.

Je n'ai pas adressé une seule parole avec Ian depuis le départ, ni même un regard depuis le couloir de l'hôpital. Je n'ai rien à lui dire de toute façon. C'est à Noah de s'occuper de lui, c'est une histoire de frères. Quand nous passons la porte du poste, Mazetti et Campbell sont là.

– Je préfère que nous discutions dans votre bureau, déclare Noah fermement avant que quiconque ait pu prononcer un mot.

Les deux policiers acquiescent.

Noah est déjà en train de s'occuper de son frère, de le protéger...

Nous entrons tous les cinq dans le bureau devenu soudain étroit. Je me place un peu à l'écart, spectatrice des événements.

– Ian est venu se livrer de lui-même, commence Noah calmement. Il est prêt à parler et à vous dire tout ce qu'il sait.

Son avocat est sur la route, il ne devrait plus tarder. Capitaines, je compte sur vous pour traiter Ian Rollins comme un témoin clé de ce trafic, vous devez savoir que…

– Je sais où se rend ma mère, lâche Ian, sortant soudain de son mutisme. Mais pour l'arrêter vous devrez faire vite.

Ses derniers mots font l'effet d'une bombe dans le bureau. Noah et Ian échangent un regard.

– File à l'hôpital, souffle Ian à Noah. Tu es attendu. Je sais ce que j'ai à faire.

Sans prononcer une parole, Noah se lève pour partir en m'invitant à le suivre. Ian vient de lui prouver sa sincérité en apportant la dernière pièce du puzzle. S'il peut aider les deux enquêteurs à arrêter sa mère, c'est la fin du trafic, la fin de nos tourments.

Noah a tenu sa parole, Ian lui montre qu'il sait respecter ses engagements. S'il vient de gagner la clémence de la police, il signe sans doute sa rédemption aux yeux de Noah. Je n'ose pas lui en parler avant que nous quittions le poste de police.

Je laisse Noah à ses pensées. Il vient de retrouver un frère. Même s'il a sa part de culpabilité dans la déchéance de l'Arts Company, Ian semble être doué d'une meilleure conscience que le reste de sa famille. Ce qui le rend plus proche de Noah…

29
L'AVENIR SE RÉVÈLE

Une fois dans la voiture, Noah pose sa tête en arrière et pousse un profond soupir. C'est sa façon à lui de relâcher la pression. Je dois avouer que je me sens moi-même moins oppressée sur ce trajet de retour que je ne l'ai été à l'aller. Mais je suis loin d'être soulagée. Ian a dit qu'il savait où se trouvait Judy. Pourvu qu'il ne soit pas trop tard!

– Comment tu te sens? demandé-je doucement à Noah, posant ma main sur la sienne.

– Bien. Très bien, même, souffle-t-il en ouvrant les yeux pour me regarder. Ian est là où il doit être. Et toi? Je t'ai bousculée, je n'ai pas pris le temps de savoir si tu n'étais pas inquiète de nous accompagner. Je suis désolé. Je n'ai pensé qu'à une seule chose : l'emmener ici avant qu'il ne change d'avis.

Noah m'attire contre lui et je me repose contre son épaule, profitant de ce tête-à-tête qui sera court, je le sais.

– Tout va bien pour moi aussi, tu as fait ce qu'il fallait, réponds-je en me serrant contre lui. Est-ce que tu comptes vraiment l'aider ?

– Je n'ai qu'une parole et Ian nous a montré en se livrant qu'il voulait vraiment prendre un nouveau chemin. Je ne m'attends pas à ce que lui et moi formions une famille et que nous arrivions à rattraper le passé. Mais je ne peux pas le laisser tomber, ma grand-mère ne m'a pas élevé dans cet état d'esprit. Mes grands-parents auraient voulu que j'agisse de cette façon, pour aider leur second petit-fils…

Noah s'arrête, soudain pensif, tournant son regard vers un point lointain, à l'extérieur.

– Reste à savoir si ce qu'il dira pourra aider les enquêteurs à arrêter Judy, reprend-il en soufflant.

– J'ai hâte de le savoir, moi aussi. Je ne vais pas pouvoir fermer l'œil cette nuit, grimacé-je. Tu crois que Ian risque une grosse peine de prison ?

– Je ne sais pas, j'ai demandé à son avocat qu'il me tienne au courant. Il a fait du tort à l'Arts Company, à la réputation de mon grand-père, à l'art, à ceux qui travaillaient honnêtement pour lui, à toi aussi… Il doit être puni pour ça. Je ne suis pas indifférent à son sort, mais il doit prendre ses responsabilités.

– Tu l'as sans doute aidé à faire ce pas, dis-je. C'est ça qui lui manquait, se sentir vraiment soutenu par quelqu'un. Sa mère n'a jamais tenu ce rôle, elle l'a manipulé, menacé, alors qu'il tenait à mettre fin à son trafic.

– Peut-être, se contente de répondre Noah, repartant dans un silence songeur.

Je respecte son silence. Lui qui a grandi loin de ce demi-frère, écarté par sa belle-mère, le voilà qui endosse un rôle de « grand frère ». C'est à la fois inattendu et vertigineux pour lui. Quand j'ai connu Noah, c'était un homme solitaire. Il s'est ouvert petit à petit aux autres, aimant s'occuper d'autres personnes que ses patients. Noah a appris à aimer de nouveau, il a enfin pu exprimer tout ce qu'il refoulait en lui : la confiance et l'amour.

Nous sommes rapidement de retour à l'hôpital. Noah a une opération et il tient à respecter ses engagements. Luke est là, dans le hall, pour nous accueillir, inquiet. Mon beau chirurgien le rassure tout de suite. Pendant que les deux hommes prennent le temps de discuter, un éclair me traverse l'esprit. J'attends que Luke s'éloigne un peu et, en accompagnant Noah, je lui pose la question qui me brûle tant les lèvres.

– Mais au fait, qu'est-ce que tu voulais me montrer ?

Le visage de Noah s'éclaire, son regard se met à pétiller. Il m'attire dans un coin du couloir en me tirant par la main.

– J'ai trouvé une maison, dit-il, un large sourire aux lèvres.

– Une maison ?

Je ne suis pas sûre de bien comprendre.

– Une maison, où nous pourrions emménager, tous les deux.

– Mais… Tu ne voulais pas que je m'installe chez toi ?

– C'est ce que je voulais au début, mais, en y réfléchissant, c'est *ma* villa. Je veux notre maison pour nous, un endroit à nous, que nous aurons choisi, décoré ensemble. Je veux un endroit qui nous ressemble. Ma villa, c'est mon passé. Avec toi, j'ai envie d'autre chose.

Le regard de Noah est intense. J'y lis de l'amour, de la passion, des projets, de l'envie, de l'enthousiasme… J'y vois tout mon bonheur.

– Je… je ne sais pas quoi dire, soufflé-je, incrédule. Notre maison…

– J'ai eu un vrai coup de cœur pour une villa, je veux que tu la voies. On doit décider ensemble. J'avais quelques photos à te montrer dans le bureau de Luke… Je t'emmène demain la visiter, me propose Noah, très enthousiaste.

Demain…

– Demain ? Le procès de Léna Chaze a lieu demain, grimacé-je, déçue.

– Ne t'inquiète pas, nous aurons tout le temps après, dit-il en m'attirant contre lui. Ce procès n'est qu'une formalité, elle a déjà tout avoué…

– C'est vrai. Mais tu ne veux pas m'en dire plus ? rebondis-je sur la maison, chassant volontairement Léna de ma tête. Elle est comment ? Et où ?

– Je ne te dirai rien, je voulais te montrer des photos tout à l'heure, mais j'ai changé d'avis. Je préfère que tu juges sur place.

Noah se tait, laissant la place au mystère. Mon cœur est gonflé d'amour pour cet homme. Mais le devoir l'appelle. Nous nous quittons dans un long baiser passionné.

Je sens notre couple si fort !

Et cette idée de choisir notre maison, d'écrire une nouvelle page de notre vie, ensemble, quelle belle preuve d'amour ! Noah me comble au-delà de mes espérances. Je sors de l'hôpital sur un nuage, loin de Ian Rollins et de Léna Chaze.

***

Noah est rentré tard cette nuit. Je me glisse discrètement hors du lit pour me préparer. J'ai rendez-vous ce matin chez les parents de Joshua pour le procès de l'ancienne assistante de Noah, Léna, et de son complice Tim. Ils avaient aussi enlevé leur petit garçon, alors qu'il se trouvait avec moi, lui faisant vivre un moment traumatisant. Je suis ravie que le jour du procès arrive enfin. Toute la famille de Joshua pourra tourner la page.

Amanda, sa maman, m'attend dans sa cuisine. Son mari est là, lui aussi. Joshua est à l'école.

– Joshua ne parle plus de son enlèvement et sa psychologue nous a conseillé de le laisser aller à l'école, comme un jour normal. Il ne fait vraiment plus de cauchemars, nous n'avons pas voulu le perturber à nouveau, m'explique-t-elle doucement, en me servant une tasse de café.

– Vous avez raison, acquiescé-je. Il est mieux là où il est… L'école se passe bien pour lui ?

– Parfaitement, me répond son père. Il a même du mal à la quitter le soir. L'école lui manquait et il s'est refait plein de copains.

– Oui, j'ai vu ça l'autre jour, souris-je.

– Oh, est-ce que tout s'est arrangé ? Vous aviez l'air tellement inquiète quand vous êtes partie brusquement, se souvient Amanda.

J'étais avec elle quand j'ai appris que Noah était pris en otage. Je suis partie comme une furie, ce jour-là…

– Oh… oui, ça va mieux, merci. D'ailleurs, est-ce que vous avez pris le temps de penser à ma proposition ? enchaîné-je pour chasser ce douloureux souvenir. J'ai vraiment envie de donner des cours de dessin à Joshua.

– Nous en avons parlé et nous n'y voyons aucun inconvénient, accepte John. Il va adorer passer du temps avec vous.

Cet accord me ravit. J'ai détecté chez Joshua un vrai talent et je veux travailler avec lui pour l'aider à le développer. Nous continuons de discuter, de tout et de rien, et très peu du procès finalement, qui doit se tenir en ce moment même.

Ni Joshua ni moi n'y assistons. J'ai moi aussi tourné la page. Je veux aller de l'avant et ne pas me replonger dans ce passé. Nous sommes de toute façon représentés par notre avocat commun, une référence du barreau que Noah a eu la gentillesse de nous présenter. Il n'a pas émis d'objection quand il a su que nous ne voulions pas venir, au contraire. Il a jugé lui aussi notre présence inutile. Il doit nous appeler pour nous donner des nouvelles.

Mais le temps ne passe pas vite et, petit à petit, une certaine tension s'installe. Je sens Amanda nerveuse. Elle m'a glissé craindre de voir Léna Chaze sortir libre, grâce à ses aveux sur son complice notamment. Ce serait impensable ! Léna et Tim ont aggravé leur cas en mêlant un enfant à leur sale coup. Et ça, la justice ne le pardonnera pas.

Du moins je l'espère…

Mes espoirs sont entendus. Quand enfin l'avocat nous appelle en fin de matinée, c'est pour nous annoncer une nouvelle qui nous libère tous. Le procès a été rapide, aucun de leurs avocats n'a vraiment cherché à objecter, les preuves et aveux suffisant à les accuser. Léna et Tim sont condamnés à plusieurs années de prison ferme. Tout est fini. Je raccroche après avoir chaleureusement remercié l'avocat.

John et Amanda sont soulagés. La mère de Joshua laisse même couler quelques larmes. C'est un poids en moins pour moi aussi. Ce dossier est clos. Léna n'existe plus pour moi. Définitivement.

***

Je quitte Amanda et John juste après le déjeuner. Ils ont décidé de me garder pour le repas, pour « célébrer » cette condamnation. Je dois les rappeler pour organiser les cours personnels de Joshua.

Je retrouve Noah, installé à son bureau. Quand il me voit arriver, il me décoche un sourire à tomber. Il me fait signe d'approcher et m'accueille par un délicieux baiser. Je tire un fauteuil pour m'installer près de lui et lui raconter la conclusion du procès. Noah ne saute pas de joie, comme a pu le faire Amanda. Il est satisfait du verdict et s'inquiète plus de mon propre soulagement que du sien.

– J'ai moi aussi une nouvelle à t'annoncer, commence Noah très sérieusement.

Je me raidis dans mon fauteuil. Vu son ton, je m'attends au pire…

Andrew ?

– C'est une nouvelle qui nous concerne tous, continue-t-il, prenant le temps de détacher ses mots, le visage toujours fermé.

– Il est arrivé quelque chose à Andrew ? soufflé-je, poings serrés sur mes genoux.

– Andrew va bien, me rassure aussitôt Noah. Ils ont arrêté Judy.

– Quoi ? demandé-je, pas très sûre d'avoir bien entendu.

– Judy Rollins est entre les mains de la police ! s'exclame

Noah, le visage s'éclairant enfin.

Je bondis de mon fauteuil pour lui sauter au cou. Je n'en crois pas mes oreilles.

Je… Judy… Après tout ce qu'on a pu vivre !

– Tu es sûr ? demandé-je en me reculant pour regarder Noah droit dans les yeux.

– Totalement. J'ai été au poste de police ce matin pendant ton absence. C'était l'ébullition, tout le monde courait partout. J'ai réussi à attraper Campbell qui a juste eu le temps de m'apprendre que Judy Rollins avait été arrêtée. Ian leur aurait donné les bonnes informations. Elle s'est servie d'un navire du trafic pour s'échapper, une sorte de bateau fantôme, apparemment. La police maritime l'a arraisonné alors qu'il naviguait vers les Caraïbes.

– Judy Rollins a été arrêtée, répété-je en ayant encore beaucoup de mal à y croire. Et Ian ?

– Campbell m'a glissé qu'il se montrait très bavard, qu'il leur donnait des noms, des détails… Il est probable qu'un juge minimisera sa peine.

– Est-ce qu'il risque de rester longtemps en prison ?

– Tout dépendra du juge… Ian veut quitter les États-Unis après sa peine. Il a dit aux enquêteurs qu'il voulait repartir dénicher des talents pour l'Arts Company, si elle existe encore.

– Tu serais prêt à l'inclure dans tes projets ?

– Je ne sais pas, je n'y ai pas vraiment pensé, se contente de répondre Noah.

Je crois un instant que le rapprochement entre Noah et son demi-frère n'est pas si improbable. Il faudra du temps, bien sûr, pour que la confiance soit là. Qu'ils se découvrent, apprennent à se connaître. Je pense à ce grand-père qui les unit, qui semble si important pour eux deux. N'aurait-il pas été fier d'avoir ses deux petits-fils héritiers de l'Arts Company, son institution ?

Mon regard est attiré par un objet posé sur le bureau de Noah. Une vieille locomotive, de couleur verte, celle-là. Je me rappelle que dans son bureau, à la clinique, dans son service de chirurgie plastique, il a la même, mais en rouge. Je n'ai jamais osé lui demander d'où elles venaient. J'attrape ce vieux jouet et le montre à Noah.

– Tu as la même à la clinique. Tu ne m'as jamais parlé de ta collection…

– Ce n'est pas vraiment une collection, me dit Noah, la voix adoucie, en prenant à son tour la locomotive. Ce sont des cadeaux de mon grand-père. C'est une passion que nous partagions tous les deux, nous passions des heures à jouer avec ses trains électriques. Quand je revenais de l'internat, le week-end, je savais qu'il m'attendait dans sa pièce. Même ma grand-mère n'avait pas le droit d'y entrer. C'était notre moment à nous, loin de l'art, loin de ma famille. Il m'a redonné le sourire grâce à ses locos, juste après que mon père et Judy m'envoient loin de la maison.

J'imagine Noah, sa douleur d'avoir perdu à la fois sa mère après le divorce de ses parents, puis son père. Ses géniteurs l'ont littéralement abandonné. Ce petit garçon qui a trouvé refuge chez des grands-parents aimants a réussi à reprendre pied dans la vie. Peut-être grâce à ces petits jouets…

– Allez, une maison nous attend !

Noah me sort brusquement de mes pensées, chassant en même temps l'ambiance triste et nostalgique qui commençait à s'installer.

– J'ai hâte de la voir, dis-je en le suivant.

***

Pour la première fois depuis des jours, nous ne sommes pas accompagnés de gardes du corps. Au volant de sa Porsche, cheveux au vent et lunettes de soleil sur les yeux, Noah me paraît plus sublime que jamais. Je n'ose pas me laisser aller à ce nouveau bonheur qui s'annonce. L'arrestation de Judy Rollins est encore trop fraîche pour que j'arrive à me convaincre qu'enfin nos ennuis sont terminés.

Nous roulons quelques minutes pour atteindre un quartier reculé de Miami. Je sais que l'océan est là, je l'entends et je le sens.

– Bon premier point, dis-je en me tournant vers Noah. L'océan !

Mon beau blond ténébreux ne répond rien, gardant un sourire énigmatique. Sortant un trousseau de clés de sa poche, il ouvre un immense portail devant nous. Et là…

La villa que je découvre est immense. Celle de Noah n'est rien à côté et pourtant, elle se montre déjà grande… Je compte deux étages. La façade immaculée est composée d'immenses baies vitrées.

– Nous faisons la visite tout seuls ? demandé-je, de plus en plus impressionnée.

– On m'a confié les clés, me répond Noah en ouvrant la porte d'entrée.

La maison est vide et mes pas résonnent sur le marbre. Entrée, salon, cuisine, je découvre pièce après pièce. La villa est en forme de U, deux ailes partant de part et d'autre. Et au milieu, posée dans un écrin de végétation savamment organisée, une piscine gigantesque se déploie sous mes pieds. Alors que j'en fais le tour, mes pas me conduisent au bout du jardin. L'océan est là, avec sa plage privée et même son ponton personnel. Noah me suit en silence. Je suis ici comme une enfant. Je retourne à la maison pour partir à l'assaut des étages où je découvre des chambres, de très nombreuses chambres sans doute. L'une d'elle ferait une salle de jeux parfaite pour des enfants !

Des enfants ?

Je suis troublée un instant par cette pensée.

C'est bien la première fois que je pense à ça…

Il règne dans cette maison une douce atmosphère. Elle est baignée par la lumière et son immensité ne lui donne pas pour autant un côté impersonnel. Au contraire. Avec sa forme originale, elle donne l'impression de vouloir protéger ceux qui l'habitent.

– Alors, qu'en penses-tu ? me demande Noah en me rejoignant. Tu ne m'as même pas laissé le temps de te suivre !

– Elle est magnifique, soufflé-je en regardant autour de moi. Je l'adore, elle est si chaleureuse, si… J'ai l'impression d'être dans un cocon. Je comprends ton coup de cœur !

– Est-ce que tu te vois vivre ici, avec moi ? Avec nos enfants ?

Mon cœur manque un battement. Je regarde Noah.

Oui, cette maison pourrait accueillir nos enfants…

– Oui, murmuré-je.

– Alors on la prend ? me demande mon cher et tendre, en m'attirant contre lui.

– On la prend ! m'exclamé-je en me mordant les lèvres.

Notre décision s'envole dans un long baiser fougueux. Le premier ici…

– Laisse-moi le temps de passer un appel pour conclure la vente, me glisse Noah en se détachant de mes lèvres. Je te retrouve dans le jardin.

Je manque de sauter de joie et de littéralement taper des mains comme une gamine à qui l'on promet une place au prochain concert de son boys band favori. Je retrouve le salon où déjà, j'imagine les aménagements possibles. Dans le jardin, délicatement ombragé, je pense à nos moments de détente, à Molly quand elle viendra nous voir avec son petit garçon…

La pelouse est tellement moelleuse…

Je m'accroupis pour la toucher du bout des doigts. Quelle douceur…

Je vais vraiment avoir une maison comme ça ?

– Tu es chez toi, fait la voix de Noah dans mon dos, comme s'il avait réussi à lire dans mes pensées.

Quand je me retourne pour lui faire face, je le vois installer une couverture et un panier de pique-nique d'où il sort une bouteille de champagne et deux coupes.

– Tu avais tout prévu ? lui demandé-je en le retrouvant.

– J'étais convaincu qu'elle te plairait à toi aussi, me glisse Noah, radieux. J'ai anticipé…

Le bouchon de champagne s'envole dans les airs. Noah me tend une coupe et, regardant lui aussi autour de lui, il lève la sienne.

– À cette nouvelle vie qui débute. Sans toi, je n'aurais jamais cru ça possible…

Notre étreinte est tendre, pleine de promesses. Je ne quitte plus mon nuage. Cette maison, cette nouvelle vie à deux, je…

Je n'ai plus de mot pour ça…

– Nous pouvons rester ici tant que nous voulons, m'apprend Noah en m'invitant à m'asseoir sur la couverture.

– Mais je ne veux plus quitter cette maison ! Je veux aller chercher mes meubles et l'habiter dès ce soir !

– J'avais un autre programme à te proposer, mais si tu y tiens…

– Tu pensais à quoi ? demandé-je, plissant des yeux en regardant mon bel apollon.

– Tester la maison, voir si son atmosphère ne perturbe pas notre harmonie sensuelle…

J'éclate de rire devant la mine sérieuse de Noah alors que ses projets se dessinent dans ma tête.

– C'est vrai, il faut faire tout de même un achat raisonnable, commencé-je.

– Et en toute connaissance de cause, poursuit Noah en m'embrassant l'épaule.

– Il faut donc… essayer… et vérifier que… tout va bien, soufflé-je, entre ses baisers passionnés.

Non seulement je veux tester cette maison, mais je veux aussi célébrer tout ce qui nous arrive. La légèreté, ce petit grain de folie qui nous manquait ces derniers temps m'apparaît comme au premier jour. Et je suis heureuse de les retrouver là, au cœur de MA maison. Et mon corps n'a de toute façon pas envie de quitter les lieux avant d'être totalement rassasié !

La maison est grande… S'il faut tester toutes les pièces…

Noah n'a pas prévu que du champagne dans son énorme panier. Il a aussi apporté quelques délices à déguster… Des fraises, mon plaisir que je ne m'octroie pas souvent.

Des fraises, du champagne et mon beau blond si sexy…

– Le meilleur commence, souffle Noah en m'invitant à m'installer sur la couverture.

Je ne résiste pas à l'idée de m'allonger sur cette pelouse moelleuse, délicatement ombragée. Je meurs d'envie de faire basculer Noah à la renverse, de glisser mes mains dans ses cheveux, de l'embrasser, de sceller ce moment dans la plus belle étreinte que nous ayons encore vécue ensemble. Mais je me retiens.

Pas encore…

Alors que Noah sort les fruits rouges, je ne peux m'empêcher de me mordre la lèvre.

– Non, pas encore, mademoiselle Brighton ! me gronde-t-il de sa voix chaude. Pas question de brûler les étapes. Je veux savourer…

Il parle de moi ? Ou des fraises ?

– Si tu me donnes une de ces fraises, promis, j'arrête de me mordre la lèvre. Sinon…

– Sinon ?

– Sinon… Eh bien, je continue et je m'allonge, commencé-je à dire langoureusement. J'enlève mon haut… il fait si chaud… Et peut-être aussi mon short… La piscine m'attire…

– Ah oui ? Tu pourrais me délaisser pour elle ?

Nos regards sont brûlants. Nous sommes détendus, plus rien n'entache notre bonheur. Nous sommes complètement l'un à l'autre désormais.

Du bout des doigts, mon amant me tend une fraise rouge et brillante. Sans le quitter des yeux, je croque dans le fruit en me montrant la plus sensuelle possible. Je soupire de plaisir en sentant le doux nectar emplir ma bouche, je ferme un instant les yeux pour savourer cet instant. Accrochant de nouveau mon regard à celui de mon amant, j'attrape le reste de la fraise de ma langue pour l'attirer à ma bouche. Les doigts de Noah suivent mon mouvement et finissent eux aussi entre mes lèvres. Surpris, il ne s'attendait pas à ce que je lèche le bout de son index.

Je finis par libérer sa main mais il la glisse aussitôt sur ma joue et saisit mon visage. Son baiser est d'abord tendre, mais sa langue, qui se fraie un chemin, semble vouloir goûter le sucre du fruit. La pression de ses lèvres s'accentue, devient plus passionnée. Un frisson me parcourt le bas du dos. Je me sens tellement délivrée en cet instant précis !

Nos lèvres se soudent, nos langues se chevauchent, notre baiser prend une nouvelle intensité et me coupe littéralement le souffle. Je m'accroche à la chemise de Noah, tirant presque sur le tissu. J'ai l'impression de perdre pied et qu'il est le seul capable de me rattraper. Ou de tomber avec moi dans cette chute qui nous emmène vers la volupté.

Je suis devenue femme dans les bras de Noah et aujourd'hui, je me sens tellement séductrice, apte moi aussi à l'emmener dans ses derniers retranchements. Je le sens faiblir, prêt à laisser vagabonder sa main, à déclencher l'éruption que rien ne pourra alors arrêter.

Mon ventre se crispe, mais la torture est agréable. Dans notre baiser passionné, je sens tout le désir de Noah. Il semble lui aussi s'abandonner complètement à ce plaisir tout neuf, libéré de toute entrave.

Délicatement, mon amant me pousse à m'allonger. Je n'ai plus à me tenir à lui, je peux laisser mes mains s'enhardir à leur tour et trouver leur chemin sous le tissu de sa chemise.

Sa peau est chaude, ses muscles bandés. Je commence à bien connaître son corps. Je fais glisser les boutons pour le mettre torse nu. Comme il me recouvre à moitié de son corps, je suis frustrée de ne pas pouvoir la lui enlever complètement. Mais je suis bien comme ça, dans cette position. Une de ses jambes s'est installée entre les miennes, il me domine presque totalement de sa carrure. Je suis à l'abri, protégée.

Nous continuons à nous embrasser, notre désir augmentant chaque seconde un peu plus. Tout mon corps vibre et se tend vers celui de mon amant. Je sens la pointe de mes seins frotter sur la dentelle de mon soutien-gorge. Je voudrais être nue, complètement nue, ici et maintenant.

– Noah, imploré-je presque.

Mes mains s'enhardissent un peu plus et tentent désormais de déboutonner son pantalon. Mon message est clair, je veux nous débarrasser de toutes ces barrières !

Mon amant se redresse un peu, enlève sa chemise d'un simple coup d'épaule. Son pantalon n'est plus qu'un souvenir, comme son boxer que j'ai à peine le temps d'apercevoir. Sa virilité s'affiche devant moi.

– À ton tour, Alice, m'annonce-t-il de sa voix grave, lourde de désir.

Le regard enfiévré, Noah soulève mon haut. Les yeux rivés sur ma poitrine, ses deux mains défont mon soutien-gorge, libérant mes seins. Mon amant les empoigne, et, du bout des pouces, titille mes tétons. Un soupir s'échappe de mes lèvres.

Impatiente, je me tortille pour me défaire de mon short et de ma culotte, sans attendre que Noah s'en occupe. Nue, complètement nue sous son corps chaud et vivant, je n'ai plus qu'une seule et unique envie : qu'il me possède.

Je ne contrôle plus rien, encore moins mon désir prompt à s'emporter pour lui. Mes sensations semblent être décuplées, jamais je n'ai ressenti ce besoin aussi fortement, cette extrême intensité. Et je ne suis pas la seule… Noah lui aussi se montre très réceptif à mes attentes.

Lentement, mon amant se glisse en moi dans une douce pénétration. Je savoure cette entrée délicate et délicieuse, qui fait naître une multitude de frissons dans mon dos, me parcourant de la nuque aux reins. Je ferme les yeux, Noah commence à bouger. Je perçois son souffle rauque au-dessus de moi. Nous ne faisons plus qu'un dans cette douce étreinte. Nos deux corps sont unis par la force de notre amour, mais aussi par celle de notre destin. Les épreuves nous ont rapprochés et, plus que jamais, je me sens en totale osmose avec Noah.

J'ouvre les yeux et plonge dans le regard bleu intense de mon amant. Petit à petit, le rythme s'accélère, enflammant mon intimité de la meilleure des sensations. Mes mains s'agrippent aux épaules de mon amant, puis descendent vers ses fesses. Je le pousse à aller plus loin, plus fort. Je cambre mon bassin, enserre sa taille de mes jambes. Ce changement de position me fait exploser de plaisir. Je sens l'orgasme s'abattre sur moi, violent, impérieux. Je le laisse me parcourir, m'emporter, et ce plaisir est tel que je ne peux pas m'empêcher de crier, là, au milieu de notre nouveau jardin.

Noah donne encore quelques coups de reins avant de partir à son tour. Il se laisse aller comme jamais et succombe. Quand il se pose à mes côtés, essoufflé, je suis encore tremblante de désir. Je reste cramponnée à lui. Je tiens à ce que nos deux corps continuent de se toucher. J'éprouve le besoin vital de sentir sa peau, de profiter de lui. Comme si quelque chose auparavant m'avait empêchée de le croire à moi… À jamais.

***

L'eau de la piscine est délicieuse. J'ai encore du mal à croire que je pourrai y plonger chaque fois que l'envie m'en prendra.

Et les bains de minuit…

Je nous imagine, le soir, nous déshabiller sous les douces lumières du jardin et nous glisser dans l'eau, jouant jusqu'à ce que le désir nous emporte. Cette image de nous deux enlacés réveille mon ventre.

Pourquoi se contenter d'imaginer?

Noah m'observe. S'il lit dans mes pensées, il sait exactement ce que je compte faire…

Je nage vers lui le plus sensuellement possible. Arrivée à sa hauteur, je me colle aussitôt contre son corps, l'entourant de mes bras, m'agrippant au mur, derrière nous. Mon amant est littéralement emprisonné. Mes deux jambes enlacent son bassin, nos deux sexes se touchent. Le sourire de Noah accentue mon désir : sexy, aguicheur.

– J'adore cet accostage, murmure Noah de sa voix grave.

– Et tu n'as encore rien vu, soufflé-je en passant délicatement ma langue sur ses lèvres.

Je sens aussitôt le membre viril de mon amant se durcir contre moi, m'encourageant à attraper ses lèvres, à le mordiller légèrement. Pour lutter contre le mouvement de l'eau, ou pour me maintenir encore plus près de lui, Noah pose fermement ses mains contre mes fesses. Je gémis. Je brûle de désir et notre baiser n'est pas pour me calmer. Nous nous dévorons mutuellement, comme incapables de nous rassasier l'un de l'autre.

– Noah… soupiré-je.

Mon amant me tient fermement contre lui et m'emporte vers les marches. Mes mains se posent sur sa nuque, nos lèvres ne se quittent pas. Je me laisse emporter dans ses bras musclés, sortir de l'eau comme dans mes fantasmes. Je ne sais pas où Noah m'entraîne, mais j'aimerais que ça ne soit pas trop loin. J'ai peur de me consumer de désir.

Nous retrouvons la couverture, là où nous l'avions laissée, dans l'herbe.

Il nous faut des transats, des banquettes, des coussins au bord de la piscine…

Délicatement, Noah s'assoit, je l'aide pour qu'il ne soit pas déséquilibré. Je me retrouve sur lui, sur ses cuisses. Son sexe est tendu. Ma main se pose sur lui. Je frissonne de le sentir entre mes doigts, aussi viril. Je commence mes caresses, de haut en bas, en ne quittant pas des yeux mon amant. Je veux y lire son plaisir, je veux le voir perdre la tête. Son regard est brûlant, il se mord la lèvre lui aussi. J'en veux plus…

Je me glisse plus bas pour pouvoir le prendre dans ma bouche. Je l'aspire, le lèche, je veux le rendre fou ! Son bassin se tend vers moi, réclamant encore cet assaut sensuel. Les mains de Noah se glissent dans mes cheveux et les tirent légèrement. Je l'entends grogner. J'accélère, ne lui laissant aucun répit. Mais dans ma volonté à le voir sombrer dans le plaisir, je m'emporte avec lui dans cette délicieuse chute.

L'excitation me vrille le ventre, il faut qu'il vienne en moi !

– Alice… m'implore Noah d'une voix rauque.

Je comprends aussitôt ce qu'il attend de moi. Je délaisse son membre dur d'un dernier baiser avant de le chevaucher. Je laisse mon corps me guider, m'imposer son désir. Et je m'empale sur Noah avec l'énergie et l'impatience que l'excitation m'ordonne. Je me mets à bouger, sûre de moi, presque altière au-dessus de mon amant. Je le domine, et cette position accentue encore plus le feu qui coule dans mes veines. Alors que Noah me masse les seins, jouant avec mes tétons, je bouge vite, de plus en plus vite, mon allure s'est emballée et je pars pour une chevauchée à couper le souffle.

Je jouis très vite, surprise par la violence et la soudaineté de mon orgasme. Quand Noah est à deux doigts de succomber, il m'attrape les fesses et m'accompagne avec quelques coups de bassin. Mon amant se laisse emporter à son tour et explose en moi, comme un feu d'artifice.

Quand nous reprenons enfin une respiration normale, nous échangeons un long regard, lourd de sous-entendus.

– Je crois que nous n'arriverons pas à tester toute la maison aujourd'hui, me souffle Noah dans un sourire terriblement érotique.

– Je t'ai vidé de tes forces ? demandé-je, taquine.

– Loin de là, s'insurge mon amant sans se défaire de cette aura envoûtante.

Et comme pour m'en convaincre, Noah me repousse en arrière pour me dominer à son tour. Déjà, il me dévore l'épaule.

– Je n'ai aucune envie de bouger d'ici, finit-il par m'avouer, entre deux morsures.

Je n'émets aucune objection.

Et nous nous lançons dans une lutte érotique, sensuelle, avides de plaisir, désireux de profiter de cet instant à nous, et à nous seuls.

30
ÉPILOGUE

– Prête ? me demande Noah, un sourire rassurant aux lèvres.

– Je ne suis pas sûre, bredouillé-je, terriblement anxieuse.

Mes mains sont moites, mes jambes sont en coton. Je ne sais même pas si je réussirai à marcher. Le grand soir est arrivé. Pour la toute première fois, j'expose mes propres œuvres au public. Mes toiles ont été installées dans le hall de l'Arts Company. J'imagine l'angoisse des autres artistes qui présentent eux aussi leur travail.

Nous avons travaillé dur pour cette exposition, ce n'est pas le moment de flancher !

– Est-ce que tu crois qu'on a bien fait ? interrogé-je Noah, connaissant déjà sa réponse.

– On a fait ce qu'il fallait et plus encore, me répond-il de sa voix chaleureuse. Ton travail est récompensé aujourd'hui.

Je souffle un bon coup et me lève de mon nouveau bureau,

où se mélangent les piles de dossier, un peu de matériel de peinture et des toiles, ici et là.

Allons montrer le nouveau visage de l'Arts Company !

Je saisis la main que me tend Noah, mon cher et tendre milliardaire. Il a été d'un soutien infaillible, ces derniers mois, surtout quand j'ai repris la peinture. J'avais perdu confiance en moi après avoir su la vraie raison de mon contrat à l'Arts Company. Et Noah a eu la patience, les mots… Aujourd'hui, j'organise ma première exposition, avec mes toiles personnelles, mais j'ai aussi convié à mes côtés des jeunes artistes locaux en lesquels je crois.

En nous rendant vers l'ascenseur, nous croisons quelques-uns des employés de l'Arts Company, ceux qui ont souhaité rester après l'histoire du trafic d'art. Je reçois leurs félicitations avec beaucoup d'émotion. Je travaille avec eux depuis peu et pourtant, grâce à notre passion commune pour l'art, nous avons rapidement tissé des liens. Nous voulons tous que l'Arts Company retrouve ses lettres de noblesse, et ils y travaillent eux aussi avec beaucoup d'acharnement.

– Je ne me fais toujours pas à l'idée que je dirige cette entreprise, soufflé-je à Noah en entrant dans l'ascenseur.

– Tu as l'air d'être déjà très appréciée, commente Noah, en m'attirant contre lui, dans l'intimité de la cabine.

Un baiser d'encouragement… toujours aussi passionné.

– Tu ne peux plus reculer maintenant, me souffle-t-il, juste avant que les portes ne s'ouvrent au rez-de-chaussée.

Je n'ai pas le temps de répondre. Le hall est plein à craquer. Nos invités sont là, la presse ne s'est pas fait prier, et sans doute, comme nous nous y attendions, de nombreux curieux sont venus pour voir si l'Arts Company réussit à se relever de son passé trouble. Cette idée me revigore.

Je vais leur montrer de quelle façon elle se remet!

– À toi de jouer, me souffle Noah avant de faire un pas dans l'arène.

Je lui fais un signe de tête pour lui dire que je suis prête. L'avenir de l'Arts Company repose, pour beaucoup, sur cette soirée. Voir toute cette foule nous rassure : nous sommes sur la bonne voie.

Je salue, m'arrête pour discuter, alors que Noah est lui aussi happé de son côté par nos invités. Mes anciens professeurs des Beaux-Arts sont là, ravis de me retrouver. Mes nouveaux collaborateurs, ceux que nous avons engagés, Noah et moi, pour remettre l'Arts Company à flot, me font signe. Ils connaissent eux aussi l'importance de cette soirée et je sais qu'ils ne failliront pas. J'ai toute confiance en mon équipe, un précieux soutien pour moi. Plus j'avance au cœur de l'événement, plus je me rends compte que l'installation que nous avons envisagée pour les collections exposées est parfaite. La presse prend déjà beaucoup de photos et j'aperçois quelques artistes en pleine interview.

Tout a l'air de bien aller, je peux me détendre…

Si les artistes que j'ai choisis ce soir rencontrent le succès, cela veut dire que j'aurai réussi mon job, que je ne me suis pas trompée sur eux. Quelle fierté pour moi aussi… Et pour l'Arts Company qui retrouve enfin sa vocation!

Dans le hall, Noah a tenu à installer le portrait de son grand-père, Alfred Rollins, ce même portait que j'avais découvert la première fois dans le bureau de Ian. Je jette un regard dans sa direction, espérant brièvement qu'il soit fier de moi, ce soir, et de son petit-fils, sans qui rien de tout ça n'aurait été possible…

Je chasse l'émotion.

Pas de larmes ce soir !

Soudain, une petite main se glisse dans la mienne. C'est Joshua, venu en compagnie de ses parents.

– C'est trop beau, ce soir, Alice ! s'exclame-t-il, de son éternel enthousiasme. Tu sais qu'il y a un journaliste qui est venu me poser des questions ? À moi !

– Ah oui, et qu'est-ce qu'il t'a demandé ? l'interrogé-je, souriante, en saluant en même temps John et Amanda.

– Si c'était vrai que tu me donnais des cours, et comment ça se passait… Je lui ai dit que c'était trop bien ! Que tu étais la meilleure prof !

– C'est gentil, soufflé-je.

– C'est vraiment une belle soirée, ajoute Amanda en regardant autour d'elle. Vous devez être très contents, Noah et vous.

– Oui, avoué-je.

– En tout cas, Alice, vous avez suscité une vraie vocation chez Joshua, intervient à son tour John. Depuis vos cours de dessin, il ne fait que ça et nous a demandé s'il ne pouvait pas entrer dans une école artistique. Je crois qu'il va suivre vos traces.

– Joshua a du talent, un vrai don pour la peinture, leur dis-je. Il est encore un peu jeune, mais quand il aura trouvé son style, son univers, il va vraiment falloir le suivre, croyez-moi.

Et je ne mens pas. Mes cours passés avec lui ces derniers mois m'ont révélé sa maîtrise de la peinture. Il n'a que 8 ans, presque, 9 maintenant, il a toute la vie devant lui, mais… il a un talent à nourrir et je compte bien m'en occuper !

– Merci beaucoup pour cette invitation, Alice, me glisse chaleureusement Amanda. Je vous souhaite vraiment la réussite que vous méritez, Noah et vous. Nous ne pouvons pas rester, malheureusement, il y a école demain.

– Mais maman ! proteste Joshua.

– Ta mère a raison, acquiescé-je. Et puis nous deux, on se revoit lundi de toute façon. Merci beaucoup, Amanda.

Nous nous embrassons avant de nous quitter. Nos liens se renforcent. Ils font désormais partie de ma famille. Nous en avons d'ailleurs discuté, un soir, après un cours de Joshua. Amanda et John ont été touchés par mon histoire, la mort de mes parents, et m'ont avoué qu'ils m'appréciaient eux aussi énormément.

Quel plaisir ce soir-là… Après toutes ces épreuves !

J'aperçois Molly et Luke, venus avec Andrew. Noah les a rejoints aussi. Je n'arrive à les retrouver qu'après avoir serré quelques mains. Je prends mon meilleur ami dans mes bras.

– Mais arrête, Alice, je vais bien ! Tu ne me serrais pas autant dans tes bras avant, me reproche gentiment Andrew.

– C'est plus fort que moi ! réponds-je en embrassant tour à tour Molly et Luke.

– Profite ! dit mon amie en le poussant du coude.

– Pas trop quand même, ajoute aussitôt Noah.

Je souris. Andrew est sur pied depuis quelques semaines, et son séjour à l'hôpital, puis dans la clinique, n'est plus qu'un mauvais souvenir qui vient me hanter encore régulièrement. Il ne porte plus aucune séquelle de ses brûlures. Noah a encore fait des miracles avec sa chirurgie réparatrice. Andrew se sort plutôt bien de cette tentative d'assassinat et il a, lui aussi, réussi à tourner la page avec un soutien psy. Et il a un job à plein temps cette fois, à la salle de sport, qui lui permet de vivre enfin tranquille.

Un serveur passe à ce moment-là près de nous. Nous attrapons tous les cinq notre première coupe de la soirée.

– À nous ! lance Luke en levant son verre.

– À nous ! répétons-nous tous en chœur.

– Dis donc Molly, tu as l'air fatiguée ! la taquiné-je. C'est si dur la vie de maman ?

– M'en parle pas, je n'ai plus une minute à moi ! Mais j'adore ! me répond-elle dans un large sourire.

Molly vit toujours dans sa maison avec un adorable petit garçon. Un peu introverti au début, il a su trouver sa place. Et ma meilleure amie fait une maman hors pair !

– Du nouveau pour l'adoption ? demandé-je à Molly.

– Eh bien… Il y a du changement, m'annonce-t-elle en échangeant un regard complice avec Luke.

– Comment ça ?

– Je te laisse leur dire, souffle Molly à Luke.

– Eh bien, commence le pédiatre. Molly et moi, nous allons vivre ensemble et je lui ai proposé d'adopter avec elle sa petite terreur. Donc, nous refaisons un dossier, mais l'agence est déjà derrière nous. Les parents du petit ont perdu leurs droits, donc normalement, tout devrait bien se passer !

– Félicitations aux futurs parents ! s'exclame Noah.

Andrew aussi est heureux pour notre amie.

Non, je ne vais pas pleurer !

– Je suis heureuse pour toi, glissé-je à l'oreille de Molly.

– C'est un peu grâce à toi que je le dois, si tu n'avais pas parlé à Luke, nous n'en serions pas là, m'avoue-t-elle dans un clin d'œil.

Nous attrapons un autre serveur pour lui prendre une seconde coupe de champagne.

– Et toi alors, ce nouveau job ? me demande Andrew.

– C'est impressionnant, réponds-je en riant. Mais j'adore ce que je fais. Je peins, je découvre de nouveaux artistes, et l'équipe est parfaite !

– Et elle le fait très bien, ajoute Noah en me lançant un regard à tomber par terre, plein de fierté et d'amour.

– Les Rollins n'ont donc plus aucun pouvoir sur l'Arts Company ? demande Luke, soudainement sérieux.

– Aucun. J'ai racheté les parts de Judy, qui de toute façon, avec sa longue peine de prison, ne pouvait plus rien faire d'autre que d'accepter. Quant à Ian, il a encore sa place ici mais n'a plus un rôle décisionnel. Il veut travailler avec nous, et partir dénicher ses talents à l'étranger, explique Noah. L'Arts Company nous appartient complètement.

– Et c'est une bonne chose ! intervient Molly. Ces histoires sont derrière vous !

– Docteur Law, c'est l'heure des discours, nous interrompt l'une de nos collaboratrices.

– J'arrive, lui répond Noah.

Mon bel apollon se tourne alors vers moi et, dans un clin d'œil complice, me glisse :

– Allons-y…

Mon cœur se met à battre. Le discours de Noah est l'un des grands moments de cette soirée, celui qui doit complètement convaincre. J'ai confiance. Nous avons travaillé ensemble dessus. Je le suis jusqu'à l'estrade que nous avons montée au cœur du grand hall, au cœur de l'exposition. Avant de me laisser, Noah m'embrasse tendrement.

C'est à lui maintenant de parler, pour son grand-père, pour l'art et pour l'Arts Company… Un frisson me parcourt le dos. Molly m'a rejointe, suivie de Luke et d'Andrew. Nous sommes aux premières loges. Petit à petit, le silence s'installe. Noah est dans la lumière et je le trouve plus beau que jamais.

– Tout d'abord, j'aimerais vous remercier d'avoir été aussi nombreux à répondre à notre invitation. Je pense que je peux parler au nom des artistes exposés ici ce soir et au nom de tous mes collaborateurs de l'Arts Company, merci !

La salle applaudit. Noah prend le temps de relire ses notes. Mais, à ma grande surprise, il les range dans sa poche intérieure de veste.

Il doit le connaître par cœur à force de l'avoir travaillé !

– Votre présence ce soir nous prouve que nous avons eu raison d'y croire. Tout le monde sait à quel point la réputation de l'Arts Company a été bafouée. Nous mettons tout en œuvre pour retrouver la confiance des artistes, des galeristes et de tous ceux qui aiment l'art. Mais l'avenir s'annonce meilleur et je suis certain que mon grand-père, Alfred Rollins, apprécierait nos choix. Tournons la page de toutes ces sordides affaires et faisons en sorte de ne plus jamais y retomber.

Noah fait une pause. Il est fin orateur, même si ce discours n'est pas celui que nous avons écrit, il a le charisme pour captiver le public.

– La renaissance de l'Arts Company n'aurait pas été possible sans Alice Brighton, sans sa détermination et sans l'amour qu'elle éprouve pour l'art. Je n'ai pas hésité un seul instant à remettre entre ses mains l'héritage de mon grand-père. Reprendre l'Arts Company dans un tel contexte n'était pas évident, mais elle n'a pas eu peur. Elle a relevé le défi avec courage, et voilà aujourd'hui où nous en sommes. Vous pouvez constater son talent pour la peinture et aussi son talent pour dénicher de nouveaux artistes.

Je rougis en entendant les applaudissements et en remarquant les sourires que l'on m'adresse. Il n'était pas question de parler de moi dans le discours initial. Je n'ai jamais voulu attirer cette attention. Je lance un regard faussement réprobateur à Noah qui me répond par un délicieux sourire.

– Alice, continue-t-il en s'adressant cette fois à moi. Mon grand-père aurait été fier de te voir aussi investie dans cette entreprise, si proche de ses propres convictions.

Il va me faire pleurer…

– Tu es une femme exceptionnelle, Alice, poursuit-il sans me lâcher du regard. Tu comptes pour l'Arts Company, mais tu comptes pour moi aussi, depuis le début. Nous avons vécu des événements inimaginables et pourtant, tu es toujours à mes côtés. Et je veux que tu le sois, pour toute la vie.

Noah s'écarte du micro et descend pour me retrouver. Je n'ose imaginer ce qui va suivre. Je jette un regard du côté de Molly qui, dans un sourire, s'écarte légèrement de moi.

– Alice, dit Noah en mettant un genou à terre. Je t'aime. Grâce à toi aujourd'hui, je n'ai pas peur de m'ouvrir aux autres. Tu m'as offert le plus beau des cadeaux en m'apprenant l'amour. Je veux que tu sois ma femme… Est-ce que tu veux m'épouser ?

Je regarde Noah ouvrir devant moi un écrin, révélant une bague somptueuse. J'oublie complètement que nous sommes entourés, que nous avons plus d'une centaine de témoins. Je porte la main à l'alliance de ma mère, autour de mon cou.

– Oui, dis-je faiblement. Oui… OUI !

Ma propre réponse me submerge de bonheur et quand Noah me fait voler dans ses bras, que les applaudissements explosent, je comprends ce qui est en train de se passer.

Je vais devenir une Law. Alice Law. La femme de Noah Law, l'homme si intègre, si généreux… Je vais porter le nom de sa grand-mère, cette femme dont il m'a tant parlé et avec tant de fierté et d'amour. Plus que jamais, mes parents me manquent. Et Noah doit certainement penser lui aussi à ses grands-parents qui l'ont toujours soutenu, aidé, aimé… Nous sommes prêts à nous unir, à créer notre famille et à l'aimer, de tout notre cœur, tous les deux.

Et bien sûr, je pleure !

FIN

Extrait

Du même auteur

SUBLIME-MOI !

À paraître en janvier 2016

1

FOUGUE ET MALADRESSE

– J'hallucine ! Si j'avais su un jour que je devrais m'habiller en mort-vivant pour faire la promotion d'un de mes auteurs… jamais je ne serais devenue éditrice ! grimace ma meilleure amie Jade, devant la glace.

– Tu vas plaire aux jeunes, tu es totalement dans le coup ! Zombie attitude, c'est dans l'air du temps ! tenté-je de la rassurer en essayant de ne pas rire.

– Ça va, moque-toi ! Pas la peine de faire semblant ! Après tout, je suis à l'origine de cette idée, je ne peux m'en prendre qu'à moi-même, soupire ma colocataire. Cet auteur a un univers si… étrange. Mais il plaît ! Alors, je peux bien faire l'effort de ressembler à… ça… pour sa soirée de dédicaces !

Jade a l'air tellement résignée devant son miroir que j'éclate de rire. Dans ses vêtements usés, à moitié arrachés, ses cheveux hirsutes, ses bottines trouvées dans un magasin de fripes et son maquillage un peu sombre, elle est loin de l'image de la parfaite éditrice présentant son auteur fétiche au public. Bien au contraire. Jade travaille pour une maison d'édition qui tient à ce que ses auteurs puissent exprimer tout leur talent. Et l'auteur du moment ne se sent bien que dans son monde de morts-vivants. Outre le costume, Jade a organisé la séance de dédicace avec les journalistes et les lecteurs dans une… crypte.

La totale…

– Et ta mixture rouge façon hémoglobine ? C'est l'élément ultime de ton déguisement ? demandé-je en lui montrant le tube, sur la table basse.

– C'est pour faire plus vrai… souffle Jade. Si j'avais eu un peu de charbon, je me serais contentée de salir mes vêtements !

– Éloigne ça de mon tailleur en tout cas, c'est tout ce que je te demande !

– Pourquoi ? Tu as peur de faire mauvaise impression auprès de… qui déjà ? me nargue Jade en empoignant la bouteille.

– Marcus Jefferson, dis-je en me remémorant le nom inscrit sur le dossier reçu dans l'après-midi.

– Laisse-moi prendre au moins un petit selfie de nous deux, le décalage entre nos deux tenues est tellement énorme ! On bosse toutes les deux, ce soir, mais l'une fait plus sérieuse que l'autre… Alors que, qui est plutôt jean-basket, d'habitude ?

– J'avoue, le tailleur, c'est plus toi… J'ai aussi l'impression de me déguiser, mais en moins… « sale ».

Nous sourions toutes les deux face au téléphone de Jade. Nos amis communs sur les réseaux sociaux risquent de s'amuser eux aussi du décalage.

– OK, je pense que cette fois, c'est bon ! déclare Jade après s'être étalé, avec soin, le faux sang sur son pull déchiré.

– Et tu crois que tu vas réussir à trouver un taxi dans cette tenue ? demandé-je, réprimant un nouveau fou rire.

– J'ai déjà prévenu la compagnie quand j'ai réservé. Et j'ai des fringues de rechange pour le retour. Je fais la soirée en compagnie de Barry Wolfman, grand maître de l'apocalypse jusqu'à vingt-deux heures. Ensuite, je redeviens moi-même !

Je laisse Jade terminer ses derniers préparatifs et jeter un œil dans son sac pour être sûre de n'avoir rien oublié. Je n'ai pas fini de me préparer. Le maquillage que m'a prêté ma colocataire et meilleure amie est assez sophistiqué et demande un peu de technique au pinceau.

De la poudre, du blush, alors que je n'en porte quasiment jamais, ce n'est pas super évident !

– Pour le blush, tu estompes bien, des pommettes à la racine des cheveux, comme je t'ai montré ! me dit Jade en s'approchant de moi.

Devant ses taches rouges, je ne peux retenir un mouvement de recul. Qui me vaut aussitôt un soupir de reproches.

– Bon, merde pour ton interview de ce soir, je dois filer. Et je ne t'embrasse pas, vu que je n'ai pas le droit de t'approcher !

Sur ces mots, Jade quitte notre appartement comme un tourbillon.

Je m'observe une dernière fois dans le miroir. Et j'hésite pendant une seconde à retourner me changer. Ce tailleur près du corps me sculpte une jolie silhouette, mais je ne suis pas sûre qu'il corresponde bien à mon prochain rendez-vous. J'ai relevé mes cheveux bruns en un chignon un peu élaboré, mais j'hésite à les laisser retomber naturellement, comme d'habitude, sur mes épaules.

Et je n'ai plus le temps pour ça !

Une légère boule au ventre commence à se faire sentir.

Allez, ce n'est pas ma première interview ! Je connais mon métier !

Le service de communication de la fondation Fight for Education m'a appelé ce matin en urgence pour que je remplace au pied levé leur journaliste, malade. J'ai accepté sans me poser de question. J'aurais préféré avoir un peu plus de temps pour travailler ce sujet de dernière minute, mais on ne choisit pas le feu de l'actualité ! Par contre, j'ai la pression : mon article doit être irréprochable ! La fondation Fight for Education est une institution dans le monde caritatif et ses nombreux programmes pour venir en aide aux enfants, aux orphelins, sont reconnus d'utilité publique. Le directeur de la communication de la fondation a été clair sur ce point : Je n'ai pas le droit à l'erreur. Il a évoqué le grand gala annuel de demain. Tous les généreux donateurs seront à New York. Bref, j'ai la pression. Mais s'ils m'ont choisie, moi, je dois leur faire honneur.

Je n'ai aucune raison d'angoisser. En plus j'ai été recommandée par une autre association pour laquelle j'ai travaillé il y a peu de temps. La Newsday Charities. Je leur avais fait un papier très apprécié, d'ailleurs. J'avais réussi à parler : « autant des enfants que des donateurs, sans qu'aucun d'eux ne soit lésé ».

Je devrais plutôt être flattée !

Être recommandée, de cette façon…

Je me souviens encore des mots du porte-parole de la Newsday Charities, de son sourire chaleureux et de son plaisir visible de rencontrer quelqu'un qui ait su parler de cette fondation sans oublier personne. Je ne voulais pas évoquer uniquement les donateurs. Selon moi, les enfants devaient trouver leur place au centre de mon article. Je tenais absolument à ce que le public comprenne pourquoi la Newsday Charities était utile. Mais je ne pouvais pas non plus ignorer les donateurs et leur rôle précieux et indispensable.

Quand je repense à cet article, qui est l'un de mes premiers, je ne peux pas m'empêcher d'être fière de moi. Et je suis ravie d'avoir à parler de Fight for Education !

J'ai reçu cet après-midi le dossier préparé par la journaliste et on ne peut pas dire qu'il m'aide beaucoup, surtout sur les donateurs de cette fondation. Ils se montrent plutôt secrets. Surtout ce Marcus Jefferson, que je dois rencontrer ce soir. Je n'ai qu'une biographie très succincte de sa vie et quelques infos sur son parcours professionnel. Il a été lui-même bénéficiaire de la fondation étant petit et il fait aujourd'hui partie des généreux donateurs. Après un début difficile dans la vie, il semble avoir réussi dans l'univers de l'art. Mais je n'ai aucune photo. C'est très bizarre que cette journaliste ne m'en ait pas fourni une seule de lui. Je fais comment pour le reconnaître, ce soir, moi ?

Impossible de vérifier sur Internet, ces jours-ci la connexion de l'appart est complètement en rade à cause des travaux dans le quartier !

Promis, avec l'argent de cette pige, je m'offre le dernier téléphone de la marque à la pomme ! Je serai moins dépendante !

Bref, je ne sais rien sur cet homme. J'ai mes questions, je connais déjà les écueils à éviter grâce au travail que j'ai réalisé sur mon précédent article. Mais je ne sais pas du tout à quoi il ressemble. J'ai un rendez-vous, fixé par la fondation, dans un bar très sélect de la ville. Aucune photo, donc, et pas de numéro de téléphone non plus.

Tout va bien !

Je me lève d'un seul coup, prête à partir au combat et à faire mon job. Je sais le faire. Même en talons hauts et même si je ne me sens pas très stable perchée de cette façon. Mais je peux le faire, je vais le faire ! Et je veux arriver un peu plus tôt au rendez-vous pour essayer de le reconnaître.

Un petit jeu de devinette pour se détendre : qui est Marcus Jefferson ?

***

Le service com' de la fondation a tout prévu. Une table m'attend et le serveur m'y conduit. Autour de moi, beaucoup d'hommes en costume sont installés. Vu l'heure, la majorité d'entre eux doivent tout juste sortir de leur bureau ou prendre encore un verre avec des clients.

Je commande une eau gazeuse au serveur qui me quitte aussitôt. Je peux alors observer le bar autour de moi. J'ai plus d'un quart d'heure d'avance sur l'horaire du rendez-vous. J'imagine qu'un homme comme Marcus Jefferson, assureur d'œuvres d'art, selon les notes que j'ai sous les yeux, et donc « milliardaire », ne doit pas être du genre ponctuel. Plutôt très sollicité et toujours pressé.

Au-dessus des bulles qui se perdent à la surface de mon verre, je détaille discrètement les hommes qui entrent.

Celui-là ? Non… Trop jeune loup de Wall Street…

Lui ? S'il est expert en œuvres d'art, il a un problème avec l'association des couleurs. Cravate verte sur costume gris…

Et lui, accoudé au bar ? Non, lui, je l'imagine plutôt… chirurgien esthétique. Pas un cheveu de travers et des mains soignées et agiles.

Mon éternelle imagination m'entraîne encore dans ses élucubrations. J'ai cette manie de donner aux gens la vie qu'ils ont, ou non. Je ne sais jamais vraiment si j'ai raison ou tort, mais c'est l'un de mes traits de caractère qui amuse beaucoup Jade et qui nous vaut de nombreux fous rires ensemble.

Alors que je souris en me remémorant mes soirées avec ma coloc, mon regard se pose sur un homme qui vient juste d'entrer dans le luxueux bar.

Silence dans ma tête…

Excessivement beau, la trentaine, il dégage un magnétisme qui me coupe soudain tout accès à mon imagination. Mon cerveau semble complètement éteint. Mes yeux ne le lâchent pas. Cheveux blonds, assez grand, les épaules larges… Je pourrais supposer qu'il est sportif, joueur de hockey canadien, mais non, je n'imagine rien. Il arbore un sourire tendre et doux, de ceux que toutes les femmes aimeraient recevoir d'un homme comme lui… Je suis la course de son regard.

Il vient d'apercevoir une femme et son visage s'est illuminé. Il traverse le bar pour la rejoindre. La soixantaine, le chignon gris soigné, une robe très classe. Son amante ? Non, il vient de lui faire la bise. Une vraie complicité se dégage de ces deux-là.

Une mère et son fils ? Une vieille tante ?

L'espace d'un instant, j'envie cette femme d'avoir à ses côtés un homme tel que lui. Un homme qui dégage une telle force, une telle emprise sur les choses ! Il soutient la vieille dame dans une attitude très protectrice. Il est sûr de lui et le serveur qui est venu lui parler a eu l'air impressionné. Son magnétisme m'atteint, moi aussi, je ne peux pas le nier. Cet homme-là doit savoir tout faire, tout maîtriser. À présent il discute aimablement avec ceux qui viennent à sa rencontre, il échange quelques paroles avec eux, en gardant une distance affichée mais pas méprisante.

Il contrôle son temps de parole… Il reste poli mais ferme. Il n'est pas là pour eux.

C'est étrange comme son attitude change quand il s'adresse à la vieille dame. Quand il se tourne vers elle, les traits de son visage s'adoucissent aussitôt…

Il doit vraiment tenir à elle…

J'ai encore du mal à savoir s'il s'agit de sa mère… Ils n'ont aucun trait en commun, aucune ressemblance. Peut-être que je n'ai pas vraiment tort, il devait sans doute écouter les histoires de cette femme quand il était enfant…

Je souris devant cette image de lui, petit. Il devait être terriblement craquant…

Le couple se sépare. L'homme ne la quitte pas des yeux alors que la vieille dame prend la direction du hall de l'hôtel qui jouxte le bar. Et puis il se retourne, semble chercher quelqu'un dans la salle. Et son regard se pose sur…

Moi…

Instantanément, mon souffle se coupe. Son regard me transperce. Il s'approche de moi, sans me quitter des yeux. Je suis incapable de bouger et de regarder ailleurs.

Est-ce que ce serait… Marcus Jefferson ?

J'ai l'impression d'un coup que le bar s'est vidé de sa clientèle. Qu'il n'y a plus que moi et cet homme qui fond sur moi comme un oiseau sur sa proie. Je suis tétanisée. Je n'ai même pas le réflexe de me lever quand il n'est plus qu'à quelques pas de moi.

Il est encore plus beau de près que de loin… L'intensité de son regard… Cette couleur, ce vert si intense !

Il faut que je bouge, maintenant, que je dise ou fasse quelque chose. C'est lui, c'est bien Marcus Jefferson. Savoir comment il a su que c'était moi, la journaliste, est le cadet de mes soucis. Je dois retrouver mes esprits, et vite !

Je me lève si brusquement quand il arrive enfin en face de moi que je fais tomber à terre tout le contenu du maigre dossier de presse que j'avais ouvert sur la table.

Super ! Déjà que je n'avais rien à mettre dans ce dossier, il faut en plus que je le jette à terre !

– Oh… je… désolée, bredouillé-je, complètement chamboulée.

Je sens mes joues s'enflammer. Je perds complètement mon sang-froid. Je tente de masquer mon trouble en essayant de rapidement ramasser les papiers par terre, bredouillant quelques excuses. Et au lieu d'attendre que j'aie fini, Marcus Jefferson se baisse à son tour pour m'aider…

– Ce n'est rien, glisse-t-il pour me rassurer.

Et quand nos mains se frôlent…

Je ne sais pas s'il sourit, s'il est moqueur ou s'il me considère comme une pauvre fille pleine de maladresse.

Il doit me prendre pour une débutante !

Et alors que j'essaie d'avoir l'air sur de moi, que je me relève, prête à retrouver un semblant d'allure devant Marcus Jefferson, mon talon droit se dérobe sous mon poids. Pendant une seconde, je crois pouvoir retrouver mon équilibre, mais je chavire, dans un petit cri. Les bras forts de Marcus, qui se relevait lui aussi, me retiennent. Grâce à lui, j'échappe à une chute mémorable. Mais pas à la honte…

En voulant sauver le reste de mon amour-propre, j'essaye de me relever plus vite et de m'écarter de cette emprise, de ces deux mains que je sens sur moi. Mais dans cette succession de maladresses, je redresse la tête au même moment où il baisse la sienne pour me demander si tout va bien. Nos lèvres s'effleurent. Accidentellement. Mais elles se touchent assez pour m'envoyer une décharge électrique, transportée dans mes veines aux quatre coins de mon corps. Ce contact aussi fugace soit-il vient de me faire basculer. Je ne sais pas où et ça non plus, je ne veux pas le savoir. Pas tout de suite.

Je viens d'embrasser Marcus Jefferson… Quelle honte !

J'espère que personne n'a rien vu, que ça n'a pas été filmé ! Je pourrais en rire, mais là…

Quelle entrée en matière ! Beau fiasco, oui !

– Pardon, bredouillé-je en me relevant complètement, en priant pour que mes escarpins me soutiennent, cette fois.
– C'est une façon assez passionnée de dire bonjour, me répond Marcus, visiblement amusé par la situation. En Europe, on se fait plutôt la bise.

Son sourire est craquant, légèrement moqueur. Ses beaux yeux pétillent.

– Je… Je suis Pia Lombardi, dis-je en bafouillant.

J'ose même lui tendre la main, en me rendant compte aussitôt du ridicule de la situation.

– Je sais, me répond-il simplement. Nous pourrions peut-être nous asseoir, vous ne risqueriez plus de tomber.

Comment je dois prendre son ton amusé… J'ai dû virer rouge écarlate ! Comment retrouver de la crédibilité après ça ?

Je profite de la présence du serveur venu s'enquérir de la commande de Marcus pour reprendre mes esprits. Je ne suis pas seulement terrassée par la honte, je suis aussi étourdie par ce que dégage cet homme, par son parfum, sa voix grave, son regard où je ne décèle pas que de l'amusement…

Et ce baiser inattendu… J'en aurai rêvé… mais pas comme ça !

Mais quoi ?

Mais rien !

J'attrape un crayon et place mon bloc-notes devant moi. Je dois lui faire oublier ce moment ! Passer à autre chose ! Je suis prête. Mes questions sont sous mes yeux.

Tout va bien. Je peux le faire.

Quand je relève les yeux pour m'adresser à Marcus, je rencontre à nouveau ce regard intense, songeur, cette fois. Et tout aussi déstabilisant.

Déjà parus aux Éditions Addictives

Eva M. Bennett
Sex Friends, Chloé et Alistair
Sex Friends, Lucy et Arthur

Phoebe P. Campbell
Tes ordres sont mes désirs – volumes 1 à 3
Promets-moi ! Au mariage du milliardaire

Anna Chastel
Toute à toi

Olivia Dean
À lui, corps et âme – volumes 1 et 2

Emma M. Green
Cent facettes de Mr Diamonds – volumes 1 et 2
Toi + Moi – volumes 1 à 3
Coffret *Toi + Moi*

Emma M. Green et Felicity Stuart
Love me if you can
Kiss me if you can

Megan Harold
Tout pour lui – volumes 1 et 2
Juste toi et moi – volumes 1 et 2

Kate B. Jacobson
Aime-moi. Corps et âme
Révèle-moi – volumes 1 et 2

Amber James
Contrôle-moi
Emprise

Lucy K. Jones
Mr Fire et moi – volumes 1 et 2
Envoûte-moi !

Nina Marx
Soumets-moi ! – volumes 1 à 3
Diamonds Private Club

June Moore
Déshabillez-moi ! – volumes 1 et 2
Étreinte – volumes 1 à 3

Heather L. Powell
Je te veux – volumes 1 et 2

Mina Shepard
Mon milliardaire, mon mariage et moi

Lisa Swann
Possédée
Adore-moi ! – volumes 1 et 2

Hannah Taylor
Désire-moi ! – volumes 1 et 2
Je suis à toi

Chloe Wilkox
Ordonne-moi ! – volumes 1 à 3

Déjà parus dans la collection « Comédie »

Rose M. Becker
Le Bébé, mon milliardaire et moi

Emma M. Green
Bliss. Le faux journal d'une vraie romantique – volume 1
Call me Baby – volumes 1 et 2
Call me Bitch

Mina Shepard
Je t'aime... toi non plus

Déjà parus dans la collection « Fantasy »

Sienna Lloyd
Mords-moi !

Alice H. Kinney
Dark Light. Vampire Brothers

Chloe Wilkox
Soul Lights – volumes 1 et 2

À paraître dans la collection « Adult Romance »

Phoebe P. Campbell
Oui, je le veux ! Au mariage du milliardaire (janvier 2016)

Olivia Dean
Tous ses désirs – volume 1 (janvier 2016)

Megan Harold
Sublime-moi ! (janvier 2016)

Nina Marx
Prétentieux, insolent… mais irrésistible ! – volume 1 (février 2016)

Heather L. Powell
Le Jeu du milliardaire (février 2016)

Lisa Swann
Dark Fever. Sublime mais dangereux… (février 2016)

À paraître dans la collection « Comédie »

Emma M. Green
Bliss. Le faux journal d'une vraie romantique – volume 2 (janvier 2016)

Rose M. Becker
Désirs & Désastres (février 2016)

À paraître dans la collection « Fantasy »

Amber James
Moonlight. Bloody Lily – volume 1 (janvier 2016)

Sienna Lloyd
Mords-moi ! – édition augmentée (février 2016)

Auteure : Megan Harold

Edisource

100, rue Petit, 75019 Paris

Imprimé par FINIDR – Lipova cp. 1965 – 73701 Cesky Tesin,

République tchèque

Dépôt légal : décembre 2015 – Achevé d'imprimer : novembre 2015

ISBN : 978-2-37126-043-6